EXTRÊMEMENT FORT ET INCROYABLEMENT PRÈS

Né en 1977 à Washington (D.C.), Jonathan Safran Foer a fait des études de lettres à Princeton. En 1999, il part en Ukraine sur les traces de son grand-père. De ce voyage naîtra son premier roman, *Tout est illuminé*, qui fut couronné de nombreux prix, encensé par la critique puis adapté au cinéma par Liev Schreiber. Jonathan Safran Foer publie également des textes dans *The Paris Review*, *The New York Times* ou *The New Yorker*.

DU MÊME AUTEUR

Tout est illuminé
Éditions de l'Olivier, 2003
Seuil, « Points », n° P1183

Jonathan Safran Foer

EXTRÊMEMENT FORT ET INCROYABLEMENT PRÈS

ROMAN

Traduit de l'anglais (États-Unis)
par Jacqueline Huet et Jean-Pierre Carasso

Éditions de l'Olivier

Dans l'édition première de ce livre, les noms de couleurs étaient imprimés dans leur couleur correspondante et chaque nom propre avait une couleur déterminée.

TEXTE INTÉGRAL

TITRE ORIGINAL
Extremely Loud and Incredibly Close
Houghton Mifflin

ISBN 978-2-7578-0522-0
(ISBN 978-2-87929-481-0, 1re publication)

Pour
NICOLE,
mon idée du beau

Hein quoi qu'est-ce ?

Pourquoi pas une bouilloire ? Pourquoi le bec ne s'ouvrirait et ne se fermerait-il pas au passage de la vapeur, devenant ainsi une bouche qui pourrait siffler de jolies mélodies, jouer Shakespeare, ou simplement se fendre la pêche avec moi ? Je pourrais inventer une bouilloire qui fait la lecture avec la voix de papa, comme ça je pourrais m'endormir, ou peut-être un ensemble de bouilloires qui chante le refrain de « Yellow Submarine », qui est une chanson des Beatles, groupe que j'adore parce que l'entomologie est une de mes *raisons d'être**[1], ça c'est une expression française que je connais. Une autre bonne chose pourrait être d'apprendre à parler à mon anus quand je pète. Si je voulais être extrêmement tordant, je lui apprendrais à dire, « C'est pas moi ! » chaque fois que je péterais d'une manière incroyablement ignoble. Et s'il m'arrivait un jour de péter d'une manière incroyablement ignoble dans la galerie des Glaces, qui est à Versailles, qui est non loin de Paris, qui est en France, alors évidemment mon anus dirait, « *Ce n'étais pas moi* ! »

Et pourquoi pas des petits micros que tout le monde avalerait pour qu'ils diffusent le bruit de son cœur par

1. Toutes les expressions en italique suivies d'un astérisque sont en français dans le texte. Les fautes éventuelles sont délibérées. *(Toutes les notes sont des traducteurs.)*

des petits haut-parleurs qu'on pourrait placer dans la grande poche centrale de sa salopette ? En faisant de la planche à roulettes le soir dans la rue, on entendrait les battements du cœur des autres, qui entendraient les nôtres, ça ferait une espèce de sonar. Le truc bizarre, c'est que je me demande si tous les cœurs se mettraient à battre en même temps, comme les femmes qui vivent ensemble ont leurs règles en même temps – je suis renseigné là-dessus, mais j'aurais préféré m'en passer. Ça, ce serait carrément bizarre, sauf que l'endroit de l'hôpital où les enfants viennent au monde ferait le bruit d'un lustre de cristal dans un transatlantique, parce que les bébés n'auraient pas eu le temps de coordonner leurs battements cardiaques. Et sur la ligne d'arrivée à la fin du marathon de New York, ça ferait le bruit de la guerre.

Et puis, on a si souvent besoin de s'enfuir vite fait, mais les hommes n'ont pas d'ailes, pas encore, en tout cas, alors pourquoi pas une chemise en graines pour oiseaux ?

Enfin bref.

Mon premier cours de jiu-jitsu a eu lieu il y a trois mois et demi. J'étais extrêmement curieux de self-défense, pour des raisons évidentes, et maman pensait que ça me ferait du bien d'avoir une activité physique en dehors du tambourin, et donc mon premier cours de jiu-jitsu a eu lieu il y a trois mois et demi. Il y avait quatorze élèves dans la salle et on portait tous une robe blanche très chouette. On s'est entraîné à s'incliner profondément pour le salut, après on s'est tous assis en tailleur et Sensei Mark m'a demandé de le rejoindre.

« Donne-moi un coup de pied dans les parties », il m'a dit.

Ça, ça m'a gêné.

« *Excusez-moi* ?* »

Il a écarté les jambes en disant :

« Je veux que tu me donnes un coup de pied dans les parties, de toutes tes forces. »

Il a mis les mains sur les hanches, a pris une inspiration, a fermé les yeux, et c'est comme ça que j'ai su qu'il était sérieux.

« Alors ça ! » j'ai dit, et intérieurement je pensais *Hein quoi qu'est-ce ?*

Il m'a dit :

« Vas-y, petit. Défonce-moi les parties.

– Que je vous défonce les parties ? »

Les yeux toujours fermés il s'est bien fendu la pêche et il a dit :

« Tu n'as aucune chance d'y arriver. C'est pour ça que nous sommes là. Pour démontrer la capacité du corps bien entraîné à absorber un coup violent. Et maintenant, défonce-moi les parties. »

J'ai répondu :

« Je suis pacifiste. » Et comme la plupart des gens de mon âge ne sait pas ce que ça veut dire, je me suis tourné vers les autres pour expliquer : « Je crois que ce n'est pas bien de défoncer les parties des gens. Jamais. »

Sensei Mark a dit :

« Je peux te poser une question ? »

Je me suis retourné :

« "Je peux te poser une question ?" en est une, de question. »

Et lui :

« Est-ce que tu rêves de devenir un maître de jiu-jitsu ?

– Non. »

Je lui ai dit ça alors que je ne rêve plus de prendre la direction de la bijouterie familiale.

« Est-ce que tu veux savoir comment un élève de jiu-jitsu devient un maître de jiu-jitsu ?

– Je veux tout savoir. »

Je l'ai dit alors que ça non plus ce n'est plus vrai.

« Un élève de jiu-jitsu devient un maître de jiu-jitsu en défonçant les parties de son maître. »

J'ai répondu :

« C'est passionnant. »

Mon dernier cours de jiu-jitsu a eu lieu il y a trois mois et demi.

Je voudrais tellement avoir mon tambourin en ce moment, parce que même après tout ce qui s'est passé, je porte encore des semelles de plomb, et parfois ça soulage de jouer un bon solo. Le morceau le plus impressionnant que je sais jouer sur mon tambourin c'est « Le Vol du bourdon » de Nikolaï Rimski-Korsakov, qui est aussi la sonnerie que j'ai téléchargée sur le portable que j'ai eu après la mort de papa. C'est plutôt effarant que j'arrive à jouer « Le Vol du bourdon », parce qu'il faut taper incroyablement vite dans certains passages et c'est extrêmement difficile pour moi, parce que je n'ai pas encore vraiment de poignets. Ron a proposé de m'acheter une batterie complète. *Money can't buy me love*, évidemment, mais j'ai demandé si elle aurait des cymbales Zildjian. Il a dit :

« Tout ce que tu voudras. »

Et il a pris mon yo-yo sur mon bureau avant d'aller promener le chien. Je sais qu'il essayait seulement d'être sympa mais ça m'a mis incroyablement en colère.

« Yo-yo *moi** ! » j'ai dit en le lui arrachant.

Ce que j'avais envie de lui dire, en fait, c'était « Vous n'êtes pas mon papa et vous ne le serez jamais ».

C'est tout de même bizarre que le nombre des morts augmente alors que la terre reste de la même taille, ce qui fait qu'un jour il n'y aura plus de place pour enterrer personne, non ? Pour mes neuf ans, l'année dernière, grand-mère m'a offert un abonnement à *National Geographic* qu'elle appelle « le *National Geographic* ». Elle m'a aussi offert un blazer blanc, parce que je ne mets que des habits blancs, et il est trop grand pour moi comme ça il me durera plus longtemps. Elle m'a aussi donné l'appareil photo de grand-père. Cet appareil je l'adorais pour deux raisons. J'ai demandé pourquoi il ne l'avait pas emporté quand il l'a quittée.

« Peut-être qu'il voulait que tu l'aies.

– Mais j'avais moins trente ans.

– N'empêche », elle a dit.

Quoi qu'il en soit, le truc hallucinant, c'est que j'ai lu dans *National Geographic* qu'il y a plus de gens vivants aujourd'hui qu'il n'en est mort dans toute l'histoire de l'humanité. Autrement dit, si tout le monde voulait jouer Hamlet en même temps, ce serait impossible, parce qu'il n'y a pas assez de crânes !

Alors pourquoi pas des gratte-ciel pour les morts qu'on construirait vers le bas ? Ils pourraient être sous les gratte-ciel pour les vivants qu'on construit vers le haut. On pourrait enterrer des gens jusqu'au centième sous-sol et tout un monde mort existerait sous le monde vivant. Je me dis parfois que ce serait intéressant d'avoir un gratte-ciel qui monte et descend avec un ascenseur fixe. Pour aller au quatre-vingt-quinzième étage, on aurait qu'à pousser le bouton 95 et l'étage viendrait. D'ailleurs, ça pourrait être extrêmement utile, parce que si on est au quatre-vingt-quinzième étage et qu'un avion s'écrase en dessous, le bâtiment pourrait nous redescendre jusqu'en bas et personne risquerait rien, même si on avait laissé sa chemise en graine pour oiseaux à la maison ce jour-là.

Je suis monté dans une limousine que deux fois en tout. La première fois c'était terrible, alors que la limousine était formidable. J'ai pas le droit de regarder la télé à la maison, et j'ai pas le droit de la regarder dans les limousines non plus, mais c'était quand même très chouette qu'il y ait la télé dans celle-là. J'ai demandé si on pouvait passer devant l'école pour que Dentifrice et le Minch me voient dans une limousine. Maman a dit que l'école n'était pas sur le chemin et qu'il ne fallait pas être en retard au cimetière. J'ai demandé pourquoi, ce qui me paraissait vraiment une bonne question, parce que pourquoi, franchement, quand on y pense ? Je ne le suis plus mais avant j'étais athée, ce qui signifie que je ne croyais pas aux choses qu'on ne peut pas observer. Je croyais qu'une fois mort, on est mort pour toujours, qu'on ne sent rien et qu'on ne rêve même pas. Ce n'est pas que je me sois mis à croire aux choses qu'on ne peut pas observer, non. Seulement je crois que les choses sont extrêmement compliquées. Et puis d'abord, ce n'est pas comme si on allait l'enterrer pour de bon, d'abord.

J'avais beau faire des efforts pour que ça le soit pas, c'était très ennuyeux que grand-mère arrête pas de me toucher, alors j'ai escaladé le dossier pour passer sur la banquette avant et tapé sur l'épaule du chauffeur jusqu'à ce qu'il m'accorde un peu d'attention.

« Quelle. Est. Votre. Appellation. »

J'avais pris la voix de Stephen Hawking.

« Qu'est-ce qu'y dit ?

– Il vous demande votre nom », dit grand-mère depuis la banquette arrière.

Il me tendit sa carte.

GERALD THOMPSON
Sunshine Limousine

dessert les cinq districts
(212) 570-7249

Je lui ai tendu ma carte en disant :

« Salutations. Gerald. Moi. C'est. Oskar. »

Il m'a demandé pourquoi je parlais comme ça.

« L'unité centrale d'Oskar est un processeur neuronal.

Un ordinateur capable d'apprendre. Plus il a de contacts avec des humains, plus il apprend. »

Gerald a dit « O » et puis il a dit « Kay ».

Je ne voyais pas s'il me trouvait sympa ou non, alors je lui ai dit :

« Vos lunettes, c'est mille dollars.

– Cent soixante-quinze.

– Vous connaissez beaucoup de gros mots ?

– Quelques-uns.

– J'ai pas le droit de dire des gros mots.

– C'est naze.

– C'est quoi, "naze" ?

– Un truc pas bien.

– Vous connaissez "merde" ?

– C'est pas un gros mot, ça ?

– Pas si on dit "mer de Chine".

– T'as raison.

– Jean Cunégonde ta Racine, t'es qu'une mer de Chine. »

Gerald a secoué la tête et s'est un peu fendu la pêche, mais pas dans le mauvais sens, pas à mes dépens.

« J'ai même pas le droit de dire "tarte aux poils", à moins de parler d'une vraie tarte, et qu'elle soit très bonne. Cool, les gants.

– Merci. »

Et puis j'ai pensé à un truc, alors je l'ai dit.

« En fait, si les limousines étaient extrêmement longues, elles n'auraient pas besoin de chauffeur. Il suffirait de s'asseoir à l'arrière, de traverser la limousine et d'en ressortir à l'avant, qui serait là où on voulait aller. Aujourd'hui, par exemple, la banquette avant serait au cimetière.

– Et moi je serais en train de regarder mon match à la télé. »

Là, je lui ai tapoté l'épaule :

« Cherchez "tordant" dans le dictionnaire, il y a sûrement votre photo à côté. »

Sur la banquette arrière, maman tenait quelque chose dans son sac. Je savais qu'elle le serrait très fort parce que je voyais les muscles de son bras. Grand-mère tricotait des moufles blanches, j'étais donc sûr qu'elles étaient pour moi, alors qu'il faisait même pas froid. J'avais envie de demander à maman ce qu'elle serrait si fort et pourquoi il fallait qu'elle le cache. Je me souviens qu'à ce moment-là j'ai pensé que, même si je souffrais d'hypothermie, je les mettrais jamais, ces moufles, jamais.

« Maintenant que j'y pense, j'ai dit à Gerald, on pourrait faire une limousine in-cro-ya-ble-ment longue qui aurait la banquette arrière devant le ginva de notre maman et la banquette avant devant notre mausolée, elle serait aussi longue que notre vie. »

Gerald a répondu :

« Ouais, mais si tout le monde vivait comme ça personne ne se rencontrerait jamais, non ? »

J'ai dit :

« Et alors ? »

Maman serrait très fort, grand-mère tricotait et j'ai dit à Gerald :

« J'ai filé un coup de pied dans le ventre d'une poule française un jour… »

Je l'ai dit parce que je voulais qu'il se fende la pêche, parce que, si j'arrivais à ce qu'il se fende la pêche, mes semelles de plomb seraient un peu plus légères. Il a rien dit, probablement parce qu'il m'avait pas entendu, alors moi j'ai dit :

« Je disais que j'ai filé un coup de pied dans le ventre d'une poule française un jour.

– Hein ?

– Elle a poussé un "*Œuf* *".

– C'est quoi c't'histoire ?

– Une blague. Vous en voulez une autre ? Sans quoi, vous avez qu'à rien re-pondre. »

Il a regardé grand-mère dans le rétro en disant :
« Qu'est-ce qu'il me fait, là ? »
Et elle :
« Son grand-père aimait les bêtes plus que les gens. »
J'ai dit :
« Vous pigez ? *Œuf* *? »
Je suis retourné à l'arrière, parce que c'est dangereux de parler en conduisant, surtout sur une voie express, sur laquelle on était justement. Grand-mère a recommencé à me toucher et c'était très ennuyeux, alors que je voulais pas que ça le soit. Maman a dit :
« Chéri… »
Et j'ai dit :
« *Oui* *. »
Et elle a dit :
« Est-ce que tu as donné un double de la clé de l'appartement au facteur ? »
J'ai trouvé hallucinant qu'elle parle de ça à ce moment-là, parce que ça n'avait vraiment rien à voir avec rien, mais je crois qu'elle cherchait un sujet de conversation qui ne soit pas celui auquel on pensait tous.
J'ai dit :
« On dit préposé, et d'abord c'est une préposée. »
Elle a hoché la tête, mais pas tout à fait pour me dire oui, et elle a demandé si j'avais donné la clé à la préposée. Moi, j'ai fait oui de la tête parce que je ne lui avais jamais menti avant tout ça. Je n'avais pas de raison de mentir.
« Pourquoi as-tu fait ça ? » elle a demandé.
Alors moi :
« Stan…
– Qui ?
– Stan, le portier. Des fois, il va se chercher un café au coin de la rue et je veux être certain que tous mes colis m'arrivent, alors je me suis dit, si Alicia…
– Qui ?

– La préposée. Si elle avait une clé, elle pourrait laisser le courrier dans l'entrée.
– Mais il ne faut pas donner de clé aux inconnus.
– Ça tombe bien, Alicia n'est pas une inconnue.
– Il y a plein de choses de valeur à la maison.
– Je sais. On a plein de trucs formidables.
– Tu sais, les gens ne sont pas aussi gentils qu'ils en ont l'air, parfois, et on s'en rend compte trop tard. Et si elle avait volé tes affaires ?
– Elle ferait pas ça.
– Mais si elle le faisait ?
– Sauf qu'elle le ferait pas.
– Et elle, alors, elle t'a donné une clé de son appartement ? »

Elle était fâchée contre moi, manifestement, mais je savais pas pourquoi. J'avais rien fait de mal. Ou alors, je voyais pas quoi. Et je l'avais pas du tout fait exprès.

J'ai glissé du côté de grand-mère dans la limousine en disant à maman :

« Qu'est-ce que je ferais de la clé de son appartement ? »

Elle a bien vu que je me refermais en moi-même comme dans un sac de couchage en tirant la fermeture Éclair jusqu'en haut et moi je voyais bien qu'elle ne m'aimait pas vraiment. La vérité, je la connaissais : si elle avait pu choisir, c'est à mon enterrement à moi qu'on serait allés en limousine. J'ai levé les yeux sur le toit ouvrant en verre fumé et j'ai imaginé le monde avant qu'il y ait des toits. Du coup je me suis demandé : est-ce qu'une caverne, ça a pas de toit, ou est-ce que c'est seulement un toit ?

« La prochaine fois, tu pourrais peut-être me demander mon avis, tu veux bien ?
– Sois pas fâchée, j'ai dit, et en passant le bras par-dessus grand-mère, j'ai ouvert et refermé une ou deux fois la sécurité de la portière.

– Je ne suis pas fâchée.
– Même pas un petit peu ?
– Non.
– Tu m'aimes encore ? »

Il m'a semblé que ce n'était pas le meilleur moment pour dire que j'avais déjà donné des doubles de la clé au livreur de Pizza Hut, au préposé d'UPS, et aussi aux braves types de Greenpeace, pour qu'ils puissent me laisser des articles sur les mainates et d'autres espèces en voie d'extinction quand Stan va se chercher un café.

« Je t'aime plus que jamais.
– Maman ?
– Oui.
– J'ai une question à te poser.
– Vas-y.
– Qu'est-ce que tu serres dans ton sac ? »

Elle a sorti la main, l'a ouverte, elle était vide.

« Rien. Seulement ma main. »

Alors que c'était un jour incroyablement triste, elle était tellement, tellement belle. Je n'arrêtais pas de chercher une façon de le lui dire, mais toutes celles qui me venaient auraient pas été bien, pas naturelles. Elle avait mis le bracelet que j'avais fait pour elle et ça, pour moi, c'était mille dollars ! J'adore faire des bijoux pour elle, parce que ça la rend heureuse, et que la rendre heureuse est une autre de mes *raisons d'être**.

Ce n'est plus vrai, mais pendant très longtemps mon rêve a été de reprendre la bijouterie familiale. Papa me disait toujours que j'étais trop intelligent pour le commerce. Je trouvais que ça ne rimait à rien, parce qu'il était plus intelligent que moi, alors, si j'étais trop intelligent pour le commerce, lui, qu'est-ce que ça devait être. Je le lui dis.

« Premièrement, je ne suis pas plus intelligent que toi, je sais plus de choses que toi, et c'est seulement parce que je suis plus vieux que toi. Les parents savent toujours plus de choses que leurs enfants, et les enfants sont toujours plus intelligents que leurs parents.

– Sauf si c'est des débiles mentaux. »

Là, il a rien trouvé à répondre.

« Tu as dit "premièrement", alors deuxièmement ?

– Deuxièmement, si je suis tellement intelligent, pourquoi suis-je dans le commerce ?

– C'est vrai. »

Et puis j'ai pensé à un truc :

« Attends, attends, ce sera plus la bijouterie familiale si personne de la famille la dirige.

– Bien sûr que si. Ce sera la bijouterie familiale d'une autre famille.

– Oui mais notre famille ? On ouvrira un autre commerce ?

– On ouvrira quelque chose. »

C'est à ça que je pensais la deuxième fois que je suis monté dans une limousine, quand le locataire et moi on est allés déterrer le cercueil vide de papa.

Le dimanche, papa et moi, on jouait des fois à l'Expédition de reconnaissance, un jeu formidable. Des fois les expéditions étaient extrêmement simples, comme quand il m'a dit de rapporter quelque chose de chacune des décennies du vingtième siècle – j'ai été astucieux et j'ai rapporté un caillou –, et des fois elles étaient incroyablement compliquées et pouvaient durer une semaine ou deux. Pour la dernière, qui ne s'est jamais terminée, il m'avait donné un plan de Central Park. J'ai demandé :

« Et ?

– Et quoi ?

– Quels sont les indices ?

– Qui a dit qu'il devait y avoir des indices ?

– Il y a toujours des indices.

– En soi, ce que tu dis là ne débouche sur rien.

– Pas un seul indice ?

– À moins que l'absence d'indice soit un indice.

– L'absence d'indice est un indice ? »

Il avait haussé les épaules comme s'il ne savait même pas de quoi je parlais. J'adorais ça.

J'avais passé toute la journée à me promener à travers le parc, à la recherche d'un truc qui me dirait peut-être quelque chose, mais le problème, c'était que je ne savais pas ce que je cherchais. J'abordais des gens pour leur demander s'ils savaient quelque chose que j'aurais dû savoir, parce que des fois papa mettait au point les expéditions de reconnaissance de manière à ce que je doive parler aux gens. Mais tous ceux que j'avais abordés m'avaient simplement regardé d'un air de dire *Hein quoi qu'est-ce ?* J'avais cherché des indices autour du réservoir. J'avais lu les moindres affiches placardées sur un arbre ou un réverbère. Examiné la description des animaux du zoo. J'avais même demandé à ceux qui faisaient voler un cerf-volant de le redescendre pour que je puisse l'inspecter, alors que je savais que c'était improbable. Mais papa pouvait très bien pousser la ruse jusque là. Il n'y avait rien, ce qui était assez déplorable, sauf si rien était un indice. Rien était-il un indice ?

Ce soir-là, on s'était fait livrer des plateaux Gluten du General Tso pour le dîner et je m'étais aperçu que papa mangeait avec une fourchette alors qu'il savait parfaitement se servir des baguettes.

« Attends un peu ! »

Je m'étais levé et j'avais montré sa fourchette.

« Cette fourchette, c'est un indice ? »

Il avait haussé les épaules. Pour moi, ça signifiait que c'était un indice important. Je réfléchissais : *Fourchette, fourchette*… J'avais couru dans mon laboratoire sortir mon détecteur de métaux de sa boîte dans le placard. Comme je n'ai pas le droit d'aller seul à Central Park la nuit, grand-mère m'avait accompagné. J'avais commencé à l'entrée de la 86e Rue et procédé par bandes extrêmement précises, comme les Mexicains qui viennent tondre la pelouse, pour être sûr de ne rien rater. Je savais que les insectes devaient faire du bruit, parce que c'était l'été, mais je ne les entendais pas parce que j'avais mes écouteurs sur les oreilles. C'était un tête-à-tête entre moi et le métal souterrain.

Chaque fois que les bips accéléraient, je demandais à grand-mère de braquer la lampe de poche sur l'endroit. Ensuite je mettais mes gants blancs, je prenais ma pelle démontable, et je creusais extrêmement doucement. Dès que je voyais quelque chose, je me servais d'un pinceau pour ôter la terre, tout à fait comme un vrai archéologue. J'avais fouillé qu'un petit bout du parc ce soir-là mais j'avais quand même déterré une pièce de vingt-cinq *cents*, une poignée de trombones, une chaînette comme celles qui sont accrochées à une lampe et sur lesquelles il faut tirer pour allumer la lumière, et un aimant de réfrigérateur représentant un sushi – je sais que ça existe, mais je préférerais pas. J'avais mis toutes mes trouvailles dans un sachet en notant sur un plan le lieu de leur découverte.

En rentrant, j'avais examiné tous ces éléments au microscope, dans mon laboratoire, l'un après l'autre : une cuillère tordue, quelques vis, une paire de ciseaux rouillés, une petite voiture, un stylo, un porte-clés, des lunettes cassées dont le propriétaire devait être incroyablement myope…

Je les avais mis sur un plateau pour les apporter à papa, qui lisait le *New York Times* à la table de la cuisine, entourant les fautes au stylo rouge.

« Voilà ce que j'ai trouvé. »

J'avais chassé mon petit minou de la table pour y poser le plateau. Papa l'avait regardé et il avait hoché la tête. Et moi :

« Alors ? »

Il avait haussé les épaules comme s'il ne savait pas de quoi je parlais et il s'était remis à lire le journal.

« Tu ne peux même pas me dire si je suis sur la bonne voie ? »

Buckminster ronronnait et papa avait de nouveau haussé les épaules.

« Mais si tu ne me dis rien, comment savoir si j'ai raison ? »

Il avait entouré quelque chose dans un article et dit :

« Il y aurait une autre façon de voir les choses : comment pourrais-tu avoir tort ? »

Il s'était levé pour boire un verre d'eau et j'avais examiné ce qu'il avait entouré sur la page, parce qu'il pouvait pousser la ruse jusque là. C'était dans un article sur la fille qui avait disparu et dont tout le monde croyait que le député qui la sautait l'avait tuée. Quelques mois plus tard, on a retrouvé son corps à Rock Creek Park, qui est à Washington, mais à ce moment-là rien n'était plus pareil et ça n'a intéressé personne, sauf ses parents.

déclaration, lue devant les centaines de journalistes rassemblés dans le centre de presse improvisé derrière la maison familiale, M. Levy a réaffirmé sa conviction que sa fille sera retrouvée. « Nous voulons qu'on n'arrête pas les recherches tant que nous n'aurons pas une raison tangible de les arrêter, à savoir, le retour de Chandra. » Au cours de la brève séance de questions et de réponses qui a suivi, un reporter d'*El Pais* a demandé à M. Levy s'il pensait que sa fille serait retrouvée saine et sauve. Terrassé par l'émotion, M. Levy n'a pu répondre et son avocat a pris le micro. « Nous gardons espoir et nous prions pour que Chandra soit saine et sauve et nous ferons tout ce qui

Ce n'était pas une faute ! C'était un message pour moi !

J'étais retourné au parc tous les soirs les trois jours suivants. J'avais déterré une épingle à cheveux, un rouleau de *pennies*, une punaise, un cintre, une pile 9 volts, un couteau suisse, un cadre minuscule, la plaque d'identité d'un chien nommé Turbo, un rectangle de papier d'aluminium, une bague, un rasoir, et une montre de gousset extrêmement vieille arrêtée à 5 h 37, sans que je puisse savoir si c'était du soir ou du matin. Mais je n'arrivais toujours pas à démêler ce que tout ça pouvait signifier. Plus je trouvais de choses, moins je comprenais.

J'avais étalé le plan sur la table de la salle à manger et posé des boîtes de V8 [1] aux quatre coins. Les points indiquant l'endroit de chacune de mes trouvailles faisaient comme les étoiles de l'univers. Je les avais réunis, comme un astrologue, et en plissant les yeux comme un Chinois, on pouvait plus ou moins faire apparaître le mot « fragile ». Fragile. Qu'est-ce qui était fragile ? Central Park était-il fragile ? La nature, fragile ? Fragiles, les choses que j'avais trouvées ? Une punaise n'est pas fragile. Est-ce qu'une cuillère tordue est fragile ? J'avais effacé pour joindre les points autrement, de manière à former « porte ». Fragile ? Porte ? Et puis j'avais pensé au mot français, bien sûr, *porte**. J'avais effacé et relié les points de manière à obtenir « *porte** ». J'avais eu la révélation que je pouvais relier les points de manière à former « cyborg », « polype », « nénés », et même « Oskar », à condition d'être extrêmement chinois. Je pouvais les relier de manière à former à peu près tout ce que je voulais, ce qui signifiait que je n'avançais pas du tout. Et maintenant je ne saurai jamais ce que j'étais censé trouver. Et c'est une chose de plus qui m'empêche de dormir.

Enfin bref.

1. Jus de huit légumes.

J'ai pas le droit de regarder la télé, mais j'ai le droit de louer des documentaires s'ils sont pas interdits aux moins de mon âge et de lire tout ce que je veux. Mon livre préféré c'est *Une brève histoire du temps*, alors que je ne l'ai pas encore lu en entier, parce que les maths sont incroyablement difficiles et que maman peut pas m'aider dans ce domaine. Un des passages que je préfère c'est le début du premier chapitre, dans lequel Stephen Hawking raconte la conférence d'un savant célèbre qui expliquait que la Terre tourne autour du soleil, et le soleil autour du système solaire, et tout ça. Alors une femme au fond de la salle lève la main et dit, « Vous nous avez raconté n'importe quoi. En réalité, le monde est plat. C'est une plaque sur le dos d'une tortue géante. » Le savant lui demande sur quoi se tient la tortue. Et elle répond, « Mais il n'y a que des tortues, jusqu'en bas ! »

J'adore cette histoire parce qu'elle montre à quel point les gens peuvent être ignorants. Et aussi parce que j'adore les tortues.

Quelques semaines après le pire jour, je me suis mis à écrire plein de lettres. Je sais pas pourquoi mais c'était une des seules choses qui rendaient mes semelles de plomb plus légères. Un truc bizarre, c'est qu'au lieu de timbres normaux, je mettais des timbres de ma collection, y compris certains qui avaient de la valeur, alors des fois je me suis demandé si j'essayais pas en fait de me débarrasser de mes affaires. La première lettre, je l'ai écrite à Stephen Hawking. J'y ai collé un timbre d'Alexander Graham Bell.

Cher Stephen Hawking,

Puis-je s'il vous plaît être votre protégé ?

Merci,

Oskar Schell

Je pensais qu'il allait pas répondre, parce que c'est quelqu'un de si extraordinaire et que je suis quelqu'un de si normal. Et puis un jour que je rentrais de l'école, Stan m'a tendu une enveloppe en disant, « Vous avez du courrier ! » de la voix AOL que je lui ai apprise. J'ai grimpé à toute vitesse les cent cinq marches jusqu'à notre appartement, j'ai couru à mon laboratoire, je suis allé dans mon placard, j'ai allumé ma lampe de poche et je l'ai ouverte. La lettre était dactylographiée, évidemment, parce que Stephen Hawking n'a pas l'usage de ses mains, parce qu'il est atteint de sclérose latérale amyotrophique, dont je connais l'existence, malheureusement.

> *Merci pour votre lettre. Il ne m'est pas possible de répondre personnellement au très abondant courrier que je reçois. Sachez cependant que je lis toutes les lettres et les conserve dans l'espoir d'être un jour en mesure de répondre à chacune comme elle le mérite. Dans cette attente,*
>
> *Bien à vous,*
> *Stephen Hawking*

J'ai appelé le portable de maman.
« Oskar ?
– T'as décroché avant que ça sonne.
– Tout va bien ?
– Il va me falloir une machine à plastifier.
– À plastifier ?
– Pour une chose incroyablement formidable que je veux conserver. »

C'était toujours papa qui venait me border, il racontait des histoires magnifiques, on lisait le *New York Times* ensemble, et des fois il sifflait « I Am the Walrus » parce que c'était sa chanson préférée alors qu'il ne pouvait pas expliquer ce qu'elle voulait dire, à ma grande frustration. Un des plus beaux trucs, c'était qu'il dénichait une faute dans tous les articles qu'on regardait. Des fois, c'étaient des fautes de grammaire, des fois des erreurs sur la géographie ou les faits, et des fois l'article ne disait pas tout ce qu'il y avait à dire. J'adorais avoir un papa plus intelligent que le *New York Times* et j'adorais, avec ma joue, sentir les poils de sa poitrine à travers son T-shirt, et qu'il ait toujours l'odeur de quand il se rasait, même à la fin de la journée. Avec lui, mon cerveau se tenait tranquille. Je n'avais pas besoin d'inventer quoi que ce soit.

Quand papa était venu me border ce soir-là, la veille du pire jour, je lui avais demandé si le monde était plat, si c'était une plaque sur le dos d'une tortue géante.

« Pardon ?

– Non, d'accord, mais pourquoi la Terre reste en place au lieu de tomber à travers l'univers ?

– C'est bien Oskar que je suis venu border ? Un extra-terrestre aurait-il volé son cerveau pour faire des expériences ?

– Nous ne croyons pas aux extra-terrestres.

– La Terre tombe bel et bien à travers l'univers. Tu le sais, bonhomme. Elle tombe sans cesse en direction du soleil. C'est ce qu'on appelle une orbite. »

Alors j'ai dit :

« Évidemment, mais pourquoi la gravité existe-t-elle ?

– Comment ça, pourquoi existe-t-elle ?

– Pour quelle raison ?

– Qui a dit qu'il devait y avoir une raison ?

– Personne, en fait.

– C'était une question de pure forme.

– Qu'est-ce que ça veut dire ?

– Ça veut dire que je ne la posais pas pour obtenir une réponse mais pour faire une démonstration.

– Quelle démonstration ?
– Qu'il n'y a pas besoin de raison.
– Mais s'il n'y a pas de raison, pourquoi l'univers existe-t-il, tout simplement ?
– Parce que les conditions étaient réunies.
– Alors pourquoi je suis ton fils ?
– Parce que maman et moi avons fait l'amour et qu'un de mes spermatozoïdes a fécondé un de ses ovules.
– Excuse-moi, je vais vomir.
– Ne fais pas semblant d'avoir ton âge.
– Bon, ce que j'arrive pas à comprendre, c'est pourquoi nous existons. Pas comment, mais pourquoi ? »
Et j'avais regardé les lucioles de sa pensée en orbite autour de sa tête. Il avait dit :
« Nous existons parce que nous existons.
– *Hein quoi qu'est-ce ?*
– Nous pouvons imaginer toutes sortes d'univers différents du nôtre, mais c'est le nôtre qui s'est produit. »
J'avais compris ce qu'il voulait dire et je n'étais pas en désaccord avec lui mais je n'étais pas d'accord non plus. Ce n'est pas parce qu'on est athée qu'on n'adorerait pas qu'il y ait des raisons pour que les choses existent, voilà tout.
J'avais allumé ma radio à ondes courtes et, avec l'aide de papa, j'avais pu capter quelqu'un qui parlait grec, ce qui était sympa. On comprenait pas ce qu'il disait mais on était restés comme ça, sur mon lit, à regarder les constellations qui brillent dans le noir au plafond de ma chambre en écoutant un moment.
« Ton grand-père parlait grec, il a dit.
– Tu veux dire qu'il parle grec.
– C'est juste. Seulement il ne le parle pas ici.
– C'est peut-être lui qu'on est en train d'écouter. »
La première page du *New York Times* était étalée sur nous comme une couverture. Il y avait la photo d'un joueur de tennis couché sur le dos, ça devait être le

vainqueur, mais je voyais pas vraiment s'il était content ou triste.

« Papa ?

– Oui ?

– Tu me racontes une histoire ?

– Bien sûr.

– Une belle ?

– Pas comme toutes les histoires barbantes que je raconte.

– C'est ça. »

Je m'étais niché incroyablement près de lui, tout contre, si près que j'avais le nez sous son bras, au creux.

« Et tu ne m'interrompras pas ?

– J'essaierai.

– Parce que c'est difficile de raconter une histoire quand on est tout le temps interrompu.

– Et c'est très ennuyeux.

– Et c'est très ennuyeux. »

Juste avant qu'il commence, c'était le moment que je préférais.

« Il était une fois où New York possédait un sixième district.

– C'est quoi, un district ?

– C'est ce que j'appelle une interruption.

– Je sais, mais l'histoire ne rimera à rien pour moi si je ne sais pas ce que c'est qu'un district.

– C'est comme un quartier. Ou plutôt un ensemble de quartiers.

– Alors, s'il y en avait un sixième autrefois, c'est quoi, les cinq districts ?

– Manhattan, évidemment, Brooklyn, Queens, Staten Island et le Bronx.

– Je suis déjà allé dans un des autres districts ?

– Et c'est reparti !

– C'est pour savoir.

– On est allés au zoo du Bronx, une fois, il y a quelques années. Tu te rappelles ?

– Non.

– Et nous sommes allés à Brooklyn, voir les roses au Jardin botanique.

– J'ai été à Queens ?

– Je ne crois pas.

– Et à Staten Island ?

– Non.

– Il y avait vraiment un sixième district ?

– C'est ce que j'essaie de te raconter.

– Je t'interromps plus. Promis. »

Après l'histoire, on avait rallumé la radio et capté quelqu'un qui parlait français. Ça, c'était particulièrement sympa, parce que ça m'avait rappelé les vacances, dont on venait juste de rentrer et dont je voudrais tellement qu'elles n'aient jamais fini. Au bout d'un moment, papa m'avait demandé si j'étais réveillé. J'avais répondu que non, parce que je savais qu'il n'aimait pas partir avant que je me sois endormi et que je ne voulais pas qu'il soit fatigué pour aller travailler le lendemain matin. Il m'avait embrassé sur le front en disant bonne nuit. Et puis il était déjà près de la porte.

« Papa ?

– Oui, mon bonhomme ?

– Rien. »

La fois suivante où j'ai entendu sa voix, c'était en rentrant de l'école, le lendemain. On nous avait renvoyés chez nous à cause de ce qui s'était passé. J'avais aucune raison de paniquer parce que papa et maman travaillaient tous les deux au centre de Manhattan et que grand-mère travaillait pas, évidemment, et donc tous ceux que j'aimais risquaient rien.

Je sais qu'il était 10 h 18 quand je suis rentré parce que je regarde beaucoup ma montre. L'appartement était vide et il y avait pas un bruit. En allant à la cuisine, j'avais inventé un levier qui pourrait être sur la porte d'entrée et déclencherait une énorme roue dentée dans le salon pour actionner un engrenage métallique suspendu au plafond de façon à jouer de la belle musique, « Fixing a Hole » ou « I Want to Tell You », et comme ça l'appartement serait une énorme boîte à musique.

Après avoir câliné Buckminster quelques secondes pour lui montrer que je l'aimais, j'étais allé voir s'il y avait des messages. J'avais pas encore de portable et, en partant de l'école, Dentifrice m'avait dit qu'il appellerait pour me dire si j'irais le voir essayer de faire des acrobaties sur sa planche à roulettes dans le parc ou si nous irions regarder des numéros de *Playboy* au drugstore qui a des rayons dans lesquels personne ne peut voir ce qu'on regarde. J'en avais pas très envie, mais n'empêche.

> Message un. Mardi, 8 h 52. *Il y a quelqu'un ? Allô ? C'est papa. Si vous êtes là, décrochez. Je viens d'essayer au bureau mais personne n'a répondu. Écoutez, il est arrivé quelque chose. Je vais bien. On nous dit de rester où on est et d'attendre les pompiers. Je suis sûr que ce n'est rien. Je vous rappelle dès que j'en saurai un peu plus sur ce qui se passe. Je voulais simplement vous dire que je vais bien et de ne pas vous inquiéter. Je rappelle bientôt.*

Il y avait quatre autres messages de lui : un à 9 h 12, un à 9 h 31, un à 9 h 46 et un à 10 h 04. Je les avais écoutés, et puis écoutés encore une fois, et avant que j'aie le temps de trouver ce qu'il fallait faire, ou même penser ou sentir, le téléphone s'était mis à sonner.

Il était 10 h 22 mn 27 s.

En regardant le nom et le numéro du correspondant, j'avais vu que c'était lui.

Pourquoi je ne suis pas là où tu es
21/5/63

À mon enfant qui n'est pas encore né : Je n'ai pas toujours été silencieux, autrefois je parlais, parlais, parlais et parlais encore, je ne pouvais pas tenir ma langue, le silence s'est emparé de moi comme un cancer, c'était pendant un de mes premiers repas en Amérique, je voulais dire au garçon, « La façon dont vous venez de me tendre ce couteau me rappelle… » mais je n'ai pas pu finir la phrase, son nom ne venait pas, j'ai essayé encore, il ne venait pas, elle était enfermée en moi, comme c'est étrange, ai-je pensé, comme c'est frustrant, comme c'est pitoyable, comme c'est triste, j'ai pris un stylo dans ma poche pour écrire « Anna » sur ma serviette, cela s'est reproduit deux jours plus tard, et puis encore le lendemain, c'était d'elle seulement que j'avais envie de parler, cela se reproduisait sans cesse, quand je n'avais pas de stylo, j'écrivais « Anna » dans l'air – à l'envers et de droite à gauche – pour que la personne à qui je parlais puisse le voir, et quand j'étais au téléphone, je composais les chiffres – 2, 6, 6, 2 – pour que la personne entende ce que moi, je ne pouvais dire. « Et » fut le mot que je perdis ensuite, probablement parce qu'il venait toujours après son nom, « Anna *et* moi », que ce mot est simple à prononcer, que la perte de ce mot est profonde, je devais dire « esperluette », c'était ridicule, mais c'est comme ça, « je voudrais un café esperluette une pâtisserie », personne ne voudrait en être réduit là. « Vouloir » est un mot que je perdis bientôt, ça ne signifie pas que je cessai de vouloir des choses – je les voulais d'autant plus –, j'avais simplement cessé d'être capable d'exprimer mon vouloir, je disais donc « désirer » à la place, « Je désire deux petits pains », disais-je au boulanger, mais cela n'était pas tout à fait juste, le sens de mes pensées commençait à s'éloigner de moi à la dérive, comme des feuilles tombées d'un arbre dans une rivière, j'étais l'arbre, le monde était la rivière. Je perdis « viens » et toutes les formes de venir, avec les chiens, dans le parc, je perdis « parfait » quand le coiffeur me montra son travail dans le miroir, je perdis « honte » – et tous ses dérivés, « honteux », « honteusement », « avoir honte », « faire honte » –, quelle honte ! Je perdis « porter », je perdis tout ce que je portais sur moi – « cahier journalier », « crayon », « monnaie », « portefeuille » –, je perdis même « perte ». Au bout d'un moment, il ne me resta plus qu'une poignée de mots, quand on faisait quelque chose pour moi, je disais, « Ce qu'il y a avant "il n'y a pas de quoi" », quand j'avais faim, je montrais mon ventre en disant, « Je suis le contraire de plein », j'avais perdu « oui » mais j'avais encore « non », alors quand on me demandait, « C'est vous, Thomas ? » je répondais, « Pas non », mais je perdis « non » ensuite, j'allai chez un tatoueur pour me faire écrire OUI sur la paume gauche et NON sur la paume droite, comment dire, ça n'a pas rendu ma vie magnifique, ça l'a rendue possible, quand je me frotte les mains en plein hiver, je me réchauffe par la friction de OUI et de NON, quand j'applaudis, je manifeste ma satisfaction en réunissant et en séparant OUI et NON, pour mimer « livre » je joins les mains puis je les ouvre, tout livre, pour moi, est l'équilibre entre OUI et NON, même ce cahier, mon dernier, surtout celui-ci. Cela me brise-t-il le cœur, bien sûr, à chaque instant de chaque jour, en plus de morceaux que mon cœur n'en comportait, je n'avais jamais pensé que j'étais taciturne, moins encore silencieux, je n'avais jamais pensé aux choses quelles qu'elles soient, tout a changé, la distance qui se logea entre moi et mon bonheur n'était pas le monde, ce n'étaient pas les bombes ni les bâtiments incendiés, c'était moi, ma pensée, le cancer de ne jamais lâcher prise, l'ignorance est-elle une bénédiction, je l'ignore, mais penser est si douloureux, et dis-moi, la pensée a-t-elle jamais fait quelque chose pour moi, m'a-t-elle une seule fois mené en un lieu splendide ? Je pense, je pense, et je pense encore, la pensée m'a éloigné du bonheur un million de fois, pas une seule elle ne m'y a mené. « Moi » fut le dernier mot que je parvenais à prononcer, c'est terrible mais c'est ainsi, je me promenais dans le quartier en disant, « Moi moi moi moi. » « Je vous sers un café, Thomas ? » « Moi. » « Et une pâtisserie peut-être ? » « Moi. » « Drôle de temps, non ? » « Moi. » « Vous avez l'air ennuyé. Quelque chose qui ne va pas ? » J'aurais voulu dire, « Évidemment », j'aurais voulu demander, « Quelque chose qui va ? » J'aurais voulu tirer sur le fil, détricoter l'écharpe de mon silence pour recommencer du début, au lieu de quoi je disais, « Moi. » Je sais que je ne suis pas seul à souffrir ainsi, on entend les vieux dans la rue, il y en a qui geignent, « Mouaismouaismouais », mais certains d'entre eux s'accrochent à leur dernier mot, « Moi », voilà ce qu'ils disent, parce qu'ils sont désespérés, ce n'est pas une plainte c'est une prière, et puis je perdis « Moi » et mon silence fut complet. Je me mis à emporter partout des cahiers comme celui-ci, que j'emplissais de toutes les choses que je ne pouvais dire, c'est ainsi que cela a commencé, quand je voulais deux petits pains, j'écrivais « Je veux deux petits pains » sur la première page blanche et la montrais au boulanger, et quand j'avais besoin qu'on m'aide, j'écrivais « À l'aide », et quand j'avais envie de rire j'écrivais « Ha ha ha ! » et au lieu de chanter sous la douche, j'écrivais les paroles de mes chansons préférées, l'encre teignait l'eau en bleu, en rouge ou en vert, et la musique dégoulinait le long de mes jambes, à la fin de chaque jour, j'emportais le cahier dans mon lit pour feuilleter les pages de ma vie :

Je veux deux petits pains

Et j'ai bien envie d'une douceur

Je regrette, c’est ce que j’ai de plus petit

Vous pouvez le faire savoir…

Ordinaire, s'il vous plaît

Non merci, je vais éclater

Je ne suis pas sûr, mais il est tard

À l'aide

Ha ha ha !

Il n'était pas rare que je me retrouve à court de pages blanches avant la fin de la journée, de sorte que si j'avais quelque chose à dire à quelqu'un dans la rue, à la boulangerie ou à l'arrêt de l'autobus, je pouvais tout au plus feuilleter le cahier du jour à la recherche de la page la plus adéquate à recycler, quand quelqu'un me demandait, « Comment vous sentez-vous ? » il se pouvait que ma meilleure réponse fût d'indiquer, « Ordinaire, s'il vous plaît », ou peut-être, « Et j'ai bien envie d'une douceur », quand mon seul ami, M. Richter, suggérait, « Et si tu essayais de refaire une sculpture ? Au pire, que pourrait-il arriver ? » je retournais jusqu'au milieu du cahier rempli : « Je ne suis pas sûr, mais il est tard. » J'ai usé des centaines de cahiers, des milliers, il y en avait dans tout l'appartement, je les utilisais comme butoirs et comme presse-papiers, les empilais en guise d'escabeau, les glissais sous les pieds des tables branlantes, m'en servais comme dessous-de-plat, ou dessous-de-verre, pour tapisser les cages à oiseaux et pour écraser des insectes dont j'implorais le pardon, je n'ai jamais attaché un prix particulier à mes cahiers, ils m'étaient nécessaires, voilà tout, il m'arrivait d'en arracher une page – « Je regrette, c'est ce que j'ai de plus petit » – pour éponger une saleté, supprimais une journée entière afin d'emballer les ampoules électriques de rechange, je me rappelle avoir passé un après-midi avec M. Richter au zoo de Central Park, je m'étais lesté de nourriture pour les animaux, il faut n'avoir jamais été un animal pour aposter un écriteau interdisant de les nourrir, M. Richter racontait une blague, je jetais des hamburgers aux lions, son rire faisait trembler les cages, les animaux se réfugiaient dans les coins, nous riions et riions, ensemble et séparément, audiblement et en silence, nous étions bien décidés à ignorer tout ce qu'il convenait d'ignorer, à bâtir un monde nouveau à partir de rien si rien de notre monde ne pouvait être sauvé, ce fut l'une des plus belles journées

de ma vie, une journée pendant laquelle je vécus sans jamais penser à ma vie. Plus tard cette année-là, quand la neige avait commencé à recouvrir les perrons, quand le matin devenait le soir tandis que j'attendais, sur le canapé, enfoui sous tout ce que j'avais perdu, je fis du feu en me servant de mon rire pour l'allumer : « Ha ha ha ! » « Ha ha ha ! » « Ha ha ha ! » « Ha ha ha ! » J'étais déjà à court de mots quand j'ai rencontré ta mère, ce fut peut-être ce qui rendit possible notre mariage, elle ne fut jamais contrainte de me connaître. Nous nous rencontrâmes à la boulangerie Columbian, dans Broadway, nous étions venus seuls à New York, l'un et l'autre, brisés et désorientés, j'étais assis au coin de la salle, remuant la crème dans mon café où elle tournait en rond comme un petit système solaire, la salle était à moitié vide mais elle se glissa juste à côté de moi, « Vous avez tout perdu, » dit-elle comme si nous partagions un secret, « Je le vois bien. » Si j'avais été un autre dans un monde différent, j'aurais fait quelque chose d'autre, mais j'étais moi-même, et le monde était le monde, alors j'étais silencieux, « Ça ne fait rien », chuchota-t-elle, la bouche trop près de mon oreille, « Moi aussi. Ça doit probablement se voir d'un bout d'une salle à l'autre. Ce n'est pas comme être italien. Nous sommes voyants comme un coup de pied dans un carreau. Regardez la façon dont ils nous regardent. Ils ne savent peut-être pas que nous avons tout perdu, mais ils savent que quelque chose cloche. » Elle était l'arbre et aussi la rivière qui s'éloignait de l'arbre, « Ça pourrait être pire », dit-elle, « il y a pire qu'être comme nous sommes. Écoutez, au moins nous sommes vivants », je vis qu'elle aurait voulu rattraper ces derniers mots, mais le courant était trop fort, « et le temps qu'il fait, c'est mille dollars, ça non plus il ne faut pas l'oublier », je remuais mon café. « Mais la météo ne vaudra pas tripette, ce soir. En tout cas, c'est ce qu'ils ont dit à la radio », je haussai les épaules, j'ignorais le sens de « tripette », « Je comptais aller acheter du thon à l'A&P. J'ai découpé des bons dans le *Post* ce matin. Cinq boîtes pour le prix de trois. Une affaire ! Pourtant je n'aime pas le thon. Ça me donne des brûlures d'estomac, autant vous le dire. Mais c'est un prix qui défie toute concurrence », elle essayait de me faire rire, mais je haussai les épaules et continuai de remuer mon café, « Je ne sais plus », dit-elle. « Il fait un temps à mille dollars et la radio dit que la météo ne vaudra pas tripette ce soir, alors je ferais peut-être mieux d'aller me promener au parc, même si je suis sensible aux coups de soleil. Et d'abord ce n'est pas comme si je comptais manger le thon ce soir, n'est-ce pas ? Ni jamais, autant vous le dire. Le thon me donne des brûlures d'estomac, voyons la vérité en face. Alors de ce côté-là, rien ne presse. Mais le beau temps ne va pas durer. Du moins, jamais encore il n'a duré. Et autant vous dire aussi que mon médecin pense que ça me fait du bien de sortir. Mes yeux ne valent pas tripette, et il dit que je ne sors pas assez, vraiment pas, et que si je sortais un peu plus, si j'avais un peu moins peur… » Elle tendait une main que je ne savais comment saisir, j'en brisais donc les doigts avec mon silence, elle dit, « Vous ne voulez pas me parler, c'est ça ? » Je sortis mon cahier journalier de mon sac à dos pour chercher la première page blanche, c'était l'antépénultième. « Je ne parle pas, écrivis-je. Pardon. » Elle regarda la feuille de papier, puis moi, puis de nouveau la feuille de papier, elle se couvrit les yeux des deux mains et se mit à pleurer, les larmes filtraient entre ses doigts et en remplissaient les petits creux, elle pleurait, pleurait, pleurait encore, il n'y avait pas de serviette en papier à ma portée, j'arrachai donc une page du cahier – « Je ne parle pas. Pardon » – et je m'en servis pour lui essuyer les joues, mon explication et mes excuses coulèrent sur son visage comme du rimmel, elle me prit le stylo et écrivit sur la page blanche suivante de mon cahier journalier, la dernière :

S'il vous plaît épousez-moi

Feuilletant le cahier à rebours je lui montrai, « Ha ha ha ! » Elle tourna les pages dans l'autre sens et montra, « S'il vous plaît épousez-moi ». Je revins en arrière pour lui montrer, « Je regrette, c'est ce que j'ai de plus petit ». Elle retourna en avant pour me montrer, « S'il vous plaît épousez-moi ». Je retournai en arrière pour lui montrer, « Je ne suis pas sûr, mais il est tard ». Elle revint en avant pour me montrer, « S'il vous plaît épousez-moi », et cette fois elle posa le doigt sur « S'il vous plaît », comme pour tenir la page et mettre un terme à la conversation, ou comme si elle essayait de transpercer le mot pour pénétrer dans ce qu'elle voulait vraiment dire. Je pensai à la vie, à ma vie, aux gênes, aux légères coïncidences, aux ombres des réveille-matin sur les tables de chevet. Je pensai à mes petites victoires et à tout ce que j'avais vu détruire, j'avais nagé parmi les manteaux de vison sur le lit de mes parents qui recevaient à l'étage en dessous, j'avais perdu la seule personne avec laquelle j'aurais pu passer ma seule vie, j'avais abandonné mille tonnes de marbre, j'aurais pu produire des sculptures, j'aurais pu me tailler moi-même dans le marbre de mon être. J'avais connu la joie, mais pas assez, il s'en fallait de beaucoup, peut-il y en avoir assez ? La fin de la souffrance ne justifie pas la souffrance et il n'y a donc pas de fin à la souffrance, quelle loque je suis, pensai-je, quel imbécile, que je suis bête et étroit, quel bon à rien je fais, si rétréci et pitoyable, à la dérive, désemparé et impuissant. Aucune de mes bêtes ne connaît son propre nom, quel genre d'être suis-je donc ? Je soulevai son doigt comme l'aiguille d'un phonographe pour feuilleter à rebours une page après l'autre :

À l'aide

Ce bracelet que maman portait à l'enterrement. Voilà comment je m'y suis pris : j'ai traduit en morse le dernier message de papa et j'ai choisi des perles bleu ciel pour le silence, bordeaux pour séparer les lettres, violettes pour séparer les mots, le fil, court ou long entre les perles, représentait les bips courts et longs, qu'on appelle plutôt des *tits* et des *tâ*, je crois, ou quelque chose dans le genre. Papa aurait su, lui. Il m'a fallu neuf heures pour le monter et j'ai pensé le donner à Sonny, le sans-abri que je vois des fois devant l'Alliance française, parce qu'il me colle des semelles de plomb, ou peut-être à Lindy, la vieille dame très chouette qui fait le guide bénévole au Muséum d'histoire naturelle, pour qu'il y ait quelque chose entre elle et moi, ou tout simplement à une personne en fauteuil roulant. Mais finalement je l'ai donné à maman. Elle a dit que c'était le plus beau cadeau qu'on lui ait jamais fait. Je lui ai demandé s'il était plus beau que le Tsunami Comestible, du temps où je m'intéressais aux événements météorologiques comestibles. Elle a répondu :

« Différent. »

Je lui ai demandé si elle était amoureuse de Ron. Elle a dit :

« Ron est quelqu'un de formidable. »

C'était une réponse à une question que je n'avais pas posée. Alors j'ai redemandé :

« Vrai ou faux : tu es amoureuse de Ron. »

Elle a passé la main où elle a son alliance dans ses cheveux et dit :

« Écoute, Oskar, Ron est mon ami. »

J'allais lui demander si elle se faisait sauter par son ami et si elle avait répondu oui je me serais enfui. Si elle avait répondu non, je lui aurais demandé s'ils pratiquaient le flirt poussé – je suis renseigné là-dessus. J'avais envie de lui dire qu'elle ne devrait pas encore jouer au Scrabble. Ni se regarder dans le miroir. Ni mettre la chaîne plus fort qu'il faut simplement pour l'entendre. C'était pas juste, c'était mal pour papa, c'était mal pour moi. Mais j'ai enterré tout ça à l'intérieur de moi. Je lui ai fabriqué d'autres bijoux en morse avec les messages de papa – un collier, un bracelet de cheville, des pendants d'oreilles, une tiare – mais le bracelet était décidément le plus beau, probablement parce que c'était le dernier, ce qui en faisait le plus précieux.

« Maman ?

– Oui ?

– Rien. »

Même au bout d'un an, je trouvais encore extrêmement difficile de faire certaines choses, comme prendre une douche, je ne sais pas pourquoi, ou l'ascenseur, évidemment. Il y avait un tas de trucs qui me faisaient paniquer, comme les ponts suspendus, les germes, les avions, les feux d'artifice, les Arabes dans le métro (alors que je ne suis pas raciste), les Arabes au restaurant, dans les cafés et autres lieux publics, les échafaudages, les plaques d'égout ou de métro, les sacs sans propriétaire, les chaussures, les gens à moustache, la fumée, les nœuds, les gratte-ciel, les turbans. Une grande partie du temps j'avais l'impression d'être au milieu d'un immense océan noir, ou au cœur de l'espace, mais pas de la façon qui aurait été passionnante. Simplement tout était incroyablement loin de moi. C'était pire la nuit. Je me suis mis à inventer des choses, et puis je n'ai plus pu m'arrêter, comme les castors – là-dessus je suis renseigné. Les gens croient qu'ils coupent des arbres pour construire des barrages, mais en réalité c'est parce que leurs dents n'arrêtent jamais de pousser, et s'ils ne les limaient pas constamment en rongeant tous ces arbres, leurs dents finiraient par leur pousser dans le museau, ce qui les tuerait. Mon cerveau, c'était pareil.

Une nuit, après ce qui m'a semblé un googolplex d'inventions, je suis allé dans le dressing de papa. On y faisait de la lutte gréco-romaine, lui et moi, on racontait des blagues tordantes, et une fois on avait accroché un pendule au plafond et mis des dominos en rond par terre pour prouver la rotation de la terre. Mais je n'y étais pas retourné depuis qu'il était mort. Maman était avec Ron au salon, ils écoutaient de la musique trop fort et jouaient au Scrabble. Papa ne lui manquait pas. J'ai tenu le bouton de porte un moment avant de l'ouvrir.

Alors que le cercueil de papa était vide, son dressing était plein. Et après plus d'un an, ça sentait encore comme quand il se rasait. J'ai touché tous ses T-shirts blancs. J'ai touché la belle montre qu'il ne portait jamais et les lacets de rechange pour ses baskets qui ne couraient jamais plus autour du réservoir. J'ai mis les mains dans les poches de tous ses vestons (j'ai trouvé une fiche de taxi, un emballage de mini-Krackle et la carte d'un diamantaire). J'ai mis les pieds dans ses pantoufles. Je me suis regardé dans son chausse-pied métallique. En moyenne, les gens mettent sept minutes à s'endormir, mais moi j'arrivais pas à dormir, même après des heures, et ça rendait mes semelles de plomb plus légères d'être près de ses affaires, de toucher des trucs qu'il avait touchés, et de redresser un peu les cintres, alors que je savais que ça n'avait pas d'importance.

Son smoking était posé sur la chaise où il s'asseyait pour lacer ses chaussures et j'ai pensé, *Bizarre*. Pourquoi n'était-il pas pendu avec ses costumes ? Papa était-il rentré d'une réception la veille de sa mort ? Mais alors pourquoi aurait-il enlevé son smoking sans le pendre ? Il avait peut-être besoin d'un nettoyage ? Mais je ne me souvenais pas d'une réception. Je me souvenais qu'il était venu me border, et qu'on avait écouté quelqu'un qui parlait grec à la radio, et qu'il m'avait raconté une histoire sur le sixième district de New York. Si je n'avais rien remarqué d'autre, rien de bizarre, je n'aurais plus repensé au smoking. Seulement je me suis mis à remarquer plein de trucs.

Il y avait un joli vase bleu sur l'étagère du haut. Qu'est-ce qu'un joli vase bleu faisait tout là-haut ? Je ne pouvais pas l'atteindre, évidemment, alors j'ai approché la chaise avec le smoking encore dessus et puis je suis allé dans ma chambre chercher le *Théâtre complet de Shakespeare* que grand-mère m'a offert quand elle a appris que j'allais jouer Yorick, je l'ai rapporté par paquets de quatre tragédies jusqu'à ce que la pile soit assez haute. J'ai grimpé là-dessus et ça a bien marché pendant une seconde. Mais j'ai à peine posé les doigts sur le vase que les tragédies ont commencé à vaciller, sans compter que le smoking distrayait incroyablement mon attention et tout s'est donc retrouvé par terre, y compris moi, y compris le vase, cassé en mille morceaux. J'ai crié : « J'ai rien fait ! » mais ils ne m'entendaient même pas, parce qu'ils écoutaient la musique trop fort et se fendaient trop la pêche. Je me suis enfermé en moi-même comme dans un sac de couchage et j'ai tiré la fermeture Éclair jusqu'en haut, pas parce que j'avais mal, pas parce que j'avais cassé quelque chose, mais parce qu'ils se fendaient la pêche. Alors que je savais qu'il ne fallait pas, je me suis fait un bleu.

Je me suis mis à tout nettoyer, et là j'ai remarqué autre chose de bizarre. Au milieu de tous ces morceaux de verre, il y avait une petite enveloppe à peu près de la taille d'une carte réseau sans fil. *Hein quoi qu'est-ce ?* Je l'ai ouverte et dedans il y avait une clé. *Quoi qu'est-ce de quoi qu'est-ce ?* C'était une clé bizarre, évidemment la clé de quelque chose d'extrêmement important, parce qu'elle était plus épaisse et plus courte qu'une clé normale. Je n'avais aucune explication : une grosse clé courte, dans une petite enveloppe, dans un vase bleu, sur l'étagère du haut de son dressing.

J'ai commencé par faire ce qui était logique, le plus secrètement possible, essayer la clé dans toutes les serrures de l'appartement. Je savais, sans avoir à l'essayer, que ce n'était pas celle de la porte d'entrée puisqu'elle était différente de la clé que je porte accrochée à mon cou par une cordelette pour entrer quand il n'y a personne à la maison. Sur la pointe des pieds, sans me faire remarquer, je suis allé essayer la clé dans la serrure de la salle de bains, dans celle des chambres à coucher et des tiroirs de la commode de maman. Je l'ai essayée sur le petit bureau de la cuisine où papa s'occupait des factures, et sur le placard à côté du placard à linge, où je me cachais des fois quand on jouait à cache-cache, et aussi dans la serrure de la boîte à bijoux de maman. Mais elle n'allait nulle part.

Dans mon lit ce soir-là j'ai inventé un écoulement spécial qui serait sous tous les oreillers de New York et aboutirait au réservoir. Chaque fois que quelqu'un pleurerait en s'endormant, les larmes iraient toutes au même endroit, et le lendemain matin la météo pourrait annoncer si le niveau du Réservoir des Larmes avait monté ou baissé, on saurait si New York porte ou non des semelles de plomb. Et chaque fois qu'il arriverait quelque chose de vraiment vraiment terrible – une bombe thermonucléaire, ou au moins une attaque par armes biologiques –, une sirène extrêmement forte se déclencherait, disant à tout le monde d'aller à Central Park mettre des sacs de sable autour du réservoir.

Enfin bref.

Le lendemain matin, j'ai dit à maman que je ne pouvais pas aller à l'école, parce que j'étais trop malade. C'est le premier mensonge que j'ai dû raconter. Elle a posé la main sur mon front et dit :

« C'est vrai que tu es un peu chaud.

– J'ai pris ma température, j'ai trente-huit cinq. »

C'était le deuxième mensonge.

Elle s'est tournée et m'a demandé de remonter la fermeture de sa robe, ce qu'elle aurait pu faire elle-même mais elle savait que j'adorais ça.

« J'ai des réunions toute la journée mais grand-mère peut venir si tu as besoin de quoi que ce soit, et j'appellerai pour prendre des nouvelles toutes les heures.

– Si je réponds pas, c'est que je dors ou que je suis aux cabinets.

– Réponds. »

Quand elle est partie travailler, je me suis habillé pour descendre. Stan balayait devant l'immeuble. J'ai essayé de passer sans me faire remarquer mais il m'a remarqué.

« T'as pas l'air malade », il a dit en poussant un tas de feuilles dans le caniveau.

J'ai répondu :

« Je me sens mal. »

Il a demandé :

« On peut savoir où va M. Je-Me-Sens-Mal ?

– Au drugstore de la 84e Rue, acheter du sirop pour la toux. »

Mensonge n° 3. En fait, j'allais chez le serrurier, Frazer et Fils, dans la 79e.

« Il te faut encore des doubles ? » Walt a demandé.

Je l'ai salué en lui tapant dans la main et je lui ai montré la clé que j'avais trouvée en demandant ce qu'il en pensait.

« C'est un genre de clé de sécurité, il a dit en la levant devant lui pour la regarder par-dessus ses lunettes.

Celle d'un coffre, je pense. On voit que c'est une clé de sécurité. »

Il m'a montré un tableau sur lequel il y avait une tonne de clés.

« Regarde, elle ne ressemble à aucune de celles-là. Elle est bien plus épaisse. Plus difficile à casser. »

J'ai touché toutes les clés qui étaient à ma portée et ça m'a fait du bien, je ne sais pas pourquoi.

« Mais pas pour une chambre forte, je crois pas. Rien d'aussi gros. Un machin portatif, peut-être. Ça pourrait être un petit coffre, en fait. Ancien. Ou le placard vitré d'un extincteur. »

Là, je me suis un peu fendu la pêche, alors que je sais que l'extinction n'est pas un sujet rigolo.

« C'est une vieille clé, elle peut avoir dans les vingt ou trente ans.

– Comment vous le savez ?

– Les clés, ça me connaît.

– Vous êtes cool.

– Et il n'y a plus beaucoup de coffres qui ferment à clé.

– Ah bon ?

– Bah, les clés, presque plus personne ne s'en sert aujourd'hui.

– Moi je m'en sers, j'ai dit en lui montrant la clé de l'appartement.

– Je sais. Mais les gens comme toi sont en voie de disparition. On vit l'époque du tout électronique. Cartes magnétiques. Empreintes du pouce.

– C'est stupéfiant.

– Mais moi, j'aime les clés. »

J'ai réfléchi une minute et mes semelles de plomb se sont incroyablement alourdies.

« Et alors, si les gens comme moi sont en voie de disparition, qu'est-ce qu'elle va devenir, votre affaire ?

– On se spécialisera, comme les marchands de machines à écrire. Pour l'instant, on est utiles, mais bientôt on sera intéressants.

– Il vous faudra peut-être une nouvelle affaire.
– J'aime bien celle-ci.
– Je me posais une question, comme ça, pour savoir.
– Vas-y.
– Où ça ?
– Mais non, vas-y, pose-la ta question.
– Ah. Vous, vous êtes Frazer, ou vous êtes Fils ?
– Petit-Fils, en fait. C'est mon grand-père qui a fondé la boutique.
– Cool.
– Mais on peut dire que je suis Fils, aussi. Parce que c'est mon père qui dirigeait la maison quand il était vivant. Et on peut dire que je suis aussi Frazer, puisque mon fils travaille ici, l'été.
– Encore une question.
– Vas-y.
– Vous croyez que je pourrais retrouver l'entreprise qui a fabriqué cette clé ?
– Ça peut être n'importe qui.
– Bon, mais ce que je veux savoir, c'est comment retrouver la serrure qu'elle ouvre.
– Là, je peux pas faire grand-chose pour toi, sauf te dire que tu n'as qu'à l'essayer dans toutes les serrures que tu trouveras. Je peux toujours t'en faire un double, si tu veux.
– Je pourrais avoir un googolplex de clés.
– Googolplex ?
– Un googol à la puissance googol.
– Googol ?
– C'est un 1 suivi de cent zéros. »
Il m'a posé la main sur l'épaule en disant :
« Ce qu'il te faut, c'est trouver la serrure. »
Je me suis mis sur la pointe des pieds, aussi haut que j'ai pu, pour lui poser la main sur l'épaule en disant :
« C'est ça. »

Quand j'allais partir il a demandé :
« Tu n'es pas à l'école ? »
J'ai réfléchi très vite et j'ai répondu :
« C'est le jour anniversaire du Dr Martin Luther King. »
Mensonge n° 4.
« Je croyais que c'était en janvier.
– Avant, oui, mais ça a changé. »
Mensonge n° 5.
En rentrant, Stan m'a dit :
« Vous avez du courrier ! »

Cher Osk,

Salut, petit gars ! Merci pour ta merveilleuse lettre et pour les baguettes à l'épreuve des balles que j'espère n'avoir jamais à utiliser ! Je dois t'avouer que je n'ai jamais trop pensé à donner des cours…

Je joins un T-shirt, j'espère qu'il te plaira, j'ai pris la liberté de te l'autographier.

Ton pote,
Ringo

S'il me plaisait, je l'adorais, ce T-shirt ! Sauf que malheureusement il n'était pas blanc, et que je n'ai pas pu le mettre.

J'ai plastifié la lettre de Ringo pour la punaiser au mur. Après j'ai fait des recherches sur Internet au sujet des serrures de New York, et j'ai trouvé plein de renseignements utiles. Par exemple, il y a 319 bureaux de poste et 207 352 boîtes postales. Chaque boîte a une serrure, évidemment. J'ai aussi découvert qu'il y a environ 70 571 chambres d'hôtel et que la plupart ont une serrure à l'entrée, une pour la salle de bains, une pour la penderie et une pour le minibar. Comme je ne savais pas ce que c'était qu'un minibar, j'ai appelé l'hôtel Plaza, dont je savais qu'il était célèbre, pour demander. Après, j'ai su ce que c'était qu'un minibar. Il y a plus de 300 000 voitures à New York, et je ne compte même pas les 12 187 taxis et les 4 425 autobus. En plus, je me suis rappelé, du temps où je prenais le métro, que les contrôleurs ont des clés pour ouvrir et fermer les portes, il fallait donc ajouter celles-là. Il y a plus de 9 millions d'habitants à New York (il y naît un enfant toutes les 50 secondes), il faut bien qu'ils aient un logement, et la plupart des appartements ont deux serrures à l'entrée, souvent une à la salle de bains, peut-être aussi à la porte de certaines autres pièces, comme aux tiroirs des commodes et aux boîtes à bijoux, évidemment. Il y a aussi les bureaux, les ateliers d'artiste, les entrepôts, les banques et leur salle des coffres, l'entrée des cours et des parkings. En comptant absolument tout – depuis les antivols des vélos jusqu'aux portes donnant sur les toits et les espèces de tiroirs secrets dans lesquels on met des boutons de manchettes –, j'ai calculé qu'il devait y avoir à peu près 18 serrures par personne à New York, ce qui fait à peu près 162 millions de serrures, ce qui fait un tas de serrures à tomber sur le Cunégonde.

« Schell, j'écoute… Salut, maman… Un peu, je crois, mais encore assez malade… Non… Mm-mmm… Mm-mmm… Peut-être… Je crois que je vais commander chez l'Indien… N'empêche… D'accord. Mm-mmm. Oui, oui… Je sais… Mais je sais… Au revoir. »

Je me suis chronométré, ça me prenait 3 secondes d'ouvrir une serrure. Ensuite, j'ai calculé que, s'il naît un enfant toutes les 50 secondes, et que chaque personne a 18 serrures, il se crée à New York une nouvelle serrure toutes les 2,777 secondes. Et donc, si je ne faisais qu'ouvrir des serrures, je prendrais quand même un retard de 0,333 seconde par serrure. Sans compter le temps nécessaire pour aller d'une serrure à l'autre, sans manger, sans dormir – là, pas de problème puisque en fait je ne dormais pas, de toute manière. Il me fallait un meilleur plan.

Ce soir-là, j'ai mis mes gants blancs, je suis allé dans le dressing de papa et j'ai ouvert le sac où j'avais jeté tous les morceaux du vase dans la corbeille à papier. Je cherchais des indices qui me mettraient sur une piste. Il fallait être extrêmement précautionneux pour ne pas fausser les preuves, ni me faire repérer par maman, ni me couper et m'infecter. J'ai trouvé l'enveloppe de la clé. C'est alors que j'ai remarqué une chose qu'un bon enquêteur aurait vue tout de suite : le mot « Black » était écrit au dos de l'enveloppe. Je m'en suis tellement voulu de ne pas l'avoir remarqué avant que je me suis fait un petit bleu. L'écriture de papa était bizarre. Négligée, comme s'il avait écrit très vite, ou noté le mot en parlant au téléphone, ou simplement pensé à autre chose. Et à quoi pouvait-il avoir pensé ?

En surfant sur Google, j'ai découvert que Black n'était pas le nom d'une entreprise qui fabriquait des coffres. Ça m'a un peu déçu parce que ç'aurait été une explication logique, qui sont toujours les meilleures, mais malheureusement pas les seules.

Ensuite, j'ai découvert que, dans tous les États du pays, se trouve un endroit qui s'appelle Black, comme d'ailleurs dans presque tous les pays du monde. En France, par exemple, il y a un endroit qui s'appelle Noir. Je n'étais pas plus avancé. J'ai fait quelques autres recherches, je savais bien que je me faisais du mal, mais c'était plus fort que moi. J'ai imprimé quelques-unes des photos que j'ai trouvées – une fille attaquée par un requin, un type qui marche sur un fil entre les tours jumelles, cette actrice qui a un nom d'hôtel français en train de se faire tailler une pipe par son petit ami normal, un soldat à qui on coupe la tête en Irak, le mur vide où était accroché un tableau célèbre avant qu'on le vole –

et je les ai mises dans *Les Trucs qui me sont arrivés*, l'album de tout ce qui m'est arrivé.

Le lendemain matin, j'ai dit à maman que je ne pouvais toujours pas aller à l'école. Elle m'a demandé ce qui n'allait pas. Je lui ai répondu :

« Comme toujours, la même chose que d'habitude.

– Tu es malade ?

– Je suis triste.

– À cause de papa ?

– À cause de tout. »

Elle s'est assise à côté de moi sur le lit, alors que je savais qu'elle était pressée.

« Quoi, tout ? »

Je me suis mis à compter sur mes doigts :

« La viande et les produits laitiers qu'il y a dans notre réfrigérateur, les bagarres de rue, les accidents de voiture, Larry…

– C'est qui, Larry ?

– Le sans-abri devant le Muséum d'histoire naturelle qui dit toujours : "Je vous assure que c'est pour manger", quand il demande de l'argent. »

Elle s'est tournée et j'ai fermé sa robe en continuant à compter.

« Que tu ne saches pas qui est Larry alors que tu le vois probablement tout le temps, que Buckminster passe son temps à dormir, manger et faire ses besoins et qu'il n'ait aucune *raison d'être**, l'affreux petit bonhomme qui n'a pas de cou à la caisse de la salle IMAX, penser qu'un jour le soleil va exploser, qu'à chaque anniversaire on me donne toujours au moins un truc que j'ai déjà, les pauvres qui deviennent obèses parce qu'ils mangent des saletés parce que c'est moins cher… »

À partir de là, je n'avais plus de doigts, mais ma liste ne faisait que commencer et je voulais qu'elle soit longue parce que je savais qu'elle ne partirait pas tant que je continuerais.

« … la domestication, et que moi, moi, j'aie un animal domestique, les cauchemars, Windows de Microsoft, les vieux qui n'ont rien à faire de la journée parce que personne ne pense à passer du temps avec eux et qu'ils auraient honte de demander aux gens de passer du temps avec eux, les secrets, les anciens téléphones, que les serveuses chinoises sourient même quand il n'y a rien de drôle ou aucune raison d'être content, et aussi que des Chinois aient des restaurants mexicains mais que jamais aucun Mexicain n'ait un restaurant chinois, les miroirs, les magnétophones à cassettes, que les autres m'aiment pas à l'école, les bons de réduction que grand-mère découpe, les entrepôts, les gens qui ne savent pas ce que c'est qu'Internet, l'écriture de cochon, les belles chansons, l'idée qu'il n'y aura plus d'êtres humains dans cinquante ans.

– Qui a dit qu'il n'y aurait plus d'êtres humains dans cinquante ans ? »

Je lui ai demandé :

« Tu es une optimiste ou une pessimiste ? »

Elle a regardé sa montre en disant :

« Ni une optimiste ni une pessimiste mais je suis optimiste.

– Alors tu vas être désagréablement surprise d'apprendre que les hommes vont se détruire mutuellement dès que cela sera devenu assez facile, c'est-à-dire très bientôt.

– Pourquoi les belles chansons te rendent triste ?

– Parce qu'elles ne sont pas vraies.

– Jamais ?

– Rien n'est à la fois beau et vrai. »

Elle a souri mais d'une façon qui n'était pas seulement heureuse et elle a dit :

« On croirait entendre papa.

– Qu'est-ce que ça veut dire, on croirait entendre papa ?

– Il disait souvent des choses comme ça.

– Comme quoi ?
– Oh, comme *rien* n'est si et ça. Ou *tout* est si et ça. Ou *évidemment*. »
Elle s'est mise à rire avant de dire :
« Il était toujours très catégorique.
– C'est quoi, "catégorique" ?
– Ça vient de catégorie. Ça veut dire certain.
– Qu'est-ce que tu reproches à la certitude ?
– L'arbre lui cachait parfois la forêt.
– Quelle forêt ?
– Non, rien.
– Maman ?
– Oui ?
– Ça ne m'aide pas à aller mieux, que tu dises que, quand je fais un truc, ça te rappelle papa.
– Ah. Pardon. Je le fais souvent ?
– Tu le fais tout le temps.
– Je comprends que ça ne t'aide pas.
– Et grand-mère dit toujours que certaines des choses que je fais lui rappellent grand-père. Et je me sens tout drôle, parce qu'ils sont plus là. En plus, ça me donne l'impression de manquer de personnalité.
– Jamais ta grand-mère ni moi ne dirions une chose pareille. Tu sais que pour nous tu es l'être le plus irremplaçable, tu le sais, non ?
– Probablement.
– Totalement irremplaçable. »
Elle m'a caressé la tête, un moment, et ses doigts sont allés derrière mon oreille, à cet endroit qu'on ne touche presque jamais.
J'ai demandé si je pouvais fermer sa robe encore une fois. Elle a dit :
« Si tu veux. »
Et elle s'est tournée.
« Je crois que ce serait bien que tu essaies d'aller à l'école.

– J'essaie.
– Peut-être la matinée seulement.
– J'arrive même pas à me lever. »
Mensonge n° 6.
« Et le Dr Fein dit qu'il faut que je sois à l'écoute de mes sentiments. Que je devrais apprendre à me lâcher, à me reposer de temps en temps. »
Ça, ce n'était pas un mensonge, pas exactement, mais ce n'était pas exactement la vérité non plus.
« Je ne voudrais pas que ça devienne une habitude, c'est tout.
– Ça ne deviendra pas une habitude. »
Quand elle a posé la main sur les couvertures, elle a dû sentir des bosses parce qu'elle a demandé si je m'étais couché tout habillé.
Je lui ai dit :
« Oui, parce que j'ai froid. » N° 7. « C'est-à-dire, en plus d'avoir la fièvre. »
Dès qu'elle est partie, j'ai pris mes affaires et je suis descendu.
« Tu as l'air d'aller mieux qu'hier », Stan a dit.
Je lui ai répondu de s'occuper de ses oignons et il a fait :
« Punaise ! »
Alors moi :
« Non, mais c'est parce que je me sens plus mal qu'hier. »
Je suis allé à la boutique de fournitures pour artistes de la 93e Rue et j'ai demandé à la femme à l'entrée si je pouvais parler au responsable parce que c'était ce que faisait papa quand il avait une question importante à poser.
« Que puis-je faire pour vous ? elle a demandé.
– Il faut que je parle au responsable.
– Je sais. Que puis-je faire pour vous ?
– Vous êtes incroyablement belle, je lui ai dit, parce qu'elle était grosse, et j'ai donc pensé que ça serait un

compliment particulièrement sympa et que ça la réconcilierait avec moi alors que j'étais sexiste.

– Merci.

– Comme une star de cinéma. »

Elle a secoué la tête, genre *Hein quoi qu'est-ce ?*

« Enfin bref », j'ai dit, et je lui ai montré l'enveloppe, expliqué que j'avais trouvé la clé, que j'essayais de découvrir la serrure qu'elle ouvrait, et que black avait peut-être une signification. Je voulais savoir ce qu'elle pouvait me dire de black puisqu'elle était probablement experte en couleurs.

« Bah, je ne me sens pas trop experte en quoi que ce soit. Mais je peux quand même te dire une chose : c'est assez intéressant que la personne ait écrit "black" à l'encre rouge. »

Je lui demandé pourquoi c'était intéressant, parce que je croyais que c'était tout simplement un des stylos rouges dont papa se servait quand il lisait le *New York Times*.

« Suis-moi, elle a dit, et elle m'a emmené à un présentoir où il y avait dix stylos. Regarde. »

Elle m'a montré un bloc de papier qui était à côté du présentoir.

marron
Avocat
ORANGE
JAUNE
bleu
vert
VERT
Orange
Orange
Violet
violet
marron
ROUGE.
bleu
Bridget Lee
TOM
ROUGE
violet
Mastacardi
noir
Tom
bleu
Rita Mastacardi
Rita
VE
TOM
Rouge
orange
tom
VIOLET
Tom
marron
Mike
Nat
vert
Nat
rouge
rose
Vert
violet
violet
vert
orange
marron
marron
BLEU
NOIR
vert

« Tu vois, la plupart des gens écrivent le nom de la couleur du stylo qu'ils essaient.

– Pourquoi ?

– Je ne sais pas. Ça doit être un truc psychologique, j'imagine.

– Psychologique, c'est-à-dire mental ?

– Oui, au fond. »

J'y ai réfléchi et j'ai eu la révélation que, si j'essayais un stylo bleu, j'écrirais probablement le mot « bleu ».

« Ce n'est pas facile ce qu'a fait ton papa, écrire le nom d'une couleur dans une autre couleur. Ça ne vient pas naturellement.

– Vraiment ?

– Et ça, c'est encore plus difficile », elle a dit en écrivant quelque chose sur la feuille suivante et en me disant de le lire à haute voix.

Elle avait raison, j'ai eu l'impression que ce n'était pas naturel, parce qu'une partie de moi avait envie de dire le nom de la couleur et une autre partie de dire ce qui était écrit. Pour finir, je n'ai rien dit du tout.

Je lui ai demandé ce que ça signifiait d'après elle.

« Bah, je ne sais pas si ça signifie quoi que ce soit. Mais regarde, d'habitude, quand on essaie un stylo, on écrit soit le nom de la couleur du stylo, soit son propre nom. Le fait que “Black” soit écrit en rouge me fait penser que c'est le nom de quelqu'un.

– Ça peut être celui d'une femme.

– Et encore autre chose.

– Oui ?

– C'est un *b* majuscule. D'ordinaire on ne met pas de majuscule à un nom de couleur.

– Alors ça !

– Pardon ?

– C'est Black qui a écrit Black !

– Quoi ?

– Je dis que celui qui a écrit Black s'appelle Black ! Il faut que je trouve Black !

– Si tu as besoin de quoi que ce soit d'autre, n'hésite pas à me le demander.

– Je vous adore.

– Ça ne te dérange pas de ne pas secouer le tambourin dans le magasin ? »

Elle s'est éloignée et je suis resté là un petit moment à courir après mon cerveau. J'ai feuilleté le bloc en réfléchissant à ce que Stephen Hawking ferait à ma place.

BLACK
Tina Cliff
vert
rose violet
Violet
orange
MARRON
bleu
bleu
Ray Cho
violet
violet
violet
Sylvia
Ray Cho
bleu
orange
BLEU
VERT
Violet
jaune
bleu
Patrick
vert
bleu
vert
Patrick
rose
Lythe !
jaune
violet
MARRON
vert
VERT
ROSE
Don
violet
NOIR
violet
RAYCHO
ORANGE.

Orange
Sarah
black
Dave Stanley
violet
rose
bleu
orange
noir
rouge
orange
Dave Stanley
bleu
bleu
violet
vert
vert
bleu
vert
Wendy
Jaune
marron
8
Jaune
rose
Jaune
Marco
violet
bleu
Kally Rica
orange
Jaune
Sarah
VERT
orange
Rouge
Bleu
rose
Sarah
Parker
bleu
Trisha Grand

vert · Beth Feigy · Jaune · black

orange

rose · rouge · John · noir

Thomas Schell

violet · Violet · Violet

Jeremy · VERT · orange · Maria Anya

ROSE

Fred

BLEU

marron · Rose

orange · bleu

BLEU

vert · VERT

rouge · DENNIS

violet · ROUGE · MARRON · marron

bleu · vert · vert

John · jaune · Nick

J'ai arraché la dernière feuille du bloc et couru rejoindre la responsable. Elle servait un client qui voulait des pinceaux mais j'ai jugé que ce ne serait pas grossier de l'interrompre.

« C'est mon papa ! je lui ai dit en posant le doigt sur son nom. Thomas Schell !

– En voilà une coïncidence.

– Seulement, il n'achetait pas de fournitures pour artiste.

– Peut-être qu'il en achetait sans que tu le saches.

– Ou peut-être qu'il avait seulement besoin d'un stylo. »

J'ai fait tout le tour du magasin, de présentoir en présentoir, pour voir s'il avait essayé d'autres fournitures. Ce serait la preuve qu'il était venu acheter des fournitures pour artiste ou seulement essayer des stylos pour en acheter un.

Quelle découverte, j'en revenais pas.

Il y avait son nom partout. Il avait essayé les marqueurs, les pastels gras, les crayons de couleur, les craies, les stylos, les pastels ordinaires et les aquarelles. Il avait même gravé son nom dans un bloc de pâte à modeler et j'avais découvert un couteau de sculpteur avec du jaune au bout, je savais donc qu'il s'en était servi pour ça. C'était à croire qu'il envisageait le plus vaste projet artistique de l'Histoire. Mais j'arrivais pas à comprendre : ça remontait forcément à plus d'un an.

Je suis retourné trouver la responsable.

« Vous avez dit que, si j'avais encore besoin de vous, je n'avais qu'à vous le demander.

– Je finis avec le monsieur et je suis entièrement à toi. »

J'ai attendu là pendant qu'elle finissait avec le monsieur. Elle s'est tournée vers moi. J'ai dit :

« Vous avez dit que, si j'avais encore besoin de vous, je n'avais qu'à vous le demander. Alors voilà, j'ai besoin de voir toutes les factures du magasin.

– Pourquoi ?
– Pour savoir le jour où mon papa est venu et aussi ce qu'il a acheté.
– Pourquoi ?
– Pour savoir.
– Mais pourquoi ?
– Votre papa n'est pas mort, alors je ne vais pas pouvoir vous expliquer pourquoi.
– Ton papa est mort ? »
Je lui ai dit que oui et j'ai ajouté :
« J'ai la peau qui marque très facilement. »
Elle est allée à une des caisses, qui était en fait un ordinateur, elle a affiché quelque chose à l'écran en tapant d'un doigt.
« Comment s'épelle son nom, déjà ?
– S.C.H.E.L.L. »
Elle a encore enfoncé quelques touches, fait une grimace et dit :
« Rien.
– Rien ?
– Il n'a rien acheté, ou alors il a payé en liquide.
– Ah, mer de Chine, attendez.
– Pardon ?
– Oskar Schell… Salut, maman… Parce que je suis aux cabinets… Parce que je l'avais dans la poche… Mm. Mm. Mais je peux te rappeler quand je serai plus aux cabinets ? Disons dans une demi-heure… Ça, ça me regarde… Probablement… Mm… Mm… D'accord, maman… Ouais… Au revoir… Très bien, mais j'ai encore une question.
– C'est à moi que tu parles, ou au téléphone ?
– À vous. Depuis combien de temps ces blocs sont près des présentoirs ?
– Je ne sais pas.
– Il y a plus d'un an qu'il est mort. Ça ferait vraiment très long, non ?

– Pas possible qu'ils y soient depuis si longtemps.
– Vous êtes sûre ?
– À peu près sûre.
– Sûre à plus ou à moins de soixante-quinze pour cent ?
– Plus.
– Quatre-vingt-dix-neuf pour cent ?
– Moins.
– Quatre-vingt-dix pour cent ?
– À peu près. »

Je me suis concentré quelques secondes.

« Ça fait un gros pourcentage. »

Je suis rentré en courant pour faire d'autres recherches et j'ai trouvé 472 personnes qui s'appelaient Black à New York. Il n'y avait que 216 adresses parce que certains Black habitaient ensemble, évidemment. J'ai calculé que, si j'allais en voir deux tous les samedis, ce qui semblait possible, plus les jours fériés et les vacances, moins les répétitions de *Hamlet* et d'autres trucs comme les congrès de numismates et de géologues, il me faudrait environ trois ans pour les voir tous. Mais je n'allais pas pouvoir survivre trois ans sans savoir. J'ai écrit une lettre.

Cher* *Marcel,*

Allô*. *Je suis la maman d'Oskar. Après des tonnes de réflexion, j'ai décidé que les raisons pour lesquelles Oskar devrait prendre des cours de français ne sont pas évidentes, il va donc cesser d'aller vous voir chez vous le dimanche comme il le faisait. Je tiens à vous remercier beaucoup pour tout ce que vous avez appris à Oskar, en particulier le mode conditionnel, qui est ultra-bizarre. Évidemment, il est inutile de m'appeler quand Oskar ne se présentera pas à ses* *cours, parce que je le sais déjà, parce que c'est moi qui en ai pris la décision. En plus, je continuerai à vous envoyer vos chèques, parce que vous êtes sympa.*

Votre ami dévouée*,
Mademoiselle* *Schell*

C'était mon grand projet. Je passerais mes samedis et mes dimanches à aller voir tous les Black pour apprendre ce qu'ils savaient de la clé dans le vase du dressing de papa. Dans un an et demi, je saurais tout. Ou, au moins, si je devais trouver un nouveau plan.

Bien sûr j'aurais voulu parler à maman le soir où j'ai décidé de me mettre en chasse de cette serrure, mais je ne pouvais pas. Ce n'était pas parce que je pensais que j'allais m'attirer des ennuis pour avoir fouillé, ni que j'avais peur qu'elle soit fâchée à cause du vase, ni même que j'étais fâché contre elle qu'elle passe tellement de temps à rire avec Ron quand elle aurait dû contribuer au Réservoir des Larmes, je ne peux pas expliquer pourquoi, mais j'étais sûr qu'elle ne savait rien pour le vase, l'enveloppe ou la clé. Cette serrure, c'était entre moi et papa.

Alors, pendant les huit mois où j'ai cherché à travers New York, quand elle demandait où j'allais et quand je rentrerais, je répondais seulement :

« Je sors. Je rentrerai tout à l'heure. »

Ce qui était trop bizarre, et que j'aurais dû essayer de mieux comprendre, c'était qu'elle ne me demandait jamais rien d'autre, pas même « Tu sors, mais pour aller où ? » ni « Quand ça, tout à l'heure ? » alors que normalement elle faisait très attention à moi, surtout depuis que papa était mort. (Elle m'avait donné le portable pour qu'on puisse toujours se joindre et m'avait dit de prendre des taxis au lieu du métro. Elle m'avait même emmené au commissariat pour qu'ils relèvent

VOLUME
LCD BRIGHT
358min
F2.4
100
DVCAM
48K

Intrepid Flyer
AVION EN PAPIER n° 14

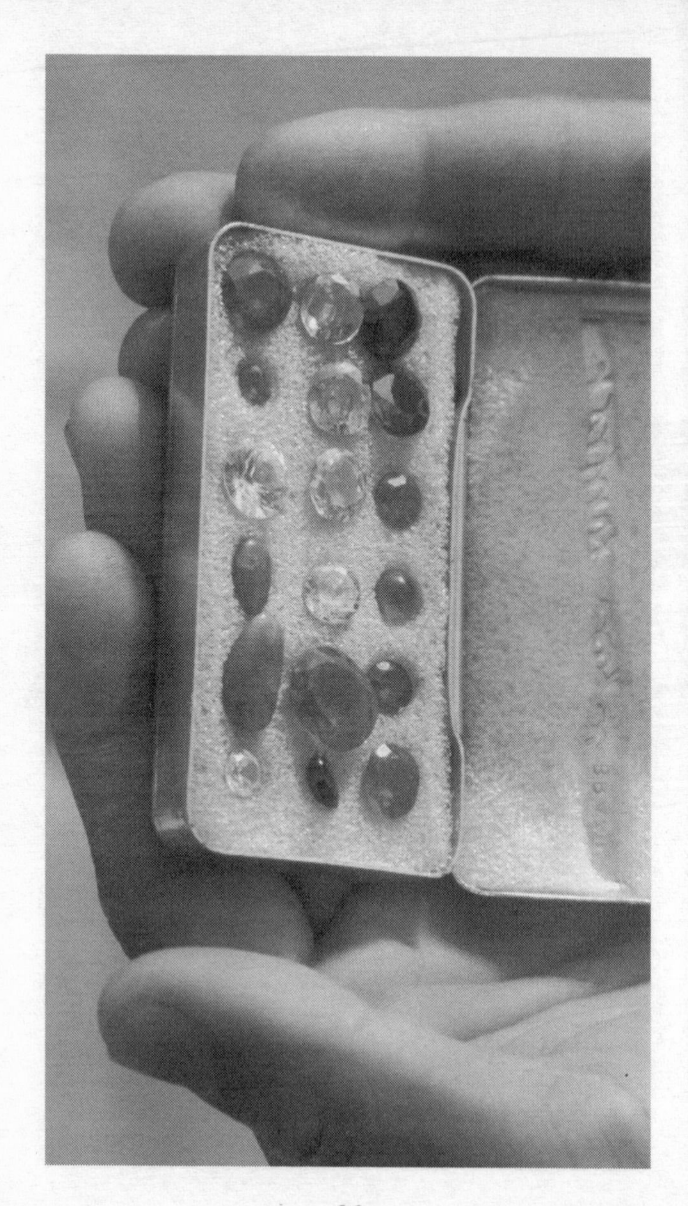

Violet

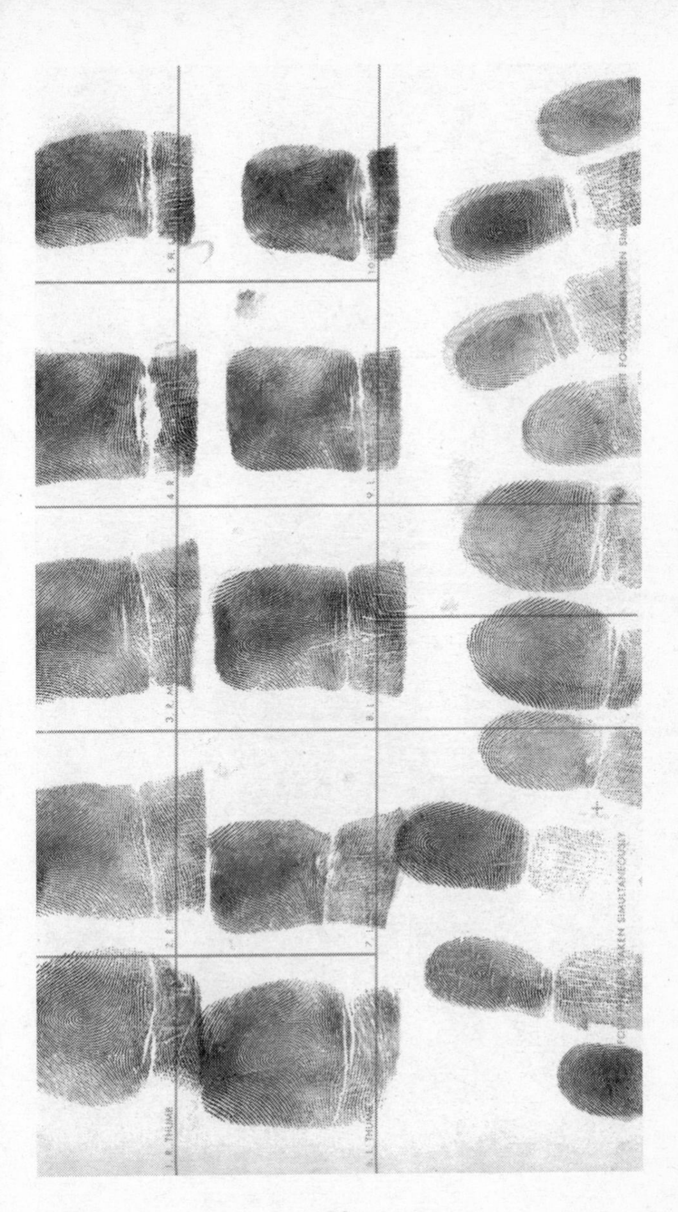

FRANCE

mes empreintes, et ça, c'était génial.) Alors pourquoi avait-elle arrêté de s'en faire pour moi, tout d'un coup ? Chaque fois que je sortais pour aller chercher la serrure, je devenais un peu plus léger parce que je me rapprochais de papa. Mais aussi je devenais un peu plus lourd, parce que je m'éloignais encore de maman.

Dans mon lit ce soir-là, je n'ai pas pu m'arrêter de penser à la clé et à la nouvelle serrure qui naissait à New York toutes les 2,777 secondes. J'ai sorti *Les Trucs qui me sont arrivés*, que je garde entre mon lit et le mur, et je l'ai feuilleté un moment, en espérant que je finirais par m'endormir.

Au bout d'une éternité, je me suis levé pour aller au placard où j'avais mis le téléphone. Je ne l'en avais pas sorti depuis le pire jour. Ce n'était pas possible, tout simplement.

Des tas de fois, je pense aux quatre minutes et demie entre le moment où je suis rentré et celui où papa a appelé. Stan m'avait caressé la figure, ce qu'il ne faisait jamais. J'avais pris l'ascenseur pour la dernière fois. J'avais ouvert la porte de l'appartement, posé mon sac et enlevé mes chaussures comme si tout allait merveilleusement bien parce que je ne savais pas qu'en réalité tout était horrible, en fait, parce que comment l'aurais-je su ? J'avais caressé Buckminster pour lui montrer que je l'aime. J'étais allé voir s'il y avait des messages, et je les avais écoutés l'un après l'autre.

Message un : 8 h 52
Message deux : 9 h 12
Message trois : 9 h 31
Message quatre : 9 h 46
Message cinq : 10 h 04

J'avais pensé téléphoner à maman. J'avais pensé me jeter sur mon walkie-talkie pour appeler grand-mère.

J'étais retourné au premier message et je les avais tous écoutés de nouveau. J'avais regardé ma montre. Il était 10 h 22 mn 21 s. J'avais pensé m'enfuir et ne plus jamais parler à personne. J'avais pensé me cacher sous mon lit. J'avais pensé me précipiter vers le bas de Manhattan pour voir si je trouverais un moyen de le secourir à moi tout seul. Et puis le téléphone avait sonné. J'avais regardé ma montre. Il était 10 h 22 mn 27 s.

Je savais que je ne pourrais pas laisser maman écouter les messages, parce que la protéger est une de mes plus importantes *raisons d'être**, alors voilà ce que j'avais fait : j'avais pris l'argent que papa gardait toujours en cas d'imprévu sur sa commode, et j'étais allé au Radio Shack d'Amsterdam Avenue. C'est sur une télé, là-bas, que j'avais vu que la première tour s'était effondrée. J'avais acheté exactement le même téléphone, j'étais rentré en courant et j'avais enregistré notre message du premier téléphone sur le nouveau. J'avais enveloppé le vieux téléphone dans l'écharpe que grand-mère n'a jamais pu finir à cause de ma pudeur, j'avais mis le tout dans un sac en papier et le sac dans une boîte que j'avais mise dans une autre boîte que j'avais mise dans mon placard, sous un gros tas d'affaires, comme mon établi de joaillerie et les albums de monnaies étrangères.

Le soir où j'ai décidé que retrouver cette serrure était ma *raison d'être** suprême – la *raison** qui régnait sur toutes les autres *raisons** –, j'ai eu vraiment besoin de l'entendre.

J'ai pris extrêmement soin de ne faire aucun bruit en sortant le téléphone de toutes ses protections. Alors que le volume était au minimum, pour que la voix de papa ne réveille pas maman, il remplissait quand même la chambre, comme une lumière remplit une pièce même quand elle est faible.

Message deux. 9 h 12. *C'est encore moi. Vous êtes là ? Allô ? Pardon si. Il commence à y avoir un peu de. Fumée. J'espérais qu'il y aurait quelqu'un. À la maison. Je ne sais pas si vous avez appris ce qui s'est passé. Mais. Je. Voulais vous dire que moi, ça va. Tout. Va. Bien. Quand vous aurez ce message, appelez grand-mère. Pour lui dire que ça va. Je rappelle dans quelques minutes. Espérons que les pompiers. Seront arrivés quand. J'appellerai.*

J'ai renveloppé le téléphone dans l'écharpe pas terminée que j'ai remise dans le sac, que j'ai remis dans la boîte, que j'ai remise dans l'autre boîte, et le tout dans le placard sous des tas de trucs.

J'ai regardé les fausses étoiles pendant une éternité.

J'ai inventé.

Je me suis fait un bleu.

J'ai inventé.

Je me suis levé, je suis allé à la fenêtre et j'ai pris le walkie-talkie.

« Grand-mère ? Grand-mère, tu me reçois ? Grand-mère ? Grand-mère ?

– Oskar ?

– Je vais bien. À vous.

– Il est tard. Qu'est-ce qui se passe ? À vous.

– Je t'ai réveillée ? À vous.

– Non. À vous.

– Qu'est-ce que tu faisais ? À vous.

– Je parlais au locataire. À vous.

– Il est réveillé ? À vous. »

Maman m'avait dit de ne pas poser de questions sur le locataire mais des tas de fois c'était plus fort que moi.

« Oui, grand-mère a dit, mais il vient de partir. Il avait des courses à faire. À vous.

– À 4 h 12 du matin ? À vous. »

Le locataire habitait chez grand-mère depuis que papa était mort, et alors que j'allais chez elle quasiment tous les jours, je ne l'avais toujours pas rencontré. Il était constamment en train de faire des courses, ou la sieste, ou de prendre une douche, même quand je n'entendais pas couler l'eau. Maman m'avait dit :

« Grand-mère doit se sentir très seule, tu ne crois pas ? »

J'avais répondu :

« Tout le monde doit se sentir très seul, tu ne crois pas ?

– Mais elle, elle n'a pas de maman, ni de copains comme Daniel et Jake, même pas de Buckminster.

– C'est vrai.

– Elle a peut-être besoin d'un ami imaginaire.

– Mais moi, je suis bien réel.

– Oui, et elle adore être avec toi. Mais toi, tu vas à l'école, tu vois tes copains, tu as les répétitions de *Hamlet*, tu fais des courses dans les magasins pour tes hobbies…

– S'il te plaît, dis pas que c'est des hobbies.

– Tout ce que je dis, c'est que tu ne peux pas passer tout ton temps avec elle. Et peut-être qu'elle a besoin d'un ami de son âge.

– Comment tu sais que son ami imaginaire est vieux ?

– C'est vrai, au fond, je n'en sais rien. »

Elle avait dit :

« On ne peut pas reprocher aux gens d'avoir besoin d'un ami.

– Là, tu parles de Ron, en fait ?

– Non. Je parle de grand-mère.

– Sauf qu'en fait tu parles de Ron.

– Non, Oskar. Absolument pas. Et je n'aime pas que tu me parles sur ce ton.

– Je te parle sur aucun ton.

– Si, tu m'as parlé sur un ton réprobateur.

– Je sais même pas ce que ça veut dire, "réprobateur", comment je pourrais prendre ce ton-là ?

– Tu essayais de me faire sentir coupable d'avoir un ami.

– Non, pas du tout. »

Elle avait passé la main où elle a son alliance dans ses cheveux en disant :

« Tu sais, il se trouve que je parlais réellement de grand-mère, Oskar, mais c'est vrai, j'ai besoin d'amis, moi aussi. Tu trouves que c'est mal ? »

J'avais haussé les épaules.

« Tu crois que papa ne voudrait pas que j'aie des amis ?

– Je t'ai parlé sur aucun ton. »

Grand-mère habite dans l'immeuble d'en face. On est au quatrième étage et elle au deuxième mais on voit à peine la différence. Des fois, elle m'écrit des mots sur sa fenêtre que je vois avec mes jumelles, et un jour papa et moi, on avait passé tout l'après-midi à essayer de fabriquer un avion en papier qu'on pourrait lancer de chez nous à chez elle. Stan était dans la rue pour ramasser tous les ratages. Je me rappelle un des mots qu'elle a écrits juste après que papa est mort : « Ne t'en va pas. »

Grand-mère a penché la tête par la fenêtre et mis sa bouche incroyablement près du walkie-talkie, ce qui a un peu brouillé sa voix.

« Tout va bien ? À vous.

– Grand-mère ? À vous.

– Oui ? À vous.

– Pourquoi les allumettes sont si courtes ? À vous.

– Comment ça ? À vous.

– Eh ben, on dirait qu'elles se terminent toujours trop vite. On est toujours obligé de se dépêcher à la fin, et il y en a même qui se brûlent les doigts. À vous.

– Je ne suis pas très intelligente, elle a dit, elle s'insulte comme ça chaque fois qu'elle va donner son opinion, mais je crois que les allumettes sont courtes pour tenir dans la poche. À vous.

– Oui, j'ai dit en posant le menton sur ma main et mon coude sur le rebord de la fenêtre, je crois aussi. Et alors, si les poches étaient beaucoup plus grandes ? À vous.

– Bah, j'y connais rien, mais je crois qu'on risquerait d'avoir du mal à atteindre le fond s'il était beaucoup plus bas. À vous.

– C'est juste, j'ai dit en changeant de main parce que celle-là commençait à se fatiguer. Alors pourquoi pas une poche portative ? À vous.

– Portative ? À vous.

– Oui. Ce serait un peu comme une chaussette, mais avec un velcro à l'extérieur pour qu'on puisse l'attacher à n'importe quel tissu. C'est pas tout à fait un sac parce que ça fait vraiment partie du vêtement qu'on porte, mais c'est pas tout à fait une poche non plus, parce que c'est à l'extérieur et amovible, ce qui aurait toutes sortes d'avantages, plus besoin de vider et de remplir ses poches chaque fois qu'on se change, par exemple, et on pourrait transporter des choses de plus grande taille parce qu'il suffirait de décrocher la poche pour y plonger le bras jusqu'au fond. À vous. »

Elle a posé la main sur sa chemise de nuit à la place du cœur et elle a dit :

« C'est une idée à mille dollars. À vous.

– La poche portative éviterait bien des brûlures dues aux allumettes trop courtes, bien des gerçures à cause des tubes de Dermophile trop courts. Et d'ailleurs, pourquoi les barres de chocolat fourré sont-elles si courtes ? Non, parce que t'en as déjà fini une sans avoir encore envie d'en manger ? À vous.

– Je peux pas manger de chocolat, mais je comprends ce que tu dis. À vous.

– Si les peignes étaient plus longs, on aurait toujours la raie droite d'un bout à l'autre. Et des plus gros crayons seraient plus faciles à tenir quand on a les doigts boudinés, comme moi, et on pourrait même apprendre aux oiseaux sauveteurs à faire leur mer de Chine dans la poche portative.

– Je comprends pas.

– Accrochée à sa chemise en graines pour oiseaux.

– Oskar ? À vous.

– Je vais bien. À vous.

– Qu'est-ce que tu as, mon chéri ? À vous.

– Comment ça, qu'est-ce que j'ai ? À vous.

– Qu'est-ce que tu as ? À vous.

– Papa me manque. À vous.

– À moi aussi, il me manque. À vous.

– Il me manque beaucoup. À vous.

– À moi aussi. À vous.

– Tout le temps. À vous.

– Tout le temps. À vous. »

Je ne pouvais pas lui expliquer qu'à moi il me manquait plus, plus qu'à elle, plus qu'à n'importe qui, parce que je ne pouvais pas lui parler de ce qui s'était passé avec le téléphone. Ce secret était un trou au milieu de moi dans lequel tombaient toutes les choses heureuses.

« Je t'ai déjà raconté que grand-père s'arrêtait pour caresser toutes les bêtes qu'il voyait, même quand il était pressé ? À vous.

– Tu me l'as déjà raconté un googolplex de fois. À vous.

– Ah. Et qu'il avait les mains si rugueuses et si rouges à cause de toutes ses sculptures que je lui disais parfois pour plaisanter que c'étaient les sculptures qui lui sculptaient les mains ? À vous.

– Oui, ça aussi. Mais tu peux me le raconter encore, si tu veux. »

Elle me l'a raconté encore.

Une ambulance est passée entre nous dans la rue et j'ai essayé de m'imaginer celui qu'elle transportait et ce qui lui était arrivé. S'était-il cassé la cheville en tentant une acrobatie difficile sur sa planche à roulettes ? Ou peut-être qu'il mourait de brûlures au troisième degré sur quatre-vingt-dix pour cent du corps ? Est-ce que je le connaissais, par hasard ? Quelqu'un qui avait vu l'ambulance se demandait-il si c'était moi à l'intérieur ?

Pourquoi pas un appareil qui connaîtrait tous ceux qu'on connaît ? Comme ça, quand une ambulance passerait dans la rue, une grande pancarte lumineuse pourrait s'allumer sur le toit

T'EN FAIS PAS ! T'EN FAIS PAS !

si l'appareil du malade n'avait pas détecté celui d'une personne qu'il connaissait dans les environs. Et si l'appareil détectait effectivement celui d'une personne qu'il connaissait, l'ambulance pourrait afficher le nom de la personne qu'elle transportait et soit

C'EST PAS GRAVE ! C'EST PAS GRAVE !

soit, si c'était grave,

C'EST GRAVE ! C'EST GRAVE !

Et on pourrait peut-être classer les gens qu'on connaît en fonction de combien on les aime, de telle sorte que, si l'appareil de la personne dans l'ambulance détectait celui de la personne qu'elle aime le plus, ou de la personne qui l'aime le plus, et que la personne dans l'ambulance était très gravement blessée, risquait même de mourir, l'ambulance pourrait afficher

ADIEU ! JE T'AIME ! ADIEU ! JE T'AIME !

C'est sympa de se dire que, si quelqu'un était numéro un sur la liste d'un tas de gens, quand il serait en train de mourir et que son ambulance foncerait dans les rues jusqu'à l'hôpital, elle afficherait tout le temps

ADIEU ! JE T'AIME ! ADIEU ! JE T'AIME !

« Grand-mère ? À vous ?

– Oui, chéri ? À vous ?

– Si grand-père était si formidable, pourquoi il est parti ? À vous. »

Elle a fait un petit pas en arrière, de sorte qu'elle a disparu dans son appartement.

« Il ne voulait pas partir. Il était obligé de le faire. À vous.

– Mais pourquoi était-il obligé de le faire ? À vous.

– Je ne sais pas. À vous.

– Tu n'es pas en colère ? À vous.

– Qu'il soit parti ? À vous.

– De ne pas savoir pourquoi. À vous.

– Non. À vous.

– Triste ? À vous.

– Bien sûr. À vous.

– Attends », j'ai dit, et j'ai couru jusqu'à la trousse où j'ai tout mon matos pour prendre l'appareil photo de grand-père. Je suis revenu avec à la fenêtre et j'ai pris une photo de sa fenêtre à elle. Le flash a illuminé la rue entre nous.

10. Walt
9. Lindy
8. Alicia

Grand-mère a dit :
« J'espère que tu n'aimeras rien autant que je t'aime. À vous. »

7. Farley
6. Le Minch / Dentifrice (ex æquo)
5. Stan

Je l'ai entendue embrasser ses doigts et puis souffler.

4. Buckminster
3. Maman

Je lui ai soufflé un baiser, moi aussi.

2. Grand-mère

« Terminé », l'un de nous deux a dit.

1. Papa

Il nous faudrait des poches bien plus grandes, je me suis dit ça dans mon lit en comptant les sept minutes qu'il faut en moyenne aux gens pour s'endormir. Il nous faut des poches énormes, des poches assez grandes pour notre famille, et nos amis, et même les gens qui ne sont pas sur notre liste, les gens qu'on n'a jamais vus mais qu'on veut quand même protéger. Il nous faudrait des poches pour les districts et pour les villes, une poche qui pourrait contenir l'univers.

Huit minutes trente-deux secondes…

Mais je savais qu'il ne pouvait pas y avoir de poches si énormes. Pour finir, tout le monde perd tout le monde. Il n'y avait pas d'invention pour dépasser ça, et alors, cette nuit-là, je me suis senti comme la tortue qui a tout le reste de l'univers sur son dos.

Vingt et une minutes onze secondes…

La clé, je l'ai mise sur la cordelette à côté de celle de chez moi pour la porter comme un pendentif.

Moi, je suis resté éveillé des heures et des heures. Buckminster s'est roulé en boule contre moi et j'ai conjugué pendant un moment pour ne pas avoir à penser aux choses.

Je suis
Tu es
Il/elle est
Nous sommes
Vous êtes
Ils/elles sont
Je suis
Tu es
Il/elle est
Nous[*]

Je me suis réveillé une fois en pleine nuit, Buckminster avait posé les pattes sur mes paupières. Il avait dû sentir mes cauchemars.

Mes sentiments

12 septembre 2003
Cher Oskar,
Je t'écris de l'aéroport.
J'ai tant de choses à te dire. Je veux commencer au commencement, parce que tu le mérites. Je veux tout te raconter, sans omettre un seul détail. Mais où est le commencement ? Et qu'est-ce que tout ?
Je suis vieille à présent, mais j'ai été une petite fille jadis. C'est vrai. J'ai été une petite fille comme tu es un petit garçon. C'était moi qui étais chargée d'aller chercher le courrier. Un jour il est arrivé une lettre à l'adresse de notre maison. Il n'y avait pas de nom dessus. Je me suis dit qu'elle était autant pour moi que pour n'importe qui d'autre. Je l'ai ouverte. Beaucoup de mots avaient été supprimés du texte par un censeur.
14 janvier 1921
À La Personne Qui Recevra Cette Lettre :
Je m'appelle XXXXXXX XXXXXXXXX et je suis XXXXXXXX au camp de travail turc XXXXX, bloc XX. Je sais que j'ai de la chance XX XXXXXXXX d'être vivant tout simplement. J'ai choisi de vous écrire sans savoir qui vous êtes. Mes parents XXXXXXX XXX. Mes frères et sœurs XXXXX XXXX, le principal XXXXXX XX XXXXXXXX !
J'ai écrit XXX XX XXXXX XXXXXXX tous les jours

depuis que je suis ici. J'ai troqué du pain contre des timbres mais je n'ai pas encore reçu de réponse. Parfois je me réconforte en me disant qu'ils ne postent pas les lettres que nous écrivons.
XXX XX XXXXXX, ou au moins XXX XXXXXXXXX ?
XX XXXXX X XX d'un bout à l'autre XXXXX XX. XXX XXX XX XXXXX, et XXXXX XX XXXXX XX XXX, sans une seule fois XXX XX XXXXXX, XXX XXXXXXXX XXX XXXXX cauchemar ?
XXX XXX, XX XXXXX XX XXXXX XX ! XXXXX XX XXX XX XXX XX XXXXXX m'écrire quelques mots, je vous en serai plus reconnaissant que vous ne le saurez jamais. Plusieurs XXXXXX XXXX ont reçu du courrier, je sais donc que XX XX XXXXXXXX. S'il vous plaît, joignez une photo de vous et votre nom. Joignez tout.
Plein d'espoir,
Croyez que je suis,
XXXXXXXX XXXXXXXXX
J'ai emporté la lettre tout droit dans ma chambre. Je l'ai mise sous mon matelas. Je n'en ai jamais parlé à mon père ni à ma mère. Pendant des semaines, j'ai passé les nuits sans dormir à me poser des questions. Pourquoi cet homme avait-il été envoyé dans un camp de travail turc ? Pourquoi la lettre était-elle arrivée quinze ans après avoir été écrite ? Où était-elle pendant ces quinze années ? Pourquoi personne ne lui avait-il répondu ? Les autres recevaient du courrier, disait-il. Pourquoi avait-il envoyé une lettre chez nous ? Comment connaissait-il le nom de ma rue ? Comment avait-il entendu parler de Dresde ? Où avait-il appris l'allemand ? Qu'était-il devenu ?
J'ai essayé d'en apprendre le plus possible sur cet homme à partir de sa lettre. Les mots étaient très simples. Pain ne veut dire que pain. Le courrier c'est

le courrier. Quand on est plein d'espoir on est plein d'espoir on est plein d'espoir. Il ne me restait que l'écriture.
J'ai donc demandé à mon père, ton arrière-grand-père, que je considérais comme le meilleur des hommes que je connaissais, et comme celui qui avait le plus grand cœur, de m'écrire une lettre. Je lui dis que le sujet n'avait pas d'importance. Tu n'as qu'à m'écrire, dis-je. Écris n'importe quoi.
Chérie,
Tu m'as demandé de t'écrire une lettre, alors je t'écris une lettre. Je ne sais pas pourquoi j'écris cette lettre, ni quel est censé être son sujet, mais je l'écris néanmoins parce que je t'aime beaucoup et que je suis convaincu que tu as une bonne raison de me faire écrire cette lettre. J'espère qu'un jour il t'arrivera de faire quelque chose que tu ne comprendras pas pour quelqu'un que tu aimes.
Ton père
Cette lettre est la seule chose qui me reste de mon père. Pas même une photo.
Ensuite, je suis allée à la prison. Mon oncle y était gardien. Je pus me procurer un exemplaire de l'écriture d'un meurtrier. Mon oncle lui demanda de rédiger une requête en libération anticipée. C'était un tour terrible que nous jouions à cet homme.
Au comité directeur de la prison :
Je m'appelle Kurt Schluter. Matricule 24922. Je suis détenu ici depuis quelques années. Je ne connais pas la durée exacte. Nous n'avons pas de calendriers. Je trace des traits à la craie sur le mur. Mais quand il pleut, la pluie entre par ma fenêtre pendant mon sommeil. Et à mon réveil, les traits ont disparu. Je ne connais donc pas la durée exacte.
J'ai tué mon frère. Je lui ai défoncé la tête à coups de pelle. Ensuite je me suis servi de cette pelle pour l'enterrer dans la cour. La terre était rouge. Des mau-

vaises herbes ont poussé dans le gazon là où était son corps. Parfois, à genoux, la nuit, je les arrachais, pour que nul ne s'en aperçoive.
J'ai fait quelque chose d'affreux. Je crois à une vie après la mort. Je sais qu'on ne peut rien défaire de ce qu'on a fait. Je voudrais que mes jours puissent s'effacer comme les traits de craie qui les représentent.
J'ai essayé de devenir quelqu'un de bien. J'aide les autres détenus à s'acquitter de leurs corvées. Je suis patient, à présent.
Cela n'aura peut-être pas d'importance à vos yeux mais mon frère avait une liaison avec ma femme. Je n'ai pas tué ma femme. Je veux retourner avec elle parce que je pardonne.
Si vous me libérez je me conduirai bien, je me tiendrai tranquille, dans mon coin.
S'il vous plaît, prenez ma requête en considération.
Kurt Schluter, Matricule 24922
Mon oncle me dit par la suite que ce détenu était en prison depuis plus de quarante ans. C'était un jeune homme quand on l'avait incarcéré. Quand il avait rédigé cette lettre pour moi, il était vieux et brisé. Sa femme s'était remariée. Elle avait des enfants et des petits-enfants. Il ne me l'avait jamais dit mais j'étais sûre que mon oncle était devenu l'ami du détenu. Lui aussi avait perdu sa femme, lui aussi était en prison. Il ne le dit jamais, mais j'entendais dans sa voix l'affection qu'il portait au détenu. Ils se gardaient mutuellement. Et quand j'ai demandé à mon oncle, plusieurs années après, ce qu'était devenu le détenu, il me dit qu'il était toujours là. Il continuait d'écrire au comité directeur. Continuait de s'accuser et de pardonner à sa femme, sans savoir qu'il n'y avait pas vraiment de destinataire. Mon oncle prenait les lettres en promettant au détenu de les remettre. Mais il les gardait toutes. Tous les tiroirs de sa commode en étaient

pleins. Je me rappelle avoir pensé que ce serait suffisant pour amener quelqu'un à se tuer. J'avais raison. Mon oncle, ton arrière-grand-oncle, se tua. Bien sûr, il est possible que le détenu n'ait rien eu à voir là-dedans.

Avec ces trois exemplaires, je pus faire des comparaisons. Je pus au moins constater que l'écriture du condamné aux travaux forcés ressemblait plus à celle de mon père qu'à celle du meurtrier. Mais je savais qu'il me faudrait d'autres lettres. Autant que je pourrais m'en procurer.

Alors je suis allée trouver mon professeur de piano. J'avais toujours envie de l'embrasser mais j'avais peur qu'il se moque de moi. Je lui ai demandé d'écrire une lettre.

Et puis j'ai demandé à la sœur de ma mère. Elle adorait la danse mais détestait danser.

J'ai demandé à ma camarade de classe, Mary, de m'écrire une lettre. Elle était drôle et pleine de vie. Elle aimait courir toute nue à travers sa maison vide, même une fois qu'elle a été trop grande pour ça. Rien ne la gênait. C'était une chose que j'admirais beaucoup, parce que moi, tout me gênait, et c'était aussi une chose qui me blessait. Elle adorait sauter sur son lit. Elle a tellement sauté sur son lit pendant tant d'années qu'un après-midi où je la regardais sauter, les coutures ont craqué. La petite chambre était pleine de plumes. Nos éclats de rire les maintenaient en l'air. J'ai pensé aux oiseaux. Pourraient-ils voler s'il n'y avait, quelque part, quelqu'un qui riait ?

Je suis allée trouver ma grand-mère, ton arrière-arrière-grand-mère, pour lui demander d'écrire une lettre. C'était la mère de ma mère. La mère de la mère de la mère de ton père. Je la connaissais à peine. Ça ne m'intéressait pas le moins du monde de la connaître. Je n'ai pas besoin du passé, pensais-je, enfant que

j'étais. Il ne me venait pas à l'idée que le passé pouvait avoir besoin de moi.
Quelle genre de lettre ? m'a demandé ma grand-mère.
Je lui ai dit d'écrire tout ce qu'elle aurait envie d'écrire.
Tu veux une lettre de moi ? demanda-t-elle.
Je lui répondis oui.
Oh, Dieu te bénisse, dit-elle.
La lettre qu'elle me donna faisait soixante-sept pages. C'était l'histoire de sa vie. Elle s'était approprié ma demande pour en faire la sienne. Écoute-moi. J'ai appris tant de choses. Elle chantait quand elle était jeune. Elle était allée en Amérique quand elle était petite. Ça, je ne l'avais jamais su. Elle était tombée amoureuse si souvent qu'elle avait commencé à se douter qu'elle ne tombait pas amoureuse du tout, mais faisait quelque chose de bien plus ordinaire. J'ai appris qu'elle n'avait jamais appris à nager, et que pour cette raison elle avait toujours adoré les rivières et les lacs. Elle avait demandé à son père, mon arrière-grand-père, ton arrière-arrière-arrière-grand-père, de lui offrir une colombe. À la place, il lui avait offert une écharpe de soie. Elle considérait donc l'écharpe comme une colombe. Elle s'était même convaincue qu'elle aurait pu voler, mais ne volait pas parce qu'elle ne voulait montrer à personne ce qu'elle était en réalité. Voilà à quel point elle aimait son père.
La lettre a été détruite mais je garde en moi son dernier paragraphe.
Elle avait écrit, Je voudrais redevenir petite fille pour pouvoir revivre ma vie. J'ai souffert bien plus qu'il n'était nécessaire et les joies que j'ai éprouvées n'ont pas toujours été joyeuses. J'aurais pu vivre différemment. Quand j'avais ton âge, mon grand-père m'a offert un bracelet de rubis. Il était trop grand pour moi et me glissait sur toute la longueur du bras. C'était presque un collier. Il me dit plus tard qu'il avait

demandé au bijoutier de le fabriquer ainsi. Sa taille était censée être un symbole de l'amour qu'il avait pour moi. Trop de rubis, trop d'amour. Mais je ne pouvais pas le porter commodément. Je ne pouvais pas le porter du tout. Et c'est là que je voulais en venir. C'est la raison pour laquelle j'ai essayé de raconter tout le reste. Si je devais t'offrir un bracelet, aujourd'hui, je mesurerais ton poignet plutôt deux fois qu'une.
Avec tout l'amour de
Ta grand-mère
J'avais une lettre de tous ceux que je connaissais. Je les ai étalées sur le plancher de ma chambre en les organisant selon ce qu'elles avaient en commun. Une centaine de lettres. Je les intervertissais sans cesse, cherchant à établir des liens. Je voulais comprendre. Sept ans plus tard, un ami d'enfance réapparut à l'instant où j'avais le plus grand besoin de lui. J'étais en Amérique depuis deux mois seulement. Un organisme m'avait prise en charge mais j'allais bientôt devoir assurer ma subsistance. Je ne savais comment me prendre en charge. Je lisais des journaux et des magazines toute la journée. Je voulais apprendre les expressions idiomatiques. Devenir une vraie Américaine. Tailler une bavette. Faire sauter le couvercle de la marmite. Coiffer sur le poteau. Ça me dit quelque chose. Je devais être bien ridicule alors que je voulais seulement être naturelle. J'ai fini par y renoncer.
Je ne l'avais pas vu depuis que j'avais tout perdu. Je n'avais pas pensé à lui. Lui et ma sœur aînée, Anna, étaient amis. Je les avais surpris un après-midi en train de s'embrasser dans le champ, derrière l'appentis, derrière notre maison. Cela m'avait mise dans tous mes états. J'avais eu l'impression que c'était moi qui embrassais. Je n'avais jamais embrassé personne. J'étais plus exaltée que si ç'avait été moi. Notre maison était petite. Anna et moi couchions dans le même

lit. Ce soir-là je lui dis ce que j'avais vu. Elle me fit promettre de ne jamais en dire mot à personne. Je le lui promis.
Elle dit, Pourquoi te croirais-je ?
J'eus envie de lui dire, Parce que ce que j'ai vu cesserait d'être à moi si j'en parlais. Je dis, Parce que je suis ta sœur.
Merci.
Je peux vous regarder vous embrasser ?
Tu peux nous regarder nous embrasser ?
Si tu me disais où vous allez vous embrasser, je pourrais me cacher pour vous regarder.
Elle rit assez pour faire voler toute une compagnie d'oiseaux migrateurs. Ce fut sa façon de dire oui.
Parfois c'était dans le champ derrière l'appentis, derrière notre maison. Parfois c'était derrière le mur de briques dans la cour de l'école. C'était toujours derrière quelque chose.
Je me demandais si elle le lui avait dit. Je me demandais si elle sentait que je les épiais, si cela l'excitait d'autant plus.
Pourquoi avais-je demandé à regarder ? Pourquoi avait-elle accepté ?
J'étais allée le trouver quand j'essayais d'en savoir plus sur le forçat. J'étais allée trouver tout le monde.
À la gentille petite sœur d'Anna,
Voici la lettre que tu m'as demandée. Je mesure près de deux mètres. J'ai les yeux marron. On m'a dit que j'avais de grandes mains. Je veux être sculpteur et je veux épouser ta sœur. Ce sont mes seuls rêves. Je pourrais écrire plus mais rien d'autre ne compte.
Ton ami,
Thomas
Je suis entrée dans une boulangerie sept ans plus tard et il était là. Il avait des chiens à ses pieds et un oiseau dans une cage près de lui. Les sept années n'étaient

pas sept années. Elles n'étaient pas sept cents années. Leur durée ne pouvait être mesurée en années, tout comme un océan ne pouvait expliquer la distance que nous avions parcourue, tout comme les morts ne pourront jamais être comptés. J'ai eu envie de m'enfuir et j'ai eu envie d'aller me placer tout près de lui. Je suis allée me placer tout près de lui.
C'est toi, Thomas ? ai-je demandé.
Il a fait non de la tête.
Si, ai-je dit. Je sais que c'est toi.
Il a fait non de la tête.
De Dresde.
Il a ouvert sa main droite sur laquelle était tatoué NON.
Je me souviens de toi. Je te regardais embrasser ma sœur.
Il a sorti un petit cahier et il a écrit, Je ne parle pas. Pardon.
Cela m'a fait pleurer. Il a essuyé mes larmes. Mais il a refusé de reconnaître qui il était. Il ne l'a jamais reconnu.
Nous avons passé l'après-midi ensemble. J'avais sans cesse envie de le toucher. J'éprouvais des sentiments si forts pour cette personne que je n'avais pas vue depuis si longtemps. Sept ans plus tôt c'était un géant et à présent il semblait petit. J'avais envie de lui donner l'argent que l'organisme m'avait donné. Je n'avais pas besoin de lui raconter mon histoire mais j'avais besoin d'entendre la sienne. J'avais envie de le protéger, ce que j'étais sûre de pouvoir faire, alors que je ne pouvais me protéger moi-même.
J'ai demandé, Es-tu devenu sculpteur, comme tu en rêvais ?
Il m'a montré sa main droite et il y a eu un silence.
Nous avions tout à nous dire et aucun moyen de le dire.
Il a écrit, Ça va ?
Je lui ai dit, Mes yeux ne valent pas tripette.

Il a écrit, Mais ça va ?
Je lui ai dit, C'est une question très compliquée.
Il a écrit, C'est une réponse très simple.
J'ai demandé, Ça va ?
Il a écrit, Certains matins je m'éveille plein de gratitude.
Nous avons parlé pendant des heures, mais nous n'avons fait que répéter ces mêmes choses et les répéter encore.
Nos tasses se sont vidées.
Le jour s'est vidé.
J'étais plus seule que si j'avais été seule. Nous allions repartir chacun de notre côté. Nous ne savions comment faire autrement.
Il se fait tard, ai-je dit.
Il m'a montré sa main gauche, sur laquelle était tatoué OUI.
J'ai dit, Je ferais bien de rentrer.
Il a feuilleté son cahier pour montrer, Ça va ?
J'ai fait oui de la tête.
J'ai commencé à m'éloigner. J'allais marcher jusqu'à l'Hudson et continuer de marcher. J'allais ramasser la plus grosse pierre que je pourrais porter et laisser mes poumons s'emplir d'eau.
Mais alors je l'ai entendu taper dans ses mains derrière moi.
Je me suis retournée et il m'a fait signe de le rejoindre.
J'avais envie de m'enfuir et j'avais envie de le rejoindre.
Je l'ai rejoint.
Il a demandé si je voulais bien poser pour lui. Il a écrit sa question en allemand, et alors seulement je me suis rendu compte qu'il avait écrit en anglais tout l'après-midi et que j'avais parlé anglais. Oui, ai-je dit en allemand. Oui. Nous avons pris rendez-vous pour le lendemain.
Son appartement était comme un zoo. Il y avait des bêtes partout. Des chiens et des chats. Une dizaine de cages à oiseaux. Des aquariums. Des vivariums

avec des serpents, des lézards et des insectes. Des souris en cage pour que les chats ne puissent les attraper. C'était comme l'arche de Noé. Mais il avait préservé un coin propre et lumineux.
Il a dit que c'était un espace préservé.
Pour quoi ?
Pour les sculptures.
J'avais envie de savoir préservé de quoi, ou de qui, mais je ne l'ai pas demandé.
Il m'y a conduite par la main. Nous avons parlé pendant une demi-heure de ce qu'il voulait faire. Je lui ai dit que je ferais tout ce qui lui serait nécessaire.
Nous avons bu du café.
Il a écrit qu'il n'avait pas fait une seule sculpture en Amérique.
Pourquoi ?
J'en étais incapable.
Pourquoi ?
Nous n'avons jamais parlé du passé.
Il a augmenté le tirage du poêle mais je ne savais pas pourquoi.
Des oiseaux chantaient dans la pièce d'à côté.
J'ai enlevé mes vêtements.
Je suis allée sur le divan.
Il m'a regardée fixement. C'était la première fois de ma vie que j'étais nue devant un homme. Je me suis demandée s'il le savait.
Il s'est approché pour manipuler mon corps comme si j'étais une poupée. Il m'a mis les mains derrière la tête. Il a un peu fléchi ma jambe droite. J'ai pensé que s'il avait les mains si rugueuses c'était à cause de toutes les sculptures qu'il avait faites. Il m'a baissé le menton. Il a tourné mes paumes vers le haut. L'attention qu'il me portait comblait le trou qui était en moi.
J'y suis retournée le lendemain. Et le jour suivant. J'ai cessé de chercher du travail. Tout ce qui comptait

c'était qu'il me regarde. J'étais prête à partir à vau-l'eau s'il le fallait.
Chaque fois c'était pareil.
Il parlait de ce qu'il voulait faire.
Je lui disais que je ferais tout ce qui lui serait nécessaire.
Nous buvions du café.
Nous ne parlions jamais du passé.
Il augmentait le tirage.
Les oiseaux chantaient dans la pièce d'à côté.
Je me déshabillais.
Il me positionnait.
Il me sculptait.
Parfois je songeais aux cent lettres que j'avais étalées sur le plancher de ma chambre. Si je ne les avais pas réunies, notre maison aurait-elle flambé moins ardemment ?
Je regardais la sculpture après chaque séance. Il allait nourrir les bêtes. Il me laissait seule avec elle, sans que je le lui aie jamais demandé. Il comprenait.
Quelques séances suffirent à me faire comprendre clairement que c'était Anna qu'il sculptait. Il essayait de recréer la jeune fille qu'il avait connue sept ans auparavant. Il me regardait en sculptant mais c'était elle qu'il voyait.
La mise en place devint de plus en plus longue. Il me manipulait davantage. Me déplaçait davantage. Passait dix bonnes minutes à fléchir et tendre mon genou.
Il me fermait et m'ouvrait les mains.
J'espère que ça ne te gêne pas, écrivit-il en allemand dans son petit cahier.
Non, dis-je en allemand. Non.
Il pliait un de mes bras. Il redressait un de mes bras.
La semaine suivante il me toucha les cheveux pendant cinq ou cinquante minutes, je n'aurais su dire.
Il écrivit, Je cherche un compromis acceptable.
J'avais envie de savoir comment il avait survécu à cette nuit.

Il me toucha les seins pour les écarter.
Je crois que ce sera bon, écrivit-il.
J'avais envie de savoir ce qui serait bon. Comment cela sera-t-il bon ?
Il m'a touchée partout. Je peux te raconter ces choses parce que je n'en ai pas honte, parce qu'elles m'ont appris beaucoup. Et j'ai confiance en toi, je sais que tu me comprendras. Je n'ai confiance qu'en toi, Oskar, toi seul.
La mise en place était la sculpture. C'était moi qu'il sculptait. Il essayait de me rendre telle qu'il pourrait tomber amoureux de moi.
Il m'écartait les jambes. Ses paumes appuyaient doucement sur l'intérieur de mes cuisses. Mes cuisses lui rendaient la pression. Ses paumes les écartaient de nouveau.
Des oiseaux chantaient dans la pièce d'à côté.
Nous étions à la recherche d'un compromis acceptable.
La semaine suivante, il saisit mes jambes par-derrière et la semaine suivante il fut derrière moi. C'était la première fois de ma vie que je faisais l'amour. Je me suis demandé s'il le savait. J'avais envie de pleurer. Je me suis demandé, Pourquoi quiconque s'avise-t-il de faire l'amour ?
Je regardais la sculpture inachevée de ma sœur et la jeune fille inachevée me rendait mon regard.
Pourquoi quiconque s'avise-t-il de faire l'amour ?
Nous sommes retournés ensemble à la boulangerie où nous nous étions rencontrés.
Ensemble et séparément.
Nous nous sommes assis à une table.
Du même côté, face à la vitrine.
Je n'avais pas besoin de savoir s'il pouvait m'aimer.
J'avais besoin de savoir s'il pouvait avoir besoin de moi.
J'ai feuilleté son petit cahier jusqu'à la première page blanche et j'y ai écrit, S'il te plaît, épouse-moi.

Il a regardé ses mains.
OUI et NON.
Pourquoi quiconque s'avise-t-il de faire l'amour ?
Il a pris son stylo pour écrire sur la page suivante qui était la dernière, Pas d'enfants.
Ce fut notre première règle.
Je comprends, lui dis-je en anglais.
Nous n'avons plus jamais parlé allemand.
Le lendemain, ton grand-père et moi nous sommes mariés.

Le seul animal

J'avais lu le premier chapitre d'*Une brève histoire du temps* quand papa vivait encore et ça m'avait collé des semelles de plomb incroyablement lourdes de lire à quel point la vie est relativement insignifiante et que, comparée à l'univers et comparée au temps, mon existence n'a pas la moindre importance. Quand papa était venu me border ce soir-là, on avait parlé du livre et je lui avais demandé de chercher une solution à ce problème.

« Quel problème ?

– Celui de notre relative insignifiance. »

Il avait dit :

« Eh bien, que se passerait-il si un avion te parachutait au milieu du Sahara et que tu ramassais un seul grain de sable avec une pince pour le déplacer d'un millimètre ?

– Je mourrais probablement de déshydratation.

– Non, je te parle seulement de cet instant-là, quand tu déplacerais cet unique grain de sable. Qu'est-ce que ça signifierait ?

– Je sais pas, dis-le-moi.

– Réfléchis. »

J'avais réfléchi.

« Ben, j'aurais déplacé un grain de sable, quoi.

– Ce qui voudrait dire ?

– Qu'est-ce que ça voudrait dire que j'aie déplacé un grain de sable ?

– Ça voudrait dire que tu as changé le Sahara.

– Et alors ?

– Alors ? Alors le Sahara est un désert immense. Il existe depuis des millions d'années. Et tu l'as changé !

– C'est vrai ! j'avais dit en m'asseyant dans mon lit. J'ai changé le Sahara !

– Ce qui veut dire ?

– Quoi ? Dis-le-moi.

– Je ne parle même pas de peindre *La Joconde* ni de guérir le cancer. Je te parle seulement de déplacer un grain de sable d'un millimètre.

– Oui ?

– Si tu ne l'avais pas fait, l'histoire de l'humanité aurait été autre…

– Mmm-mmm ?

– Mais tu l'as fait, et donc… ? »

Je m'étais mis debout sur mon lit en montrant du doigt les fausses étoiles et j'avais crié :

« J'ai changé le cours de l'histoire de l'humanité !

– Exactement.

– J'ai changé l'univers !

– Effectivement.

– Je suis Dieu !

– Tu es athée.

– J'existe pas ! »

Je m'étais laissé retomber sur le lit, dans ses bras, et on s'était fendu la pêche ensemble.

C'est un peu dans le même esprit que j'ai décidé d'aller trouver tous les habitants de New York répondant au nom de Black. Même si c'était relativement insignifiant, c'était quelque chose, et j'avais besoin de faire quelque chose, comme les requins, qui meurent s'ils ne nagent pas – je suis renseigné là-dessus.

Enfin bref.

J'ai décidé de suivre l'ordre alphabétique des prénoms, de Aaron à Zyna, alors qu'une méthode plus efficace aurait été de procéder par zones géographiques.

J'ai pris une autre décision : je ferais tout mon possible pour préserver le secret de ma mission chez moi alors que j'en parlerais aussi ouvertement et franchement que possible hors de chez moi, parce que c'était nécessaire. Quand maman me demanderait, « Où vas-tu et quand rentres-tu ? », je lui répondrais donc, « Je sors, plus tard. » Mais quand un des Black souhaiterait savoir quelque chose, je dirais tout. Mes autres règles étaient que je ne serais plus sexiste, ni raciste, ni âgiste, ni homophobe, et, sans tomber dans la sensiblerie, que j'éviterais toute attitude discriminatoire envers les handicapés et les débiles mentaux. Et aussi que je ne mentirais pas à moins d'y être absolument contraint, ce qui m'arriva souvent. J'ai réuni une trousse de campagne contenant certaines des choses dont j'aurais besoin, une lampe torche Magnum, du Dermophile indien, des Figolu, des sacs en plastique pour les éléments de preuve importants et les détritus, mon portable, le texte de *Hamlet* (pour apprendre mes indications scéniques pendant le trajet d'un lieu à un autre, puisque je n'avais pas de répliques à apprendre), un plan topographique de New York, des comprimés d'iode en cas d'attentat à la bombe sale, mes gants blancs, évidemment, deux boîtes de chewing-gums Juicy Juice, une loupe, mon *Larousse* de poche et un tas d'autres trucs utiles. J'étais prêt à partir.

En sortant j'ai croisé Stan qui a dit :

« Quelle belle journée !

– Oui. »

Il a demandé :

« C'est quoi, le menu, aujourd'hui ? »

Je lui ai montré la clé.

« Des sardines ?

– Tordant. Mais je ne mange rien qui ait des parents. Même en boîte. »

Il a secoué la tête en disant :

« Je sais, mais c'était trop tentant. Alors, sans blague, c'est quoi, le menu ?

– Queens et Greenwich Village.

– On dit *Gren*-ich Village. »

C'était la première déconvenue de l'expédition parce que je croyais que ça se prononçait phonétiquement, ce qui aurait constitué un indice très intéressant.

« Si vous le dites. »

J'ai mis trois heures et quarante et une minute pour aller à pied chez Aaron Black, parce que les transports en commun me paniquent et bien que ça me panique aussi de traverser les ponts. Papa disait qu'il y a des fois où il faut savoir hiérarchiser ses peurs et c'en était une. J'ai traversé Amsterdam Avenue, Columbus Avenue, Central Park, la Cinquième Avenue, Madison Avenue, Park Avenue, Lexington Avenue, la Troisième Avenue et la Deuxième Avenue. Quand j'ai été exactement au milieu du pont de la 59e Rue, j'ai pensé qu'à un millimètre derrière moi c'était Manhattan, et à un millimètre devant c'était Queens. Alors comment appelle-t-on les endroits de New York – exactement au milieu du Midtown Tunnel, exactement au milieu du pont de Brooklyn, exactement au milieu du ferry de Staten Island quand il est exactement à mi-chemin de Manhattan et de Staten Island – qui ne sont dans aucun district ?

J'ai fait un pas en avant et c'était la première fois que je posais le pied à Queens.

J'ai traversé Long Island City, Woodside, Elmhurst et Jackson Heights. J'arrêtais pas de secouer mon tambourin, parce que ça m'aidait à me rappeler, alors que je traversais des tas de quartiers différents, que je restais toujours moi. Quand j'ai fini par arriver à l'immeuble, j'ai pas trouvé l'ombre d'un portier. J'ai d'abord pensé qu'il était peut-être allé se chercher un café mais j'ai attendu quelques minutes et il n'est pas revenu. En

regardant par la porte vitrée, j'ai vu qu'il y avait pas de bureau pour lui. Je me suis dit, *Bizarre*.

J'ai essayé ma clé dans la serrure mais elle entrait même pas. J'ai vu un appareil avec un bouton pour chaque appartement, alors j'ai pressé le bouton d'A. Black, c'était le 8E. Personne n'a répondu. J'ai recommencé. Rien. J'ai tenu le bouton enfoncé quinze secondes. Toujours rien. Je me suis assis par terre en me demandant si ce serait tomber dans la sensiblerie que pleurer dans l'entrée d'un immeuble de Corona.

« Ça va, ça va, a fait une voix dans le haut-parleur. On se calme. »

Je me suis levé d'un bond. J'ai dit :

« Bonjour, je m'appelle Oskar Schell.

– Qu'est-ce que tu veux ? »

D'après sa voix, il était fâché alors que j'avais rien fait de mal.

« Est-ce que vous connaissiez Thomas Schell ?

– Non.

– Vous êtes sûr ?

– Oui.

– Est-ce que vous savez quelque chose à propos d'une clé ?

– Qu'est-ce que tu veux ?

– J'ai rien fait de mal.

– Qu'est-ce que tu veux ?

– J'ai trouvé une clé. Elle était dans une enveloppe à votre nom.

– Aaron Black ?

– Non, juste Black.

– C'est un nom courant.

– Je sais.

– C'est aussi une couleur.

– Évidemment.

– Au revoir, a fait la voix.

– Mais j'essaie seulement de trouver, pour cette clé.

– Au revoir.
– Mais…
– Au revoir. »
Déconvenue n° 2.
Je me suis rassis et je me suis mis à pleurer dans l'entrée d'un immeuble de Corona. J'avais envie de presser tous les boutons et de crier des gros mots à tous les habitants de cet imbécile d'immeuble. J'avais envie de me faire des bleus. Je me suis relevé pour presser de nouveau le 8E. Cette fois la voix est sortie immédiatement.
« Qu'est-ce. Que. Tu. Veux ?
– Thomas Schell était mon papa.
– Et alors ?
– *Était*. Pas *est*. Il est mort. »
Il a rien dit mais je savais qu'il tenait le bouton Parlez enfoncé parce que j'entendais des bips dans son appartement et des fenêtres secouées par le vent qui soufflait aussi sur moi au rez-de-chaussée. Il a demandé :
« Quel âge as-tu ? »
J'ai dit, « Sept ans », parce que je voulais l'apitoyer encore plus sur mon sort, pour qu'il m'aide. Mensonge n° 34.
« Mon papa est mort.
– Mort ?
– Il est inanimé. »
Il n'a rien dit. J'entendais toujours le bip. On est restés comme ça, face à face, à huit étages l'un de l'autre. Il a fini par dire :
« Il a dû mourir jeune.
– Oui.
– Quel âge avait-il ?
– Quarante ans.
– C'est trop jeune.
– C'est vrai.
– Je peux te demander comment il est mort ? »
J'avais pas envie d'en parler mais je me suis rappelé

les promesses que je m'étais faites sur mon enquête alors je lui ai tout raconté. J'entendais encore des bips et je me demandais si son doigt commençait pas à se fatiguer.

« Tu n'as qu'à monter, je jetterai un coup d'œil à cette clé.

– Je peux pas.

– Pourquoi ?

– Parce que vous êtes au huitième étage et que je monte pas si haut.

– Pourquoi ?

– C'est dangereux.

– Mais il n'y a aucun danger ici.

– Jusqu'au jour où.

– Il ne t'arrivera rien.

– C'est une règle.

– Je descendrais volontiers, seulement je ne peux pas.

– Pourquoi ?

– Je suis très malade.

– Mais mon papa est mort.

– Je suis relié à toutes sortes d'appareils. C'est pour ça que ça m'a pris si longtemps de venir répondre. »

Si j'avais pu le refaire, je m'y serais pris différemment. Mais on ne peut rien refaire. J'ai entendu la voix qui disait :

« Allô ? Allô ? S'il te plaît. »

J'ai glissé ma carte sous la porte de l'immeuble et j'en suis parti aussi vite que je pouvais.

Abby Black habitait l'appartement numéro 1 d'une petite maison de Bedford Street. J'ai mis deux heures et vingt-trois minutes à y aller et ma main n'en pouvait plus de secouer le tambourin. Il y avait une plaque au-dessus de la porte, disant qu'Edna Saint Vincent Millay, poète, avait vécu dans cette maison et que c'était l'immeuble le plus étroit de New York. Je me suis demandé si Edna Saint Vincent Millay, poète, était un homme ou une femme. J'ai essayé la clé, elle entrait jusqu'à la moitié et puis elle s'arrêtait. J'ai frappé. Personne n'a répondu alors que j'entendais parler à l'intérieur. Et comme je pensais que l'appartement 1 devait être au rez-de-chaussée, j'ai encore frappé. J'étais prêt à être très ennuyeux si nécessaire.

Une femme a ouvert la porte :

« Vous désirez ? »

Elle était incroyablement belle, avec une figure comme celle de maman, qui avait l'air de sourire même quand elle ne souriait pas, et des nénés, mais alors très gros. J'aimais particulièrement la façon qu'avaient ses pendants d'oreilles de lui toucher le cou de temps en temps. Ça m'a fait regretter tout d'un coup de ne pas avoir apporté je ne sais quelle invention pour elle, de façon à ce qu'elle ait une raison de m'aimer. Même quelque chose de petit et de simple, comme une broche au phosphore.

« Bonjour.

– Bonjour.

– Vous êtes Abby Black ?

– Oui.

– Moi, c'est Oskar Schell.

– Enchantée.

– Moi aussi. »

Je lui ai dit :

« Je suis sûre que les gens vous le disent constamment mais si vous cherchez "incroyablement belle" au dictionnaire, il doit y avoir une photo de vous. »

Elle s'est un peu fendu la pêche avant de dire :

« Les gens ne me disent jamais ça.

– Je parie que si. »

Elle s'est fendu la pêche un peu plus.

« Je t'assure que non.

– C'est que vous n'avez pas de bonnes fréquentations.

– Tu pourrais bien avoir raison.

– Parce que vous êtes incroyablement belle. »
Elle a ouvert la porte un petit peu plus. J'ai demandé :
« Est-ce que vous connaissiez Thomas Schell ?
– Pardon ?
– Est-ce que vous connaissiez Thomas Schell ? »
Elle a réfléchi. Je me suis demandé pourquoi elle avait besoin de réfléchir.
« Non.
– Vous êtes sûre ?
– Oui. »
Il y avait quelque chose de pas trop sûr dans sa façon de dire qu'elle était sûre. Ce qui m'a fait penser qu'elle me cachait peut-être je ne sais quel secret. Alors, quel secret ? Je lui ai tendu l'enveloppe en disant :
« Est-ce que ça vous dit quelque chose ? »
Elle l'a regardée un moment.
« Je ne crois pas. Ça devrait ?
– Seulement si ça vous dit quelque chose.
– Ça ne me dit rien. »
Je ne l'ai pas crue.
« Ça vous dérangerait que j'entre ? j'ai demandé.
– Là, ce n'est pas le meilleur moment.
– Pourquoi ?
– Je suis en plein dans quelque chose.
– Quel genre ?
– Ça te regarde ?
– C'est une question de pure forme ?
– Oui.
– Vous avez un travail ?
– Oui.
– C'est quoi, votre travail ?
– Je suis épidémiologiste.
– Vous étudiez les maladies.
– Oui.
– Passionnant.
– Écoute, je ne sais pas exactement ce dont tu as

besoin, mais si ç'a à voir avec cette enveloppe, je suis sûre de ne pas pouvoir t'aider.

– J'ai extrêmement soif, j'ai dit en me touchant la gorge, ce qui est le signe du langage universel des signes pour "assoiffé".

– Il y a un café, au coin.

– En fait, je suis diabétique et j'ai besoin de sucre urgent. »

Mensonge n° 35.

« Tu veux dire un besoin urgent de sucre ?

– Si vous le dites. »

Ça ne me faisait pas plaisir de mentir et je ne crois pas qu'on peut savoir ce qui va arriver avant que ça arrive, mais quelque chose me disait qu'il fallait que j'entre chez elle. Pour racheter le mensonge, je me suis promis qu'à la première augmentation de mon argent de poche, je ferais don d'une partie de cette augmentation à des vrais diabétiques. Elle a poussé un gros soupir, comme si elle était incroyablement excédée, mais, d'un autre côté, elle ne m'a pas dit de m'en aller. Une voix d'homme a lancé quelques mots que je n'ai pas compris.

« Un jus d'orange ? elle a demandé.

– Vous avez du café ?

– Suis-moi », elle a dit en retournant vers l'intérieur.

J'ai ajouté :

« Et peut-être de la crème fraîche végétale ? »

J'ai regardé partout autour de moi en la suivant, tout était propre et parfait. Il y avait de chouettes photos aux murs, y compris une où on voyait le ginva d'une Afro-Américaine, ce qui m'a gêné.

« Où sont les coussins du canapé ?

– Il n'en a pas.

– Qu'est-ce que c'est ?

– Quoi, cette peinture ?

– Ça sent bon, chez vous. »

75
½

Depuis la pièce d'à côté, l'homme a encore dit quelque chose, extrêmement fort cette fois, comme s'il était désespéré, mais elle n'y a pas accordé la moindre attention, comme si elle n'avait pas entendu ou qu'elle s'en fichait.

J'ai touché des tas de trucs dans sa cuisine parce que ça me faisait du bien, je ne sais pas pourquoi. J'ai passé le doigt sur le haut de son micro-ondes et il est devenu gris.

« *C'est sale** », j'ai dit en le lui montrant et en me fendant la pêche.

Elle est devenue extrêmement sérieuse. Elle a dit :

« Je suis morte de honte.

– Si vous voyiez mon laboratoire !

– Je n'arrive pas à comprendre comment ça se fait.

– Les choses se salissent.

– Mais j'aime que tout soit propre. J'ai une dame qui vient faire le ménage toutes les semaines. Je lui ai bien dit un million de fois de nettoyer partout. Je lui ai même montré le micro-ondes. »

Je lui ai demandé pourquoi elle était si bouleversée pour un petit détail. Elle a dit :

« Moi, je ne trouve pas que ce soit un détail. »

Et j'ai repensé au déplacement d'un seul grain de sable d'un millimètre. J'ai pris une lingette dans ma trousse pour nettoyer le micro-ondes.

« Vous qui êtes épidémiologiste, est-ce que vous saviez que soixante-dix pour cent de la poussière qui se dépose dans les maisons est composée en fait de matière épidermique humaine ?

– Non, je ne le savais pas.

– Je suis un épidémiologiste amateur.

– Vous n'êtes pas très nombreux.

– Oui. Et j'ai fait une expérience assez passionnante une fois : j'ai dit à Feliz de me mettre de côté dans un sac-poubelle toute la poussière de notre appartement pendant un an. Ensuite je l'ai pesée. Il y en avait cinquante et un kilos. Ensuite j'ai calculé que soixante-dix pour cent de cinquante et un font trente-cinq kilos. J'en pèse trente-quatre deux cents, trente-cinq quand je suis tout mouillé. En fait, ça ne prouve rien, mais c'est bizarre. Où est-ce que je jette ça ?

– Donne », elle a dit en me prenant la lingette.

J'ai demandé :

« Pourquoi vous êtes triste ?

– Pardon ?

– Vous êtes triste. Pourquoi ? »

La machine à café gargouillait. Elle a ouvert un placard et en a sorti une tasse.

« Tu prends du sucre ? »

J'ai dit oui parce que papa en prenait toujours. Dès qu'elle s'est assise, elle s'est relevée pour aller chercher un compotier de raisin dans son réfrigérateur. Elle a aussi sorti des biscuits qu'elle a mis sur une assiette.

« Tu aimes les fraises ?

– Oui, mais je n'ai pas faim. »

Elle a sorti des fraises. J'ai trouvé bizarre qu'il n'y ait pas de menus, de petits calendriers aimantés ni de photos d'enfants sur son réfrigérateur. Le seul truc qu'il y avait dans la cuisine était la photo d'un éléphant sur le mur près du téléphone.

« J'adore, je lui ai dit, et pas seulement parce que je voulais qu'elle m'aime bien.

– Qu'est-ce que tu adores ? »

J'ai montré la photo.

« Merci, elle a dit, moi aussi je l'aime.

– J'ai dit que je l'adorais.

– Oui. Moi aussi, je l'adore.

– Qu'est-ce que vous savez des éléphants ?

– Pas grand-chose.

– Pas grand-chose un peu, ou pas grand-chose rien du tout ?

– Presque rien.
– Par exemple, est-ce que vous saviez que les scientifiques croyaient autrefois que les éléphants étaient doués de pes ?
– Tu veux dire P.E.S. ?
– Si vous voulez, les éléphants sont capables d'organiser des rencontres à distance quand ils sont très loin les uns des autres, ils savent où sont leurs amis et leurs ennemis, et ils peuvent trouver de l'eau en l'absence de tout indice géologique. Personne n'arrivait à savoir comment ils peuvent faire tout ça. Et que se passe-t-il, en réalité ?
– Je ne sais pas.
– Comment font-ils ?
– Quoi ?
– Comment peuvent-ils organiser des rencontres s'ils ne sont pas doués de P.E.S. ?
– Tu me le demandes ?
– Oui.
– Je ne sais pas.
– Vous voulez le savoir ?
– Bien sûr.
– Vous y tenez beaucoup ?
– Mais oui.
– Ils émettent des sons très, très, très, très graves, beaucoup plus graves que ce que l'oreille humaine peut entendre. Ils se parlent. Vous ne trouvez pas que c'est hallucinant ?
– Si. »
J'ai mangé une fraise.
« Il y a une dame qui vient de passer deux ans au Congo ou dans un de ces pays-là. Elle a enregistré ces sons et les a réunis dans une énorme sonothèque. Cette année, elle a commencé à les rediffuser.
– Les rediffuser ?
– Aux éléphants.

– Pourquoi ? »

J'ai adoré qu'elle demande pourquoi.

« Comme vous devez le savoir, les éléphants ont beaucoup, beaucoup plus de mémoire que les autres mammifères.

– Oui. Je crois que je le savais.

– La dame voulait donc mesurer l'étendue de leur mémoire. Elle a diffusé l'appel d'un ennemi enregistré des années auparavant – qu'ils n'avaient entendu qu'une seule fois – et ils se sont mis à paniquer, et des fois à s'enfuir. Ils se rappellent des centaines de sons. Des milliers. Il n'y a peut-être même pas de limites. Vous ne trouvez pas que c'est hallucinant ?

– Si.

– Et ce qu'il y a de vraiment hallucinant, c'est qu'elle a passé l'appel d'un éléphant mort aux membres de sa famille.

– Et ?

– Ils se rappelaient.

– Qu'est-ce qu'ils ont fait ?

– Ils se sont réunis autour du haut-parleur.

– Je me demande ce qu'ils éprouvaient.

– Comment ça ?

– En entendant les appels du mort, est-ce que c'est l'amour qui les a fait approcher ? Ou la peur ? Ou la colère ?

– Je ne me rappelle pas.

– Est-ce qu'ils ont chargé ?

– Je ne me rappelle pas.

– Est-ce qu'ils pleuraient ?

– Il n'y a que l'espèce humaine qui peut pleurer des larmes. Est-ce que vous le saviez ?

– L'éléphant de la photo, on dirait bien qu'il pleure. »

Je suis allé regarder la photo de tout près, et c'était vrai.

« Probablement un trucage par ordinateur. Mais au cas où, je peux prendre une photo de votre photo ? »

Elle a fait oui de la tête et elle a dit :

« Je crois avoir lu quelque part que les éléphants sont les seuls autres animaux qui enterrent leurs morts, non ?

– Non, je lui ai dit en réglant l'appareil de grand-père, pas possible. Ils rassemblent les os, c'est tout. Il n'y a que l'espèce humaine qui enterre ses morts.

– Ces éléphants ne pouvaient pas croire aux fantômes. »

Ça m'a un peu fait me fendre la pêche.

« En tout cas, la plupart des scientifiques ne diraient pas ça.

– Qu'est-ce qu'ils diraient ?

– Je ne suis qu'un scientifique amateur.

– Et qu'est-ce que tu dirais ? »

J'ai pris la photo.

« Je dirais qu'ils étaient perdus. »

Alors elle s'est mise à pleurer des larmes.

Je me suis dit, *C'est moi qui suis censé pleurer*.

« Ne pleurez pas.

– Pourquoi ?

– Parce que.

– Parce que quoi ? »

Comme je ne savais pas pourquoi elle pleurait, je n'ai pas pu trouver de raison. Est-ce qu'elle pleurait à cause des éléphants ? de quelque chose d'autre que j'avais dit ? de la personne désespérée dans la pièce d'à côté ? ou d'autre chose dont j'ignorais l'existence ? Je lui ai dit :

« Je me blesse facilement.

– J'en suis désolée. »

Je lui ai dit :

« J'ai écrit à la scientifique qui enregistre les éléphants. Pour lui demander si je pouvais être son assistant. Je lui ai dit que je pourrais veiller à ce qu'il y ait toujours des bandes vierges pour les enregistrements, faire bouillir l'eau pour qu'on puisse la boire sans danger, ou même simplement porter son matériel. C'est son assistant qui m'a répondu qu'elle avait déjà un assistant, évidemment, mais qu'il y aurait peut-être un projet auquel nous pourrions collaborer dans l'avenir.

– C'est formidable. Ça t'ouvre des perspectives.

– Oui. »

Quelqu'un est venu à la porte de la cuisine et je me suis dit que ça devait être l'homme qui avait appelé depuis la pièce d'à côté. Il a simplement passé la tête extrêmement vite pour dire quelque chose que je n'ai pas compris et il a disparu. Abby a fait semblant de l'ignorer mais pas moi.

« Qui c'était ?

– Mon mari.

– Il a besoin de quelque chose ?

– Je m'en fiche.

– Mais c'est votre mari, et je crois qu'il a besoin de quelque chose. »

Elle a encore pleuré des larmes. Je suis allé près d'elle pour lui poser la main sur l'épaule, comme papa faisait avec moi. Je lui ai demandé comment elle se sentait parce que c'était ce qu'il demandait.

« Ça ne doit pas te sembler très normal, tout ça.

– Y a tellement de choses qui ne me semblent pas très normales.

– Quel âge as-tu ? »

Je lui ai dit que j'avais douze ans – mensonge n° 59 – parce que je voulais être assez grand pour qu'elle soit amoureuse de moi.

« Qu'est-ce qu'un garçon de douze ans peut bien chercher en venant frapper chez des inconnus ?

– Je cherche une serrure. Et vous, quel âge avez-vous ?

– Quarante-huit ans.

– Alors ça ! Vous faites bien plus jeune. »

Elle s'est fendu la pêche à travers ses larmes en disant : « Merci.

– Qu'est-ce qu'une femme de quarante-huit ans peut bien chercher en invitant des inconnus dans sa cuisine ?

– Je ne sais pas.
– Je vous ennuie, j'ai dit.
– Tu ne m'ennuies pas », elle a dit, mais c'est extrêmement difficile de croire quelqu'un qui vous dit ça.

J'ai demandé :

« Vous êtes sûre que vous ne connaissiez pas Thomas Schell ?

– Je ne connaissais pas Thomas Schell. »

Mais pour je ne sais quelle raison je continuais à ne pas la croire.

« Vous connaissez peut-être quelqu'un qui s'appelle Thomas ? Ou alors quelqu'un qui s'appelle Schell ?

– Non. »

Je croyais encore qu'il y avait quelque chose qu'elle ne me disait pas. Je lui ai remontré la petite enveloppe.

« Mais c'est votre nom, hein ? »

Elle a regardé l'écriture et j'ai bien vu que ça lui disait quelque chose. Ou j'ai cru le voir. Seulement elle a dit :

« Je regrette. Je crois que je ne peux pas t'aider.

– Et la clé ?

– Quelle clé ? »

Je me suis rendu compte que je ne la lui avais même pas encore montrée. Tout ce bavardage – sur la poussière, sur les éléphants – et je n'avais même pas entièrement expliqué pourquoi j'étais là.

J'ai sorti la clé de sous mon T-shirt pour la mettre dans sa main. Comme j'avais la cordelette autour du cou, quand elle s'est penchée pour regarder la clé, sa figure s'est incroyablement approchée de la mienne. On est restés sans bouger pendant longtemps. C'était comme si le temps s'était arrêté. J'ai pensé au corps qui tombait.

« Je regrette, elle a dit.

– Qu'est-ce que vous regrettez ?

– De ne rien savoir de cette clé. »

Déconvenue n° 3.

« Je regrette aussi. »

Nos figures étaient si incroyablement près.

Je lui ai dit :

« La pièce d'automne, c'est *Hamlet* cet automne, au cas où ça vous intéresserait. Je joue Yorick. On aura une vraie fontaine qui coule. Si vous voulez venir à la première, c'est dans douze semaines. Ça devrait être assez génial.

– J'essaierai », elle a dit, et j'ai senti le souffle de ses mots sur ma figure.

Je lui ai demandé :

« On pourrait s'embrasser un petit peu ?

– Pardon ? »

Elle a dit ça, mais d'un autre côté elle n'a pas reculé la tête.

« C'est juste que vous me plaisez et je crois voir que je vous plais aussi.

– Je crois que ce ne serait pas une bonne idée. »

Déconvenue n° 4. J'ai demandé pourquoi. Elle a dit :

« Parce que j'ai quarante-huit ans et que tu en as douze.

– Et alors ?

– Et je suis mariée.

– Et alors ?

– Et je ne te connais même pas.

– Vous n'avez pas l'impression de me connaître ? »

Elle n'a rien dit. Alors moi :

« Les humains sont le seul animal qui rougit, qui rit, qui a une religion, qui fait la guerre et qui embrasse avec les lèvres. Alors en un sens, plus on embrasse avec les lèvres, plus on est humain.

– Et plus on fait la guerre ? »

Là, c'est moi qui n'ai rien dit. Alors elle :

« Tu es un garçon adorable, adorable.

– Un jeune homme.

– Mais je crois que ce ne serait pas une bonne idée.

– Est-ce qu'il faut que ce soit une bonne idée ?

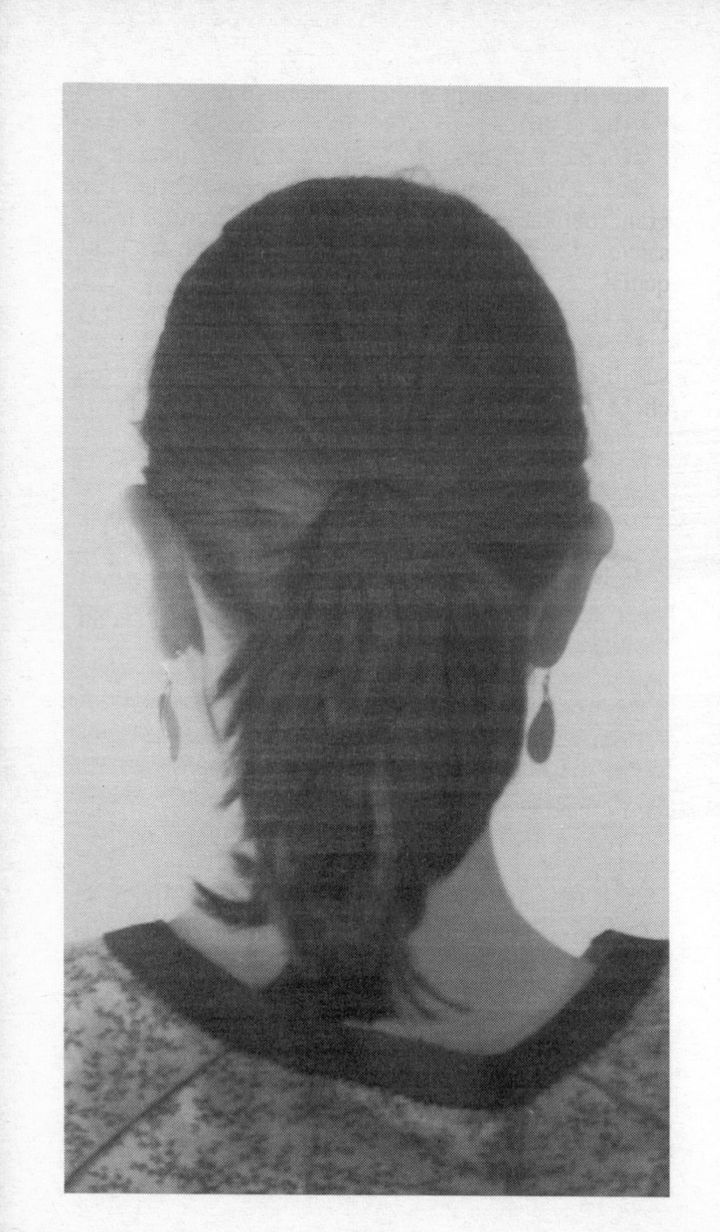

– Je crois que oui.
– Est-ce que je peux au moins vous prendre en photo ?
– Ce serait sympa. »

Mais quand j'ai commencé à régler l'appareil de grand-père, elle a mis la main devant sa figure pour je ne sais quelle raison. Je ne voulais pas la forcer à s'expliquer alors j'ai pensé à une autre photo que je pourrais prendre, et qui serait plus véridique, d'ailleurs.

« Voici ma carte, je lui ai dit quand j'ai eu remis le cache sur l'objectif, au cas où vous vous rappelleriez quelque chose sur la clé. Ou juste si vous avez envie de parler. »

✌ OSKAR SCHELL ✌

INVENTEUR, CONCEPTEUR DE BIJOUX, FABRICANT DE BIJOUX, ENTOMOLOGISTE AMATEUR, FRANCOPHILE, VÉGÉTALIEN, ORIGAMISTE, PACIFISTE, PERCUSSIONNISTE, ASTRONOME AMATEUR, CONSULTANT EN INFORMATIQUE, ARCHÉOLOGUE AMATEUR, COLLECTIONNEUR DE : *monnaies rares, papillons morts de mort naturelle, cactées miniatures, souvenirs des Beatles, pierres semi-précieuses, et autres.*

E-MAIL : OSKAR_SCHELL@HOTMAIL.COM
TÉL DOMICILE : PRIVÉ / PORTABLE : PRIVÉ
FAX : JE N'AI PAS ENCORE DE FAX

En rentrant, je suis allé chez grand-mère, ce que je faisais plus ou moins tous les après-midi, parce que maman était au bureau le samedi, et des fois même le dimanche, et qu'elle paniquait à l'idée que je sois seul. Arrivé près de l'immeuble de grand-mère, j'ai levé les yeux et j'ai vu qu'elle n'était pas assise à la fenêtre à m'attendre, comme elle faisait toujours. J'ai demandé à Farley si elle était là, il m'a dit qu'il croyait que oui et j'ai donc monté les soixante-douze marches.

J'ai sonné. Elle n'a pas répondu et j'ai ouvert la porte, qu'elle ne ferme jamais à clé, alors que je trouve que c'est dangereux parce que les gens ne sont pas aussi gentils qu'ils en ont l'air parfois et qu'on s'en rend compte trop tard. Quand je suis entré, elle arrivait derrière la porte. On aurait presque dit qu'elle avait pleuré mais je savais que c'était impossible parce qu'elle m'avait dit un jour qu'elle s'était vidée de ses larmes quand grand-père était parti. J'avais répondu qu'on produit de nouvelles larmes chaque fois qu'on pleure. Et elle :

« Si tu le dis. »

Des fois, je me demandais si elle pleurait quand personne ne regardait.

« Oskar ! elle a dit en me soulevant dans ses bras, comme elle fait.

– Je vais bien.

– Oskar ! elle a répété en me soulevant encore une fois dans ses bras.

– Je vais bien, j'ai répété moi aussi avant de lui demander où elle était.

– Dans la chambre d'amis, je parlais avec le locataire. »

Quand j'étais bébé, c'était grand-mère qui venait s'occuper de moi pendant la journée. Papa m'avait raconté qu'elle me donnait mon bain dans le lavabo et me coupait les ongles des mains et des pieds avec les dents parce qu'elle avait peur de se servir d'un coupe-ongles. Et puis je suis devenu assez grand pour me baigner dans la baignoire, et après pour savoir que j'ai un pénis, un scrotum et tout ça, et je lui ai demandé de ne pas rester dans la salle de bains avec moi.

« Pourquoi ?

– La pudeur.

– Ta pudeur, tu as besoin de la protéger de moi ? »

Je ne voulais pas la blesser, parce que ne pas la blesser est une autre de mes *raisons d'être**.

« La pudeur en général. »

Elle avait posé les mains sur sa poitrine en répétant :

« De moi ? »

Elle avait accepté d'attendre dehors mais seulement si je tenais une pelote de laine qui passait sous la porte de la salle de bains, reliée à l'écharpe qu'elle tricotait. Toutes les dix secondes, elle tirait sur la laine et je devais répondre de la même façon – démaillant le rang qu'elle venait de tricoter – pour qu'elle sache que j'allais bien.

Un jour qu'elle s'occupait de moi quand j'avais quatre ans, et qu'elle me courait après dans tout l'appartement en faisant le monstre, je m'étais ouvert la lèvre supérieure contre le coin de la table basse et il avait fallu m'emmener à l'hôpital. Grand-mère croit en Dieu, mais elle ne croit pas aux taxis, j'avais donc saigné sur ma chemise dans l'autobus. Papa m'avait raconté que grand-mère, tellement ça lui avait collé des semelles de plomb incroyablement lourdes, alors que deux points de suture avaient suffi, n'arrêtait pas de traverser la rue pour lui dire :

« Tout est ma faute. Il ne faut plus jamais me le confier. »

Et dès que je l'avais revue, après, elle m'avait dit :

« Tu comprends, j'ai fait semblant d'être un monstre et j'en suis devenue un. »

Quand papa est mort, grand-mère s'est installée chez nous une semaine pendant que maman faisait le tour de Manhattan en collant des affiches. On a fait des milliers de parties de bras de fer chinois que j'ai absolument toutes gagnées, même celles que j'essayais de perdre. On a regardé des documentaires pas interdits aux moins de treize ans, fait des madeleines sans beurre ni lait ni œuf et des tas de promenades dans le parc. Un jour, je me suis éloigné d'elle pour me cacher. J'aimais bien l'effet que ça me faisait que quelqu'un me cherche et d'entendre répéter mon nom sans arrêt. « Oskar !

Oskar ! » Je ne sais même pas si j'aimais bien ça, au fond, mais j'en avais besoin à ce moment-là.

Je l'ai suivie à bonne distance, elle a commencé à incroyablement paniquer. « Oskar ! » Elle criait et elle touchait à tout mais je ne suis pas sorti de ma cachette parce que j'étais sûr qu'on allait se fendre la pêche à la fin, et que tout irait bien. Je l'air regardée repartir vers la maison où je savais qu'elle s'assiérait sur le perron de notre immeuble pour attendre maman. Il faudrait qu'elle lui dise que j'avais disparu, qu'on ne me reverrait jamais et qu'il n'y aurait plus aucun Schell parce qu'elle ne m'avait pas surveillé d'assez près. En courant pour la devancer, j'ai pris par la 82e Rue et j'ai redescendu la 83e, et quand elle est arrivée à l'immeuble, j'en suis sorti d'un bond.

« Mais j'avais pas commandé de pizza ! » j'ai dit en me fendant tellement la pêche que j'ai cru que mon cou allait exploser.

Elle a commencé à dire quelque chose, et puis elle s'est arrêtée. Stan lui a pris le bras en disant :

« Vous devriez vous asseoir, grand-mère. »

Elle lui a répondu, d'une voix que je ne lui avais jamais entendue :

« Ne me touchez pas. »

Elle a tourné les talons et elle a traversé la rue pour rentrer chez elle. Ce soir-là, j'ai regardé sa fenêtre avec mes jumelles et il y avait un mot qui disait, « Ne t'en va pas. »

Depuis ce jour-là, chaque fois qu'on se promène, elle nous fait jouer à un jeu genre Marco Polo[1] : elle dit mon nom et il faut que je lui réponde que je vais bien.

« Oskar.

– Je vais bien.

1. Marco Polo : version américaine de colin-maillard dans laquelle les joueurs sont tenus de répondre « Polo ! » quand celui qui les cherche, les yeux bandés, crie « Marco ! ».

– Oskar.
– Je vais bien. »
Je ne sais jamais trop si c'est le jeu ou si elle dit seulement mon nom, alors je réponds toujours que je vais bien.
Quelques mois après que papa est mort, maman et moi on est allés dans le New Jersey, au garde-meubles où papa mettait les affaires dont il ne se servait plus mais dont il se resservirait peut-être un jour, par exemple quand il prendrait sa retraite, je crois. On a loué une voiture, et ça nous a pris plus de deux heures alors que c'était pas très loin, parce que maman s'arrêtait tout le temps pour aller aux toilettes se laver la figure. Le garde-meubles était pas très bien organisé et extrêmement sombre, on a eu du mal à trouver la petite pièce de papa. On s'est disputés pour son rasoir parce qu'elle voulait le mettre dans la pile « à jeter » et que je disais qu'il fallait le mettre dans la pile « à garder ».
« Le garder pour quoi faire ?
– Ça n'a pas d'importance, pour quoi faire.
– D'ailleurs je me demande bien pourquoi il avait gardé un rasoir à trois dollars.
– Ça n'a pas d'importance, pourquoi.
– On ne peut pas tout garder.
– Alors tu voudrais que je jette toutes tes affaires et que je t'oublie quand tu seras morte ? »
À mesure que ça sortait de ma bouche, j'aurais voulu que ça y rentre. Elle m'a demandé pardon, ce qui m'a paru bizarre.
Parmi les trucs qu'on a trouvés, il y avait les vieux postes émetteurs-récepteurs de quand j'étais bébé. Maman et papa en mettaient un dans le berceau pour entendre si je pleurais, et des fois, au lieu de venir, papa disait seulement quelques mots dans le poste, ce qui m'aidait à m'endormir. J'ai demandé à maman pourquoi il les avait gardés.

« Probablement pour le jour où tu auras des enfants.
– *Hein quoi qu'est-ce ?*
– Papa était comme ça. »

J'ai commencé à comprendre qu'un tas de trucs qu'il avait gardés – des boîtes et des boîtes de Lego, la collection complète des *Comment ça marche*, et même les albums de photos vides – étaient probablement pour quand j'aurais des enfants. Je ne sais pas pourquoi, mais il y a forcément une raison, ça m'a mis en colère.

Enfin bref, j'ai mis des piles neuves dans les émetteurs-récepteurs et je me suis dit que ce serait une façon amusante de se parler pour grand-mère et moi. Je lui ai donné celui du bébé pour qu'elle ait pas à apprendre à se servir des boutons, et ça a très bien marché. En me réveillant, je lui disais bonjour. Et on a pris l'habitude de parler avant que j'aille me coucher. Elle m'attendait toujours à l'autre bout. Je ne sais pas comment elle savait à quel moment j'allais l'appeler. Peut-être qu'elle restait à l'écoute toute la journée.

« Grand-mère ? Tu m'entends ?
– Oskar ?
– Je vais bien. À vous.
– Tu as bien dormi mon chéri ? À vous.
– Quoi ? J'ai pas entendu. À vous.
– Je te demandais si tu avais bien dormi. À vous.
– Très bien, je disais, le menton appuyé sur la paume, en la regardant de l'autre côté de la rue, pas de mauvais rêves. À vous.
– Mille dollars. À vous. »

On n'a jamais grand-chose à se dire. Elle me raconte sans arrêt les mêmes histoires sur grand-père, qu'il avait les mains rugueuses à force de faire toutes ces sculptures, et qu'il savait parler aux bêtes.

« Tu viendras me voir cet après-midi ? À vous.
– Oui, je crois. À vous.
– S'il te plaît, essaie. À vous.

– J'essaierai. Terminé. »

Certaines nuits, je prenais le poste dans mon lit, posé sur l'oreiller du côté où Buckminster n'était pas, pour entendre ce qui se passait dans sa chambre. Des fois elle me réveillait en pleine nuit. Ça me collait des semelles de plomb qu'elle ait des cauchemars parce que je ne savais pas de quoi elle rêvait et que je ne pouvais rien faire pour elle. Elle hurlait, ça me réveillait, évidemment, de sorte que mon sommeil dépendait du sien et quand je lui disais, « Pas de mauvais rêves », c'était d'elle que je parlais.

Grand-mère me tricotait des chandails blancs, des moufles blanches et des bonnets blancs. Elle savait combien j'aimais les glaces lyophilisées, une de mes très rares exceptions au végétalisme, parce que c'est le dessert des astronautes, et elle allait m'en acheter au planétarium Hayden. Elle ramassait de jolies pierres pour me les donner, alors qu'elle ne devait pas porter de choses lourdes. Et d'habitude c'était seulement du schiste de Manhattan, d'ailleurs. Deux ou trois jours après le pire jour, j'étais en route pour mon premier rendez-vous avec le Dr Fein, j'ai vu grand-mère traverser Broadway avec une pierre énorme. Elle avait la taille d'un bébé et devait bien peser une tonne. Mais elle ne m'a jamais donné celle-là et elle ne m'en a jamais parlé.

« Oskar.

– Je vais bien. »

Un après-midi, j'avais dit à grand-mère que j'envisageais de commencer une collection de timbres, et le lendemain elle avait trois albums pour moi et – « parce que je t'aime tant que cela me fait mal, et parce que je veux que ta belle collection commence bien » – une feuille de timbres des Grands Inventeurs américains.

« Tu as Thomas Edison, elle a dit en montrant un des timbres, et Benjamin Franklin, Henry Ford, Eli Whitney, Alexander Graham Bell, George Washington Carver,

Nikola Tesla, celui-là je ne sais pas qui c'est, les frères Wright, J. R. Oppenheimer…

– Qui est-ce ?

– L'inventeur de la bombe.

– Quelle bombe ?

– *La* bombe.

– C'était pas un grand inventeur !

– Grand, pas bon.

– Grand-mère ?

– Oui, chéri ?

– Non, c'est seulement… Où sont les numéros d'ordre et la date d'émission ?

– Quoi donc ?

– Le truc sur le côté de la feuille, avec tous les numéros.

– Les numéros ?

– Oui.

– Je les ai jetés.

– Qu'est-ce que tu dis ?

– Je les ai jetés. Il fallait pas ? »

J'ai senti que j'allais faire une crise, alors que j'essayais de m'en empêcher.

« Mais ça vaut rien sans la date d'émission !

– La quoi ?

– La date d'émission ! Ces timbres. N'ont. Aucune. Valeur ! »

Elle m'a regardé pendant quelques secondes.

« Oui, je crois que j'ai entendu parler de ça. Je retournerai au magasin demain pour prendre une autre feuille, voilà. Ceux-là, on s'en servira pour le courrier.

– Pas la peine d'aller en chercher une autre. »

J'aurais voulu reprendre les dernières choses que j'avais dites pour essayer de nouveau autrement, plus gentiment, pour être un meilleur petit-fils, ou alors un petit-fils qui se tait.

« Mais si, c'est la peine, Oskar.

– Je vais bien. »

On passait tellement de temps ensemble. Je crois qu'il n'y a personne avec qui j'ai passé plus de temps, en tout cas depuis que papa est mort, à moins de compter Buckminster. Mais il y avait des tas de gens que je connaissais mieux. Par exemple, comment c'était quand elle était petite, je n'en savais rien, ni comment elle avait connu grand-père, à quoi avait ressemblé leur ménage et pourquoi il était parti. Si je devais écrire l'histoire de sa vie, tout ce que je pourrais dire, c'est que son mari savait parler aux bêtes et que jamais je ne devrais aimer rien ni personne autant qu'elle m'aimait. Alors je m'interroge : pourquoi on passait tellement de temps ensemble si c'était pas pour apprendre à se connaître ?

« Tu n'as rien fait de spécial, aujourd'hui ? » elle a demandé, cet après-midi où j'avais commencé à chercher la serrure.

Quand je pense à tout ce qui s'est passé, depuis le jour où nous avons enterré le cercueil jusqu'au moment où je l'ai déterré, je me dis toujours que j'aurais pu lui dire la vérité à ce moment-là. Il n'était pas trop tard pour faire demi-tour, avant d'arriver à l'endroit où je ne pourrais plus revenir en arrière. Même si elle ne m'avait pas compris, j'aurais pu le lui dire. Mais j'ai répondu :

« Si, j'ai terminé les boucles d'oreilles parfumées pour la foire des artisans. J'ai aussi monté le machaon que Stan a trouvé mort sur le perron. Et j'ai écrit un paquet de lettres parce que j'avais pris du retard dans mon courrier.

– À qui écris-tu ? elle a demandé, et il n'était pas encore trop tard.

– Kofi Annan, Siegfried, Roy, Jacques Chirac, E. O. Wilson, Weird Al Yankovic, Bill Gates, Vladimir Poutine, et plusieurs autres.

– Pourquoi tu n'écris pas à quelqu'un que tu connais ? »

J'allais lui répondre, « Je ne connais personne », mais

j'ai entendu quelque chose. Ou j'ai cru entendre quelque chose. Un bruit dans l'appartement comme si quelqu'un marchait.

« Qu'est-ce que c'est ?

– Mes oreilles sont loin de valoir mille dollars.

– Mais il y a quelqu'un. Tu penses que c'est le locataire ?

– Non, il est allé au musée.

– Quel musée ?

– Je ne sais pas. Il a dit qu'il rentrerait tard, ce soir.

– Mais j'entends quelqu'un.

– Sûrement pas.

– J'en suis sûr à quatre-vingt-dix-neuf pour cent.

– C'est peut-être ton imagination. »

J'étais arrivé à l'endroit où je ne pouvais plus revenir en arrière.

> *Merci pour votre lettre. Il ne m'est pas possible de répondre personnellement au très abondant courrier que je reçois. Sachez cependant que je lis toutes les lettres et les conserve dans l'espoir d'être un jour en mesure de répondre à chacune comme elle le mérite. Dans cette attente,*
>
> *Bien à vous,*
> *Stephen Hawking*

Ce soir-là, je suis resté réveillé très tard, à dessiner des bijoux. J'ai eu l'idée d'un bracelet de cheville pour randonneur qui laisse une traînée de teinture jaune vif quand on marche, ce qui permettrait de retrouver son chemin au cas où on se perdrait. J'ai aussi eu l'idée d'une paire d'alliances. Chacune prend le pouls de la personne qui la porte, allumant un clignotant rouge à chaque battement du cœur. Et j'ai encore eu l'idée d'un bracelet assez formidable : un gros élastique qu'on laisse autour de son recueil de poèmes préféré pendant un an et qu'on n'a plus qu'à enlever ensuite pour le porter.

Je ne sais pas pourquoi mais, en travaillant, je pensais au jour où maman et moi on était allés au garde-meubles du New Jersey. J'y revenais tout le temps, comme font les saumons – je suis renseigné là-dessus. Maman s'était bien arrêtée dix fois pour se laver la figure. Aucun bruit, presque pas de lumière, et il n'y avait personne d'autre que nous. Quelles boissons y avait-il dans le distributeur ? Quels caractères sur les écriteaux ? Je fouillais les cartons dans mon cerveau. J'en sortais un vieil appareil de projection très chouette. Quel était le dernier film que papa avait fait ? Est-ce que j'étais dans le film ? Je passais en revue un tas de ces brosses à dents qu'on vous donne chez le dentiste et trois balles de base-ball que papa avait bloquées pendant un match, sur lesquelles il avait écrit les dates. Quelles dates ? Mon cerveau ouvrait un carton de vieux atlas (où il y avait deux Allemagnes et une grande Yougoslavie) et des souvenirs de voyages d'affaires, comme des poupées russes avec des poupées dedans avec des poupées dedans avec des poupées dedans… Lesquels de ces trucs papa avait gardés pour quand j'aurais des enfants ?

Il était 2 h 36 du matin. Je suis allé dans la chambre de maman. Elle dormait, évidemment. J'ai regardé les draps respirer quand elle respirait, comme quand papa disait que les arbres inspirent quand les gens expirent, parce que j'étais trop jeune pour comprendre la vérité des processus biologiques. J'ai vu que maman rêvait mais je ne voulais pas savoir à quoi parce que mes propres cauchemars me suffisaient ou que, si elle rêvait quelque chose d'heureux, ça m'aurait fâché contre elle. Je l'ai touchée incroyablement doucement. Elle s'est dressée en disant :

« Qu'est-ce qu'il y a ?

– Tout va bien. »

Elle m'a attrapé par les épaules en disant :

« Qu'est-ce qu'il y a ? »

Elle me serrait tellement que ça me faisait mal aux bras mais j'en ai rien montré.

« Tu te rappelles quand on est allés au garde-meubles du New Jersey ? »

Elle m'a lâché et s'est recouchée.

« Quoi ?

– Où il y a les affaires de papa. Tu te rappelles ?

– Tu me réveilles en pleine nuit, Oskar.

– Comment ça s'appelait ?

– Enfin, Oskar !

– C'est seulement pour savoir, comment s'appelait le garde-meubles ? »

Elle a pris ses lunettes sur la table de nuit, et j'aurais donné toutes mes collections, et tous les bijoux que j'ai faits dans ma vie, et tous mes futurs cadeaux de Noël et d'anniversaire, rien que pour l'entendre dire « Garde-meubles Black ». Ou « Entrepôt Blackwell ». Ou « Blackman ». Ou même « Garde-meubles Minuit ». Ou « Garde-meubles Niger ». Ou « Arc-en-ciel ».

Elle a fait une grimace bizarre, comme si quelqu'un lui faisait mal, et elle a dit :

« Au Garde-Tout. »

J'avais perdu le compte des déconvenues.

Pourquoi je ne suis pas là où tu es
21/5/63

Ta mère et moi ne parlons jamais du passé, c'est une règle. Je vais jusqu'à la porte d'entrée quand elle est aux toilettes et elle ne regarde jamais par-dessus mon épaule quand j'écris, ce sont deux autres règles. J'ouvre les portes pour la laisser passer mais sans jamais lui toucher le dos quand elle passe, elle ne veut pas que je la regarde faire la cuisine, elle plie mes pantalons mais laisse mes chemises près de la planche à repasser, je n'allume jamais de bougie quand elle est dans la pièce mais je peux les souffler. Nous avons pour règle de ne jamais écouter de musique triste, c'est une décision que nous avons prise très tôt, les chansons sont aussi tristes que celui qui les écoute, nous n'écoutons presque jamais de musique. Je change les draps tous les matins pour laver ce que j'y ai écrit, nous ne dormons jamais deux fois dans le même lit, nous ne regardons jamais les programmes télévisés sur les enfants malades, elle ne me demande jamais comment s'est passée ma journée, nous mangeons toujours assis tous les deux du même côté de la table, face à la fenêtre. Tant de règles, parfois je ne me rappelle pas ce qui est une règle et ce qui n'en est pas une, ni s'il nous arrive de faire quoi que ce soit spontanément, je vais la quitter aujourd'hui, est-ce là la règle autour de laquelle nous nous sommes organisés depuis si longtemps ou suis-je sur le point d'enfreindre la règle qui organisait notre vie ? Je venais ici en autobus toutes les fins de semaine pour prendre les magazines et les journaux que les gens abandonnent avant de monter en avion, ta mère ne cesse pas de lire, et de lire et de lire encore, elle a besoin d'anglais, elle en veut autant qu'elle peut en avoir, est-ce une règle ? Je venais en fin d'après-midi, le vendredi, d'ordinaire je rentrais avec un magazine ou deux, et peut-être un journal, mais elle en voulait plus, encore de l'argot, encore des expressions toutes faites, la langue au chat, un cheval de retour, ça casse pas trois pattes à un canard, une vie de chien, elle voulait parler comme si elle était née ici, n'y avait pas débarqué un jour, alors j'ai décidé de prendre un sac à dos où je fourrais tout ce qu'il pouvait contenir. Cela devint lourd, les épaules me cuisaient d'anglais, elle voulait encore de l'anglais, alors je pris une valise, je la remplissais à ne plus pouvoir fermer la fermeture à glissière, la valise pesait, gonflée d'anglais, les bras me cuisaient d'anglais, les mains, les phalanges, les gens devaient me croire réellement en route pour quelque part, le lendemain matin j'avais le dos courbatu d'anglais, je constatai que je m'attardais, que j'y passais plus de temps qu'il n'était nécessaire, à regarder les avions apporter et emporter des gens, je pris l'habitude de venir deux fois par semaine et de rester plusieurs heures, quand il était temps de rentrer je n'avais pas envie de partir, et quand je n'y étais pas, c'était là que j'avais envie d'être, à présent j'y viens tous les matins avant d'ouvrir le magasin et le soir après dîner, alors de quoi s'agit-il, est-ce que j'espère voir quelqu'un que je connais descendre d'un des avions, est-ce que j'attends un parent qui ne viendra jamais, est-ce que j'attends Anna ? Non, ce n'est pas ça, il ne s'agit pas de ma joie, du soulagement de mon fardeau. J'aime voir des gens réunis, c'est peut-être tout bête, mais que puis-je dire, j'aime voir des gens courir l'un vers l'autre, j'aime leurs embrassades et leurs larmes, j'aime l'impatience, les histoires que les bouches ne peuvent raconter assez vite, les oreilles qui ne sont pas assez grandes, les yeux qui ne peuvent absorber d'un coup tous les changements, j'aime les étreintes, les retrouvailles, quand quelqu'un cesse enfin de leur manquer, je m'assieds un peu à l'écart avec un café pour écrire dans mon cahier journalier, j'étudie l'horaire des vols que je connais déjà par cœur, j'observe, j'écris, je m'efforce de ne pas me rappeler la vie que je ne voulais pas perdre mais que j'ai perdue et qu'il faut que je me rappelle, être ici emplit mon cœur de tant de joie, même si cette joie n'est pas mienne, et à la fin de la journée, moi, j'emplis la valise de vieilles nouvelles. Peut-être était-ce l'histoire que je me racontais quand j'ai rencontré ta mère, je croyais que nous pourrions courir l'un vers l'autre, je croyais que nous pourrions avoir de belles retrouvailles, alors que nous nous étions à peine connus, à Dresde. Cela n'a pas marché. Nous n'aurons fait qu'errer sur place, les bras tendus, mais pas l'un vers l'autre, uniquement pour marquer la distance, tout entre nous n'a été qu'une règle pour gouverner notre vie commune, tout n'a été que mesure, un ménage de millimètres, mariage de règles, quand elle se lève pour aller prendre une douche, je vais nourrir les bêtes – c'est une règle – afin qu'elle ne soit pas gênée, elle trouve des choses à faire pendant que je me déshabille le soir – règle –, elle va s'assurer que la porte est fermée à clé, vérifier une deuxième fois que le réchaud est éteint, elle s'occupe de ses collections de porcelaine dans la vitrine, examine, une fois de plus, les bigoudis dont elle ne s'est pas servie depuis notre rencontre, et quand elle se déshabille, je suis plus occupé que je ne l'ai jamais été. Quelques mois seulement après notre mariage, nous avons commencé à délimiter dans l'appartement des « Lieux Rien », où nous serions assurés d'une solitude absolue, nous nous mîmes d'accord pour ne jamais regarder les zones ainsi délimitées, elles seraient des territoires inexistants de l'appartement, dans lesquels on pourrait cesser provisoirement d'exister. Le premier fut dans la chambre, au pied du lit, du ruban adhésif rouge en dessinait le contour sur la moquette, il était juste assez grand pour qu'on s'y tienne, c'était un bon endroit pour disparaître, nous savions qu'il était là mais nous ne le regardions jamais, cela fonctionna si bien que nous décidâmes de créer un Lieu Rien au salon, cela semblait nécessaire, parce qu'au salon aussi il y a des moments où on a besoin de disparaître, et parfois simplement envie, cette zone-là nous la dessinâmes un peu plus grande, assez pour que l'un de nous puisse s'y allonger, la règle était qu'on ne regardait jamais ce rectangle, il n'existait pas, et quand on était dedans, on n'existait pas non plus, pendant quelque temps cela suffit, mais seulement pendant quelque temps, il nous fallait encore des règles, le jour de notre deuxième anniversaire de mariage la chambre d'amis tout entière devint un Lieu Rien, cela nous parut une bonne idée à l'époque, parfois quelques centimètres carrés au pied du lit ou un rectangle au salon n'offrent pas assez de solitude, la porte côté chambre d'amis était Rien, côté couloir elle était Quelque Chose, reliant les deux côtés, la poignée n'était ni Quelque Chose ni Rien. Les murs du couloir étaient Rien, même les tableaux ont besoin de disparaître, surtout les tableaux, mais le couloir lui-même était Quelque Chose, la baignoire était Rien, l'eau du bain était Quelque Chose, notre pilosité était Rien, bien sûr, mais une fois agglutinée autour de la bonde elle était Quelque Chose. Nous nous efforcions de rendre nos vies plus faciles, tentions, avec toutes ces règles, de vivre sans effort. Mais une friction commença à se produire entre Rien et Quelque Chose, le matin, le vase de nuit Rien avait une ombre Quelque Chose, comme le souvenir de quelqu'un qu'on a perdu, que peut-on en dire, la nuit, la lumière Rien de la chambre d'amis filtrant sous la porte Rien empiétait sur le couloir Quelque Chose, il n'y a rien à dire. Il devint difficile de naviguer de Quelque Chose à Quelque Chose sans traverser accidentellement le Rien, et quand Quelque Chose – une clé, un stylo, une montre – était accidentellement abandonné dans un Lieu Rien, on ne pouvait jamais l'y récupérer, c'était une règle tacite, comme l'a été la quasi-totalité de nos règles. Un moment arriva, il y a un an ou deux, où notre appartement devint plus Rien que Quelque Chose, en soi cela n'était pas forcément un problème, cela aurait pu être bien, cela aurait pu nous sauver. Nous nous en trouvâmes encore plus mal. J'étais assis sur le divan de la deuxième chambre un après-midi, perdu dans des réflexions, des réflexions et des réflexions, quand je me rendis compte que j'étais dans un îlot Quelque Chose. « Comment suis-je arrivé ici, me demandais-je, entouré de Rien de toutes parts, et comment puis-je en repartir ? » À force de vivre ensemble, ta mère et moi, nous nous posions de moins en moins de questions sur ce que l'autre devait penser, moins nous en disions, plus il y avait de malentendus, il m'arrivait souvent de me rappeler avoir décidé que tel espace était Rien alors qu'elle était certaine que nous nous étions mis d'accord pour qu'il fût Quelque Chose, nos accords tacites aboutissaient à des désaccords, à des souffrances, je me mis à me déshabiller juste devant elle, voilà de ça quelques mois seulement, et elle dit, « Thomas ! Qu'est-ce que tu fais ! » et par gestes je répondis, « Je croyais que c'était Rien », couvrant ma nudité d'un de mes cahiers, et elle, « C'est Quelque Chose ! » Nous allâmes prendre les plans de l'appartement dans le placard du couloir pour les afficher au dos de la porte d'entrée ; avec un marqueur orange et un vert, nous séparâmes Quelque Chose de Rien. « Ici, c'est Quelque Chose », décidâmes-nous. « Là, c'est Rien. » « Quelque Chose. » « Quelque Chose. » « Rien. » « Quelque Chose. » « Rien. »

« Rien. » « Rien. » Tout était fixé à jamais, il n'y aurait plus que paix et bonheur, ce ne fut que cette nuit, notre dernière nuit ensemble, que la question inévitable a fini par se poser, je lui répondis, « Quelque Chose », d'un geste qui consista à lui couvrir le visage de mes mains puis à les soulever comme on écarte un voile de mariée. « C'est ce que nous devons être. » Mais au fond de la chambre la plus protégée de mon cœur, je connaissais la vérité.

Excusez-moi, vous avez l'heure ?

La jolie fille n'avait pas l'heure, elle était pressée, elle dit, « Bonne chance », je souris, elle s'éloigna à la hâte, sa jupe gonflée par l'air de sa course, parfois j'entends mes os se tendre à craquer sous le poids de toutes les vies que je ne vis pas. Dans celle que je vis, assis dans un aéroport, je tente de m'expliquer à mon fils encore à naître, je remplis les pages de ce qui sera mon dernier cahier journalier, je songe à une miche de pain noir que je n'avais pas rangée un soir, le lendemain matin je vis le contour de la souris qui s'y était rongé un chemin, coupant la miche en tranches je vis la souris à chaque instant, je songe à Anna, je donnerais tout pour ne plus jamais penser à elle, je ne peux m'accrocher qu'aux choses que je veux perdre, je songe au jour de notre rencontre, elle accompagnait son père venu voir le mien, ils étaient amis, ils avaient parlé art et littérature avant la guerre, mais une fois que la guerre eut commencé, ils ne parlèrent plus que de la guerre, je la vis approcher quand elle était encore loin, j'avais quinze ans, elle dix-sept, nous nous assîmes ensemble dans l'herbe pendant que nos pères bavardaient à l'intérieur, comment aurions-nous pu être plus jeunes ? Nous ne parlions de rien de particulier mais dans le sentiment de parler des choses les plus importantes, nous arrachions des poignées d'herbe, et je lui demandai si elle aimait lire, elle dit, « Non, mais il y a des livres que j'adore, que j'adore, que j'adore », elle le dit exactement comme ça, trois fois, « Tu aimes danser ? » demanda-t-elle, « Tu aimes nager ? » demandai-je, nous nous regardâmes jusqu'à avoir l'impression que tout allait s'incendier, « Tu aimes les bêtes ? » « Tu aimes le mauvais temps ? » « Tu aimes tes amis ? » Je lui parlai de ma sculpture, elle dit, « Je suis sûre que tu seras un grand artiste. » « Comment peux-tu en être sûre ? » « J'en suis sûre, c'est tout. » Je lui dis que j'étais déjà un grand artiste, voilà à quel point je doutais de moi, elle dit, « Je voulais dire célèbre », je lui dis que ce n'était pas ce qui comptait pour moi, elle me demanda ce qui comptait pour moi, je lui dis que c'était le plaisir de sculpter, elle rit et dit, « Tu ne te comprends pas toi-même », je dis, « Bien sûr que si », elle dit, « Ben voyons », je dis, « Mais si ! » Elle dit, « Il n'y a rien de mal à ne pas se comprendre soi-même », elle voyait à travers ma coquille jusqu'au centre de mon être, « Tu aimes la musique ? » Nos pères sortirent de la maison et se tinrent sur le seuil, l'un des deux dit, « Qu'allons-nous faire ? » Je savais que ce moment ensemble était presque fini, je lui demandai si elle aimait le sport, elle me demanda si j'aimais le jeu d'échecs, je lui demandai si elle aimait les arbres abattus, elle rentra chez elle avec son père, le centre de mon être la suivit, je me retrouvai avec la coquille, j'avais besoin de la revoir, je ne pouvais m'expliquer mon propre besoin, et c'était pourquoi il était si beau, il n'y a rien de mal à ne pas se comprendre soi-même. Le lendemain, je marchai jusqu'à sa maison, une demi-heure, craignant que quelqu'un me voie sur le trajet, trop à expliquer que je ne pouvais expliquer, j'avais mis un chapeau à large bord et je marchais tête baissée, j'entendais les pas de ceux que je croisais, sans savoir si c'étaient les pas d'un homme, d'une femme ou d'un enfant, j'avais l'impression de parcourir les barreaux d'une échelle posée à plat par terre, l'excès de honte, ou de gêne, m'empêcha de me manifester à elle, comment aurais-je expliqué ma présence, étais-je en train de marcher vers le haut de l'échelle, ou vers le bas ? Je me cachai derrière un monticule de terre à côté d'une tombe qu'on avait creusée pour quelques vieux livres, la littérature était la seule religion que son père pratiquait, quand un livre tombait sur le plancher il l'embrassait, quand il avait terminé un livre il tentait de le donner à quelqu'un qui l'adorerait, et s'il ne trouvait personne qui en fût digne, il l'enterrait, je cherchai à la voir toute la journée mais ne la vis pas,

ni dans la cour, ni par une fenêtre, je m'étais promis de rester jusqu'à l'avoir trouvée, mais quand la nuit commença à tomber, je sus qu'il me fallait rentrer, je me haïs de repartir, pourquoi ne pouvais-je être le genre de personne qui reste ? Je refis le chemin en sens inverse, la tête baissée, je ne pouvais cesser de penser à elle alors que je la connaissais à peine, je ne savais pas ce qui sortirait de bon d'aller la voir, mais je savais que j'avais besoin d'être près d'elle, je m'avisai, en retournant chez elle le lendemain, la tête baissée, qu'elle ne pensait peut-être pas à moi. Les livres avaient été enterrés, je me cachai donc cette fois derrière un bouquet d'arbres, j'imaginais leurs racines enveloppant les livres, tirant leur nourriture de leurs pages, j'imaginais des ronds concentriques de lettres dans leurs troncs, j'attendis pendant des heures, je vis ta mère par l'une des fenêtres du premier étage, ce n'était qu'une petite fille, elle me rendit mon regard, mais je ne vis pas Anna. Une feuille tomba, elle était jaune comme du papier, il fallut que je rentre, et puis, le lendemain, que je retourne la voir. Je séchai les cours, le trajet passa très vite, j'avais la nuque crispée à force de me cacher le visage, mon bras frôla celui d'un passant – un bras vigoureux, massif – et je tentai d'imaginer à qui il appartenait, un paysan, un tailleur de pierre, un menuisier, un maçon. Quand j'arrivai chez elle, je me cachai sous une fenêtre derrière la maison, il y eut le fracas d'un train qui passait dans le lointain, voyageurs qui arrivaient ou partaient, militaires, enfants, la fenêtre vibrait comme le tympan d'une oreille, j'attendis toute la journée, était-elle partie pour je ne sais quel voyage, sortie faire une course, se cachait-elle de moi ? À mon retour mon père me dit que son père à elle était revenu le voir, je lui demandai pourquoi il semblait hors d'haleine, il dit, « Les choses ne cessent d'empirer », je me rendis compte que j'avais dû croiser son père en chemin, ce matin-là. « Quelles choses ? » Était-ce le sien, ce bras vigoureux que j'avais senti frôler le mien ? « Toutes. Le monde. » M'avait-il vu, ou mon chapeau et ma tête baissée m'avaient-ils protégé ? « Depuis quand ? » Peut-être avait-il la tête baissée, lui aussi. « Depuis le début. » Plus je m'efforçais de ne pas penser à elle, plus je pensais à elle, plus cela devenait impossible à expliquer, je retournai chez elle, je fis tout le trajet entre nos deux maisons la tête baissée, encore une fois elle n'était pas là, j'avais envie de crier son nom mais je ne voulais pas qu'elle entende ma voix, tout mon désir reposait sur notre unique et bref échange, au creux de la paume de notre demi-heure ensemble il y avait cent millions de discussions, d'aveux impossibles, et de silences. J'avais tant de choses à lui demander, « Aimes-tu te mettre à plat ventre pour regarder sous la glace ? » « Aimes-tu les pièces de théâtre ? » « Aimes-tu entendre quelque chose avant de le voir ? » J'y retournai le lendemain, la marche fut épuisante, à chaque pas je me convainquais un peu plus qu'elle avait pensé du mal de moi, ou pire, qu'elle n'avait pas pensé à moi du tout, je marchais la tête basse, le couvre-chef à large bord enfoncé sur les yeux, quand on cache son visage au monde, on ne voit pas le monde, et ce fut pourquoi, au milieu de ma jeunesse, au milieu de l'Europe, à mi-chemin de nos deux villages, sur le point de tout perdre, je me heurtai à quelque chose qui me renversa par terre. Il me fallut plusieurs inspirations pour reprendre mes esprits, je crus d'abord que je m'étais cogné contre un arbre, mais cet arbre devint une personne, qui se remettait elle aussi du choc, sur le sol, et puis je vis que c'était elle, et elle vit que c'était moi. « Bonjour », dis-je en m'époussetant, « Bonjour », dit-elle. « Ce que c'est drôle. » « Oui. » Comment expliquer ? « Où vas-tu ? » demandai-je. « Je me promène, dit-elle, et toi ? » « Je me promène. » Nous nous aidâmes à nous relever, elle chassa des feuilles de mes cheveux, j'eus envie de caresser les siens, « Ce n'est pas vrai », dis-je, sans savoir ce que seraient les mots qui sortiraient ensuite de ma bouche, mais voulant qu'ils soient miens, voulant, plus que je n'avais jamais voulu quoi que ce soit, exprimer le centre de mon être, et qu'il soit compris. « Je venais te voir, lui dis-je. Je suis venu chez toi tous les jours depuis six jours. Pour je ne sais quelle raison, j'avais besoin de te revoir. » Elle se tut, je m'étais ridiculisé, il n'y a rien de mal à ne pas se comprendre soi-même et elle éclata de rire, elle rit plus fort que j'avais l'impression d'avoir jamais entendu rire, le rire amena les larmes, et les larmes amenèrent d'autres larmes, et puis je me mis à rire aussi, rire de honte, une honte profonde, totale, « Je venais vers toi », dis-je encore, comme pour mieux m'enfoncer dans ma merde, « parce que je voulais te revoir », elle n'arrêtait pas de rire, « C'est donc pour ça », dit-elle quand elle fut capable de parler. « Pour ça ? » « C'est pour ça que, depuis six jours, tu n'étais jamais chez toi. » Nous cessâmes de rire, je pris le monde à bras-le-corps pour le remettre en ordre et j'aboutis à une question que je lui lançai : « Je te plais ? »

Vous avez l'heure ?

Il me dit 9 h 38, il me ressemblait tant, je voyais qu'il s'en rendait compte aussi, nous échangeâmes le sourire de cette reconnaissance mutuelle, combien ai-je donc d'imposteurs ? Commettons-nous tous les mêmes erreurs, ou l'un d'entre nous est-il parvenu à être dans le vrai, voire seulement à se tromper un peu moins, est-ce moi l'imposteur ? Je viens de me donner l'heure, et je songe à ta mère, si jeune et si vieille à la fois, la façon qu'elle a de sortir avec son argent dans une enveloppe, de m'obliger à mettre de la lotion solaire quel que soit le temps, de dire, « À mes souhaits », quand elle éternue, bénie soit-elle. Elle est à la maison en ce moment, elle rédige l'histoire de sa vie, elle tape à la machine pendant que je m'en vais, sans se douter des chapitres à venir. C'est moi qui le lui ai suggéré, et à l'époque je pensais que c'était une excellente suggestion, je m'étais dis qu'elle parviendrait à exprimer son être plutôt que d'en souffrir, que ce serait un moyen de soulager son fardeau, elle vivait pour vivre, rien de plus, n'avait rien pour l'inspirer, rien à chérir, rien qu'elle pût dire sien, elle donnait un coup de main au magasin, puis rentrait à la maison s'asseoir dans son grand fauteuil, plongée dans la contemplation de ses magazines, mais son regard les traversait, elle laissait la poussière s'accumuler sur ses épaules. Je sortis ma vieille machine à écrire du placard et installai pour ta mère dans la chambre d'amis tout ce dont elle aurait besoin, une table de bridge en guise de bureau, une chaise, du papier, des verres, une carafe d'eau, un chauffe-plat, des fleurs, des biscuits salés, sans être un vrai bureau ça ferait l'affaire, elle dit, « Mais c'est un Lieu Rien », j'écrivis, « Est-il meilleur endroit pour rédiger l'histoire de sa vie ? » Elle dit, « Mes yeux ne valent pas tripette », je lui dis qu'ils étaient assez bons, elle dit, « Ils voient à peine », en les couvrant de ses doigts, mais je savais que c'était seulement mon attention qui la gênait, elle dit, « Je ne sais pas écrire », je lui dis qu'il n'y a rien à savoir, qu'il suffit de laisser venir ce qui vient, elle posa les mains sur la machine comme un aveugle palpe un visage pour la première fois et dit, « Je ne me suis jamais servie d'une chose comme ça », je lui dis, « Tu n'as qu'à taper sur les touches », elle dit qu'elle essaierait, et alors que je sais taper à la machine depuis l'enfance, essayer était plus que je n'avais jamais pu faire. Pendant des mois ce fut pareil, elle se levait à 4 heures du matin pour aller dans la chambre d'amis, les bêtes la suivaient, je venais ici, je ne la voyais pas avant le petit déjeuner, et puis après le travail nous allions chacun notre chemin pour ne nous revoir qu'à l'heure de dormir, est-ce que je m'inquiétais pour elle, m'inquiétais qu'elle mît toute sa vie dans son récit, non, j'étais si heureux pour elle, je me rappelais le sentiment qu'elle éprouvait, la jubilation de rebâtir le monde, j'entendais derrière la porte les bruits de la création, les lettres qui s'imprimaient sur le papier, les pages sorties du rouleau de la machine, tout étant, pour une fois, mieux qu'en réalité et aussi bon qu'il était possible, débordant de sens, et puis un matin au printemps dernier, après des années de travail solitaire, elle dit, « Je voudrais te montrer quelque chose. » Je la suivis dans la chambre d'amis, elle montra du doigt la table de bridge, dans son coin, sur laquelle la machine était flanquée de deux piles de feuilles d'une hauteur à peu près égale, nous y allâmes ensemble, elle toucha tout sur la table puis me tendit la pile de gauche en disant, « Ma vie. » « Plaît-il ? » dis-je d'un haussement d'épaules, elle tapota la première page, « Ma vie », répéta-t-elle, je feuilletai, il devait y avoir un millier de pages, je reposai la pile, « Qu'est-ce que c'est ? » demandai-je en posant ses paumes sur mes mains que je retournai pour chasser les siennes, « Ma vie, dit-elle avec tant de fierté, j'en suis arrivée à maintenant. L'instant présent. Je suis totalement captivée par moi-même. La dernière chose que j'ai écrite, c'est "Je vais lui montrer ce que j'ai écrit. J'espère qu'il va adorer." » Je pris les pages pour les parcourir au hasard, essayant de trouver celle de sa naissance, celle de son premier amour, la dernière fois qu'elle avait vu ses parents, et je cherchais Anna, aussi, j'ai cherché, cherché, je me coupai le majeur sur la tranche d'une feuille et mon sang dessina une petite fleur sur la page où j'aurais dû voir son premier baiser, mais voici tout ce que je vis :

J'avais envie de pleurer mais ne pleurai pas, j'aurais probablement dû pleurer, j'aurais dû nous noyer dans cette chambre, mettre fin à nos souffrances, on nous aurait retrouvés flottant sur le ventre parmi deux mille pages blanches, ou enfouis sous le sel de mes larmes évaporées, je me souvins seulement alors, et bien trop tard, que des années auparavant j'avais arraché le ruban de la machine, c'était une vengeance contre la machine et contre moi-même, je l'avais arraché en dévidant le fil unique, interminable, de tout son contenu négatif – les demeures futures que j'avais conçues pour Anna, les lettres que j'avais écrites sans réponse – comme si ce geste pouvait me protéger de ma vie réelle. Mais pire encore – c'est indicible, écris-le ! – je me rendis compte que ta mère ne voyait pas ce vide, qu'elle ne voyait rien du tout. Je savais qu'elle avait du mal, je l'avais sentie s'agripper à mon bras quand nous marchions, l'avais entendue dire, « Mes yeux ne valent pas tripette », mais je pensais que c'était une façon de m'émouvoir, encore une expression toute faite, pourquoi n'avait-elle pas demandé d'aide, pourquoi avait-elle demandé au contraire tous ces magazines, tous ces journaux, si elle ne pouvait les voir, était-ce là sa façon de demander de l'aide ? Était-ce la raison pour laquelle elle s'accrochait si fort aux rampes, pour laquelle elle ne faisait jamais la cuisine quand je la regardais, ne changeait pas de vêtements, n'ouvrait pas les portes ? Avait-elle toujours quelque chose à lire sous les yeux pour n'avoir rien à regarder d'autre ? Tous les mots que j'avais écrits pour elle au long des années, ne lui avais-je donc jamais rien dit ? « Merveilleux », lui dis-je en lui frottant l'épaule d'une certaine façon qui était devenue une habitude entre nous, « c'est merveilleux. » « Continue, fit-elle, dis-moi ce que tu en penses. » Je pris sa main pour la poser contre ma joue, j'inclinai la tête vers mon épaule, dans le contexte où elle croyait que notre conversation avait lieu cela signifiait, « Je ne peux pas le lire comme ça. Je vais l'emporter dans la chambre, le lire lentement, attentivement, pour accorder à l'histoire de ta vie l'attention qu'elle mérite. » Mais dans ce que je savais être le contexte de notre conversation, cela signifiait, « Je t'ai trahie. »

Vous avez l'heure ?

La première fois qu'Anna et moi fîmes l'amour, ce fut derrière l'appentis de son père, le propriétaire précédent était cultivateur, mais Dresde avait commencé à s'étendre aux villages alentour et l'exploitation fut divisée en neuf parcelles, la famille d'Anna acquit la plus vaste. Les murs de l'appentis s'écroulèrent un après-midi d'automne – « une feuille de trop », plaisanta son père – et le lendemain il bâtit de nouveaux murs faits d'étagères, de telle sorte que les livres eux-mêmes sépareraient le dedans du dehors. (Le nouveau toit, débordant, protégeait les livres de la pluie, mais en hiver les pages gelaient ensemble et, le printemps venu, exhalaient un soupir.) Il fit de la pièce un petit salon, des tapis, deux divans étroits, il adorait y aller le soir, avec un verre de whisky et une pipe, il ôtait quelques volumes du rayonnage pour regarder à travers le mur le centre de la ville. C'était un intellectuel, mais sans grande importance, peut-être serait-il devenu important s'il avait vécu plus longtemps, peut-être de grands livres attendaient-ils en lui, enroulés sur eux-mêmes comme des ressorts, des livres qui eussent séparé le dedans du dehors. Le jour où Anna et moi fîmes l'amour pour la première fois, il m'accueillit dans la cour, un homme débraillé se tenait près de lui dont les cheveux frisés se dressaient en tous sens, dont les lunettes étaient tordues, dont la chemise blanche était maculée de traces de doigts laissées par ses mains tachées d'encre d'imprimerie, « Thomas, j'aimerais que tu fasses la connaissance de mon ami Simon Goldberg. » Je le saluai, j'ignorais qui il était ou pourquoi on me présentait à lui, j'avais envie d'aller trouver Anna, M. Goldberg me demanda ce que je faisais, il avait une belle voix, raboteuse comme une rue pavée, je lui dis, « Je ne fais rien », il rit, « Ne sois pas modeste », dit le père d'Anna. « Je veux être sculpteur. » M. Goldberg ôta ses lunettes et sortit de son pantalon un pan de sa chemise dont il nettoya ses verres. « Tu veux être sculpteur ? » Je dis, « J'essaie d'être sculpteur. » Il remit ses lunettes, rajustant le fil de fer de la monture derrière ses oreilles et dit, « Dans ton cas, essayer, c'est être. » « Et vous, qu'est-ce que vous faites ? » demandai-je avec une nuance de défi que je ne pus retenir. Il dit, « Je ne fais plus rien. » Le père d'Anna lui dit, « Ne soyez pas modeste », alors qu'il n'avait pas ri, cette fois, et il me dit, « Simon est un des grands esprits de notre temps. » « J'essaie », me dit M. Goldberg comme s'il n'existait que nous deux. « Qu'est-ce que vous essayez ? » demandai-je d'une voix qui trahissait plus d'intérêt que je n'aurais voulu, il ôta de nouveau ses lunettes, « J'essaie d'être. » Pendant que son père et M. Goldberg bavardaient dans le salon improvisé, dont les livres séparaient le dedans du dehors, Anna et moi allâmes nous promener jusqu'aux roseaux qui recouvraient l'argile gris-vert près de ce qui avait été des écuries et jusqu'à l'endroit où l'on pouvait distinguer le bord de l'eau si l'on savait où et comment regarder, nous avions de la boue jusqu'à mi-jambe sur nos chaussettes, mêlée au jus des fruits tombés que nous écartions de notre chemin d'un coup de pied, du haut de la propriété nous apercevions la gare et l'animation qui y régnait, les perturbations de la guerre s'approchaient de plus en plus, des soldats en route pour l'est traversaient notre ville, des réfugiés la traversaient, en route vers l'ouest, ou s'y arrêtaient, des trains arrivaient et partaient, par centaines, notre promenade aboutit où nous l'avions commencée, devant l'appentis transformé en salon. « Asseyons-nous », dit-elle, ce que nous fîmes, adossés aux rayonnages, nous les entendions bavarder à l'intérieur et sentions la fumée de pipe qui filtrait entre les livres, Anna se mit à m'embrasser, « Mais s'ils sortaient ? » chuchotai-je, elle me caressa les oreilles pour signifier que le bruit de leurs voix nous mettait à l'abri d'une surprise. Elle mit les mains partout sur moi, je ne savais pas ce qu'elle faisait, je la touchai partout, que faisais-je, comprenions-nous quelque chose que nous ne pouvions expliquer ? Son père dit, « Vous pouvez rester ici aussi longtemps qu'il faudra. Toujours, si vous voulez. » Elle passa son chemisier par-dessus sa tête, je pris ses seins dans mes mains, c'était un geste contraint et c'était un geste naturel, elle passa ma chemise par-dessus ma tête, à l'instant où je ne voyais plus rien, M. Goldberg eut un rire et dit, « Toujours », je l'entendis aller et venir dans la petite pièce, je mis la main sous sa jupe, entre ses jambes, je me sentis au bord de l'instant où tout allait s'incendier, sans la moindre expérience je savais quoi faire, c'était exactement comme ç'avait été dans mes rêves, comme si la connaissance avait attendu en moi enroulée sur elle-même comme un ressort, tout ce qui se passa alors s'était passé déjà et se passerait encore, « Je ne reconnais plus le monde », dit le père d'Anna, elle roula sur le dos, derrière un mur de livres à travers lequel s'échappaient des voix et la fumée d'une pipe, « J'ai envie de faire l'amour », chuchota-t-elle, je savais exactement ce qu'il fallait faire, la nuit arrivait, des trains partaient, je soulevai sa jupe, M. Goldberg dit, « Je le reconnais plus que jamais », et je l'entendis respirer de l'autre côté des livres, s'il en avait pris un sur l'étagère il aurait tout vu. Mais les livres nous protégeaient. Je ne fus en elle qu'une seconde avant de m'incendier, elle geignit, M. Goldberg tapa du pied en poussant un cri de bête blessée, je demandai à Anna si ça n'allait pas, elle fit non de la tête, je me laissai tomber sur elle, la joue posée contre sa poitrine, et je vis le visage de ta mère à la fenêtre du premier étage, « Alors pourquoi pleures-tu ? » demandai-je, fourbu et riche d'expérience, « La guerre ! » dit M. Goldberg, furieux et accablé, d'une voix tremblante : « Nous ne cessons de nous entretuer sans raison ! C'est une guerre de l'humanité contre l'humanité, et elle ne s'arrêtera pas avant qu'il ne reste plus personne pour se battre ! » Elle dit, « Ça m'a fait mal. »

Vous avez l'heure ?

Tous les matins avant le petit déjeuner, et avant que je vienne ici, ta mère et moi allons dans la chambre d'amis, les bêtes nous suivent, je feuillette les pages blanches et du geste j'indique le rire, j'indique les larmes, quand elle demande ce qui me fait rire, ou pleurer, je tape du doigt sur la page, et quand elle demande, « Pourquoi ? » j'appuie sa main sur son cœur, puis sur le mien, ou je lui fais toucher du majeur le miroir ou, très brièvement, le chauffe-plat, parfois je me demande si elle sait, je me demande dans mes moments les plus Rien si elle me met à l'épreuve, si elle tape n'importe quoi toute la journée, ou ne tape rien du tout, seulement pour voir ce que sera ma réaction, elle veut savoir si je l'aime, c'est tout ce que chacun veut des autres, pas l'amour lui-même mais savoir que l'amour est là, comme des piles neuves dans la lampe de poche de la trousse d'urgence du placard de l'entrée, « Ne le montre à personne », lui avais-je dit le matin où elle me le fit voir pour la première fois, peut-être était-ce pour tenter de la protéger, peut-être était-ce pour tenter de me protéger moi-même, « Ce sera notre secret jusqu'à ce qu'il atteigne la perfection. Nous y travaillerons ensemble. Nous en ferons le plus grand livre que quiconque ait jamais écrit. » « Tu crois que c'est possible ? » avait-elle demandé, dehors, les feuilles tombaient des arbres, dedans, nous étions en train de nous détacher du soin que nous avions toujours pris de ce genre de vérité, « Oui, je le crois, avais-je exprimé en lui touchant le bras, si nous faisons assez d'efforts. » Elle avait tendu les mains devant elle pour trouver mon visage et dit, « Je vais écrire là-dessus. » Depuis ce jour je n'ai cessé de l'exhorter, de la supplier d'écrire encore, de creuser plus profond, « Décris son visage », lui dis-je en passant la main sur la page vide, et puis, le lendemain matin, « Décris ses yeux », et puis, levant la page devant la fenêtre pour qu'elle s'emplisse de lumière, « Décris ses iris », et puis, « Ses pupilles. » Elle ne demande jamais, « De qui ? » Elle ne demande jamais, « Pourquoi ? » Sont-ce mes propres yeux sur ces pages ? J'ai vu la pile de gauche doubler et quadrupler, j'ai entendu évoquer des parenthèses qui sont devenues des digressions, qui sont devenues des passages, qui sont devenus des chapitres, et je sais, parce qu'elle me l'a dit, que ce qui était jadis la deuxième phrase est à présent l'avant-dernière. Voilà deux jours seulement, elle a dit que l'histoire de sa vie allait plus vite que sa vie, « Qu'entends-tu par là ? » ai-je demandé avec mes mains, « Il arrive si peu de choses, a-t-elle dit, et j'ai une si bonne mémoire. » « Tu pourrais écrire sur le magasin ? » « J'ai décrit jusqu'au dernier diamant du coffre. » « Tu pourrais écrire sur d'autres gens. » « L'histoire de ma vie est l'histoire de tous ceux que j'ai connus. » « Tu pourrais écrire sur tes sentiments. » Elle a demandé, « Ma vie et mes sentiments, n'est-ce pas la même chose ? »

Excusez-moi, où achète-t-on les billets ?

J'ai tant de choses à te dire, le problème n'est pas le manque de temps mais le manque de place, ce cahier se remplit, il n'y aura jamais assez de pages, j'ai fait le tour de l'appartement ce matin pour la dernière fois, il y avait de l'écriture partout, les murs et les miroirs en étaient pleins, j'avais roulé les tapis pour écrire sur le plancher, j'avais écrit sur les fenêtres et tout autour des bouteilles de vin qu'on nous offrait mais que nous ne buvions jamais, je ne porte que des manches courtes, même quand il fait froid, parce que mes bras aussi sont des cahiers. Mais il y a trop à exprimer. Pardon. Voilà ce que j'ai tenté de te dire, Pardon pour tout. Pour avoir dit au revoir à Anna quand j'aurais peut-être pu les sauver, elle et notre idée, ou du moins mourir avec elles. Pardon pour mon incapacité à laisser les choses sans importance, pour mon incapacité à retenir les choses importantes. Pardon pour ce que je m'apprête à faire à ta mère et à toi. Je suis déchiré parce que je ne verrai jamais ton visage, parce que je ne te donnerai jamais à manger, ne te raconterai jamais d'histoires pour t'endormir, pardon. J'ai tenté à ma façon de m'expliquer, mais quand je songe à l'histoire de la vie de ta mère, je sais que je n'ai rien expliqué du tout, elle et moi ne sommes pas différents, je n'ai cessé d'écrire Rien moi aussi. « La dédicace », m'a-t-elle dit ce matin, voilà seulement quelques heures, quand je suis allé dans la chambre d'amis pour la dernière fois, « Lis-la. » J'ai posé le bout de mes doigts sur ses paupières et lui ai ouvert les yeux assez grand pour lui communiquer toutes les significations possibles, j'allais l'abandonner sans lui dire adieu, tourner le dos à un ménage de millimètres et de règles, « Tu crois que c'est trop ? » a-t-elle demandé, me ramenant à sa dédicace invisible, je l'ai touchée de la main droite, sans savoir à qui elle avait dédié l'histoire de sa vie, « Ce n'est pas bête, j'espère ? » Je l'ai touchée de la main droite et elle me manquait déjà, la pensée de renoncer ne m'est pas venue, mais il m'est venu des pensées, « Ce n'est pas vaniteux ? » Je l'ai touchée de la main droite, et pour ce que j'en savais, peut-être l'avait-elle dédiée à elle-même, « Est-ce que cela représente tout pour toi ? » a-t-elle demandé, posant cette fois le doigt sur ce qui n'était pas là, je l'ai touchée de la main gauche, et pour ce que j'en savais, elle me l'avait peut-être dédiée. Je lui ai dit qu'il fallait que j'y aille. Je lui ai demandé, avec une longue série de gestes qui n'auraient eu aucun sens pour tout autre qu'elle, si elle voulait quelque chose de particulier. « Tu tombes toujours juste, » a-t-elle dit. « Des magazines de nature ? » (Faisant battre ses mains comme des ailes.) « Ce serait bien. » « Peut-être quelque chose avec des articles sur la peinture ? » (Lui prenant la main comme un pinceau pour peindre une toile imaginaire devant nous.) « Très bien. » Elle m'a accompagné jusqu'à la porte, comme elle faisait toujours, « Tu dormiras peut-être déjà quand je rentrerai », lui ai-je dit, posant ma main ouverte sur son épaule puis lui inclinant la tête pour que sa joue touche ma paume. Elle a dit, « Mais je ne peux pas m'endormir sans toi. » Je lui ai tenu les mains contre ma tête et j'ai fait oui pour montrer qu'elle pouvait, nous sommes allés jusqu'à la porte, négociant un itinéraire Quelque Chose. « Mais si je n'arrive pas à m'endormir sans toi ? » J'ai tenu ses mains contre ma tête et j'ai fait oui, « Mais si je n'y arrive pas ? » J'ai encore fait oui, « Réponds-moi », a-t-elle dit, j'ai haussé les épaules, « Promets-moi que tu feras attention, a-t-elle dit en me mettant la capuche de mon paletot, promets-moi de faire encore plus attention, je sais que tu regardes des deux côtés avant de traverser, mais je veux que tu regardes des deux côtés une deuxième fois parce que je te le dis. » J'ai fait oui de la tête. Elle a demandé, « Tu as mis de la lotion ? » Avec les mains je lui ai dit, « Il fait froid. Tu t'es enrhumée. » Elle a demandé, « Mais tu en as mis ? » À ma surprise je l'ai

touchée de la main droite. Je pouvais vivre un mensonge mais pas me résoudre à faire ce petit mensonge-là. Elle a dit, « Attends », et elle a couru chercher un flacon de lotion. Elle s'en est versé un peu dans la paume, s'est frotté les mains et l'a étalée sur ma nuque et le dos de mes mains, entre mes doigts, et sur mon nez et mon front, et mes joues et mon menton, tout ce qui était exposé, pour finir j'étais la glaise et c'était elle le sculpteur, j'ai songé, C'est dommage que nous devions vivre, mais c'est tragique que nous n'ayons qu'une seule vie, parce que si j'en avais eu deux, j'aurais passé l'une des deux avec elle, je serais resté dans l'appartement avec elle, j'aurais arraché les plans de la porte d'entrée, l'aurais plaquée sur le lit en disant, « Je veux deux petits pains », en chantant « Vous pouvez le faire savoir », en riant, « Ha ha ha ! », en criant, « À l'aide ! » J'aurais vécu cette vie-là parmi les vivants. Nous avons pris l'ascenseur ensemble et marché jusqu'à l'entrée de l'immeuble, elle s'est arrêtée et j'ai continué mon chemin. Je savais que je m'apprêtais à détruire ce qu'elle avait pu reconstruire mais je n'avais qu'une vie. Je l'ai entendue dans mon dos, malgré moi, ou à cause de moi, je me suis retourné, « Ne pleure pas », lui ai-je dit en posant les doigts sur mon visage pour repousser des larmes imaginaires sur mes joues et me les remettre dans les yeux, « Je sais », a-t-elle dit en essuyant les vraies larmes de ses joues, j'ai tapé du pied, ce qui signifiait, « Je n'irai pas à l'aéroport. » « Va à l'aéroport », a-t-elle dit, je lui ai touché la poitrine et pris la main pour la tendre vers le monde, puis je l'ai retournée vers sa poitrine, « Je sais, a-t-elle dit, ça bien sûr que je le sais. » J'ai pris ses mains pour faire semblant que nous étions derrière un mur invisible, ou derrière la peinture imaginaire, dont nos paumes exploraient la surface, puis, au risque d'en dire trop, je me suis couvert les yeux d'une de ses mains et de l'autre j'ai couvert les siens, « Tu es trop bon pour moi », a-t-elle dit, j'ai posé ses mains sur ma tête et j'ai fait oui, elle a ri, j'aime quand elle rit, pourtant la vérité est que je ne suis pas amoureux d'elle, elle a dit, « Je t'aime », je lui ai dit ce que j'éprouvais, voici comment je le lui ai dit : je lui ai écarté les mains, j'ai dirigé ses index l'un vers l'autre et lentement, très lentement, je les ai rapprochés, plus ils se rapprochaient l'un de l'autre, plus lentement je les déplaçais, et puis, quand ils ont été sur le point de se toucher, quand ils n'ont plus été séparés que par l'épaisseur d'une page de dictionnaire, appuyés de part et d'autre sur le mot amour, je les ai arrêtés, je les ai arrêtés et je les ai tenus là. Je ne sais pas ce qu'elle a pensé, je ne sais pas ce qu'elle a compris, ni ce qu'elle n'aurait pu se permettre de comprendre, tournant les talons je me suis éloigné d'elle, je n'ai pas regardé en arrière, je ne regarderai pas en arrière. Je te raconte tout cela parce que je ne serai jamais ton père et que tu seras toujours mon enfant. Je veux que tu saches, au moins, que ce n'est pas par égoïsme que je m'en vais, comment puis-je l'expliquer ? Je ne peux pas vivre, j'ai essayé et je ne peux pas. Si cela paraît simpliste, c'est que c'est simple comme une montagne est simple. Ta mère a souffert, elle aussi, mais elle a choisi de vivre, et elle l'a fait, sois son fils et son mari. Je ne compte pas que tu me comprennes jamais, moins encore que tu me pardonnes, peut-être ne liras-tu même pas ces mots, à supposer que ta mère te les donne. Il est l'heure de partir. Je veux que tu sois heureux, je le veux plus que je ne veux le bonheur pour moi-même, cela semble-t-il simpliste ? Je m'en vais. Je vais arracher ces pages à mon cahier, les mettre à la boîte avant de monter en avion, adresser l'enveloppe à « Mon enfant encore à naître », et je n'écrirai plus jamais un mot, je suis parti, je ne suis plus là. Avec tout l'amour de ton père

Je voudrais un billet pour Dresde.

Qu'est-ce que tu fais là ?

Rentre. Tu devrais être couchée.

Je te ramène à la maison.

Tu es folle. Tu vas t’enrhumer.

Tu vas enrhumer ton rhume.

~~Lourdes semelles de plomb~~
Semelles de plomb encore plus lourdes

Douze week-ends plus tard, a eu lieu la première représentation de *Hamlet*, mais en fait dans une version moderne abrégée, parce que la vraie pièce est trop longue et trop déroutante et que la plupart des élèves de ma classe souffrent d'un trouble déficitaire de l'attention. Par exemple, la célèbre tirade « Être ou ne pas être », sur laquelle je suis renseigné grâce au *Théâtre complet de Shakespeare* que grand-mère m'a offert, a été coupée et n'était plus que « Être ou ne pas être, voilà la question ».

Tout le monde devait avoir un rôle, mais comme il n'y en avait pas assez et que je n'avais pas été aux auditions parce que mes semelles de plomb étaient trop lourdes pour aller à l'école ce jour-là, j'avais donc le rôle de Yorick. Au début, ça m'avait gêné. J'avais suggéré à Mme Rigley que je pourrais peut-être jouer seulement du tambourin dans l'orchestre ou un truc comme ça. Elle avait dit :

« Il n'y a pas d'orchestre. »

Et moi :

« N'empêche. »

Elle m'avait expliqué :

« Ce sera formidable. Tu seras habillé tout en noir, l'équipe du maquillage te passera du noir sur les mains et dans le cou, et l'équipe des costumes créera une espèce de tête de mort en papier mâché dont tu te couvriras la tête. Cela donnera vraiment l'illusion que tu n'as pas de corps. »

J'y avais réfléchi une minute avant de lui dire que j'avais une meilleure idée.

« Voilà ce que je vais faire, je vais inventer un costume qui rend invisible, avec une caméra vidéo dans le dos, qui filmera tout ce qui est derrière moi et le diffusera sur un écran plasma que je porterai par-devant et qui couvrira tout sauf ma figure. Ça donnera l'impression que je ne suis pas là du tout.

– Très astucieux », elle avait dit. Mais moi :

« C'est même pas un rôle, Yorick, franchement. »

Elle m'avait chuchoté à l'oreille :

« J'ai une seule crainte, et c'est plutôt que tu voles la vedette. »

Là, j'ai commencé à m'enthousiasmer de jouer Yorick.

La première a été assez formidable. On avait une machine à brouillard, alors le cimetière était exactement comme les cimetières des films.

« Hélas ! pauvre Yorick ! a dit Jimmy Snyder en me tenant la figure. Je l'ai connu, Horatio. »

Je n'avais pas d'écran plasma parce que le budget des costumes n'était pas suffisant, mais sous la tête de mort je pouvais tout regarder sans que personne s'en aperçoive. J'ai vu des tas de gens que je connaissais et ça m'a donné l'impression de ne pas être le premier venu. Maman, Ron et grand-mère étaient là, évidemment. Dentifrice était là avec M. et Mme Hamilton, ça c'était sympa, et M. et Mme Minch étaient là aussi parce que le Minch jouait Guildenstern. Beaucoup des Black que j'avais rencontrés pendant ces douze week-ends étaient là. Abe était là. Ada et Agnes étaient là. (En fait, elles étaient assises l'une à côté de l'autre, sans le savoir). J'ai vu Albert, Alice, Allen, Arnold, Barbara et Barry. Ils formaient bien la moitié du public. Mais ce qui était bizarre, c'est qu'ils ne savaient pas ce qu'ils avaient en commun, un peu comme moi je ne savais pas ce que la punaise, la cuillère tordue, le rectangle de papier d'aluminium et tous les autres trucs que j'avais trouvés à Central Park avaient à voir entre eux.

J'avais incroyablement le trac mais j'ai su garder confiance et j'ai été extrêmement subtil. Je le sais, parce qu'il y a eu une standing ovation, et ça c'était mille dollars.

La deuxième représentation aussi a été assez formidable. Maman était là mais Ron travaillait tard, ce jour-là. C'était pas grave, d'ailleurs, parce que de toute façon j'avais pas envie qu'il soit là. Grand-mère était là, évidemment. J'ai vu aucun des Black mais je sais que la plupart des gens assistent qu'une seule fois à un spectacle, à moins d'être vos parents, alors ça m'a pas trop embêté. J'ai vraiment essayé de brûler les planches et je crois que j'ai réussi. « Hélas ! pauvre Yorick. Je l'ai connu, Horatio ; un type adorable et vraiment marrant. Il me portait tout le temps sur son dos, et maintenant, c'est affreux d'y penser ! »

Il y avait que grand-mère le lendemain. Maman avait une réunion parce qu'une de ses affaires allait se plaider bientôt, et j'ai pas demandé où était Ron parce que j'étais gêné, et que j'avais pas envie qu'il soit là, d'ailleurs. En essayant de me tenir aussi immobile que possible, avec la main de Jimmy Snyder sous le menton, je me suis posé une question, *À quoi ça sert de donner une prestation extrêmement subtile si pour ainsi dire personne la regarde ?*

Grand-mère est pas venue en coulisse dire bonjour avant la représentation du lendemain, ni au revoir après, mais j'ai vu qu'elle était là. Par les orbites, je la voyais, debout au fond du gymnase, sous le panier de basket. Son maquillage absorbait la lumière d'une façon hallucinante qui la rendait presque ultraviolette. « Hélas ! pauvre Yorick. » J'étais aussi immobile que possible et j'arrêtais pas de penser, *Quel procès peut être plus important que la plus grande pièce de tous les temps ?*

À la représentation suivante, il n'y avait encore que grand-mère. Elle a pleuré à tous les mauvais endroits et s'est fendu la pêche à tous les mauvais endroits. Elle a applaudi quand le public découvre qu'Ophélie s'est noyée, ce qui est censé être une mauvaise nouvelle, et sifflé quand Hamlet marque son premier point contre Laertes dans le duel de la fin, ce qui est une bonne chose, pour des raisons évidentes.

« C'est ici qu'étaient ses lèvres que j'embrassais souvent. Où sont tes plaisanteries à présent, tes jeux, tes chansons ? »

En coulisse, avant la dernière, devant les autres acteurs et l'équipe, Jimmy Snyder a imité grand-mère. Je m'étais pas rendu compte qu'on l'entendait tellement. Je m'en étais beaucoup voulu de l'avoir remarquée, mais j'avais tort, c'était sa faute. Tout le monde la remarquait. L'imitation de Jimmy était parfaitement juste – la façon dont elle agitait la main gauche devant sa figure comme s'il y avait une mouche quand quelque chose était drôle. La façon dont elle penchait la tête sur le côté comme si elle se concentrait incroyablement fort, et disait, « À mes souhaits » quand elle éternuait. Et pleurait en disant, « C'est triste », si fort que tout le monde l'entendait.

J'ai regardé tous les élèves se fendre la pêche. Même Mme Rigley s'est fendu la pêche. Pareil pour son mari, qui jouait du piano pendant les changements de décor. J'ai pas dit que c'était ma grand-mère et je lui ai pas demandé d'arrêter. Dehors, je me fendais la pêche aussi. Dedans, je regrettais qu'on l'ait pas rangée au fond d'une poche portative ou qu'elle ait pas elle aussi un costume qui rend invisible. J'aurais voulu qu'on puisse partir très loin tous les deux pour un endroit comme le sixième district.

Elle était encore venue ce soir-là, au dernier rang, alors que seuls les trois premiers étaient occupés. Je l'ai observée de sous le crâne. Elle appuyait la main contre son cœur ultraviolet et je l'ai entendue dire, « C'est triste. Tellement triste. » J'ai pensé à l'écharpe jamais finie, à la pierre avec laquelle elle avait traversé Broadway, qu'elle avait encore besoin d'amis imaginaires alors qu'elle avait vécu un si grand morceau de vie, et aux mille bras de fer chinois.

MARGIE CARSON. Dis donc, Hamlet, où est Polonius ?

JIMMY SNYDER. À dîner.

MARGIE CARSON. À dîner ! Où ?

JIMMY SNYDER. Pas là où il mange, mais là où il est mangé.

MARGIE CARSON. Mince, alors !

JIMMY SNYDER. Un roi peut finir dans les tripes d'un mendiant.

Je me suis senti, ce soir-là, sur cette scène-là, sous ce crâne-là, incroyablement près de tout ce qu'il y a dans l'univers, mais aussi extrêmement seul. Je me demandais, pour la première fois de ma vie, si la vie valait tout ce travail que c'est de vivre. Qu'y avait-il exactement qui en valait la peine ? Qu'y a-t-il de si horrible à être mort pour toujours, et à ne rien sentir, à ne pas même rêver ? Qu'y a-t-il de si formidable à sentir et à rêver ?

Jimmy a mis la main sous ma figure.

« C'est ici qu'étaient ses lèvres que j'embrassais souvent. Où sont tes plaisanteries à présent, tes jeux, tes chansons ? »

Peut-être à cause de tout ce qui s'était passé pendant ces douze semaines, ou peut-être parce que je me sentais si près et si seul ce soir-là, je n'ai pas pu continuer à être mort, voilà.

MOI. Hélas ! pauvre Hamlet [*Je prends la figure de* JIMMY SNYDER *entre les mains*] ; je l'ai connu, Horatio.

JIMMY SNYDER. Mais Yorick… tu n'es que… qu'un crâne.

MOI. Et alors ? Je m'en fiche. Je t'en mer de Chine.

JIMMY SNYDER. [*Il chuchote.*] C'est pas dans la pièce. [*Des yeux, il cherche l'aide de* MME RIGLEY, *qui est au premier rang et feuillette le texte. Elle décrit des cercles dans l'air avec la main droite, le signe universel pour « improvise ».*]

MOI. Je l'ai connu, Horatio ; une andouille d'une infinie stupidité, masturbateur émérite dans les toilettes des garçons du premier étage – j'en ai la preuve. En plus, il est dyslexique.

JIMMY SNYDER. [*Il ne trouve rien à dire.*]

MOI. Où sont tes calembredaines à présent, tes cabrioles, tes chansons ?

JIMMY SNYDER. Qu'est-ce que tu racontes ?

MOI. [*Levant la main vers le panneau de basket.*] Je te tapisse à l'arrêt, pauvre concombre ! Va te faire inoculer !

JIMMY SNYDER. Hein ?

MOI. Tu es coupable de malmener ceux qui sont moins forts que toi : de rendre la vie presque impossible aux bons élèves comme moi, Dentifrice et le Minch, d'imiter des débiles mentaux, de faire des blagues téléphoniques à des gens qui ne reçoivent déjà pas beaucoup d'appels, de terroriser des animaux domestiques et des gens âgés – qui, je te signale, sont plus intelligents et mieux renseignés que toi –, de te moquer de moi simplement parce que j'ai un minou… Et je t'ai vu jeter des papiers par terre, aussi.

JIMMY SNYDER. J'ai jamais fait de blague téléphonique à des débiles.

MOI. T'es adopté.

JIMMY SNYDER. [*Il cherche des yeux ses parents dans le public.*]

MOI. Et personne ne t'aime.

JIMMY SNYDER. [*Ses yeux se remplissent de larmes.*]

MOI. Et tu as une sclérose latérale amyotrophique.

JIMMY SNYDER. Hein ?

MOI. Au nom des morts… [*J'enlève le crâne de ma tête. Il a beau être en papier mâché, il est vraiment dur. J'en donne un grand coup sur la tête de* JIMMY SNYDER *et je recommence. Il tombe par terre, parce qu'il est inconscient, et je n'en reviens pas d'être si fort. Je lui frappe la tête encore une fois de toutes mes forces et il se met à saigner par le nez et les oreilles. Mais je n'éprouve toujours pas la moindre compassion pour lui. Je veux qu'il saigne parce qu'il le mérite. Et rien d'autre ne rime à rien.* PAPA *ne rime à rien.* MAMAN *ne rime à rien.* LE PUBLIC *ne rime à rien. Les chaises pliantes et le brouillard de la machine à brouillard ne riment à rien. Shakespeare ne rime à rien. Les étoiles que je sais qu'il y a de l'autre côté du plafond du gymnase ne riment à rien. Tout ce qui rime à quelque chose à ce moment-là, c'est que je démolisse la figure de* JIMMY SNYDER. *Son sang. Je lui fais sauter un paquet de dents et je crois qu'elles lui rentrent dans la gorge. Il y a du sang partout, tout en est couvert. Je continue à lui donner des grands coups de crâne sur le crâne, qui est aussi le crâne de* RON *(ça lui apprendra à aider* MAMAN *à se remettre à vivre), et le crâne de* MAMAN *(ça lui apprendra à se remettre à vivre) et le crâne de* PAPA *(ça lui apprendra à être mort) et le crâne de* GRAND-MÈRE *(ça lui apprendra à me gêner tellement en public) et le crâne du* DR FEIN *(ça lui apprendra à me demander si quelque chose de bien ne pourrait pas sortir de la mort de* PAPA*) et les crânes de tous ceux que je connais.* LES SPECTATEURS *applaudissent, tous, parce que moi, je rime à quelque chose. Ils me font une standing ovation pendant que je continue à le frapper et à le frapper encore. Je les entends crier.*]

LE PUBLIC. Merci ! Merci, Oskar ! Nous t'aimons tant ! Nous te protégerons !

Ça, ç'aurait été formidable.

J'ai regardé le public de sous le crâne, avec la main de Jimmy sur le menton. « Hélas ! pauvre Yorick. » J'ai vu Abe Black et il m'a vu. Je savais que nous partagions quelque chose avec les yeux mais je ne savais pas quoi. Et je ne savais pas si c'était important.

C'était douze week-ends plus tôt que j'avais rendu visite à Abe Black à Coney Island. Je suis très idéaliste mais je savais que je pouvais pas aller à pied aussi loin, alors j'ai pris un taxi. Avant même qu'on sorte de Manhattan, je me suis rendu compte que les sept dollars soixante-huit que j'avais dans mon portefeuille seraient pas suffisants. Je sais pas si ça compte pour un mensonge que j'aie rien dit. Je savais qu'il fallait que j'y aille et je n'avais pas le choix, voilà. Quand le chauffeur s'est garé devant l'immeuble, le compteur disait 76,50 dollars. Alors moi :

« Monsieur Mahaltra, êtes-vous un optimiste ou un pessimiste ?

– Quoi ?

– Parce que je n'ai malheureusement que sept dollars et soixante-huit *cents*.

– Sept dollars ?

– Et soixante-huit *cents*.

– Oh non, c'est pas vrai.

– Malheureusement si. Mais si vous me donnez votre adresse, je vous promets de vous envoyer le reste. »

Il a posé la tête sur le volant. J'ai demandé s'il se sentait bien. Il a répondu :

« Gardez vos sept dollars et soixante-huit *cents*.

– Je vous promets de vous envoyer l'argent. Je vous le promets. »

Il m'a donné sa carte, qui était en fait la carte d'un dentiste, mais il avait écrit son adresse de l'autre côté. Puis il a dit quelque chose dans une langue étrangère qui n'était pas le français.

« Vous êtes fâché contre moi ? »

Évidemment, j'ai incroyablement peur des montagnes russes mais Abe m'a convaincu de faire un tour avec lui.

« Ce serait dommage de mourir sans être monté sur le Cyclone, il m'a dit.

– Ce serait dommage de mourir, je lui ai répondu.

– C'est vrai, il m'a dit, mais avec le Cyclone on a le choix. »

On s'est assis dans le wagonnet de tête et Abe levait les mains en l'air à chaque descente. Je n'arrêtais pas de me demander si ce que j'éprouvais ressemblait un peu à ce qu'on éprouve quand on tombe.

Dans ma tête, j'essayais de calculer toutes les forces qui maintenaient le wagonnet sur les rails et moi dans le wagonnet. Il y avait la pesanteur, évidemment. Et la force centrifuge. Et la vitesse. Et la friction des roues sur les rails. Et la résistance du vent, je crois, ou quelque chose comme ça. Papa m'apprenait la physique avec des pastels sur les nappes en papier pendant qu'on attendait nos crêpes. Il pouvait tout expliquer.

L'odeur de l'océan était bizarre. Comme celle des choses à manger qu'on vendait sur les planches de la promenade, des gâteaux, de la barbe à papa et des hot dogs. C'était une journée presque parfaite, sauf qu'Abe ne savait rien de la clé ni de papa. Il a dit qu'il allait à

Manhattan en voiture et pouvait me raccompagner si je voulais.

« Je ne monte pas dans la voiture des inconnus et comment savez-vous que je vais à Manhattan ?

– Nous nous connaissons et je ne sais pas comment je le savais.

– Vous avez un 4×4 ?

– Non.

– Tant mieux. Vous avez une voiture hybride essence-électricité ?

– Non.

– Tant pis. »

Dans la voiture, je lui ai tout raconté de mon intention d'aller voir tous les habitants de New York qui s'appelaient Black.

« Je sais ce que c'est, à ma façon, parce que j'avais une chienne qui s'est enfuie un jour. C'était la meilleure chienne du monde. Je n'aurais pu ni l'aimer davantage ni la traiter mieux. Elle ne s'est pas enfuie exprès. Elle a dû se tromper, être désorientée et suivre un chemin, et puis un autre.

– Mais mon papa ne s'est pas enfui. Il a été tué dans un attentat terroriste. »

Abe a répondu :

« C'est à toi que je pensais. »

Il est monté avec moi jusqu'à la porte de l'appartement d'Ada Black, alors que je lui avais dit que je pouvais y aller tout seul.

« Je préfère savoir que tu es arrivé à bon port. »

On aurait dit maman.

Ada Black possédait deux toiles de Picasso. Elle ne savait rien de la clé, alors les toiles ne présentaient pas le moindre intérêt pour moi, même si je savais qu'elles étaient célèbres. Elle a dit que je pouvais m'asseoir sur le canapé si je voulais, j'ai répondu que j'étais contre le cuir et je suis resté debout. Elle avait l'appartement le plus hallucinant que j'aie jamais vu. Avec des sols comme des échiquiers de marbre et des plafonds comme des gâteaux. On aurait dit que tout sortait d'un musée, alors j'ai pris quelques photos avec l'appareil de grand-père.

« La question est peut-être grossière mais êtes-vous la personne la plus riche du monde ? »

Elle a touché un abat-jour en disant :

« Je suis au quatre cent soixante-septième rang sur la liste des personnes les plus riches du monde. »

Je lui ai demandé ce que ça lui faisait de savoir qu'il y avait des sans-abri et des millionnaires qui vivaient dans la même ville.

« Je donne beaucoup aux associations caritatives, si c'est là que tu veux en venir. »

Je lui ai dit que je ne voulais en venir nulle part, que je voulais seulement savoir comment elle se sentait.

« Bien, merci », elle a dit, et elle m'a demandé si je voulais boire quelque chose.

J'ai demandé un café et elle a demandé à quelqu'un dans une autre pièce d'apporter un café. Et puis je lui ai demandé si elle pensait que personne ne devrait peut-être avoir plus qu'une certaine quantité d'argent avant que tout le monde en ait autant. C'était une idée dont papa m'avait parlé un jour. Elle a dit :

« Les loyers ne sont pas donnés dans l'Upper West Side, tu sais. »

Je lui ai demandé comment elle savait que j'habitais dans l'Upper West Side.

« Est-ce que tu as des choses dont tu n'as pas besoin ?

– Pas vraiment.

– Tu collectionnes les pièces de monnaie ?

– Comment savez-vous que je collectionne les pièces de monnaie ?

– À ton âge, c'est très courant. »

Je lui ai dit que j'en avais besoin.

« Autant qu'un sans-abri a besoin de manger ? »

Cette conversation commençait à me mettre mal à l'aise. Elle a dit :

« Tu as plus de choses dont tu as besoin ou plus dont tu n'as pas besoin ?

– Ça dépend de ce qu'on appelle avoir besoin.

– Tu me croiras si tu veux mais j'étais idéaliste, autrefois.

– Qu'est-ce que ça veut dire, idéaliste ?

– Ça veut dire qu'on vit en accord avec ce qu'on croit bien.

– Et ce n'est plus le cas ?

– Il y a des questions que je ne me pose plus. »

Une Afro-Américaine m'a apporté un café sur un plateau d'argent. Je lui ai dit :

« Votre uniforme est incroyablement joli. »

Elle a regardé Ada.

« Non, vraiment, j'ai dit. Je trouve que le bleu ciel est une très très jolie couleur sur vous. »

Elle continuait à regarder Ada, qui a dit :

« Merci, Gail. »

Elle est repartie vers la cuisine et je lui ai dit :

« C'est un joli prénom, Gail. »

Quand on a été seuls de nouveau, Ada m'a dit :

« Tu sais, Oskar, je crois que tu as mis Gail très mal à l'aise.

– Comment ça ?

– Je voyais bien qu'elle était gênée.

– J'essayais d'être sympa, c'est tout.

– Tu en as peut-être un peu trop fait.

– Comment peut-on en faire trop quand on essaie d'être sympa ?

– Tu as été condescendant.

– C'est quoi, ça ?

– Tu lui as parlé comme à une enfant.

– Pas du tout.

– Il n'y a pas de honte à être domestique. Elle fait sérieusement son travail et je la paie bien.

– J'essayais d'être sympa, c'est tout.

Et là, je me suis demandé, *Est-ce que je lui ai dit que je m'appelais Oskar ?*

On est restés comme ça un moment. Elle regardait fixement par la fenêtre, comme si elle attendait qu'il se passe quelque chose dans Central Park. J'ai demandé :

« Vous êtes d'accord pour que je fasse un petit tour de l'appartement ? »

Elle a ri :

« Enfin quelqu'un qui dit ce qu'il pense. »

Je me suis un peu promené et il y avait tellement de pièces que je me suis demandé si l'appartement n'était pas plus grand à l'intérieur qu'à l'extérieur. Mais je n'ai pas trouvé le moindre indice. Quand je suis revenu, elle m'a demandé si je voulais des langues de chat, ça m'a carrément horrifié mais j'ai été très poli et j'ai seulement dit :

« Alors ça.

– Pardon ?

– Alors ça.

– Excuse-moi, je ne comprends pas ce que tu veux dire.

– Alors ça. Comme dans "Alors ça, jamais…" »

Et elle :

« Je sais ce que je suis. »

J'ai fait oui de la tête alors que je n'avais aucune idée de ce qu'elle racontait et que je ne voyais pas le rapport.

« Même si je n'aime pas ce que je suis, je sais ce que je suis. Mes enfants aiment ce qu'ils sont, mais ils ne savent pas ce qu'ils sont. Alors, d'après toi, qu'est-ce qui est pire ?

– Entre quoi et quoi, ça vous ennuierait de répéter ? »

Elle s'est fendu la pêche.

« Tu es sympathique. »

Je lui ai montré la clé mais elle ne l'avait jamais vue et n'a rien pu m'en dire.

J'ai eu beau répéter que je me débrouillais très bien tout seul, elle a fait promettre au portier de m'appeler un taxi. Je lui ai dit que je n'avais pas les moyens de me payer un taxi. Elle a répondu :

« Moi, je les ai. »

Je lui ai donné ma carte. Elle m'a souhaité bonne chance, elle a posé les mains sur mes joues et elle m'a embrassé sur la tête.

C'était samedi, et c'était déprimant.

Cher Oskar Schell,

Merci de votre contribution à la Fondation américaine du diabète. Chaque dollar – et, dans votre cas, demi-dollar – compte.

Je joins à cette lettre de la documentation sur la Fondation, comprenant nos statuts, une brochure décrivant nos activités passées et nos réussites, ainsi que des informations sur nos objectifs futurs, à court et à long terme.

Merci encore d'avoir contribué à cette noble cause. Vous sauvez des vies.

Avec gratitude,
Patricia Roxbury
Présidente de la section new-yorkaise

Aussi incroyable que cela paraisse, le Black suivant habitait notre immeuble, à l'étage au-dessus. Si c'était pas ma vie, je l'aurais pas cru. Je suis allé dans l'entrée demander à Stan ce qu'il savait de la personne qui habitait le 5A. Il a dit :

« Jamais vu personne entrer ou sortir. Des tas de livraisons et beaucoup d'ordures, c'est tout.

– Cool. »

Il s'est penché pour chuchoter :

« Hanté. »

J'ai chuchoté aussi :

« Je crois pas au paranormal.

– Les fantômes s'en fichent, que tu croies en eux. »

J'ai beau être athée, je savais qu'il avait tort.

J'ai remonté l'escalier, plus haut que chez nous, cette fois, jusqu'au cinquième. Il y avait un paillasson devant la porte, qui disait bienvenue dans douze langues différentes. Ça ressemblait pas à ce qu'un fantôme mettrait devant son appartement. J'ai essayé la clé dans la serrure mais elle ouvrait pas alors j'ai sonné. La sonnette était exactement au même endroit que la nôtre. J'ai entendu du bruit à l'intérieur, peut-être bien une musique à donner la chair de poule, mais j'ai été courageux et j'ai attendu.

Au bout d'un temps incroyablement long, la porte s'est ouverte.

« Qu'y a-t-il pour ton service ! a demandé un vieux monsieur, mais il l'a demandé extrêmement fort, alors ça faisait plutôt comme un hurlement.

– Voilà, bonjour, j'habite en dessous, au 4A. Est-ce que je peux vous poser quelques questions, s'il vous plaît ?

– Bonjour, jeune homme !

Il était plutôt bizarre parce qu'il portait un béret rouge comme les Français et un bandeau sur l'œil comme un pirate.

« Je suis monsieur Black !

– Je sais. »

Il s'est retourné pour rentrer chez lui. Je me suis dit que c'était une façon de m'inviter à le suivre, alors je l'ai fait.

Il y avait autre chose de bizarre : son appartement était exactement comme le nôtre, le parquet était pareil, le rebord des fenêtres était pareil, et les carreaux de faïence de la cheminée étaient du même vert. Mais aussi son appartement était incroyablement différent parce qu'il était plein de trucs différents. Des tonnes de trucs. Des trucs partout. Et puis il y avait une énorme colonne en plein milieu de la salle à manger. Elle était aussi grosse que deux réfrigérateurs et rendait impossible de mettre une table ou quoi que ce soit d'autre dans la pièce, contrairement à la nôtre.

« À quoi ça sert ? » j'ai demandé, mais il ne m'a pas entendu.

Il y avait un tas de poupées et d'autres machins sur la cheminée, et plein de petits tapis partout.

« Je les ai trouvés en Islande ! » il a dit en montrant du doigt les coquillages sur le rebord de la fenêtre.

Il a montré ensuite un sabre sur le mur.

« Je l'ai acheté au Japon ! »

Je lui ai demandé si c'était un sabre de samouraï.

« Une réplique !

– Cool. »

Il m'a emmené jusqu'à la table de la cuisine, qui était au même endroit que la nôtre, il s'est assis et il s'est donné une claque sur le genou.

« Alors ! il a dit, si fort que j'ai eu envie de me couvrir les oreilles. J'ai eu une vie plutôt extraordinaire ! »

J'ai trouvé trop bizarre qu'il dise ça parce que je lui avais pas posé de questions sur sa vie. Je lui avais même pas dit pourquoi j'étais là.

« Je suis né le 1er janvier 1900 ! J'ai vécu chaque jour du vingtième siècle !

– Ah oui ?

– Ma mère a falsifié mon acte de naissance pour que je puisse m'engager pendant la Première Guerre mondiale ! Le seul mensonge de toute sa vie ! J'étais fiancé à la sœur de Fitzgerald !

– Qui est-ce, Fitzgerald ?

– Francis Scott Key Fitzgerald, mon garçon ! Un Grand Auteur ! Un Grand Auteur !

– La gaffe.

– Je m'asseyais sous sa véranda pendant qu'elle se poudrait le nez à l'étage. Son père et moi avions les conversations les plus animées ! C'était un Grand Homme, comme Winston Churchill fut un Grand Homme ! »

J'ai estimé que mieux valait chercher Winston Churchill sur Google en rentrant plutôt que de dire que je savais pas qui c'était.

« Un jour, elle descendit, prête à partir ! Je lui répondis d'attendre une minute parce que son père et moi étions au beau milieu d'une conversation magnifique et qu'on n'interrompt pas une conversation magnifique, hein !

– Je ne sais pas.

– Plus tard ce soir-là, comme je la déposais devant cette même véranda, elle dit, “Il m'arrive de croire que vous aimez plus mon père que moi !” J'ai hérité la fichue franchise de ma mère et ça m'a encore joué un tour ! J'ai répondu, “Oui !” Voilà, ce fut la dernière fois que je lui dis “Oui”, si tu vois ce que je veux dire !

– Non.

– Un ratage ! Mais alors un ratage ! »

Il s'est mis à se fendre la pêche extrêmement fort et il s'est donné une claque sur le genou. J'ai dit : « C'est tordant », parce que ça devait l'être pour qu'il se fende la pêche comme ça.

« Tordant ! Et comment ! Je n'ai plus jamais entendu parler d'elle ! Et puis après ! Il entre tellement de gens dans votre vie, il en sort tellement ! Des centaines de milliers de gens ! Il faut garder sa porte ouverte pour qu'ils puissent entrer ! Mais ça veut dire aussi qu'il faut les laisser partir ! »

Il a mis une bouilloire à chauffer.

« Vous êtes un sage, je lui ai dit.

– Ça, j'ai eu tout le temps de le devenir ! Regarde ! il a hurlé en relevant son bandeau. Un éclat d'obus nazi ! J'étais correspondant de guerre et je me suis retrouvé avec une compagnie de chars britannique qui remontait le Rhin ! On est tombé dans une embuscade un après-midi, vers la fin 44 ! Mon œil a saigné partout sur ma feuille mais ces salopards ont pas pu m'arrêter ! J'ai terminé la phrase que j'écrivais !

– C'était quoi, cette phrase ?

– Bah, qui s'en souvient ! Ce qui compte, c'est que je n'allais pas laisser ces salauds de boches arrêter ma plume ! La plume est plus puissante que le sabre, tu sais ! Et que les mitrailleuses !

– Vous voulez bien remettre votre bandeau, s'il vous plaît ?

– Regarde-moi ça ! il a dit en montrant le sol de la cuisine, mais moi, je ne pouvais plus m'arrêter de penser à son œil. C'est du chêne, sous ces tapis ! Du chêne massif ! J'en sais quelque chose, je l'ai posé moi-même !

– Alors ça », j'ai dit, et ce n'était pas seulement pour être sympa.

Je faisais une liste dans ma tête de tout ce que je pourrais faire pour lui ressembler plus.

« Ma femme et moi, nous avons rénové cette cuisine nous-mêmes ! De nos mains ! »

Il m'a montré ses mains. Elles ressemblaient aux mains du squelette du catalogue de Rainier Scientific que Ron avait proposé de m'offrir, sauf qu'elles avaient de la peau, une peau pleine de taches marron, et que je ne voulais aucun cadeau de Ron.

« Où est-elle, votre femme, en ce moment ? »

La bouilloire s'est mise à siffler.

« Ah, il y a vingt-quatre ans qu'elle est morte ! Ça fait un bout de temps ! Un quart de siècle, dans ma vie, c'est une journée !

– La gaffe.

– Non, non, c'est rien !

– Ça ne vous embête pas que j'aie parlé d'elle ? Vous pouvez me le dire, vous savez.

– Non ! Penser à elle, c'est pas mal non plus ! »

Il a servi deux tasses de thé.

« Vous n'auriez pas du café ?

– Du café !

– Ça retarde ma croissance, et comme j'ai peur de la mort… »

Il a donné une claque sur la table en disant :

« Mon garçon, j'ai du café du Honduras qui n'attendait que ta visite !

– Mais vous saviez pas que j'allais venir. »

On est restés là un moment et il m'a encore parlé de sa vie hallucinante. À sa connaissance, qui semblait plutôt étendue, il était la seule personne encore en vie à avoir combattu dans les deux guerres mondiales. Il était allé en Australie, et au Kenya, et au Pakistan, et au Panama. Je lui ai demandé :

« Si vous deviez l'estimer à vue de nez, vous diriez que vous êtes allé dans combien de pays, comme ça, à vue de nez ?

– Ce ne serait pas à vue de nez ! Cent douze, exactement !

– Il y a autant de pays que ça !

– Il y a plus d'endroits dont tu n'as jamais entendu parler que d'endroits dont tu as entendu parler ! »

Ça, j'ai adoré. Il avait couvert presque toutes les guerres du vingtième siècle, comme la guerre d'Espagne, le génocide du Timor oriental, et des sales affaires qui s'étaient passées en Afrique. Je n'avais entendu parler d'aucune d'entre elles, alors j'ai essayé de me les rappeler pour pouvoir les chercher sur Google quand je rentrerais. La liste devenait incroyablement longue dans ma tête : Francis Scott Key Fitzgerald, se poudrer le nez, Churchill, Mustang décapotable, Walter Cronkite, flirter, la Baie des Cochons, 33 tours, Datsun, Kent State, saindoux, ayatollah Khomeiny, Polaroid, apartheid, drive-in, favela, Trotski, le mur de Berlin, Tito, *Autant en emporte le vent*, Frank Lloyd Wright, hula hoop, Technicolor, guerre d'Espagne, Grace Kelly, Timor oriental, règle à calcul, et tout un tas de pays d'Afrique dont j'essayais de me rappeler les noms mais que j'avais déjà oubliés. Ça devenait dur de garder en moi tout ce que je ne savais pas.

Son appartement était plein de trucs qu'il avait récoltés pendant les guerres de sa vie et je les ai photographiés avec l'appareil de grand-père. Il y avait des livres en langue étrangère, des petites statues, des rouleaux de jolies peintures, des boîtes de Coca du monde entier et plein de cailloux sur la cheminée, mais rien que des cailloux banals. Un truc hallucinant, c'est que près de chaque caillou il y avait un petit morceau de papier qui disait d'où il venait et quand il avait été ramassé, par exemple, « Normandie, 19/06/44 », « Barrage de Hwach'on, 9/04/51 » et « Dallas, 22/11/63 ». Oui, vraiment hallucinant, mais d'un autre côté c'était trop bizarre, parce qu'il y avait plein de balles, aussi, sur la cheminée, et qu'il n'y avait pas de petits bouts de papier près d'elles, je lui ai demandé comment il les reconnaissait les unes des autres. Il a dit :

« Une balle est une balle est une balle !

– Mais alors, un caillou n'est pas un caillou ?

– Bien sûr que non ! »

J'ai eu l'impression de comprendre mais je n'en étais pas sûr, alors j'ai montré les roses qu'il y avait dans le vase sur la table.

« Et une rose, c'est une rose ?

– Non ! Une rose n'est pas une rose n'est pas une rose ! »

Là, je ne sais pas pourquoi, je me suis mis à penser à « Something in the Way She Moves », alors j'ai demandé :

« Et une chanson d'amour est une chanson d'amour ?
– Oui ! »
J'ai réfléchi une seconde.
« Et l'amour est l'amour ?
– Non ! »
Il avait tout un mur de masques des pays dans lesquels il était allé, comme l'Arménie, le Chili et l'Éthiopie.
« Le monde n'est pas horrible, il m'a dit en se mettant un masque cambodgien sur la figure, mais il est plein d'un tas de gens horribles ! »
J'ai bu une autre tasse de café et puis j'ai su que le moment était venu, alors j'ai pris la clé à mon cou et je la lui ai donnée.
« Est-ce que vous savez ce qu'elle ouvre ?
– Je crois pas ! il a hurlé.
– Peut-être que vous connaissiez mon papa ?
– C'était qui, ton papa !
– Il s'appelait Thomas Schell. Il habitait le 4A jusqu'à sa mort.
– Non, ce nom ne me dit rien ! »
J'ai voulu savoir s'il était sûr à cent pour cent.
« J'ai vécu assez longtemps pour savoir que je ne suis rien à cent pour cent ! »
Il s'est levé, il est passé devant la colonne dans la salle à manger et il est allé jusqu'au placard à manteaux sous l'escalier. C'est là que j'ai eu la révélation que son appartement n'était pas exactement comme le nôtre, parce que le sien avait un étage. Il a ouvert le placard, et dedans il y avait un catalogue de cartes comme les fiches d'une bibliothèque.
« Cool.
– C'est mon index biographique !
– Votre quoi ?
– J'ai commencé à le tenir dès que je me suis mis à écrire ! J'ai établi une fiche pour tous ceux auxquels je pensais avoir à me référer un jour ! Il y a une fiche pour

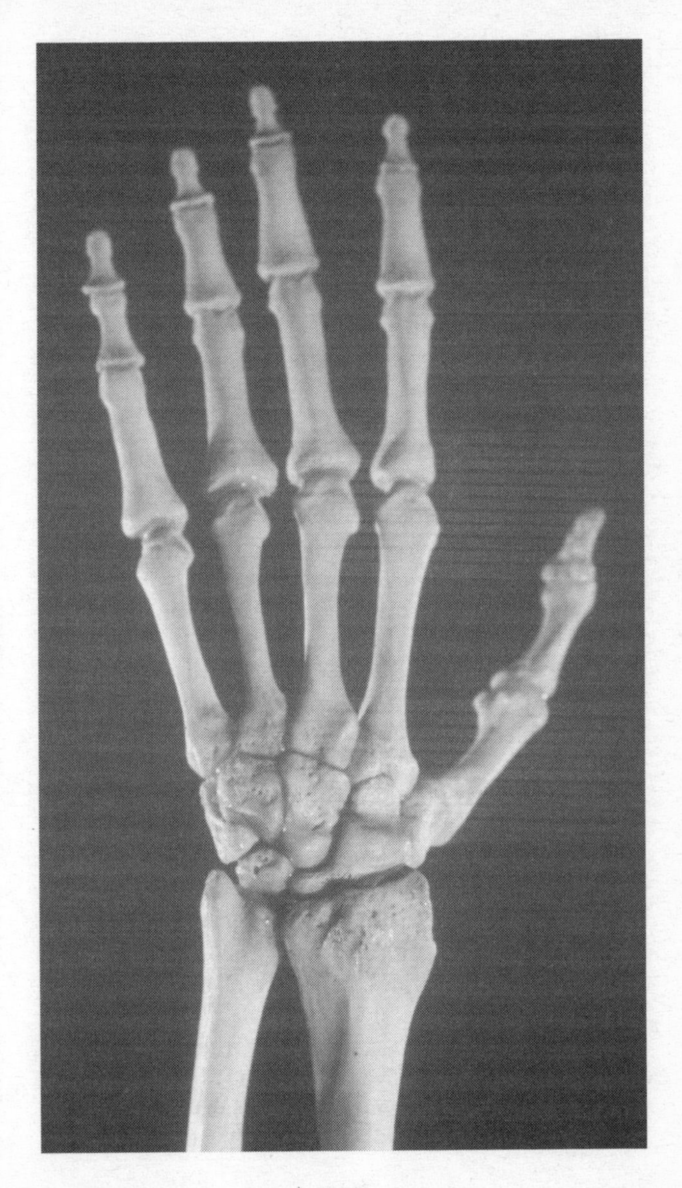

chacun de ceux sur lesquels j'ai écrit ! Et pour les gens avec qui j'ai parlé quand je rédigeais mes articles ! Et pour ceux au sujet desquels j'ai lu des livres ! Et même pour ceux dont les noms figuraient dans les notes de bas de page de ces livres ! Le matin, en lisant les journaux, j'établissais une fiche pour chacun de ceux dont la biographie ne me semblait pas insignifiante ! Je le fais encore !

– Pourquoi vous vous servez pas tout simplement d'Internet ?

– Je n'ai pas d'ordinateur ! »

Là, j'ai commencé à me sentir tout drôle.

« Combien de fiches vous avez ?

– Je n'ai jamais compté ! Il doit bien y en avoir des dizaines de milliers à l'heure qu'il est ! Peut-être des centaines de milliers !

– Qu'est-ce que vous écrivez dessus ?

– Le nom de la personne et une biographie en un mot !

– Un mot seulement ?

– Tout le monde se trouve ramené à un seul mot !

– Et c'est utile ?

– Énormément ! J'ai lu un article sur les monnaies d'Amérique latine, ce matin ! On y faisait référence aux travaux d'un certain Manuel Escobar ! Je suis donc venu chercher Escobar ! Ça n'a pas manqué, il y était ! "Manuel Escobar : syndicaliste !"

– Mais ça doit être aussi un mari, un papa, un fan des Beatles, un joggeur, et je ne sais quoi encore !

– Bien sûr ! On pourrait écrire un livre sur Manuel Escobar ! Et encore, ça ne dirait pas tout ! On pourrait en écrire dix ! On pourrait écrire sans fin ! »

Il s'est mis à ouvrir des tiroirs et à en tirer des fiches, l'une après l'autre.

« "Henry Kissinger : guerre !" "Ornette Coleman : musique !" "Che Guevara : guerre !" "Jeff Bezos : argent !" "Philip Guston : art !" "Mahatma Gandhi : guerre !"

– Mais il était pacifiste.

– C'est ça ! Guerre ! "Arthur Ashe : tennis !" "Tom Cruise : argent !" "Elie Wiesel : guerre !" "Arnold Schwarzenegger : guerre !" "Martha Stewart : argent !" "Rem Koolhaas : architecture !" "Ariel Sharon : guerre !" "Mick Jagger : argent !" "Yasser Arafat : guerre !" "Susan Sontag : pensée !" "Wolfgang Puck : argent !" "Jean-Paul II : guerre !" »

J'ai voulu savoir s'il avait une fiche pour Stephen Hawking.

« Bien sûr ! » il a dit en ouvrant un tiroir et en en tirant une fiche.

« Vous avez une fiche pour vous ? »

Il a ouvert un tiroir.

A. R. BLACK : ~~GUERRE~~
MARI

« Alors avez-vous une fiche pour mon papa ?
– Thomas Schell, c'est ça !
– C'est ça. »
Il a ouvert à moitié le tiroir des S. Ses doigts ont feuilleté les fiches comme les doigts de quelqu'un de beaucoup plus jeune que cent trois ans.
« Je regrette, rien !
– Vous pourriez vérifier encore ? »
Ses doigts ont de nouveau couru sur les fiches. Il a secoué la tête.
« Désolé !
– Oui mais si la fiche a été mal placée ?
– Alors là, on est mal !
– C'est possible ?
– Ça arrive parfois ! Marilyn Monroe a été égarée dans l'index pendant plus de dix ans ! Je n'arrêtais pas de chercher à Norma Jean Baker, je me croyais malin, mais j'avais complètement oublié qu'elle est née Norma Jean Mortenson !
– C'est qui, Norma Jean Mortenson ?
– Marilyn Monroe !
– C'est qui, Marilyn Monroe ?
– Sexe !
– Vous avez la fiche de Mohammed Atta ?
– Atta ! Ça me dit quelque chose ! Voyons voir ! »
Il a ouvert le tiroir des A. J'ai dit :
« Mohammed est le nom le plus répandu dans le monde. »
Il a tiré une fiche en disant :
« Bingo ! »

MOHAMMED ATTA : GUERRE

Je me suis assis par terre. Il m'a demandé ce qui n'allait pas.

« C'est que vous en avez une pour lui et pas pour mon papa, pourquoi ?

– Que veux-tu dire !

– C'est pas juste.

– Qu'est-ce qui n'est pas juste !

– Mon papa était un gentil. Mohammed Atta, c'était un méchant.

– Et alors !

– Alors mon papa mérite d'être là-dedans.

– Qu'est-ce qui te fait croire que c'est bien d'être là-dedans !

– Parce que ça veut dire qu'on n'a pas une biographie insignifiante.

– Et en quoi est-ce bien !

– Je ne veux pas être insignifiant.

– Dans neuf cas sur dix, les gens qui ne sont pas insignifiants ont à voir avec l'argent ou la guerre ! »

N'empêche, ça m'a collé des semelles de plomb, mais alors de plomb. Papa n'était pas un Grand Homme, pas comme Winston Churchill, dont je ne savais rien, d'ailleurs. Papa, c'était quelqu'un qui dirigeait une bijouterie familiale, voilà. Rien qu'un papa ordinaire. Mais comme j'aurais voulu, à ce moment-là, qu'il ait été Grand. J'aurais voulu qu'il ait été célèbre, célèbre comme une star de cinéma, parce qu'il le méritait. J'aurais voulu que M. Black ait écrit sur lui, et risqué sa vie pour raconter au monde entier qui il était, et qu'il ait des souvenirs de lui partout dans son appartement.

Je me suis mis à penser : si papa était ramené à un seul mot, ce serait quoi ? Bijoutier ? Athée ? Correcteurdecopie, c'est un seul mot ?

« Tu cherches quelque chose ! M. Black a demandé.

– Cette clé appartenait à mon papa, j'ai dit en la ressortant de sous mon T-shirt, et je veux savoir ce qu'elle ouvre. »

Il a haussé les épaules et il a hurlé :

« À ta place, je voudrais savoir aussi ! »

Et puis on n'a rien dit pendant un moment.

J'ai cru que j'allais pleurer mais je ne voulais pas pleurer devant lui alors j'ai demandé où étaient les toilettes. Il a montré le haut de l'escalier. En montant, je tenais la rampe bien serrée et je me suis mis à inventer des choses dans ma tête : des airbags pour gratte-ciel, des limousines solaires qui auraient jamais besoin de s'arrêter, un yo-yo perpétuel, sans friction. La salle de bains sentait la personne âgée et certains des carreaux qui auraient dû être sur le mur étaient par terre. Il y avait la photo d'une femme dans le coin du miroir au-dessus du lavabo. Elle était assise à la table de la cuisine, là où on venait de s'asseoir, et elle portait un énorme chapeau, alors qu'elle était pas dehors, évidemment. C'est comme ça que j'ai su que c'était pas la première venue. Elle avait la main sur une tasse de thé. Son sourire était incroyablement beau. Je me suis demandé s'il y avait des gouttes de condensation sur sa main quand la photo avait été prise. Je me suis demandé si c'était M. Black qui avait pris la photo.

Avant de redescendre, j'ai un peu fouiné ici et là. C'était impressionnant que M. Black ait vécu tellement de vie et qu'il tienne tellement à avoir toute cette vie autour de lui. J'ai essayé la clé dans toutes les portes, alors qu'il avait dit qu'il ne la reconnaissait pas. Ce n'était pas parce que je n'avais pas confiance en lui, au contraire. C'était parce que, à la fin de mon enquête, je voulais pouvoir dire : Je ne vois pas ce que j'aurais pu faire de plus. Une des portes était celle d'un placard qui ne contenait rien de vraiment intéressant, juste un tas de manteaux. Derrière une autre porte, il y avait une pièce pleine de cartons. J'ai soulevé quelques couvercles, ils étaient pleins de journaux. Dans certains cartons les journaux étaient jaunes, et il y en avait qui étaient presque comme des feuilles mortes.

J'ai regardé dans une autre pièce, qui devait être sa chambre. Il y avait le lit le plus hallucinant que j'aie jamais vu, parce qu'il était fait de morceaux d'arbres. Il reposait sur quatre bouts de tronc, la tête et le pied étaient faits de bûches et il y avait un plafond de branches. Il y avait aussi une étonnante collection d'objets métalliques collés dessus, pièces de monnaie, insignes, et un macaron où était écrit ROOSEVELT.

« C'était un arbre du parc ! » M. Black a dit dans mon dos, ce qui m'a fait tellement peur que mes mains se sont mises à trembler.

J'ai demandé :

« Vous êtes fâché que je fouine ? »

Mais il a pas dû m'entendre parce qu'il a continué à parler.

« Près du réservoir ! Elle a trébuché sur ses racines, un jour ! C'était du temps où je lui faisais la cour ! Elle est tombée et s'est entaillé la main ! Une petite coupure, mais je n'ai jamais oublié ! C'était il y a si longtemps !

– Mais dans votre vie, c'était hier, c'est ça ?

– Hier ! Aujourd'hui ! Il y a cinq minutes ! Maintenant ! »

Il a baissé les yeux, les a fixés sur le parquet.

« Elle me suppliait toujours d'arrêter un peu les reportages ! Elle avait envie que je sois à la maison ! »

Il a secoué la tête en disant :

« Mais j'avais des besoins, moi aussi ! »

Il regardait encore par terre et puis il a levé les yeux sur moi. J'ai demandé :

« Et qu'est-ce que vous avez fait ?

– Pendant la plus grande partie de notre vie conjugale, je l'ai traitée comme si elle ne comptait pas ! Je rentrais seulement entre les guerres, et je la laissais seule des mois d'affilée ! Il y avait toujours une guerre !

– Est-ce que vous savez qu'au cours des trois mille cinq cents dernières années, il n'y a eu que deux cent trente ans de paix dans l'ensemble du monde civilisé ?

– Si tu peux me dire lesquels, alors je te croirai !

– Je ne sais pas lesquels, mais je sais que c'est vrai.

– Et où est-il, ce monde civilisé dont tu parles ! »

Je lui ai demandé ce qui lui avait fait arrêter les reportages de guerre. Il a dit :

« Je me suis rendu compte que ce que je voulais, c'était rester au même endroit avec la même personne !

– Alors vous êtes rentré pour de bon ?

– C'est elle que j'ai choisie, je l'ai préférée à la guerre ! Et la première chose que j'ai faite en revenant, avant même de rentrer à la maison, a été d'aller à Central Park pour abattre cet arbre ! En pleine nuit ! Je croyais que quelqu'un essaierait de m'en empêcher, mais non, personne ! J'ai rapporté les morceaux à la maison ! De cet arbre, j'ai fait ce lit ! C'est le lit que nous avons partagé pendant les années qu'il nous restait à vivre ensemble ! Si seulement j'avais pu mieux me comprendre plus tôt ! »

J'ai demandé :

« Quelle a été votre dernière guerre ?

– L'abattage de cet arbre, voilà ma dernière guerre ! »

Je lui ai demandé qui l'avait gagnée, la question me paraissait sympa, parce qu'elle lui permettrait de dire que c'était lui et de se sentir fier. Mais lui :

« C'est la hache qui a gagné ! Comme toujours ! »

Il s'est approché du lit et a posé le doigt sur la tête d'un clou.

« Regarde-les ! »

J'essaie d'être quelqu'un de perspicace qui applique la méthode scientifique pour être observateur mais je n'avais pas remarqué avant que tout le lit était complètement couvert de clous.

« J'ai planté un clou dans le lit chaque matin depuis qu'elle est morte ! C'est la première chose que je fais à mon réveil ! Huit mille six cent vingt-neuf clous ! »

Je lui ai demandé pourquoi, encore une question que je trouvais sympa, parce qu'elle lui permettrait de me dire combien il l'aimait. Mais lui :

« Je ne sais pas !

– Si vous ne le savez pas, pourquoi le faites-vous ?

– Il faut croire que c'est utile ! Ça m'aide à continuer ! Je sais que c'est absurde !

– Je trouve que ce n'est pas absurde.

– Les clous ne sont pas légers ! Un clou, oui ! Une poignée, oui ! Mais ils s'additionnent !

– Le corps humain contient en moyenne assez de fer pour fabriquer un clou de deux centimètres et demi.

– Le lit est devenu lourd ! J'entendais le plancher gémir, comme s'il souffrait ! Parfois, en pleine nuit, la peur que tout s'effondre sur l'appartement d'en dessous me réveillait !

– Vous n'arriviez pas à dormir à cause de moi.

– Alors j'ai bâti la colonne, en bas ! Tu as entendu parler de la bibliothèque de l'université d'Indiana ! »

J'ai répondu que non mais je pensais encore à la colonne.

« Elle s'enfonce d'environ trois centimètres par an parce qu'à la construction on n'a pas tenu compte du poids de tous les livres ! J'ai écrit un article là-dessus ! Je n'avais pas fait le lien à l'époque mais je pense aujourd'hui à *La Cathédrale engloutie* de Debussy, un des plus beaux morceaux de musique jamais écrits ! Je ne l'ai pas entendu depuis des années et des années ! Veux-tu que je te fasse sentir quelque chose !

– Je veux bien, j'ai dit, parce que j'avais beau ne pas le connaître, j'avais l'impression de le connaître.

– Ouvre la main ! »

Je l'ai fait. Il a pris un trombone dans sa poche et il me l'a mis dans la main en disant :

« Tiens-le bien serré ! »

Je l'ai fait.

« Maintenant, tends le bras ! »

J'ai tendu le bras.

« Ouvre la main ! »

Le trombone s'est envolé jusqu'au lit.

C'est à ce moment-là seulement que j'ai remarqué que la clé était attirée vers le lit. Comme elle était relativement lourde, l'effet était faible. La cordelette me tirait incroyablement doucement sur la nuque et la clé flottait un tout petit peu en avant de ma poitrine. J'ai pensé à tout le métal enterré à Central Park. Était-il attiré imperceptiblement vers le lit ? M. Black a refermé la main autour de la clé en disant :

« Il y a vingt-quatre ans que je ne suis pas sorti de l'appartement !

– Qu'est-ce que vous voulez dire ?

– Hélas ! mon petit, exactement ce que je dis ! Il y a vingt-quatre ans que je ne suis pas sorti de l'appartement ! Que mes pieds n'ont pas foulé le sol !

– Pourquoi ?

– Je n'ai jamais eu aucune raison de sortir !

– Et les choses dont vous avez besoin ?

– De quoi une personne telle que moi aurait-elle besoin qu'elle puisse encore se procurer !

– À manger. Des livres. Des trucs.

– Je téléphone pour commander à manger et on me

livre ! Je commande par téléphone des livres à la librairie, des cassettes au vidéo-club ! Des stylos, du papier, des détergents, des médicaments ! Je commande même mes vêtements par téléphone ! Regarde ! »

Il m'a montré son muscle, qui tombait au lieu de monter, et il a dit :

« J'ai été champion des poids mouche pendant neuf jours !

– Quels neuf jours ?

– Tu ne me crois pas !

– Bien sûr que si.

– Le monde est très grand, mais l'appartement aussi ! Et ça aussi ! il a dit en montrant sa tête.

– Mais vous faisiez tellement de voyages, tellement d'expériences. Le monde ne vous manque pas ?

– Oh que si ! Beaucoup ! »

Mes semelles de plomb étaient si lourdes que j'étais content qu'il y ait une colonne en dessous de nous. Comment une personne si seule avait pu vivre si près de moi depuis toujours ? Si j'avais su, je serais monté lui tenir compagnie. J'aurais fait des bijoux pour lui. Je lui aurais raconté des blagues tordantes. Je lui aurais donné un concert privé de tambourin.

Du coup je me suis mis à me demander s'il y avait d'autres gens si seuls si près. J'ai pensé à « Eleanor Rigby ». C'est vrai, d'où viennent-ils, tous ? Où est leur place à tous ?

Et si l'eau de la douche était traitée avec un produit chimique qui réagirait à une combinaison de choses, les battements du cœur, la température du corps, les ondes du cerveau, de manière à ce que la couleur de la peau change selon les humeurs ? Quand on serait extrêmement excité, la peau deviendrait verte, si on était en colère, on deviendrait rouge, évidemment, d'une humeur de mer de Chine on virerait au marron, et quand on aurait le blues on deviendrait bleu.

Tout le monde saurait comment tout le monde se sent et on pourrait être plus attentionné les uns envers les autres. Parce qu'on ne voudrait jamais dire à une personne dont la peau serait violette qu'on lui en veut d'arriver en retard, exactement comme en rencontrant quelqu'un de rose on aurait envie de lui taper dans le dos en disant, « Félicitations ! »

Une autre raison pour laquelle ce serait une bonne invention, c'est toutes les fois où on sait qu'on ressent très fort quelque chose mais qu'on ne sait pas quoi. *C'est de la colère ? Ou en fait simplement de la panique ?* On est perdu et ça change notre humeur. Ça devient notre humeur et on devient une personne perdue, grise. Mais avec cette eau spéciale, on n'aurait qu'à regarder ses mains orange pour se dire, *Je suis heureux ! Pendant tout ce temps-là, j'étais heureux en fait ! Quel soulagement !*

M. Black a dit :

– Je suis allé en reportage dans un village de Russie, une fois, une communauté de peintres qui avaient été contraints de fuir les villes ! J'avais entendu dire qu'il y avait des toiles partout ! Qu'on ne voyait plus les murs, avec toutes ces toiles ! Qu'ils avaient peint les plafonds, les assiettes, les fenêtres, les abat-jour ! Était-ce un acte de rébellion ! Un acte d'expression ! Était-ce de la bonne peinture ou cela ne comptait-il pas ! J'avais eu besoin de le voir par moi-même et de le faire savoir au monde ! Je vivais pour ce genre de reportage ! Staline avait appris l'existence de cette communauté et y avait envoyé ses sbires, quelques jours à peine avant mon arrivée, pour leur casser les bras à tous ! C'était pire que de les tuer ! C'était une vision d'horreur, Oskar : leurs bras dans des attelles rudimentaires, droits devant eux comme des zombies ! Ils ne pouvaient plus se nourrir parce qu'ils ne pouvaient porter les mains à la bouche ! Et sais-tu ce qu'ils firent !

– Ils sont morts de faim ?

– Ils se nourrirent les uns les autres ! Voilà la différence entre le paradis et l'enfer ! En enfer, nous mourons de faim ! Au paradis nous nous nourrissons les uns les autres !

– Je ne crois pas à l'au-delà.

– Moi non plus, mais je crois à cette histoire ! »

Et là, tout d'un coup, j'ai pensé à quelque chose. Quelque chose d'énorme. Quelque chose de merveilleux.

« Vous voulez bien m'aider ?

– Pardon !

– Pour la clé.

– T'aider !

– Vous pourriez m'accompagner pour l'enquête.

– Tu as besoin de mon aide !

– Oui.

– Bah ! Je ne demande la charité de personne !

– Alors ça, je lui ai dit. Vous êtes évidemment très intelligent et très savant et vous savez une tonne de choses que je ne sais pas et aussi c'est bien d'avoir de la compagnie, donc dites oui, s'il vous plaît. »

Il a fermé les yeux et il s'est tu. Je pouvais pas savoir s'il réfléchissait à ce qu'on avait dit, ou à autre chose, ou peut-être s'il s'était endormi, comme je sais que ça arrive des fois aux personnes âgées, par exemple grand-mère, parce qu'elles y peuvent rien.

« Vous n'êtes pas obligé de décider tout de suite », j'ai dit, pour qu'il se sente pas forcé.

Je lui ai parlé des 162 millions de serrures et du fait que l'enquête durerait probablement longtemps, peut-être même un an et demi. Alors, s'il voulait prendre le temps d'y réfléchir, pas de problème, il n'aurait qu'à descendre me donner sa réponse quand il voudrait. Il a continué de réfléchir.

« Prenez tout le temps qu'il faudra. »

Il continuait de réfléchir. Je lui ai demandé :

« Votre décision est déjà prise ? »

Il n'a rien dit.

« Qu'est-ce que vous en pensez, monsieur Black ? »

Rien.

« Monsieur Black ? »

Je lui ai tapé sur l'épaule et il a levé les yeux tout à coup.

« Houhou ? »

Il a souri, comme moi quand maman me surprend à faire un truc que je ne devrais pas faire.

« Je lisais sur tes lèvres !

– Quoi ? »

Il a montré ses appareils acoustiques, que je n'avais pas remarqués jusque-là, alors que je faisais mon possible pour tout remarquer.

« Il y a bien longtemps que je les ai éteints !

– Vous les avez éteints ?

– Il y a très, très longtemps !

– Exprès ?

– Je pensais économiser les piles !

– Pour quoi faire ? »

Il a haussé les épaules.

« Mais vous ne voulez pas entendre les choses ? »

Il a encore haussé les épaules d'une façon qui ne m'a pas permis de voir s'il voulait dire oui ou non. Et là j'ai encore pensé à quelque chose. Quelque chose de beau. Quelque chose de vrai.

« Vous voulez que je les rallume pour vous ? »

Il m'a regardé et en même temps il a regardé à travers moi, comme si j'étais une vitre teintée. J'ai reposé la question, en remuant les lèvres lentement et en articulant pour être sûr qu'il me comprenait :

« Vous. Voulez. Que. Je. Les. Rallume. Pour. Vous ? »

Il a continué à me regarder. J'ai reposé la question. Il a dit :

« Je ne sais pas comment dire oui !

– Vous n'êtes pas obligé de le dire. »

Je suis allé derrière lui et j'ai vu un minuscule cadran au dos de ses appareils.

« Vas-y lentement ! il a dit, presque comme s'il me suppliait. Ça fait tellement, tellement longtemps ! »

Je suis revenu devant lui pour qu'il voie mes lèvres et je lui ai promis de faire aussi doucement que je pourrais. Puis je suis repassé derrière lui et j'ai tourné les boutons extrêmement lentement, millimètre par millimètre. Ça n'a rien donné. Je les ai encore tournés de quelques millimètres et je suis repassé devant lui. Il a haussé les épaules et moi aussi. De nouveau derrière lui, j'ai tourné les boutons un tout petit peu plus, jusqu'à ce qu'ils s'arrêtent parce qu'ils étaient à fond. Je me suis remis devant lui. Il a haussé les épaules. Peut-être que les appareils ne fonctionnaient plus, ou que les piles étaient mortes de vieillesse, ou qu'il était devenu complètement sourd depuis qu'il les avait arrêtés, ce qui était possible. On s'est regardés.

Alors, sortant de nulle part, une volée d'oiseaux est passée devant la fenêtre, extrêmement vite et incroyablement près. Il devait bien y en avoir vingt. Peut-être plus. Mais on aurait dit aussi qu'ils n'étaient qu'un seul oiseau, parce qu'ils savaient tous exactement ce qu'ils avaient à faire. M. Black a crispé les mains sur ses oreilles et il a fait un tas de bruits bizarres. Il s'est mis à pleurer – pas de bonheur, ça se voyait, mais pas de tristesse non plus.

« Ça va ? » j'ai murmuré.

Le son de ma voix l'a fait pleurer encore plus, et de la tête il a fait oui.

J'ai demandé s'il voulait que je fasse d'autres bruits.

Il a encore dit oui de la tête et ça a fait tomber d'autres larmes sur ses joues.

Je suis allé jusqu'au lit et je l'ai secoué, plein d'insignes et de trombones en sont tombés.

Il a pleuré d'autres larmes.

« Vous voulez que je les éteigne ? »

Mais il ne faisait plus attention à moi. Il tournait dans la chambre, collant son oreille à tout ce qui faisait du bruit, y compris les choses très silencieuses, comme la tuyauterie.

J'aurais voulu rester là à le regarder entendre le monde, mais il était tard et j'avais une répétition de *Hamlet* à 16 heures 30, et c'était une répétition extrêmement importante parce que c'était la première avec éclairage. J'ai dit à M. Black que je reviendrais le prendre le samedi d'après à 7 heures et que nous commencerions. Je lui ai dit :

« Je n'ai même pas fini les A.

– D'accord », il a dit, et le son de sa propre voix l'a fait pleurer plus que tout le reste.

Message trois. 9 h 31. *Allô ? Allô ? Allô ?*

Quand Maman est venue me border ce soir-là, elle a bien vu que quelque chose me tracassait et elle m'a demandé si je voulais parler. Je voulais, mais pas à elle, alors j'ai dit :

« Te vexe pas, mais non.

– Tu es sûr ?

– *Très fatigué**, j'ai dit en faisant un petit signe de la main.

– Tu veux que je te lise quelque chose ?

– Non, ça va.

– On pourrait chercher les fautes dans le *New York Times* ?

– Non, merci.

– Bon, bon, elle a dit. Très bien. »

Elle m'a donné un baiser, elle a éteint la lumière et puis, quand elle allait partir, j'ai dit :

« Maman ? »

Elle :
« Oui ? »
Moi :
« Tu promets de pas m'enterrer quand je mourrai ? »
Elle est revenue, elle m'a posé la main sur la joue et elle a dit :
« Tu ne vas pas mourir.
– Mais si.
– Tu ne vas pas mourir bientôt. Tu as une longue, longue vie devant toi.
– Tu sais que je suis extrêmement courageux, mais je ne peux pas passer l'éternité dans un endroit tout petit sous la terre. C'est pas possible. Est-ce que tu m'aimes ?
– Évidemment, que je t'aime.
– Alors mets-moi dans un de ces trucs, là, un mausolée.
– Un mausolée ?
– J'ai lu des choses là-dessus.
– Il faut vraiment qu'on en parle ?
– Oui.
– Maintenant ?
– Oui.
– Pourquoi ?
– Parce que je peux mourir demain.
– Tu ne vas pas mourir demain.
– Papa ne pensait pas qu'il allait mourir le lendemain.
– Ça ne t'arrivera pas.
– Ça ne devait pas lui arriver non plus.
– Oskar.
– Excuse-moi, mais je peux pas être enterré, c'est tout.
– Tu ne veux pas être avec papa et moi ?
– Papa n'y est même pas !
– Pardon ?
– Son corps a été détruit !
– Ne parle pas comme ça.
– Comme quoi ? C'est la vérité. Je ne comprends pas pourquoi tout le monde fait semblant qu'il est là.

– Calme-toi, Oskar.
– C'est qu'une boîte vide !
– C'est bien plus qu'une boîte vide.
– Pourquoi je voudrais passer l'éternité à côté d'une boîte vide ! »
Maman a dit :
« Son esprit y est. »
Ça, ça m'a mis vraiment en colère. J'ai répondu :
« Papa n'avait pas d'esprit ! Il avait des cellules !
– Son souvenir y est.
– Son souvenir est ici ! j'ai dit en montrant ma tête.
– Papa avait un esprit », elle a dit comme si elle rembobinait un peu la conversation.
Alors moi :
« Il avait des cellules, et maintenant, elles sont sur les toits, et dans le fleuve, et dans les poumons de millions de gens à New York, qui le respirent chaque fois qu'ils parlent !
– Tu ne devrais pas dire des choses comme ça.
– Mais puisque c'est vrai ! Pourquoi je dirais pas la vérité !
– Tu ne sais plus ce que tu dis.
– Maman ! C'est pas parce que papa est mort qu'on peut être illogique.
– Si, justement.
– Non, justement !
– Oskar, tu te calmes, s'il te plaît.
– Va te faire foutre !
– Pardon !
– Excuse-moi, va te faire voir.
– Tu ne peux pas continuer comme ça, tu as besoin de te reposer.
– J'ai besoin d'un mausolée !
– Oskar !
– Arrête de me mentir !

– Qu'est-ce que tu me chantes ?
– Où étais-tu ?
– Quand ?
– Ce jour-là !
– Quel jour ?
– Le jour !
– Où veux-tu en venir ?
– Où étais-tu !
– Au travail.
– Pourquoi t'étais pas à la maison ?
– Parce qu'il faut que j'aille travailler.
– Pourquoi t'es pas venue me chercher à l'école comme les autres mamans ?
– Je suis rentrée aussi vite que j'ai pu, Oskar. Je suis plus loin de la maison que toi, ça me prend plus de temps. J'ai pensé qu'il valait mieux te retrouver à la maison que te faire attendre à l'école jusqu'à ce que je vienne te chercher.
– Mais t'aurais dû être là quand je suis rentré.
– J'aurais bien voulu, mais ce n'était pas possible.
– Fallait t'arranger pour que ce soit possible.
– Je ne peux pas m'arranger pour rendre possible ce qui est impossible.
– T'aurais dû. »
Elle a dit :
« Je suis rentrée aussi vite que j'ai pu. »
Et puis elle s'est mise à pleurer.
C'était la hache qui gagnait.
J'ai appuyé ma joue contre la sienne.
« J'ai pas besoin d'un truc luxueux, tu sais, maman. Simplement que ce soit pas souterrain. »
Elle a respiré profondément, elle a mis son bras autour de moi et elle a dit :
« Ça pourrait se faire. »
J'ai essayé de trouver quelque chose de tordant, parce que je pensais qu'en disant quelque chose de tordant,

elle arrêterait peut-être d'être fâchée contre moi et je me sentirais de nouveau en sécurité.

« Que j'aie ma liberté de mouvement.

– Quoi ?

– Il me faudra ma liberté de mouvement. »

Elle a souri en disant :

« D'accord. »

J'ai continué à essayer de l'attendrir parce que j'ai vu que ça marchait.

« Et un bidet.

– Absolument. Et un bidet, un !

– Et une clôture électrifiée.

– Une clôture électrifiée ?

– Pour que les pilleurs de sépulture essaient pas de voler tous mes bijoux.

– Des bijoux ?

– Ben oui, j'ai dit, il me faudra aussi des bijoux. »

On s'est fendu la pêche ensemble, ce qui était nécessaire, parce qu'elle s'était remise à m'aimer. J'ai sorti mon *Cahier de sentiments* de sous mon oreiller. Je l'ai feuilleté pour l'ouvrir à la page du moment, j'ai rayé DÉSESPÉRÉ et je suis descendu d'un cran ou deux : MÉDIOCRE.

« Dis donc, c'est formidable ! maman a dit en regardant par-dessus mon épaule.

– Non. C'est médiocre. Et lis pas par-dessus mon épaule, s'il te plaît. »

Elle m'a caressé la poitrine, ce qui était sympa, mais j'ai dû me tourner un peu pour qu'elle sente pas que j'avais gardé ma clé, et qu'il y en avait deux.

« Maman ?

– Oui.

– Rien.

– Qu'est-ce qu'il y a, mon bébé ?

– Rien, mais tu trouves pas que ce serait formidable s'il y avait des creux pour les bras dans les matelas ?

Comme ça, quand on se tournerait sur le côté, ça s'emboîterait exactement.

– Ce serait sympa.

– Et bon pour le dos, probablement, parce que la colonne vertébrale resterait bien droite, et je sais que c'est important.

– Important, tu as raison.

– Et puis ce serait plus facile de se pelotonner. Tu vois, on sait jamais quoi faire de son bras, il gêne.

– C'est vrai.

– Et c'est important de pouvoir se pelotonner plus facilement.

– Très important. »

~~MÉDIOCRE~~
OPTIMISTE, MAIS RÉALISTE

« Papa me manque.

– À moi aussi.

– C'est vrai ?

– Évidemment que c'est vrai.

– Mais vraiment vraiment ?

– Comment peux-tu me demander ça ?

– Ben, tu donnes pas l'impression qu'il te manque beaucoup, voilà.

– Qu'est-ce que tu racontes ?

– Je crois que tu le sais.

– Non.

– Je t'entends rire.

– Tu m'entends rire ?

– Au salon. Avec Ron.

– Tu crois que, parce que je ris de temps en temps, papa ne me manque pas ? »

J'ai roulé sur le côté, m'écartant d'elle.

~~OPTIMISTE, MAIS RÉALISTE~~
EXTRÊMEMENT DÉPRIMÉ

Elle a dit :
« Je pleure beaucoup aussi, tu sais.
– Je te vois pas beaucoup pleurer.
– C'est peut-être parce que je ne veux pas que tu me voies beaucoup pleurer.
– Pourquoi ?
– Parce que ce ne serait bon ni pour toi ni pour moi.
– Si.
– Je veux qu'on avance.
– Combien tu pleures ?
– Combien ?
– Une cuillerée ? Une tasse ? Une baignoire ? En additionnant.
– Les choses ne sont pas comme ça.
– Comment comme ça ?
– J'essaie de trouver des façons d'être heureuse. Rire me rend heureuse.
– Moi j'essaie pas. Et j'essaierai pas.
– Pourtant, tu devrais.
– Pourquoi ?
– Parce que papa voudrait que tu sois heureux.
– Papa voudrait que je me souvienne de lui.
– Pourquoi tu ne peux pas te souvenir de lui et être heureux ?
– Pourquoi t'es amoureuse de Ron ?
– Quoi ?
– Tu es évidemment amoureuse de lui, alors ce que je te demande c'est pourquoi. Qu'est-ce qu'il a de si formidable ?
– Il ne t'est jamais venu à l'esprit que les choses sont parfois plus compliquées qu'elles n'en ont l'air, Oskar ?
– Ça me vient à l'esprit tout le temps.
– Ron est mon ami.
– Alors promets-moi que tu seras plus jamais amoureuse.

– Écoute, Oskar, Ron vit des choses très dures lui aussi. On s'aide mutuellement. On est amis.
– Promets-moi que tu tomberas pas amoureuse.
– Pourquoi voudrais-tu que je te promette une chose pareille ?
– Promets-moi que tu seras plus jamais amoureuse ou alors j'arrête de t'aimer.
– Tu es injuste.
– J'ai pas à être juste ! Je suis ton fils ! »
Elle a poussé un énorme soupir et elle a dit :
« Tu me rappelles tellement papa. »
Alors là, j'ai dit quelque chose que j'avais pas prévu de dire, et que je voulais même pas dire. Quand les mots sont sortis de ma bouche, j'ai eu honte qu'ils soient mêlés aux cellules de papa que j'avais peut-être inhalées quand on était allés visiter Ground Zero :
« Si j'avais pu choisir, j'aurais choisi que ce soit toi ! »
Elle m'a regardé une seconde, puis elle s'est levée et elle est sortie de la chambre. J'aurais voulu qu'elle claque la porte, mais non. Elle l'a fermée très soigneusement, comme elle faisait toujours. J'ai entendu qu'elle restait derrière.

~~EXTRÊMEMENT DÉPRIMÉ~~
INCROYABLEMENT SEUL

« Maman ? »
Rien.
Je me suis levé pour aller à la porte.
« Je retire ce que j'ai dit. »
Elle n'a rien dit mais je l'entendais respirer. J'ai mis la main sur la poignée parce que je pensais qu'elle avait peut-être posé la sienne sur la poignée de l'autre côté.
« J'ai dit que je le retirais.
– On peut pas retirer une chose comme ça.
– On peut s'excuser pour une chose comme ça ? »

Rien.
« Tu acceptes mes excuses ?
– Je ne sais pas.
– Comment peux-tu ne pas savoir ?
– Je te dis que je ne sais pas, Oskar.
– Tu es fâchée contre moi ? »
Rien.
« Maman ?
– Oui.
– T'es encore fâchée contre moi ?
– Non.
– T'es sûre ?
– J'ai jamais été fâchée contre toi.
– Qu'est-ce que t'étais, alors ?
– Blessée. »

~~INCROYABLEMENT SEUL~~

> J'AI DÛ M'ENDORMIR PAR TERRE. QUAND JE ME SUIS RÉVEILLÉ, MAMAN ÉTAIT EN TRAIN DE M'ENLEVER MON T-SHIRT POUR M'AIDER À METTRE MON PYJAMA, CE QUI VEUT DIRE QU'ELLE A DÛ VOIR TOUS MES BLEUS. JE LES AI COMPTÉS HIER SOIR DANS LA GLACE ET IL Y EN AVAIT QUARANTE ET UN. CERTAINS SONT DEVENUS GROS MAIS LA PLUPART SONT PETITS. JE ME LES FAIS PAS POUR ELLE MAIS JE VEUX QUAND MÊME QU'ELLE ME DEMANDE COMMENT JE ME LES SUIS FAITS (ALORS QU'ELLE DOIT PROBABLEMENT LE SAVOIR), ET QU'ELLE ME PLAIGNE (PARCE QU'IL FAUDRAIT QU'ELLE SE RENDE COMPTE À QUEL POINT LES CHOSES SONT DURES POUR MOI), ET QU'ELLE SE SENTE TRÈS MAL (PARCE QUE C'EST SA FAUTE AU MOINS EN PARTIE), ET QU'ELLE ME PROMETTE DE PAS MOURIR EN

ME LAISSANT TOUT SEUL. MAIS ELLE A RIEN DIT DU TOUT. J'AI MÊME PAS PU VOIR L'EXPRESSION DE SES YEUX QUAND ELLE A VU LES BLEUS, PARCE QUE MON T-SHIRT ÉTAIT SUR MA TÊTE ET ME COUVRAIT LA FIGURE COMME UNE POCHE, OU UN CRÂNE DE MORT.

Mes sentiments

On annonce des vols par les haut-parleurs. Nous n'écoutons pas. Ça n'a pas d'importance pour nous, parce que nous n'allons nulle part.
Tu me manques déjà, Oskar. Tu me manquais même quand j'étais avec toi. C'est ça qui ne va pas chez moi. Ce que j'ai déjà me manque, et je m'entoure de choses qui me manquent.
Chaque fois que je termine une nouvelle page, je regarde ton grand-père. Je suis si soulagée de voir son visage. Il me fait me sentir en sécurité. Ses épaules sont affaissées. Il courbe l'échine. À Dresde c'était un géant. Je suis contente que ses mains soient encore rugueuses. Les sculptures ne les ont jamais quittées.
Je n'avais pas remarqué jusqu'à maintenant qu'il porte encore son alliance. Je me demande s'il l'a remise en rentrant ou s'il n'avait jamais cessé de la porter. Avant de venir ici j'ai fermé l'appartement. J'ai éteint les lumières et me suis assurée qu'aucun des robinets ne fuyait. C'est dur de dire au revoir à l'endroit qu'on habitait. Ça peut être aussi dur que de dire au revoir à quelqu'un. Nous avions emménagé après notre mariage. Il y avait plus de place que chez lui. Nous en avions besoin. Nous avions besoin de place pour toutes les bêtes, et nous avions besoin d'espace entre nous. Ton grand-père a pris l'assurance la plus chère. Un monsieur de la compagnie est venu faire des photos.

S'il arrivait quoi que ce soit, on pourrait reconstruire l'appartement à l'identique. Il a utilisé tout un rouleau de pellicule. Il a photographié le parquet, la cheminée, la baignoire. Jamais je n'ai confondu ce que j'avais avec ce que j'étais. Quand le monsieur est parti, ton grand-père, avec son propre appareil, s'est mis à photographier à son tour. Qu'est-ce que tu fais ? lui ai-je demandé.
Deux précautions valent mieux qu'une, a-t-il écrit. Sur le moment, j'ai pensé qu'il avait raison, mais je n'en suis plus si sûre.
Il a pris des photos de tout. Du dessous des étagères dans le placard. Du dos des miroirs. Même de ce qui était cassé. Des choses dont on ne voudrait pas se souvenir. Il aurait pu reconstituer l'appartement en réunissant toutes les photos.
Et les poignées de porte. Il a pris une photo de toutes les poignées de porte de l'appartement. Absolument toutes. Comme si le monde et son avenir dépendaient de chaque poignée de porte. Comme si nous risquions de penser aux poignées de porte s'il devait nous arriver d'avoir réellement besoin d'utiliser un jour leurs photos.
Je ne sais pas pourquoi ça m'a tellement blessée.
Je lui dis, Ce ne sont même pas de jolies poignées de porte.
Il écrivit, Mais elles sont à nous.
J'étais à lui, moi aussi.
Il ne prit jamais de photos de moi, et nous ne contractâmes pas d'assurance sur la vie.
Il rangea une série complète de photos dans sa commode. Il en colla une autre dans ses cahiers journaliers pour les avoir toujours avec lui, au cas où il arriverait quelque chose à la maison.
Nous n'étions pas un couple malheureux, Oskar. Il savait me faire rire. Et parfois je le faisais rire. Il nous fallut établir des règles, mais qui peut faire autre-

ment ? Il n'y a rien de répréhensible à passer des compromis. Même si on en passe sur presque tout.
Il prit un emploi dans une bijouterie parce qu'il connaissait les machines. Il travailla si dur qu'il devint le bras droit du gérant, puis on le nomma gérant. La bijouterie ne l'intéressait pas. Il détestait la bijouterie. Il disait que c'était le contraire de la sculpture.
Mais c'était une façon de gagner sa vie, et il me jura que ça pouvait aller.
Nous avons pris une boutique à nous dans un quartier qui était juste à côté d'un quartier difficile. On ouvrait de onze heures du matin à six heures du soir. Mais il y avait toujours du travail à faire.
Nous passions notre vie à la gagner.
Parfois, il allait à l'aéroport après le travail. Je lui demandais de me rapporter des journaux et des magazines. Au début c'était parce que je voulais apprendre des expressions américaines. Mais je finis par y renoncer. Je continuai de lui demander d'y aller. Je savais qu'il avait besoin de ma permission pour y aller. Ce n'était pas par bonté que je l'y envoyais.
Nous faisions tant d'efforts. Nous essayions toujours de nous aider mutuellement. Mais ce n'était pas parce que nous avions besoin d'aide. Il avait besoin d'aller chercher des choses pour moi, tout comme j'avais besoin d'aller chercher des choses pour lui. Cela nous donnait un but. Parfois je lui demandais quelque chose dont je n'avais même pas envie, rien que pour lui permettre d'aller le chercher pour moi. Nous passions nos journées à essayer de nous aider l'un l'autre à nous aider l'un l'autre. J'allais lui chercher ses pantoufles. Il me faisait du thé. Je montais le chauffage pour qu'il puisse monter la climatisation pour que je puisse monter le chauffage. Ses mains ne perdaient pas leur rudesse.
Halloween. Notre premier Halloween dans l'appartement. On sonna à la porte. Ton grand-père était

à l'aéroport. J'ouvris et je vis une enfant recouverte d'un drap blanc avec des trous découpés pour les yeux. Blague ou bonbecs ! fit-elle. Je reculai d'un pas.
Qui êtes-vous ?
Un fantôme !
Pourquoi portez-vous ça ?
C'est Halloween !
Je ne sais pas ce que ça veut dire.
Les enfants se déguisent pour frapper aux portes, et on leur donne des bonbons.
Je n'ai pas de bonbons.
C'est Hal-lo-ween !
Je lui dis d'attendre. J'allai dans la chambre. Je tirai une enveloppe de sous le matelas. Nos économies. Nos moyens d'existence. Je pris deux billets de cent dollars et les mis dans une autre enveloppe que je donnai au fantôme.
Je la payais pour qu'elle s'en aille.
Je fermai la porte et éteignis toutes les lumières pour qu'aucun autre enfant ne sonne à notre porte.
Les bêtes durent comprendre parce qu'elles m'entourèrent et se pressèrent contre moi. Je ne dis rien quand ton grand-père rentra ce soir-là. Je le remerciai pour les journaux et les magazines. J'allai dans la chambre d'amis et fis semblant d'écrire. J'actionnai la barre d'espacement, l'actionnai encore et encore. L'histoire de ma vie n'était qu'espaces.
Les jours passaient, un à la fois. Et parfois moins qu'un à la fois. Nous nous regardions et tracions des cartes dans nos têtes. Je lui disais que mes yeux ne valaient pas tripette parce que je voulais qu'il fasse attention à moi. Nous ménageâmes des lieux sûrs dans l'appartement, où on pouvait aller pour cesser d'exister. J'aurais fait n'importe quoi pour lui. Peut-être était-ce ma maladie. Nous faisions l'amour dans des Lieux Rien en éteignant la lumière. L'amour avait le goût des

larmes. Nous ne pouvions pas nous regarder. Il fallait toujours que ce soit par-derrière. Comme la première fois. Et je savais que ce n'était pas à moi qu'il pensait. Il serrait mes flancs si fort, et poussait si fort. Comme s'il essayait de me traverser pour aller ailleurs.
Pourquoi quiconque s'avise-t-il de faire l'amour ?
Une année passa. Une autre année. Une autre année. Une autre.
Nous nous faisions une vie.
Je ne parvins jamais à oublier le fantôme.
J'avais besoin d'un enfant.
Que signifie avoir besoin d'un enfant ?
Un matin, en m'éveillant, je compris le trou qu'il y avait au milieu de moi. Je me rendis compte que je pouvais passer tous les compromis sur ma vie, mais pas sur la vie après moi. Je ne pouvais l'expliquer. Le besoin précédait les explications.
Ce ne fut pas par faiblesse que je fis en sorte que cela arrive, mais ce ne fut pas par force non plus. Ce fut par besoin. J'avais besoin d'un enfant.
Je cherchai à le lui cacher. Je cherchai à attendre pour le lui dire jusqu'à ce qu'il soit trop tard et qu'il n'y ait plus rien à faire. Ce fut le secret des secrets. La vie. Je la gardais en sûreté à l'intérieur de moi. Je la promenais avec moi. Comme il emportait l'appartement à l'intérieur de ses cahiers. Je mettais des vêtements amples. Je m'asseyais avec des coussins sur les genoux. Je ne me mettais nue que dans les Lieux Rien.
Mais je ne pouvais garder ce secret à jamais.
Nous étions couchés dans le noir. Je ne savais comment le dire. Si, je le savais, mais je ne pouvais le dire. Je pris un de ses cahiers sur la table de chevet.
Jamais il n'avait fait plus noir dans l'appartement.
J'allumai la lampe.
La lumière se fit autour de nous.
Le reste de l'appartement s'assombrit encore.

J'écrivis, Je suis enceinte.
Je le lui tendis. Il le lut.
Il prit le stylo et écrivit, Comment cela a-t-il pu se produire ?
J'écrivis, J'ai fait en sorte que cela se produise.
Il écrivit, Mais c'était une règle.
La page suivante était une poignée de porte.
Je la tournai pour écrire, J'ai enfreint la règle.
Il s'assit dans le lit. Je ne sais pas combien de temps s'écoula.
Il écrivit, Tout sera bien.
Je lui dis que bien n'était pas suffisant.
Tout sera ~~bien~~ parfait.
Je lui dis qu'il ne restait rien qu'un mensonge puisse protéger.
Tout sera ~~bien~~ ~~parfait~~.
Je me mis à pleurer.
C'était la première fois que je pleurais devant lui. Les larmes avaient le goût de l'amour.
Je lui demandai une chose que j'avais eu besoin de savoir depuis que nous avions délimité ce premier Lieu Rien, des années auparavant.
Que sommes-nous ? Quelque Chose ou Rien ?
Il me couvrit le visage de ses mains puis il les enleva.
Je ne savais pas ce que cela voulait dire.
Le lendemain matin, je m'éveillai avec un rhume épouvantable.
Je ne savais pas si c'était l'enfant qui me rendait malade ou si c'était ton grand-père.
Quand je lui dis au revoir, avant qu'il parte pour l'aéroport, je soulevai sa valise et elle était lourde.
Ce fut ainsi que je sus qu'il me quittait.
Je me demandai si je devais l'arrêter. Si je devais le plaquer contre le sol pour le contraindre à m'aimer. Je voulais lui maintenir les épaules et lui crier au visage.
Je le suivis jusqu'ici.

Je l'observai toute la matinée. Je ne savais comment lui parler. Je le regardais écrire dans son cahier. Je le regardais demander l'heure aux gens, alors que tous se contentaient de lui indiquer la grosse pendule jaune au mur.
C'était tellement étrange de le voir de loin. Si petit. J'éprouvais pour lui dans le monde une tendresse inquiète que je ne pouvais éprouver pour lui dans l'appartement. Je voulais le protéger de toutes les choses terribles que personne ne mérite.
Je m'approchai très près de lui. Juste derrière lui. Je le regardai écrire, C'est dommage que nous devions vivre, mais c'est tragique que nous n'ayons qu'une seule vie. Je fis quelques pas en arrière. Je ne pouvais être si près. Pas même à ce moment-là.
De derrière une colonne, je le regardai écrire encore, et demander l'heure, et frotter ses mains rugueuses sur ses genoux. Oui et Non.
Je le regardai faire la queue pour acheter un billet.
Je me demandai, Quand vais-je l'empêcher de partir ?
Je ne savais comment le lui demander, lui en donner l'ordre ou l'en implorer.
Quand il fut le premier dans la queue j'allai jusqu'à lui.
Je lui touchai l'épaule.
Je vois, lui dis-je. Quelle imbécillité. Mes yeux ne valent pas tripette, mais je vois.
Qu'est-ce que tu fais là ? écrivit-il avec ses mains.
Je me sentis soudain timide. Timide, je n'avais pas l'habitude. J'avais l'habitude de la honte.
La timidité c'est quand on détourne la tête de ce qu'on veut. La honte c'est quand on détourne la tête de ce qu'on ne veut pas.
Je sais que tu pars, dis-je.
Rentre, écrivit-il. Tu devrais être couchée.
Très bien, dis-je. Je ne savais comment dire ce que j'avais besoin de dire.

Je te ramène à la maison.
Non. Je ne veux pas rentrer à la maison.
Il écrivit, Tu es folle. Tu vas t'enrhumer.
Je suis déjà enrhumée.
Tu vas enrhumer ton rhume.
Je ne pus croire qu'il plaisantait. Comme je ne pus croire que je riais.
Le rire m'envoya par la pensée à la table de notre cuisine, où nous riions, riions, riions. C'était à cette table que nous étions proches l'un de l'autre. Là plutôt que dans notre lit. Tout s'était peu à peu brouillé dans notre appartement. Nous mangions sur la table basse du salon plutôt qu'à la table de la salle à manger. Nous voulions être près de la fenêtre. Nous avions empilé dans le pied de l'horloge ses cahiers vierges comme s'ils étaient le temps lui-même. Nous mettions ses cahiers remplis dans la baignoire de la deuxième salle de bains parce que nous ne l'utilisions jamais. Je ne dors presque pas, mais quand je dors, je suis somnambule. Une fois, j'ouvris le robinet de la douchette. Certains cahiers se mirent à flotter, les autres restèrent où ils étaient. À mon réveil le lendemain matin, je vis ce que j'avais fait. L'eau était grise de toutes ses journées.
Je ne suis pas folle, lui dis-je.
Il faut que tu rentres.
J'en ai eu assez, lui dis-je. Mes forces se sont usées, par endroits il n'y a plus qu'un trou. Comme ces ménagères qui s'éveillent un jour et disent, Je ne peux plus faire le pain.
Tu n'as jamais fait le pain, écrivit-il. Et nous continuions de plaisanter.
Alors c'est comme si je m'éveillais pour faire le pain, dis-je, et c'était encore une plaisanterie entre nous, même à ce moment-là. Je me demandai s'il viendrait un temps où nous ne plaisanterions plus. De quoi cela aurait-il l'air ? Quelle impression cela ferait-il ?

Quand j'étais petite, ma vie était une musique sans cesse plus forte. Tout m'émouvait. Un chien suivant un inconnu. Cela me donnait des sentiments en foule. Un calendrier ouvert au mauvais mois. J'aurais pu en pleurer. J'en pleurais. Quand la fumée sortant d'une cheminée disparaissait. Une bouteille renversée arrêtée au bord d'une table.
J'ai passé toute ma vie à apprendre comment ressentir moins.
Chaque jour je ressentais moins.
Est-ce cela vieillir ? Ou est-ce quelque chose de pire ?
On ne peut se protéger de la tristesse sans se protéger du bonheur.
Il enfouit son visage entre les couvertures de son cahier comme si ces couvertures étaient ses mains. Il se mit à pleurer. Pour qui pleurait-il ?
Pour Anna ?
Pour ses parents ?
Pour moi ?
Pour lui-même ?
Je lui pris le cahier. Il était mouillé de larmes qui coulaient sur les pages, comme si le cahier lui-même pleurait. Il s'enfouit le visage dans les mains.
Laisse-moi te voir pleurer, lui dis-je.
Je ne veux pas te faire mal, dit-il en secouant la tête de gauche à droite.
Ça me fait mal quand tu ne veux pas me faire mal, lui dis-je. Laisse-moi te voir pleurer.
Il baissa les mains. Sur une de ses joues on lisait OUI, à l'envers. Sur l'autre, NON, à l'envers. Il gardait les yeux baissés. À présent les larmes ne roulaient plus sur ses joues mais tombaient de ses yeux au sol.
Laisse-moi te voir pleurer, dis-je. Je n'estimais pas qu'il me le devait. Et je n'estimais pas le lui devoir. Nous nous le devions l'un à l'autre, ce qui est différent.
Il leva la tête pour me regarder.

Je ne suis pas en colère contre toi, lui dis-je.
Tu dois l'être.
C'est moi qui ai enfreint la règle.
Mais c'est moi qui ai fait la règle avec laquelle tu ne pouvais vivre.
Mes pensées dérivent, Oskar. Elles s'en vont à Dresde, aux perles de ma mère, mouillées de la sueur de son cou. Mes pensées remontent la manche du manteau de mon père. Son bras était si épais, si fort. J'étais sûre qu'il me protégerait tant que je vivrais. Ce qu'il fit. Même quand je l'eus perdu. Le souvenir de son bras m'entoure comme le faisait son bras. Chaque jour s'est enchaîné au précédent. Mais les semaines avaient des ailes. Qui peut croire qu'une seconde s'écoule plus vite que dix ans n'a pas vécu ma vie.
Pourquoi me quittes-tu ?
Il écrivit, Je ne sais pas comment vivre.
Je ne sais pas non plus, mais j'essaie.
Je ne sais pas comment essayer.
Il y avait des choses que je voulais lui dire. Mais je savais qu'elles lui feraient mal. Alors je les enfouis, les laissant me faire mal à moi.
Je posai la main sur lui. Le toucher fut toujours d'une telle importance pour moi. Cela m'était une raison de vivre. Je ne pus jamais expliquer pourquoi. Des petits contacts de rien du tout. Mes doigts effleurant son épaule. Nos cuisses qui se touchaient quand nous étions serrés côte à côte dans l'autobus. Je ne pouvais pas l'expliquer mais j'en avais besoin. Parfois j'imaginais coudre ensemble tous nos petits contacts. Combien de centaines de milliers de doigts s'effleurant faut-il pour faire l'amour ? Pourquoi quiconque s'avise-t-il de faire l'amour ?
Mes pensées s'en vont vers mon enfance, Oskar. Quand j'étais une petite fille. Assise ici je songe à mes

mains pleines de cailloux, et à la première fois où j'ai remarqué des poils sous mes bras.
Mes pensées sont autour du cou de ma mère. Ses perles.
La première fois que j'ai aimé l'odeur d'un parfum, Anna et moi couchées dans l'obscurité de notre chambre, dans la chaleur de notre lit.
Je lui dis une nuit ce que j'avais vu derrière l'appentis qu'il y avait derrière notre maison. Elle me fit promettre de n'en jamais dire un mot. Je promis.
Je peux vous regarder vous embrasser ?
Tu peux nous regarder nous embrasser ?
Si tu me disais où vous allez vous embrasser, je pourrais me cacher pour vous regarder.
Elle rit, ce qui fut sa façon de dire oui.
Nous nous éveillâmes en pleine nuit. Je ne sais pas qui s'éveilla la première. Ou si nous nous éveillâmes en même temps.
Qu'est-ce que ça fait ? lui demandai-je.
Qu'est-ce que fait quoi ?
De s'embrasser.
Elle rit.
C'est mouillé, dit-elle.
Je ris.
C'est mouillé et chaud et très étrange au début.
Je ris.
Comme ça, dit-elle, et elle me prit par les côtés du visage et m'attira à elle.
Je ne m'étais jamais sentie si amoureuse de ma vie et je ne me suis jamais sentie si amoureuse depuis.
Nous étions innocentes.
Que pourrait-il y avoir de plus innocent que notre baiser à toutes deux dans ce lit ?
Que pourrait-il y avoir qui mérite moins d'être détruit ?
Je lui dis, Je ferai encore plus d'efforts si tu acceptes de rester.

Bien, écrivit-il.
Je t'en prie, ne me quitte pas c'est tout.
Bien.
Nous n'aurons jamais à en parler.
Bien.
Je pense aux chaussures, je ne sais pour quelle raison. Combien de paires j'en ai usé dans ma vie. Et combien de fois je me suis chaussée et déchaussée. Et à la façon que j'ai de les mettre au pied du lit, tournées vers l'extérieur.
Mes pensées descendent un conduit de cheminée et brûlent.
Des pas à l'étage. Des oignons mis à frire. Un tintement de verre.
Nous n'étions pas riches mais nous ne manquions de rien. Par la fenêtre de ma chambre j'observais le monde. Et j'étais à l'abri du monde. Je vis mon père se désagréger. Plus la guerre approchait, plus il s'éloignait. Ne connaissait-il pas d'autre façon de nous protéger ? Il passait des heures dans son appentis tous les soirs. Parfois il y dormait. Par terre.
Il voulait sauver le monde. Il était ainsi fait. Mais il ne voulait pas mettre sa famille en danger. Il était ainsi fait. Il dut mettre en balance ma vie et une vie qu'il aurait pu sauver. Ou dix. Ou cent. Il dut décider que ma vie valait plus que cent vies.
Ses cheveux devinrent gris cet hiver-là. Je crus que c'était la neige. Il nous promit que tout irait bien. J'étais une enfant, mais je savais que tout n'irait pas bien. Cela ne faisait pas de mon père un menteur. Cela faisait de lui mon père.
Ce fut le matin du bombardement que je décidai de répondre à la lettre du forçat. Je ne sais pas pourquoi j'avais attendu si longtemps ni ce qui me donna envie de lui écrire à ce moment-là.

Il m'avait demandé de joindre une photo de moi. Aucune de celles que j'avais ne me plaisait. Je comprends, à présent, quelle fut la tragédie de mon enfance. Ce ne fut pas le bombardement. Ce fut que jamais aucune photo de moi ne me plut. Je n'y pouvais rien. Je décidai d'aller chez un photographe le lendemain pour faire faire ma photo.
Ce soir-là j'essayai tous mes habits devant le miroir. J'avais l'impression d'être une vedette de cinéma affreuse. Je demandai à ma mère de m'apprendre à me maquiller.
Elle ne demanda pas pourquoi.
Elle me montra comment me mettre du rouge aux joues. Et comment me faire les yeux. Jamais elle n'avait tant touché mon visage. Elle n'avait jamais eu une bonne excuse pour le faire.
Mon front. Mon menton. Mes tempes. Mon cou.
Pourquoi pleurait-elle ?
Je laissai la lettre que je n'avais pas encore terminée sur mon bureau.
Le papier aida notre maison à brûler.
J'aurais dû l'envoyer avec une photo affreuse.
J'aurais dû tout envoyer.
L'aéroport était plein de gens qui allaient et venaient. Mais il n'y avait que ton grand-père et moi.
Je pris son cahier pour chercher de page en page. Je montrai, Comme c'est frustrant, comme c'est pitoyable, comme c'est triste.
Il feuilleta le cahier et montra, La façon dont vous venez de me tendre ce couteau.
Je montrai, Si j'avais été un autre dans un monde différent, j'aurais fait quelque chose d'autre.
Il montra, Parfois on a simplement envie de disparaître.
Je montrai, Il n'y a rien de mal à ne pas se comprendre soi-même.
Il montra, Comme c'est triste.

Je montrai, Et j'ai bien envie d'une douceur.
Il montra, Pleurait, pleurait, pleurait encore.
Je montrai, Ne pleure pas.
Il montra, Brisés et désorientés.
Je montrai, Si triste.
Il montra, Brisés et désorientés.
Je montrai, Quelque chose.
Il montra, Rien.
Je montrai, Quelque chose.
Personne ne montra, Je t'aime.
C'était incontournable. Une montagne infranchissable, une étendue que nous ne pourrions jamais traverser à pied pour en atteindre la limite.
Je regrette qu'il faille une vie pour apprendre à vivre, Oskar, parce que si je pouvais revivre ma vie, je ferais les choses différemment.
Je changerais ma vie.
J'embrasserais mon professeur de piano, même s'il se moquait de moi.
Je sauterais avec Mary sur le lit, même si je me ridiculisais.
J'enverrais des photos affreuses, des milliers de photos.
Qu'allons-nous faire ? écrivit-il.
C'est à toi de décider, dis-je.
Il écrivit, Je veux aller chez moi.
Où est-ce ?
Là où il y a le plus de règles.
Je le comprenais.
Et il nous faudra établir encore plus de règles, dis-je.
Pour que tu t'y sentes encore plus chez toi.
Oui.
Bien.
Nous allâmes directement à la bijouterie. Il laissa la valise dans l'arrière-boutique. Nous vendîmes une paire de boucles d'oreilles d'émeraude ce jour-là. Une bague de fiançailles avec un diamant. Une gourmette

d'or pour une petite fille.   Et une montre pour quelqu'un qui partait au Brésil.
Cette nuit-là, au lit, nous nous prîmes dans les bras l'un de l'autre.   Il m'embrassa partout.   Je le croyais.   Je n'étais pas idiote.   J'étais sa femme.
Le lendemain matin il alla à l'aéroport.   Je n'osai pas soupeser sa valise.
J'attendis qu'il rentre.
Des heures passèrent.   Et des minutes.
Je n'ouvris pas le magasin à 11 heures.
J'attendis près de la fenêtre.   Je croyais encore en lui.
Je ne déjeunai pas.
Des secondes passèrent.
L'après-midi s'en fut.   Le soir vint.
Je ne dînai pas.
Des années passaient entre chaque instant.
Ton père donnait des coups de pied dans mon ventre.
Qu'essayait-il de me dire ?
J'apportai les cages des oiseaux devant les fenêtres.
J'ouvris les fenêtres et j'ouvris les cages.
Je versai les poissons dans l'évier.
J'emmenai les chiens et les chats en bas et ôtai leur collier.
Je libérai les insectes dans la rue.
Et les reptiles.
Et les souris.
Je leur dis, Allez-vous-en.
Tous.
Allez.
Et ils s'en allèrent.
Et ils ne revinrent pas.

BONHEUR, BONHEUR

QUESTION. Pouvez-vous décrire les événements de cette matinée ?

TOMOYASU. Je suis sortie de chez moi avec ma fille, Masako. Elle partait au travail. Moi j'allais voir une amie. Il y a eu une alerte aérienne. J'ai dit à Masako que je rentrais à la maison. Elle a dit, « Je vais au bureau. » J'ai fait du ménage en attendant la fin de l'alerte.

J'ai plié la literie. J'ai rangé le placard. J'ai fait les carreaux avec un chiffon humide. Il y a eu un éclair. J'ai d'abord pensé que c'était le flash d'un appareil photo. Une idée idiote quand on y repense aujourd'hui. Ça m'a éblouie. Ma tête s'est vidée. Les vitres de toutes les fenêtres ont volé en éclats autour de moi. J'ai eu la même impression que quand ma mère me disait de me taire.

Quand j'ai repris conscience, je me suis rendu compte que je n'étais pas debout. J'avais été projetée dans une autre pièce. J'avais toujours le chiffon en main mais il n'était plus humide. Je n'ai pensé qu'à une chose, retrouver ma fille. En regardant par la fenêtre j'ai vu un de mes voisins, presque nu. Sa peau se détachait de tout son corps. Elle pendait au bout de ses doigts. Je lui ai demandé ce qui s'était passé. Il était trop exténué pour répondre. Il regardait de tous les côtés, je peux seulement supposer qu'il cherchait sa famille. Je me suis dit, *Il faut que j'y aille. Il faut que j'aille chercher Masako.*

J'ai mis mes souliers et j'ai pris mon capuchon d'alerte aérienne. Je me suis mise en route pour la gare. Il y avait plein de gens qui venaient dans ma direction, s'éloignant de la ville. L'odeur ressemblait à celle de la seiche grillée. Je devais encore être sous le choc parce que j'avais l'impression que les gens étaient des seiches rejetées sur le rivage par la mer.

J'ai vu une jeune fille qui venait vers moi. Sa peau fondait sur elle comme de la cire. Elle marmonnait, « Maman. De l'eau. Maman. De l'eau. » J'ai pensé que c'était peut-être Masako. Mais non. Je ne lui ai pas donné d'eau. Je regrette de ne pas l'avoir fait. Mais j'essayais de retrouver Masako, j'essayais de retrouver ma fille.

J'ai couru jusqu'à la gare d'Hiroshima. Elle était pleine de gens. Certains d'entre eux étaient morts. Beaucoup étaient par terre. Ils appelaient leur mère et demandaient de l'eau. Je suis allée au pont de Tokiwa. Il fallait le traverser pour aller au bureau de ma fille.

QUESTION. Avez-vous vu le champignon atomique ?

TOMOYASU. Non, je ne l'ai pas vu.

QUESTION. Vous n'avez pas vu le champignon ?

TOMOYASU. Je n'ai pas vu le champignon. J'essayais de retrouver Masako.

QUESTION. Mais le champignon s'étalait au-dessus de la ville ?

TOMOYASU. J'essayais de la retrouver. On me disait que je ne pouvais pas traverser le pont. J'ai pensé qu'elle était peut-être rentrée à la maison, alors j'ai fait demi-tour. Quand je suis arrivée au sanctuaire de Nikitsu, la pluie noire a commencé à tomber du ciel. Je me suis demandé ce que c'était.

QUESTION. Pouvez-vous décrire la pluie noire ?

TOMOYASU. Je l'ai attendue à la maison. J'ai ouvert les fenêtres, malgré qu'il n'y avait plus de carreaux. Je suis restée éveillée toute la nuit à attendre. Mais elle n'est pas rentrée. Vers 6 heures 30 le lendemain matin, M. Ishido est venu. Sa fille travaillait dans le même bureau que la mienne. Il criait en demandant la maison de Masako. Je suis sortie en courant. J'ai crié, « C'est ici, par ici ! » M. Ishido m'a rejointe. Il a dit, « Vite ! Prenez des vêtements et allez la chercher. Elle est sur la berge de l'Ota. »

J'ai couru aussi vite que j'ai pu. Plus vite, même. Quand je suis arrivée au pont de Tokiwa, il y avait des soldats par terre. Autour de la gare d'Hiroshima, j'ai vu encore des morts. Il y en avait plus le matin du 7 que le 6. En arrivant au bord de l'Ota, je ne reconnaissais pas les gens les uns des autres. J'ai continué à chercher Masako. J'ai entendu crier, « Maman ! » et j'ai reconnu sa voix. Je l'ai trouvée dans un état horrible. C'est comme ça que je la vois encore dans mes rêves. Elle a dit, « Comme tu as mis longtemps. »

Je me suis excusée. Je lui ai dit, « Je suis venue aussi vite que j'ai pu. »

Il n'y avait que nous deux. Je ne savais pas quoi faire. Je ne suis pas infirmière. Il y avait des asticots dans ses plaies et un liquide jaune et gluant. J'ai essayé de la nettoyer. Mais sa peau partait. Les asticots lui sortaient de partout. Je ne pouvais les enlever en frottant parce que la peau et les muscles venaient avec. J'ai dû les prendre un par un. Elle m'a demandé ce que je faisais. Je lui ai dit, « Oh,

Masako, ce n'est rien. » Elle a hoché la tête. Neuf heures plus tard, elle est morte.

QUESTION. Vous l'avez tenue dans vos bras tout ce temps-là ?

TOMOYASU. Oui, je la tenais dans mes bras. Elle disait, « Je ne veux pas mourir. » Je lui disais, « Tu ne vas pas mourir. » Elle a dit, « Je te promets que je ne mourrai pas avant qu'on rentre à la maison. » Mais elle avait mal et elle n'arrêtait pas de pleurer en disant, « Maman. »

QUESTION. Ça doit être difficile d'évoquer ces choses.

TOMOYASU. Quand j'ai appris que votre organisation recueillait des témoignages, j'ai su que je devais venir. Elle est morte dans mes bras en disant, « Je ne veux pas mourir. » C'est comme ça, la mort. Quel que soit l'uniforme que portent les soldats, ce n'est pas ce qui compte. La qualité des armes ne compte pas non plus. Je me suis dit que, si tout le monde pouvait voir ce que j'ai vu, nous n'aurions plus jamais la guerre.

J'ai arrêté le lecteur de cassettes parce que l'interview était terminée. Les filles pleuraient et les garçons faisaient *beurk !* et *berk !*

« Voilà, a dit M. Keegan en se levant et en s'épongeant le front avec son mouchoir, on peut dire que l'exposé d'Oskar nous donne matière à réflexion. »

J'ai dit :

« Je n'ai pas fini. »

Et lui :

« Ça m'a semblé très complet. »

J'ai expliqué :

« Comme la propagation de l'onde de chaleur était rectiligne à partir de l'explosion, les scientifiques ont pu déterminer la direction de l'hypocentre en différents points en observant l'ombre projetée par les objets interposés. Les ombres fournissaient une indication de l'altitude à laquelle la bombe a explosé et du diamètre de la boule de feu à l'instant où elle atteignait sa température maximale. C'est hallucinant, non ? »

Jimmy Snyder a levé la main et je lui ai donné la parole :

« Pourquoi t'es tellement zarbi ? »

J'ai demandé si c'était une question de pure forme. M. Keegan lui a dit d'aller dans le bureau de M. Bundy, le principal. Quelques élèves se sont fendu la pêche. Je savais qu'ils se fendaient la pêche dans le mauvais sens, à mes dépens, mais j'ai essayé de ne pas perdre contenance.

« Un autre aspect intéressant par rapport à l'explosion est la relation entre le degré des brûlures et la couleur, parce que les couleurs sombres absorbent la lumière, évidemment. Par exemple, il y avait une partie d'échecs entre deux grands maîtres qui se déroulait ce matin-là sur un échiquier géant dans un des parcs de la ville. La bombe a tout détruit : les spectateurs sur leur siège, les gens qui filmaient la partie, leurs caméras noires, les compteurs et même les grands maîtres. Il n'est resté que des pièces blanches sur des cases blanches. »

En sortant de la classe, Jimmy a dit :

« Dis donc, Oskar, qui c'est Buckminster ?

– Richard Buckminster Fuller était un savant, un philosophe et un inventeur qui est surtout célèbre pour avoir conçu le dôme géodésique. Il est mort en 1983, je crois.

– Mais non, a fait Jimmy, ton Buckminster à toi. »

Je ne savais pas pourquoi il le demandait parce que j'avais amené Buckminster à l'école seulement deux ou trois semaines plus tôt, pour une démonstration : je l'avais lâché du haut du toit pour montrer que les chats se mettent en forme de petits parachutes et qu'ils ont plus de chance de survivre quand ils tombent du vingtième étage que du huitième, parce qu'il leur faut à peu près huit étages pour se rendre compte de ce qui se passe, se détendre et corriger leur position. J'ai quand même dit :

« Buckminster, c'est mon minou. »

Jimmy m'a montré du doigt :

« Ha ha ! »

Les élèves se sont fendu la pêche dans le mauvais sens. Je ne voyais vraiment pas ce que ça avait de tordant. M. Keegan s'est mis en colère et a dit :

« Jimmy !

– Ben quoi ? Qu'est-ce que j'ai fait ? »

J'ai bien vu que, à l'intérieur, M. Keegan se fendait la pêche aussi.

« Alors, je disais donc qu'on a retrouvé, à un demi-kilomètre environ de l'hypocentre, un morceau de papier sur lequel les lettres, qu'on appelle des caractères, avaient entièrement brûlé, ne laissant subsister que leur forme vide. Je suis devenu extrêmement curieux de l'aspect que ça pourrait avoir, j'ai donc commencé par essayer de découper des lettres moi-même, mais je ne suis pas assez habile de mes mains pour y arriver, alors j'ai fait des recherches et j'ai trouvé un imprimeur de Spring Street spécialisé dans la gravure au poinçon, qui m'a dit pouvoir le faire pour deux cent cinquante dollars. Je lui ai demandé si c'était toutes taxes comprises. Il a dit que non mais j'ai quand même trouvé que ça les valait bien, j'ai pris la carte de crédit de maman et, bref, la voilà. »

J'ai montré une feuille de papier, la première page d'*Une brève histoire du temps* en japonais que j'avais trouvée sur Amazon.co.jp. J'ai regardé la classe à travers l'histoire des tortues.

Ça, c'était mercredi.

Jeudi, j'ai passé l'heure du déjeuner à la bibliothèque, pour lire le nouveau numéro d'*American Drummer* [1] que

1. « Le Batteur américain ».

Higgins, le bibliothécaire, commande spécialement pour moi. C'était la barbe. Je suis allé au labo de sciences nat, voir si M. Powers voulait bien faire des expériences avec moi. Il m'a dit qu'en fait il avait prévu de déjeuner avec d'autres professeurs et qu'il ne pouvait me laisser tout seul au labo. Alors j'ai fait des bijoux à l'atelier d'art, dans lequel on a le droit d'être seul.

Vendredi, Jimmy Snyder m'a appelé de l'autre bout de la cour de récré et puis il m'a rejoint avec sa bande de copains.

« Eh, Oskar, Emma Watson, tu préférerais qu'elle te fasse une branlette ou une pipe ? »

Je lui ai répondu que je savais pas qui était Emma Watson. Matt Colber a dit :

« C'est Hermione, débile.

– C'est qui, Hermione ? Et d'abord je suis pas un débile mental. »

Dave Mallon :

« Dans *Harry Potter*, eh, pédé ! »

Steve Wicker :

« Elle a des beaux nichons. »

Et Jake Riley :

« Branlette ou pipe ? »

Et moi :

« Je la connais même pas, je l'ai jamais rencontrée. »

J'en sais beaucoup sur les oiseaux et les abeilles mais je ne sais pas grand-chose de « ce que font les petits oiseaux et les abeilles ». Tout ce que je sais effectivement, j'ai dû l'apprendre tout seul sur Internet, parce que je n'ai personne à qui le demander. Par exemple, je sais que pour faire une pipe à quelqu'un, on lui met son pénis dans la bouche. Je sais aussi que la bite c'est le pénis et que la queue c'est aussi le pénis. Et une grosse queue, évidemment. Je sais que le ginva devient mouillé quand une femme a une relation sexuelle, seulement je ne sais pas ce qui le mouille. Je sais que le ginva c'est le con et aussi le cul. Je sais ce que c'est qu'un godemiché, je crois, mais je sais pas exactement ce que c'est que le foutre. Je sais que la pénétration anale, c'est quand on saute quelqu'un par l'anus, mais j'aurais préféré ne pas le savoir.

Jimmy Snyder m'a poussé en disant :

« Ta mère est une pute, dis-le ! »

Alors j'ai dit :

« Ta mère est une pute. »

Il a dit :

« Non, c'est ta mère qui est une pute, dis-le. »

Et moi :

« Je le dis, c'est ta mère qui est une pute.

– "Ma mère est une pute", dis-le.

– Si tu le dis, je te crois. »

Matt, Dave, Steve et Jake se fendaient la pêche mais Jimmy s'est mis vraiment en rogne. Il m'a montré le poing en disant :

« Tu vas mourir. »

J'ai regardé partout si je voyais un prof mais y en avait aucun. Alors j'ai dit :

« Ma mère est une pute. »

Je suis rentré dans le bâtiment pour lire quelques phrases d'*Une brève histoire du temps*. Après j'ai cassé un stylomine. Quand je suis arrivé à la maison, Stan m'a dit :

« Vous avez du courrier ! »

Cher Oskar,

Merci de m'avoir envoyé les 76,50 $ que vous me deviez. Soyons francs, j'étais sûr de ne jamais voir cet argent. Maintenant, je vais croire tout le monde.

(le chauffeur de taxi) Marty Mahaltra

P.-S. : Pas de pourboire ?

J'ai compté sept minutes ce soir-là, et puis encore quatorze minutes, et puis trente. Je savais que je n'arriverais jamais à m'endormir, parce que j'étais trop excité à l'idée que le lendemain j'allais pouvoir recommencer à chercher la serrure. Je me suis mis à inventer comme un dératé. J'ai pensé que dans cent ans tous les noms qu'il y a dans les Pages jaunes de l'année 2003 seront des noms de morts et aussi qu'un jour, chez le Minch, à la télé, j'avais vu quelqu'un déchirer un annuaire en deux avec les mains. Je me suis dit que j'aimerais mieux que personne ne déchire en deux les Pages jaunes de l'année 2003 dans cent ans parce que, même si ce ne sera plus qu'une liste de noms de morts, j'avais l'impression que ça changerait quelque chose. Alors j'ai inventé les Pages jaunes boîte noire, c'est un annuaire fait de la même matière que les boîtes noires des avions. J'arrivais toujours pas à dormir.

J'ai inventé un timbre-poste dont le dos a le goût de la crème brûlée.

J'arrivais toujours pas à dormir.

Et si on dressait les chiens d'aveugle à flairer les bombes, pour en faire des chiens d'aveugle antiattentats. Comme ça, les aveugles seraient payés pour se faire guider et deviendraient des membres actifs de notre société. Sans compter qu'on serait tous plus en sécurité. J'arrivais de moins en moins à dormir.

Quand je me suis réveillé, c'était samedi.

Je suis monté chercher M. Black et il m'attendait devant sa porte en claquant des doigts près de son oreille.

« Qu'est-ce que c'est ? » il a demandé quand je lui ai donné le cadeau que j'avais fait pour lui.

J'ai haussé les épaules exactement comme faisait papa.

« Qu'est-ce que je suis censé en faire ?

– L'ouvrir, évidemment. »

Mais j'étais trop content pour me contenir et avant qu'il ait déballé la boîte j'ai dit :

« C'est un collier que j'ai fait pour vous, avec un pendentif boussole pour que vous sachiez où vous êtes par rapport au lit ! »

Il a continué à le déballer en disant :

« Que tu es gentil !

– C'est vrai, j'ai dit en lui prenant la boîte parce que je pouvais l'ouvrir plus vite que lui. Ça ne fonctionnera probablement pas en dehors de chez vous, le champ magnétique du lit faiblit à mesure qu'on s'en éloigne, mais n'empêche. »

Je lui ai donné le collier et il l'a mis. Il indiquait que le lit était au nord.

« Alors où va-t-on ? il a demandé.

– Dans le Bronx.

– On prend l'IRT ?

– Le quoi ?

– Le métro, la ligne IRT.

– Il y a pas de ligne IRT et je prends pas les transports en commun.

– Pourquoi ?

– C'est une cible évidente.

– Alors comment comptes-tu aller là-bas ?

– À pied.

– Ça doit bien être à trente kilomètres d'ici. Tu as vu comment je marche ?

– C'est vrai.

– Prenons l'IRT.

– Ça n'existe pas.

– Prenons ce qui existe, alors. »

Dans l'entrée de l'immeuble, j'ai dit :

« Monsieur Black, je vous présente Stan. Stan, monsieur Black. »

M. Black a tendu la main et Stan la lui a serrée. Je lui ai dit :

« Monsieur Black habite le 5A. »

Stan a retiré sa main mais je crois que M. Black ne s'est pas vexé.

Pendant presque tout le trajet jusqu'au Bronx, le métro était souterrain, ce qui m'a incroyablement paniqué. Mais quand on est arrivés dans les quartiers pauvres, il est devenu aérien, j'aimais mieux ça. Des tas d'immeubles du Bronx étaient vides. Je l'ai compris parce qu'ils n'avaient pas de fenêtres et qu'on voyait à travers même à grande vitesse. On est descendus du métro et on a marché dans la rue. M. Black a voulu que je lui donne la main pendant qu'on cherchait l'adresse. Je lui ai demandé s'il était raciste. Il a dit que la pauvreté l'inquiétait, mais pas les gens. Alors pour blaguer je lui ai demandé s'il était gai [1]. Et lui :

« J'imagine, oui.

– Vraiment ? » j'ai demandé, mais j'ai pas retiré ma main parce que je ne suis pas homophobe.

Comme l'interphone de l'immeuble était en panne, la porte était maintenue ouverte par une brique. Agnes Black habitait au deuxième et il n'y avait pas d'ascenseur. M. Black a dit qu'il allait m'attendre parce que les escaliers du métro lui suffisaient pour la journée. Je suis donc monté seul. Le sol du palier était collant et, pour je ne sais quelle raison, on avait passé à la peinture noire les œilletons de toutes les portes. Derrière une d'entre elles quelqu'un chantait, et j'entendais la télé derrière un tas d'autres. J'ai essayé ma clé dans la serrure d'Agnes mais elle n'a pas marché, et j'ai frappé.

1. *Gay* en anglais signifie « gai » depuis des siècles et « homosexuel » depuis peu de temps. Notre langue moribonde ayant intégré ce néologisme avec son absurde orthographe anglaise, pour éviter la confusion que les utilisateurs anglophones recherchaient, le malentendu entre le petit garçon et le centenaire n'est pas immédiatement perçu.

Une petite femme est venue ouvrir en fauteuil roulant. Elle était mexicaine, je crois, ou brésilienne, ou quelque chose comme ça.

« S'il vous plaît, vous vous appelez Agnes Black ?

– No parlo inglesh.

– Comment ?

– No parlo inglesh.

– Excusez-moi, mais je ne vous comprends pas. Pourriez-vous répéter, s'il vous plaît, en articulant un peu mieux.

– No parlo inglesh.

J'ai levé le doigt en l'air, signe universel pour « Attendez », et j'ai appelé M. Black dans la cage d'escalier.

« Je crois qu'elle ne parle pas anglais !

– Ah oui, qu'est-ce qu'elle parle ?

– Quelle langue vous parlez ? » j'ai demandé, et puis je me suis rendu compte que ma question était complètement idiote alors je m'y suis pris autrement : « *Parlez-vous français** ?

– *Español*. »

J'ai crié vers le bas de la cage d'escalier :

« *Español !*

– Formidable ! J'ai appris à baragouiner *español* pendant mes voyages ! »

Alors j'ai roulé son fauteuil jusqu'à la rampe du palier et ils se sont mis à hurler chacun son tour, ce qui était trop bizarre puisqu'ils entendaient leurs voix mais ne pouvaient pas se voir. Ils se sont fendu la pêche ensemble et leurs rires ont monté et descendu la cage d'escalier. Et puis M. Black a hurlé :

« Oskar ! »

J'ai hurlé à mon tour :

« Oui, c'est mon nom, pas la peine de le crier sur les toits ! »

Et il a encore hurlé :

« Descends ! »

Quand je suis arrivé dans l'entrée, M. Black m'a expliqué que la personne que nous cherchions était serveuse au Windows on the World.

– *Hein quoi qu'est-ce ?*

– Feliz, avec qui je viens de discuter, ne l'a pas connue personnellement. On lui en a parlé quand elle a emménagé.

– C'est vrai ?

– Je n'irais pas inventer ça. »

On est ressortis et on s'est remis à marcher. Une voiture est passée, avec l'autoradio extrêmement fort, et ça m'a fait vibrer le cœur. En levant les yeux j'ai vu qu'il y avait des ficelles tendues entre des tas de fenêtres avec des habits accrochés après. J'ai demandé à M. Black si c'était ça que les gens appelaient des « cordes à linge ».

« C'est bien ça.

– C'est ce que je pensais. »

On a continué à marcher. Des enfants donnaient des coups de pied dans des cailloux sur la chaussée et se fendaient la pêche dans le bon sens. M. Black a ramassé un des cailloux et l'a mis dans sa poche. Il a regardé le nom de la rue sur une plaque, puis sa montre. Deux ou trois vieux étaient assis sur des chaises devant une boutique. Ils fumaient le cigare en regardant le monde comme si c'était la télé.

« C'est trop bizarre quand on y pense, j'ai dit.

– Quoi donc ?

– Qu'elle travaillait là-bas. Peut-être qu'elle connaissait mon papa. Ou pas, mais peut-être qu'elle l'a servi, ce matin-là. Il y était, dans ce restaurant. Il avait un rendez-vous. Peut-être qu'elle lui a versé du café, je sais pas.

– C'est possible.

– Peut-être qu'ils sont morts ensemble. »

Je sais qu'il n'a rien trouvé à répondre, parce que bien sûr ils étaient morts ensemble. La vraie question c'était comment ils étaient morts ensemble, est-ce qu'ils étaient à deux bouts du restaurant, ou l'un à côté de l'autre, ou encore autre chose. Peut-être qu'ils étaient montés sur le toit ensemble. On voit sur certaines des photos que des gens ont sauté ensemble en se tenant par la main. Alors c'est peut-être ce qu'ils ont fait. Ou peut-être qu'ils se sont seulement parlé jusqu'à ce que le bâtiment s'écroule. De quoi auraient-ils pu parler ? Ils étaient évidemment très différents. Peut-être qu'il lui a parlé de moi. Je me demande ce qu'il lui a raconté. Je n'aurais pas pu dire ce que ça me faisait de penser à lui tenant quelqu'un par la main.

« Est-ce qu'elle avait des enfants ?

– Je ne sais pas.

– Demandez-le-lui.

– À qui ?

– Retournons demander à la femme qui habite là-bas maintenant. Je parie qu'elle sait si Agnes avait des enfants. »

Il ne m'a pas demandé pourquoi cette question était importante, il n'a pas dit non plus qu'elle nous avait déjà raconté tout ce qu'elle savait. On a refait trois ou quatre cents mètres en sens inverse, je suis monté pour amener son fauteuil jusqu'à la rampe du palier et ils ont recommencé à parler comme ça un moment. Et puis M. Black a hurlé :

« Elle n'en avait pas ! »

Je me suis demandé s'il me mentait, parce que j'ai beau ne pas parler espagnol, j'avais entendu qu'elle en avait dit bien plus que simplement non.

En retournant vers le métro, j'ai eu une révélation et ça m'a mis en colère.

« Attendez un peu. Pourquoi vous vous êtes fendu la pêche, au début ?

– Au début ?

– Pendant que vous parliez avec cette femme, la première fois, vous vous êtes fendu la pêche. Tous les deux.

– Je ne sais pas.
– Vous ne savez pas ?
– Je ne me rappelle pas.
– Essayez de vous rappeler. »
Il a réfléchi une minute.
« Non, ça ne me revient pas. »
Mensonge n° 77.

On a acheté des *tamales* qu'une dame vendait à l'entrée du métro dans une énorme casserole posée sur un caddie de supermarché. Normalement, je n'aime pas les aliments qui ne sont pas sous cellophane ou préparés par maman, mais on s'est assis au bord du trottoir pour manger nos *tamales*. M. Black a dit :

« En tout cas, je me sens revigoré.
– Qu'est-ce que ça veut dire, revigoré ?
– Remonté. Reposé.
– Je suis revigoré aussi. »
Il m'a passé le bras autour des épaules :
« Tant mieux.
– C'est végétarien, les *tamales*, hein ? »

J'ai secoué mon tambourin en montant l'escalier du métro et j'ai retenu mon souffle quand la rame est rentrée sous terre.

Albert Black venait du Montana. Il voulait être acteur mais pas aller en Californie, parce que c'était trop près de chez lui, et que tout l'intérêt d'être acteur, c'était de devenir quelqu'un d'autre.

Alice Black était incroyablement anxieuse parce qu'elle vivait dans un immeuble réservé à des activités industrielles et que personne n'était censé y habiter. Avant d'ouvrir la porte, elle nous a fait jurer qu'on n'était pas de l'inspection du Logement. Alors moi :

« Je vous suggère de nous regarder par le judas. »
Elle l'a fait, puis elle a dit :
« Ah, c'est vous ? »

J'ai trouvé ça bizarre. Elle nous a fait entrer. Elle avait les mains toutes noires et j'ai vu des dessins partout, ils représentaient tous le même homme.

« Vous avez quarante ans ?

– J'en ai vingt et un.

– Moi, neuf.

– Et moi, cent trois. »

Je lui ai demandé si les dessins étaient d'elle.

– Oui.

– Tous ?

– Oui. »

Je lui ai pas demandé qui était l'homme parce que j'avais peur que la réponse me colle des semelles de plomb. Pour qu'elle l'ait dessiné autant, il fallait forcément qu'elle l'aime et qu'il lui manque. Je lui ai dit :

« Vous êtes extrêmement belle.

– Merci.

– On peut s'embrasser ? »

M. Black m'a donné un coup de coude et lui a demandé :

« Savez-vous quelque chose de cette clé ? »

Cher Oskar Schell,

Je vous réponds de la part du Dr Kaley, qui est actuellement en expédition au Congo pour ses recherches. Elle m'a demandé de vous faire part de sa gratitude pour votre enthousiasme à propos de son travail avec les éléphants. Étant donné que je suis déjà son assistant – et les restrictions budgétaires étant ce qu'elles sont, comme je suis convaincu que vous en avez vous-même fait l'expérience –, elle n'est pas en mesure d'engager une personne de plus pour l'instant. Mais elle m'a demandé de vous dire que, si vous étiez encore intéressé et disponible, il pourrait y avoir cet automne un projet au

Soudan pour lequel elle aura besoin d'aide. (Les demandes de subventions sont en cours d'examen.)

Ayez l'amabilité de nous faire parvenir un CV (y compris votre expérience dans le domaine de la recherche), vos diplômes universitaires et deux lettres de recommandation.

Bien à vous,
Gary Franklin

Allen Black habitait le Lower East Side et était portier dans un immeuble de Central Park South, où nous sommes allés le trouver. Il nous dit qu'il détestait son emploi de portier, parce qu'il avait été ingénieur en Russie et que maintenant son cerveau dépérissait. Il nous a montré une petite télé portative qu'il avait dans la poche.

« Elle fait lecteur de DVD et si j'avais une adresse e-mail, je pourrais aussi les lire dessus. »

J'ai dit que je pouvais lui créer une adresse e-mail s'il voulait.

« Ah oui ? »

J'ai pris son appareil, que je connaissais mal mais que j'ai assez vite compris, et j'ai tout installé.

« Qu'est-ce que vous voulez comme nom d'utilisateur ? »

J'ai suggéré Allen ou AllenBlack, ou un pseudonyme. Et puis j'ai ajouté :

« Ou Ingénieur. Ça serait assez cool. »

Il a posé un doigt sur sa moustache pour y réfléchir. J'ai demandé s'il avait des enfants.

« Un fils. Il ne va pas tarder à être plus grand que moi. Plus grand et plus intelligent. Ce sera un grand médecin. Neurochirurgien. Ou un avocat à la Cour suprême.

– Alors vous pourriez mettre le nom de votre fils, mais ça risque d'entraîner des confusions.

– Portier.

– Quoi ?
– Mettez "Portier".
– Mais on peut mettre tout ce qu'on veut.
– Portier. »
J'ai mis "Portier215", parce qu'il y avait déjà 214 portiers. Quand on est partis, il m'a dit :
« Bonne chance, Oskar.
– Comment vous savez que je m'appelle Oskar ? »
M. Black est intervenu :
« C'est toi qui le lui as dit. »
En rentrant à la maison, l'après-midi, je lui ai envoyé un e-mail : « Dommage que vous n'ayez rien su pour la clé, mais c'était quand même sympa de vous rencontrer. »

Cher Oskar,

Bien que vous vous exprimiez d'une façon qui ne laisse aucun doute sur votre intelligence, ne vous ayant jamais rencontré et ignorant tout de votre expérience dans la recherche, j'aurais du mal à vous faire une lettre de recommandation.

Merci de vos gentils compliments sur mon travail, je vous souhaite bonne chance dans vos explorations, scientifiques et autres.

Bien à vous,
Jane Goodall

Arnold Black est allé droit au but :
« Je ne peux rien pour vous, je regrette.
– Mais on vous a même pas dit pourquoi on avait besoin de vous. »
Il a eu l'air sur le point de pleurer, il a répété qu'il regrettait et il a fermé la porte. M. Black a dit :
« En avant, toutes ! »
J'ai fait oui de la tête et à l'intérieur j'ai pensé, Bizarre.

Merci pour votre lettre. Il ne m'est pas possible de répondre personnellement au très abondant courrier que je reçois. Sachez cependant que je lis toutes les lettres et les conserve dans l'espoir d'être un jour en mesure de répondre à chacune comme elle le mérite. Dans cette attente,

Bien à vous,
Stephen Hawking

La semaine a été incroyablement barbante, sauf quand je me rappelais la clé. Alors que je savais qu'il y avait 161 999 999 serrures à New York qu'elle n'ouvrait pas, j'avais quand même l'impression qu'elle ouvrait tout. J'aimais la toucher de temps en temps, simplement pour savoir qu'elle était là, comme la bombe au poivre d'autodéfense que j'avais dans la poche. Ou peut-être comme son contraire. Je réglai la cordelette pour que les clés – celle de l'appartement et celle de je ne savais pas quoi – reposent contre mon cœur, c'était sympa, sauf que des fois ça me faisait trop froid alors j'ai mis un sparadrap à cet endroit sur ma poitrine et les clés reposaient dessus.

Lundi, la barbe.

Mardi après-midi, j'ai dû aller chez le Dr Fein. Je comprenais pas pourquoi j'avais besoin de me soigner, parce que ça me semblait extrêmement normal qu'on ait des semelles de plomb quand son papa est mort, et que c'est plutôt si on n'en avait pas qu'on aurait besoin de se soigner. Mais j'y suis allé quand même parce que l'augmentation de mon argent de poche en dépendait.

« Bonjour, mon bonhomme.

– En fait, je suis pas votre bonhomme.

– Oui, bon. Il fait un temps magnifique aujourd'hui, tu ne trouves pas ? Si tu veux, on peut sortir taper un peu dans le ballon.

– Est-ce que je trouve qu'il fait un temps magnifique, oui. Est-ce que je veux sortir taper dans le ballon, non.
– T'es sûr ?
– Le sport n'est pas passionnant.
– Qu'est-ce que tu trouves passionnant ?
– Quel genre de réponse cherchez-vous ?
– Qu'est-ce qui te fait croire que je cherche quelque chose ?
– Qu'est-ce qui vous fait croire que je suis le dernier des crétins ?
– Je ne crois pas que tu sois le dernier des crétins. Je ne te trouve pas crétin du tout.
– Merci.
– D'après toi, pourquoi es-tu ici, Oskar ?
– Je suis ici, docteur, parce que maman est inquiète que la vie me mette devant des difficultés insurmontables.
– Est-ce qu'elle a raison de s'inquiéter ?
– Pas vraiment. La vie est une difficulté insurmontable.
– Quand tu dis "difficulté insurmontable", à quoi penses-tu ?
– Je suis sans arrêt victime de mes émotions.
– Tu en es victime, là, en ce moment ?
– J'en suis extrêmement victime, là, en ce moment.
– Quelles sont les émotions que tu ressens ?
– Toutes.
– Mais encore ?
– Là, en ce moment, je ressens de la tristesse, du bonheur, de la colère, de l'amour, de la culpabilité, de la joie, de la honte, et un tout petit peu d'humour parce qu'une partie de mon cerveau se rappelle quelque chose de tordant que Dentifrice a fait un jour et dont je ne peux pas parler.
– Ça fait vraiment beaucoup.
– Il a mis du laxatif dans les *pains au chocolat** qu'on vendait à la fête du club de français.

– Je reconnais que c'est drôle.

– Je ressens tout.

– Cette émotionnalité, est-ce qu'elle affecte ta vie quotidienne ?

– Pour répondre à votre question, je crois que ce mot n'existe pas. Émotionnalité. Mais je comprends ce que vous essayez de dire, et oui. Je pleure beaucoup, le plus souvent quand je suis tout seul. C'est extrêmement dur pour moi d'aller à l'école. Et aussi, je ne peux pas dormir chez des amis parce que je panique à l'idée d'être loin de maman. Je m'y prends mal avec les gens.

– Et d'après toi, que se passe-t-il ?

– Je ressens trop les choses. Voilà ce qui se passe.

– Tu crois qu'on peut ressentir trop ? Ou alors qu'on ne ressent pas comme il faudrait ?

– Mes intérieurs ne collent pas avec mes extérieurs.

– Et ce n'est pas le cas de tout le monde, tu crois ?

– J'en sais rien. Je ne suis que moi.

– Peut-être que c'est justement la personnalité de chacun : cette différence entre l'intérieur et l'extérieur.

– Mais pour moi, c'est pire.

– Je me demande si tout le monde n'a pas cette impression.

– Probablement. Mais pour moi c'est vraiment pire. »

Il s'est redressé sur son fauteuil et il a posé son stylo sur le bureau.

« Je peux te poser une question très personnelle ?

– On est en république.

– As-tu remarqué des petits poils sur ton scrotum ?

– Scrotum ?

– Le scrotum est le petit sac à la base de ton pénis qui contient tes testicules.

– Mes couilles.

– C'est ça.

– Passionnant.

– Vas-y, ne te gêne pas, réfléchis une seconde. Je peux me retourner si tu veux.

– Je n'ai pas besoin de réfléchir. Je n'ai pas de petits poils sur le scrotum. »

Il a écrit quelque chose sur un bout de papier.

« Docteur ?

– Appelle-moi Howard.

– Vous m'avez dit de vous dire quand j'étais gêné.

– Oui.

– Je suis gêné.

– Excuse-moi. Je sais que c'était une question très personnelle. Je l'ai posée seulement parce que parfois, quand notre corps change, nous éprouvons des changements spectaculaires dans notre vie émotionnelle. Je me demandais si par hasard une partie de ce que tu vis en ce moment n'était pas due à des changements de ton corps.

– La réponse est non. C'est dû à ce que mon père est mort de la mort la plus horrible que quiconque ait jamais pu inventer. »

Il m'a regardé et je l'ai regardé. Je me suis promis que je ne serais pas le premier à détourner les yeux. Mais, comme d'habitude, j'ai été le premier.

« Un petit jeu, ça te dirait ?

– Est-ce que c'est un casse-tête ?

– Pas vraiment.

– J'aime bien les casse-tête.

– Moi aussi. Mais ce n'en est pas un.

– Pas de bol.

– Je vais dire un mot et je veux que tu me dises la première chose qui te viendra à l'esprit. Ça peut être un autre mot, le nom de quelqu'un, ou même un bruit. Tout ce que tu voudras. Il n'y a pas de bonne ou de mauvaise réponse. Pas de règle. Tu veux bien qu'on essaie ?

– Allez-y. »

Il a dit :

« Famille. »

J'ai dit :
« Famille. »
Il a dit :
« Excuse-moi, j'ai l'impression que je n'ai pas bien expliqué. Quand je dis un mot, tu me dis la première chose qui te passe par la tête.
– Vous avez dit "famille", et la première chose qui m'est passée par la tête c'est famille.
– Bien, mais essayons de ne pas utiliser le même mot. D'accord ?
– D'accord. Heu, pardon, oui.
– Famille.
– Flirt poussé.
– Flirt poussé ?
– C'est quand un homme frotte le ginva d'une femme avec les doigts, c'est bien ça ?
– Oui. C'est ça. D'accord. Il n'y a pas de mauvaises réponses. Mais pourquoi pas sécurité ?
– Pourquoi pas.
– D'accord.
– Oui.
– Nombril.
– Nombril ?
– Nombril.
– Je ne peux penser à rien d'autre que nombril.
– Allons, essaie. Nombril.
– Nombril ne me fait penser à rien.
– Creuse un peu.
– Mon nombril ?
– Ton cerveau, Oskar.
– Heu…
– Nombril. Nombril.
– Anus de l'estomac ?
– Bien.
– Mal.
– Non, j'ai dit "bien". Ta réaction est bien.

– Ma réaction est bonne.
– Bonne.
– Bonbonne.
– Fêter.
– Ouaf ! Ouaf !
– C'était un aboiement ?
– Bref.
– D'accord. Génial.
– Oui.
– Sale.
– Nombril.
– Mal à l'aise.
– Extrêmement.
– Jaune.
– La couleur du nombril d'une personne jaune.
– Essayons de répondre par un seul mot, tu veux bien ?
– Pour un jeu qui n'a pas de règles, ça fait beaucoup de règles.
– Blessé.
– Réaliste.
– Concombre.
– Formica.
– Formica ?
– Concombre ?
– Foyer.
– Là où on a ses affaires.
– Urgence.
– Papa.
– Ton père est la cause de l'urgence, ou sa solution ?
– Les deux.
– Bonheur.
– Bonheur. Heu, pardon.
– Bonheur.
– Je sais pas.
– Essaie. Bonheur.
– Chaipas.

– Bonheur. Creuse. »

J'ai haussé les épaules.

« Bonheur, bonheur.

– Docteur ?

– Howard.

– Howard ?

– Oui ?

– Je suis gêné. »

On a passé le reste des quarante-cinq minutes à parler alors que j'avais rien à lui dire. J'avais pas envie d'être là. J'avais envie d'être nulle part sauf à chercher la serrure. Quand il a été presque l'heure que maman entre, le Dr Fein a dit qu'il voulait qu'on fasse un projet pour que la semaine prochaine soit meilleure que la précédente. Il a dit :

« Et si tu me disais les choses que tu penses pouvoir faire, des choses à ne pas oublier. Comme ça, la semaine prochaine, on verra si tu as réussi.

– Je vais essayer d'aller à l'école.

– Bien. Vraiment bien. Quoi encore ?

– Peut-être que je vais essayer d'être plus patient avec les crétins.

– Bien. Et quoi d'autre ?

– Je ne sais pas, peut-être que je vais essayer de ne pas tout gâcher en étant si émotif.

– Autre chose ?

– Je vais essayer d'être plus gentil avec maman.

– Et ?

– Ça suffit pas ?

– Si. Ça suffit amplement. Maintenant, il faut que je te demande comment tu penses accomplir toutes ces choses ?

– Je vais enfouir mes sentiments profondément en moi.

– Comment ça, enfouir tes sentiments ?

– Même si je ressens les choses très très fort, je ne laisserai rien sortir. Si je dois pleurer, je pleurerai à l'intérieur. Si je dois saigner, je me ferai un bleu. Si mon cœur commence à s'affoler, je n'en parlerai à personne au monde. Ça ne sert à rien. Ça ne fait que rendre la vie de tout le monde plus difficile.

– Mais si tu enfouis tes sentiments profondément, tu ne seras plus réellement toi, non ?

– Et alors ?

– Je peux te poser une dernière question ?

– C'était celle-là ?

– Crois-tu que quoi que ce soit de bien puisse sortir de la mort de ton père ?

– De bien ? Est-ce que je crois que quelque chose de bien peut sortir de la mort de mon père ?

– Oui. Crois-tu que quoi que ce soit de bien puisse sortir de la mort de ton père ? »

J'ai renversé ma chaise d'un coup de pied, jeté tous ses papiers par terre et hurlé :

« Non ! Bien sûr que non, espèce de sale con ! »

Ça, c'était ce que j'avais envie de faire. Au lieu de quoi, j'ai seulement haussé les épaules.

Je suis sorti dire à maman que c'était son tour. Elle m'a demandé comment ça s'était passé.

« Bien, j'ai dit.

– Tes magazines sont dans mon sac. Il y a aussi un jus de fruit.

– Merci. »

Elle s'est penchée pour m'embrasser.

Quand elle est entrée, j'ai pris le stéthoscope dans ma trousse de campagne sans faire de bruit, je me suis mis à genoux et j'ai appuyé le bout qui s'appelle je ne sais pas comment contre la porte. Le bulbe ? Papa l'aurait su. Je n'entendais pas grand-chose et par moments je ne pouvais même pas être sûr qu'ils ne disaient rien ou que c'était seulement parce que je n'entendais pas ce qu'ils disaient.

pas s' attendre à des progrès rapides
Je sais
vous ?
Qu' est-ce que   moi ?
faites-vous ?

Ce n' est pas moi qui compte.

Tant que vos sentiments   être impossible
pour Oskar de

Mais tant que ses sentiments   c' est
se sentir bien.

sais pas.   un problème.
vous ?
Non, je ne
savez pas ?

des heures et des heures à expliquer.

vous essayez de commencer ?
Commencer   facile   est-ce que   heureuse ?

Vous trouvez ça drôle ?

avant c' était   quelqu' un   posait une question, et je
pouvais dire oui,
ou   mais   crois plus aux réponses brèves.

Peut-être   les mauvaises questions. Peut-être
se rappeler
qu' il y a des choses simples.

C'est quoi, simple ?
Combien de doigts *levés ou baissés ?*
Ce n'est pas si simple

Je veux parler *ça ne va pas*
être facile.

avez-vous envisagé
Quoi ?

fausse impression. *même un hôpital, au*
sens ordinaire
environnement sécurisé.

à la maison c'est un environnement sécurisé.

Pour qui vous prenez-vous ?

Pardon.
pas à vous excuser. Vous êtes en
colère.
ce n'est pas contre vous *colère*
Contre qui êtes-vous en colère ?

bon pour les enfants d'être là *faire le même*
travail.

Oskar n'est pas *autres enfants.* *même pas la*
compagnie des enfants de son âge.

une bonne chose ?

Oskar c'est Oskar, et personne *ça c'est*
merveilleux.

Ce que je crains c'est que   à lui-même.

Comment pouvons-nous parler de ça, je n'en reviens pas.

parler de tout,   se rendre compte qu'il n'y avait pas de raison d'en parler.

danger pour lui-même ?

qui m'inquiète.   diagnostic d'un enfant

totalement hors de question   hospitaliser mon fils.

En rentrant, dans la voiture on a rien dit, j'ai allumé la radio et j'ai trouvé une station qui jouait « Hey Jude. » C'était vrai, je voulais pas que ça se passe mal. Je voulais prendre la chanson triste et la rendre plus belle, seulement je savais pas comment.

Après dîner, je suis allé dans ma chambre. J'ai pris la boîte dans le placard, j'ai sorti la boîte de la boîte, et le sac, et l'écharpe pas terminée, et le téléphone.

> Message quatre. 9 h 46. *C'est papa. Thomas Schell. C'est Thomas Schell. Allô ? Vous m'entendez ? Y a quelqu'un ? Décrochez. S'il vous plaît ! Décrochez. Je suis sous une table. Allô ? Pardon. J'ai une serviette mouillée sur la figure. Allô ? Non. Essayez l'autre. Allô ? Pardon. Les gens commencent à s'affoler. Il y a un hélicoptère qui tourne autour de nous et. Je crois qu'on va monter sur le toit. On dit qu'il va y avoir. Une espèce d'évacuation – je ne sais pas, essayez celui-là –, on dit qu'on va essayer de*

nous évacuer de là-haut, c'est pas idiot si. Les hélicoptères arrivent à s'approcher. C'est possible. S'il vous plaît, décrochez. Je ne sais pas. Oui, celui-là. Vous êtes là ? Essayez celui-là.

Pourquoi il a pas dit au revoir ?

Je me suis fait un bleu.

Pourquoi il a pas dit, « Je vous aime » ?

Mercredi, la barbe.

Jeudi, la barbe.

Vendredi aussi, sauf que c'était vendredi, c'est-à-dire presque samedi, j'étais d'autant plus près de la serrure, c'était le bonheur.

Pourquoi je ne suis pas là où tu es
12/4/78

À mon enfant : je t'écris de l'endroit où se dressait autrefois l'appentis du père de ta mère, l'appentis n'y est plus, absence de tapis sur une absence de sol, absence de fenêtres dans une absence de murs, tout a été remplacé. C'est une bibliothèque à présent, ton grand-père en aurait été heureux, comme si tous ses livres enfouis avaient été des graines, de chaque livre en a surgi une centaine. Je suis assis au bout d'une longue table entourée d'encyclopédies, j'en prends parfois une pour y lire la vie d'autres gens, rois, actrisses, assassins, juges, anthropologues, champions de tennis, magnats de la finance, hommes politiques, simplement parce que tu n'as reçu aucune lettre de moi, ne va pas penser que je ne t'en ai écrit aucune. Chaque jour je t'écris une lettre. Je songe parfois que, si je pouvais te raconter ce qui m'est arrivé cette nuit-là, je pourrais la laisser derrière moi, je pourrais peut-être revenir habiter avec toi, mais cette nuit n'a ni début ni fin, elle a commencé avant ma naissance et se poursuit encore. J'écris à Dresde et ta mère écrit dans la chambre d'amis Rien, du moins je le suppose, je l'espère, les mains me brûlent parfois et je suis convaincu que nous sommes alors en train d'écrire le même mot au même moment. Anna me donna la machine sur laquelle ta mère a tapé l'histoire de sa vie. Elle me la donna quelques semaines seulement avant les bombardements, je la remerciai, elle dit, « Pourquoi me remercies-tu ? C'est un cadeau pour moi. » « Un cadeau pour toi ? » « Tu ne m'écris jamais. » « Mais je suis avec toi. » « Et alors ? » « On écrit à quelqu'un dont on est séparé. » « Tu ne me sculptes jamais, mais tu pourrais au moins m'écrire. » Là est la tragédie de l'amour, on ne peut rien aimer plus qu'on aime ce qui nous manque. Je lui dis, « Toi, tu ne m'écris jamais. » Elle dit, « Tu ne m'as jamais donné de machine à écrire. » Je me mis à inventer pour nous de futurs domiciles, je tapais toute la nuit et les lui donnais le lendemain. J'imaginai des dizaines de domiciles, certains étaient magiques (un clocher dont l'horloge était arrêtée dans une ville où le temps ne s'écoulait pas), d'autres banals (une demeure bourgoise à la campagne avec des roseraies et des paons), chacun semblait possible et parfait, je me demande si ta mère les a vus. « Chère Anna, Nous habiterons une maison bâtie tout en haut de la plus haute échelle du monde. » « Chère Anna, Nous habiterons une grotte au flanc d'une colline en Turquie. » « Chère Anna, Nous habiterons une maison sans murs, de sorte que partout où nous irons ce sera chez nous. » Je n'essayais pas d'inventer des domiciles sans cesse supérieurs aux précédents, mais de lui montrer que les domiciles n'avaient pas d'importance, que nous pouvions habiter n'importe quelle maison, de n'importe quelle ville, de n'importe quel pays, de n'importe quel siècle, et être heureux, comme si le monde n'était que notre demeure. La nuit d'avant celle où j'ai tout perdu, je tapai le dernier de nos futurs domiciles : « Chère Anna, Nous habiterons une série de maisons qui s'étageront du haut en bas des alpes, et jamais nous ne dormirons deux fois dans la même. Chaque matin après le petit déjeuner, nous descendrons en luge jusqu'à la suivante. Et quand nous en ouvrirons la porte, la précédente sera détruite et rebâtie à neuf. Quand nous arriverons en bas, nous prendrons un remonte-pente jusqu'au sommet et recommencerons depuis le début. » J'allai la lui porter le lendemain, en chemin pour la maison de tamère, j'entendis un bruit qui venait de l'appentis, de là où je t'écris cette lettre, je me dis que ce devait être Simon Goldberg. Je savais que le père d'Anna le cachait, je les avais entendus bavarder là certains des soirs où Anna et moi allions furtivement dans les champs, ils parlaient toujours à voix basse, j'avais vu sa chemise tachée-de-noir sur leur corde à linge. Je ne souhaitais pas me faire connaître, et j'avais donc ôté silencieusement un volume du mur. Le père d'Anna, ton grand-père, était assis dans son fauteuil, le visage dans les mains, c'était mon héros. Quand je repense à cet instant, je ne le vois jamais le visage dans les mains, je m'interdis de le voir ainsi, je vois le livre dans les miennes, c'était une édition illustrée des Métamorphose d'Ovide. Je cherchais cette édition, quand j'étais aux États-Unis, comme si en la retrouvant j'avais pu la remettre en place dans le mur de l'appentis, oblitérer le visage de mon héros, le visage dans les mains, arrêter ma vie et mon histoire à cet instant, je l'ai demandée dans toutes les librairies de New York, mais n'ai jamais pu la trouver, la lumière entra dans la pièce par cette ouverture, ton grand-père leva la tête, il vint jusqu'à l'étagère et nous nous regardâmes par la place vide des Métamorphose, je lui demandai s'il y avait quelque chose qui n'allait pas, il ne dit rien, je ne voyais qu'une tranche de son visage, une tranche de la taille du dos d'un volume, nous nous regardâmes jusqu'à avoir l'impression que tout allait s'incendier, ce fut le silence de ma vie. Je trouvai Anna dans sa chambre, « Bonjour. » « Bonjour. » « Je viens de voir ton père. » « Dans l'appentis ? » « Il a l'air soucieux. » « Il ne veut plus participer à tout ça. » Je lui dis, « Ce sera bientôt fini. » « Qu'en sais-tu ? » « Tout le monde le dit. » « Tout le monde s'est toujours trompé. » « Ce sera fini et la vie redeviendra comme avant. » Elle dit, « Ne sois pas puéril. » « Ne te détourne pas de moi. » Elle ne voulait pas me regarder. Je demandai, « Que s'est-il passé ? » Je ne l'avais encore jamais vue pleurer. Je lui dis, « Ne pleure pas. » Elle dit, « Ne me touche pas. » Je demandai, « Qu'y a-t-il ? » Elle dit, « Tais-toi s'il te plaît ! » Nous nous assîmes sur son lit en silence. Le silence pesait sur nous comme une main. Je dis, « S'il y a quoi que ce soit… » Elle dit, « Je suis enceinte. » Je ne peux pas écrire ce que nous nous dîmes après. Avant que je parte, elle dit, « S'il te plaît, sois fou dejoie. » Je lui dis que je l'étais, qu'évidemment je l'étais, je l'embrassai, j'embrassai son ventre, ce fut la dernière fois que je la vis. À 21 h 30 cette nuit-là, les sirènes retentirent, tout le monde gagna les abris, mais sans se presser, nous étions acoutumés aux alertes, nous présumions qu'elles étaient fausses, qui se serait avisé de bombarder Dresde et pourquoi ? Les familles de notre rue éteignirent les lampes dans les maisons et gagnèrent les caves à la queue leu leu, j'attendis sur les marches, je pensais à Anna. Tout était silencieux et tranquille et il faisait si noir que je ne voyais pas mes mains. Une centaine d'avions sont passés dans le ciel, des avions lourds, massifs, s'ouvrant un chemin à travers la nuit comme cent baleines dans la mer, ils larguèrent des bouquets de fusées rouges pour éclairer la noirceur dans l'attente d'on ne savait quelle suite, j'étais seul dans la rue, les fusées rouges pleuvaient autour de moi, il y en avait des milliers, je sus que quelque chose d'inimaginable n'allait pas tarder à se produire, je pensais à Anna, j'étais fou de joie. Je descendis les marches quatre à quatre, ils virent l'expression de mon visage, avant que j'aie eu le temps de rien dire – qu'aurais-je pu dire ? – nous entendîmes un bruit horrible, des explosions rapides qui approchaient, comme une foule qui aurait couru vers nous en applaudissant, puis elles furent sur nous, nous fûmes projetés dans tous les coins, notre cave s'emplit de feu et de fumée, d'autres explosions puissantes, les murs se soulevèrent du sol et s'en séparèrent juste le temps de laisser la lumière entrer à flots avant de retomber lourdement en place, des explosions orange et bleues, violettes et blanches, j'ai lu par la suite que le premier bombardement dura moins d'une demi-heure, mais cela sembla des jours et des semaines, à croire que c'était la fin du monde, le bombardement s'arrêta comme il avait comencé, tout-simplement « Ça va ? » « Ça va ? » « Ça va ? » Nous nous précipitâmes hors de la cave, qui était inondée d'une fumée jaunâtre, nous ne reconnûmes rien, je m'étais tenu sur le perron tout juste une demi-heure auparavant, et maintenant il n'y avait pas de perron devant pas de maison dans pas de rue, rien que du feu de tous côtés, tout ce qui subsistait de notre maison était un petit pan de la facade qui s'entêtait à maintenir debout la porte d'entrée, un cheval en feu passa au galop, il y avait des véhicules et des charrettes enflammées pleins de refugies qui brûlaient, des gens hurlaient, je dis à mes parents qu'il fallait que j'aille chercher Anna, ma mère me dit de rester avec eux, je dis que je les retrouverais devant notre porte, mon père me supplia de rester, je saisis la poignée de la porte et elle m'arracha la peau de la main, je vis les muscles de ma paume, rouges et palpitants, pourquoi posai-je l'autre main sur la poignée ? Mon père se mit à crier, jamais encore il ne s'était adressé à moi en criant, je ne peux pas écrire ce qu'il cria, je leur dis que je les retrouverais devant notre porte, il me gifla, jamais encore il ne m'avait giflé, ce fut la dernière fois que je vis mes parents. J'étais en route pour la maison d'Anna quand la deuxième vague a commencé, je me jetai dans la cave la plus proche, elle fut atteinte, s'emplit de fumée rose et de flammes dorées, alors je m'enfuis dans la suivante, elle s'embrasa, je courus de cave en cave à mesure que celles où je me trouvais étaient détruites, des singes qui brûlaient hurlaient dans les arbres, des oiseaux aux ailes en feu piaillaient sur les fils du téléphone que parcouraient des appels désespérés, je trouvai un autre abri, les gens s'y entassaient d'un mur à l'autre, une fumée marron pesait dessus depuis le plafond comme une main, il devint de plus en plus difficile de respirer, mes poumons essayaient d'aspirer toute la pièce par ma bouche, il y eut une explosion, un éclair argenté, nous essayâmes tous de sortir en même temps, des morts et des mourants furent piétinés, je passai sur un vieillard, je passai sur des enfants, tout le monde perdait tout le monde, les bombes étaient comme une cataracte, je courus dans les rues, de cave en cave, et vis des choses terribles : je vis des jambes et des cous, je vis une femme dont les cheveux blonds et la robe verte étaient en feu, elle courait avec un bébé silencieux dans les bras, je vis des êtres humains fondus, réduits à des flaques de liquide épais, profondes d'un mètre par endroits, je vis des corps crépiter comme des braises, ricanant, et les restes d'une masse de gens qui avaient tenté d'échapper à l'orage de feu en sautant la tête la première dans les lacs et les étangs, la partie de leur corps qui était submergée était intacte, tandis que ce qui dépassait de l'eau était calciné, méconnaissable, les bombes continuaient de tomber, violettes, orange et blanches, je continuais de courir, mes mains continuaient de saigner, à travers le fracas des immeubles qui s'effondraient j'entendais rugir le silence de ce bébé. Je passai devant le zoo, les cages en avaient été éventrées, tout était sens dessus dessous, des bêtes effarées criaient leur douleur et leur égarement, un des gardiens appelait au secours, c'était un homme vigoureux, il avait eu les yeux brûlés, ses paupières étaient soudées, il me saisit par le bras et me demanda si je savais me servir d'un fusil, je lui dis qu'il fallait que j'aille chercher quelqu'un, il me tendit sa carabine en disant, « Il faut trouver les carnivores », je lui dis que je ne tirais pas bien, je lui dis que je ne saurais pas distin-

guer les carnivores, il dit, « Tue-les tous », je ne sais pas combien de bêtes j'ai tuées, j'ai tué un éléphant, il avait été projeté à vingt mètres de sa cage, je lui appuyai le canon derrière la tête en me demandant, à l'instant où j'actionnai la détente, Est-il nécessaire de tuer cette bête ? J'ai tué un grand singe qui s'était juché sur le moignon d'un arbre abattu et s'arrachait le pelage du crâne en contemplant le désastre, j'ai tué deux lions, ils se tenaient côte à côte, tournés vers l'ouest, étaient-ils liés par le sang, par l'amitié, était-ce un couple, les lions peuvent-ils aimer ? J'ai tué un ourson qui grimpait sur l'énorme corps d'une ourse morte, grimpait-il sur sa mère ? J'ai tué un chameau de douze balles, je me doutais que ce n'était pas un carnivore, mais j'avais entrepris de les tuer tous, il fallait tous les tuer, un rhinocéros se cognait la tête contre un rocher, il cognait et cognait encore, comme pour mettre fin à ses souffrances, ou pour se faire souffrir, je lui ai tiré dessus, il continuait de se cogner la tête, j'ai tiré de nouveau, il se cogna plus fort, j'allai jusqu'à lui pour lui appliquer l'arme entre les deux yeux, je l'ai tué, j'ai tué un zèbre, j'ai tué une girafe, j'ai rougi l'eau du bassin de l'otarie, un grand singe est venu vers moi, c'était celui sur lequel j'avais tiré, je croyais l'avoir tué, il est venu jusqu'à moi lentement, se couvrant les oreilles de ses mains, que me voulait-il, j'ai hurlé, « Qu'est-ce que tu me veux ? » Je lui ai tiré dessus de nouveau, sur ce que je pensais être la place du cœur, il me regarda, dans ses yeux je fus certain de voir une forme de compréhension, mais je n'y vis pas le pardon, je tentai d'abattre les vautours mais je ne visais pas assez bien, par la suite j'en vis qui s'engraissaient sur les charniers et je me sentis coupable de tout. Le deuxième bombardement s'arrêta aussi abruptement et totalement qu'il avait comencé, les cheveux roussis, les bras et les doigts noirs, j'allai, hébété, jusqu'au pied du pont de Loschwitz, j'y plongeai mes mains noires dans l'eau noire et je vis mon reflet, ma propre image me terrifia, mes cheveux poissés de sang, mes lèvres fendues et sanguinolentes, mes paumes rouges, palpitantes, qui, alors même que je suis en train d'écrire, trente-trois ans plus tard, n'ont pas retrouvé l'aspect qu'elles devraient avoir, au bout de mes bras. Je me rappelle avoir perdu l'équilibre, je me rappelle l'unique pensée que j'avais en tête : *Continue de penser*. Tant que je pense, je suis vivant, mais je dus m'arrêter de penser, mon souvenir suivant est celui d'un froid terrible, je me rendis compte que j'étais étendu sur le sol, je n'étais que douleur, elle me fit savoir que je n'étais pas mort, je me mis à remuer les jambes et les bras, mes mouvements durent attirer l'attention d'un des soldats qu'on avait envoyés parcourir toute la ville à la recherche de survivants, j'appris par la suite qu'on retrouva plus de deux cent vingt corps au pied du pont et que quatre revinrent à la vie, j'étais l'un d'entre eux. On nous chargea dans des camions pour nous conduire hors de Dresde, je regardai entre les pans de la bâche qui couvraient les flancs du camion, les bâtiments brûlaient, les arbres brûlaient, et l'asphalte, j'entendis et je vis des êtres pris au piège, je sentis leur odeur, dressés comme des torches vivantes dans les rues qui fondaient, brûlaient, ils appelaient en hurlant le secours qu'il était impossible de leur apporter, l'air lui-même brûlait, le camion dut faire de nombreux détours pour sortir du chaos, des avions nous attaquèrent une fois de plus, il fallut nous sortir du camion pour nous mettre à l'abri dessous, les avions piquèrent, encore des mitrailleuses, encore des bombes, jaunes, rouges, vertes, bleues, marron, je perdis de nouveau conscience, quand je revins à moi j'étais dans un lit blanc d'hôpital, je ne pouvais remuer ni les bras ni les jambes, je me demandais si je les avais perdus, mais je ne pus trouver l'énergie de le vérifier par moi-même d'un regard, des heures passèrent, des jours peut-être, quand je regardai enfin, je vis que j'étais ligoté au lit par des sangles, une infirmière se tenait à côté de moi, je demandai, « Pourquoi m'avez-vous fait ça ? » Elle me dit que j'avais tenté de me faire du mal, je lui demandai de me libérer, elle dit qu'elle ne pouvait pas, elle dit que j'allais recommencer, je la suppliai de me libérer, je lui dis que je ne me ferais rien, je lui en fis la promesse, elle s'excusa et posa la main sur moi, des médecins m'opérèrent, me firent des piqûres et pansèrent mon corps, mais ce fut elle, le contact de sa main, qui me sauva la vie. Pendant les jours et les semaines qui suivirent ma sortie de l'hôpital, je me mis à chercher mes parents, Anna et toi. Tout le monde cherchait tout le monde dans les décombres mais toutes les recherches furent vaines, je retrouvai notre maison, la porte têtue était toujours debout, quelques-unes de nos affaires avaient survécu, la machine à écrire avait survécu, je l'emportai dans mes bras comme un bébé, avant mon évacuation j'écrivis sur la porte que j'étais vivant, et l'adresse du camp de réfugiés d'Oschatz, j'attendis une lettre mais nulle lettre ne vint. Parce qu'il y avait tant de cadavres et parce que tant des cadavres avaient été détruits il n'y eut jamais de listes des morts, l'espoir continua de torturer des milliers de gens. Quand j'avais cru mourir au pied du pont de Loschwitz, il n'y avait eu qu'une unique pensée dans ma tête : *Continue de penser*. Penser me garderait en vie. Mais aujourd'hui je vis, et penser me tue. Je pense et je pense et je pense. Je ne peux m'arrêter de penser à cette nuit, aux bouquets de fusées rouges, au ciel qui était comme une eau noire, au fait que quelques heures avant de tout perdre, j'avais tout. Ta tante m'avait dit qu'elle était enceinte, j'étais fou de joie, j'aurais dû savoir qu'il ne fallait pas m'y fier, cent années de joie peuvent être effacées en une seconde, j'avais embrassé son ventre où il n'y avait encore rien à embrasser, je lui avais dit, « J'aime notre enfant. » Cela l'avait fait rire, je ne l'avais plus entendue rire ainsi depuis le jour où nous nous étions rencontrés à mi-chemin de nos deux maisons, elle avait dit, « Tu aimes une idée. » Je lui avais dit, « J'aime notre idée. » Tout était là, nous avions une idée ensemble. Elle avait demandé, « Tu as peur ? » « Peur de quoi ? » Elle avait dit, « La vie est plus effrayante que la mort. » J'avais pris le domicile futur dans ma poche pour le lui donner, je l'avais embrassée, j'avais embrassé son ventre, c'était la dernière fois que je la voyais. En arrivant au bout du sentier, j'entendis son père. Il sortait de l'appentis. « J'ai failli oublier ! me lança-t-il. Il y a une lettre pour toi. Elle est arrivée hier. J'ai failli oublier. » Il courut dans la maison et en ressortit avec une enveloppe. « J'ai failli oublier », dit-il, il avait les yeux rouges, les mains crispées, j'appris par la suite qu'il avait survécu aux bombardements puis s'était suicidé. Ta mère te l'a-t-elle raconté ? Le sait-elle elle-même ? Il me tendit une lettre. Elle était de Simon Goldberg. Elle avait été postée du camp de transit de Westerbork en Hollande, c'était là-bas qu'on envoyait les Juifs de notre région, de là ils allaient au travail ou à la mort. « Cher Thomas Schell, J'ai été très heureux de faire votre connaissance, même brièvement. Pour des raisons que je n'ai pas besoin d'expliquer, vous avez fait forte impression sur moi. J'espère beaucoup que nos chemins, aussi longs et sinueux soient-ils, se croiseront de nouveau. En attendant ce jour, je forme tous mes vœux pour vous en ces temps difficiles. Bien à vous, Simon Goldberg. » Je replaçai la lettre dans l'enveloppe et mis l'enveloppe dans ma poche, à la place du domicile futur, j'entendis la voix de ton grand-père tandis que je m'éloignais, il était resté sur le seuil, « J'ai failli oublier. » Quand ta mère m'a trouvé dans cette boulangerie de Broadway, je voulais tout lui raconter, si j'en avais été capable, peut-être aurions-nous pu vivre différemment, peut-être serais-je là-bas avec toi, à présent, plutôt qu'ici, peut-être que si j'avais dit, « J'ai perdu un enfant », si j'avais dit, « J'ai si peur de perdre ce que j'aime que je refuse d'aimer quoi que ce soit », peut-être que cela aurait rendu possible l'impossible. Peut-être, mais je ne pouvais pas, j'avais enfoui trop de choses trop profondément en moi. Et je suis ici, plutôt que là-bas. Assis dans cette bibliothèque, à des milliers de kilomètres de ma vie, j'écris encore une lettre en sachant que, malgré tous mes efforts, malgré tout mon désir, je ne serai pas capable de l'envoyer. Comment le gamin qui faisait l'amour derrière cet appentis est-il devenu l'homme que voici écrivant cette lettre à cette table ?

Je t'aime,
Ton père

Le sixième district

– Il était une fois où New York possédait un sixième district.

– C'est quoi, un district ?

– C'est ce que j'appelle une interruption.

– Je sais, mais l'histoire ne tiendra pas debout pour moi si je ne sais pas ce que c'est qu'un district.

– C'est comme un quartier. Ou plutôt un ensemble de quartiers.

– Alors, s'il y en avait un sixième autrefois, c'est quoi, les cinq districts ?

– Manhattan, évidemment, Brooklyn, Queens, Staten Island et le Bronx.

– Je suis déjà allé dans un des autres districts ?

– Et c'est reparti !

– C'est pour savoir.

– On est allés au zoo du Bronx, une fois, il y a quelques années. Tu te rappelles ?

– Non.

– Et nous sommes allés à Brooklyn, voir les roses au Jardin botanique.

– J'ai été à Queens ?

– Je ne crois pas.

– Et à Staten Island ?

– Non.

– Il y avait vraiment un sixième district ?

– C'est ce que j'essaie de te raconter.

– Je t'interromps plus. Promis.

– Alors. Tu ne trouveras rien à ce sujet dans aucun livre d'histoire parce que, en dehors de quelques preuves indirectes à Central Park, rien ne permet d'établir qu'il ait jamais existé. Ce qui rend son existence très facile à réfuter. Mais si la plupart des gens disent qu'ils n'ont pas le temps ni aucune raison de croire au sixième district, et qu'ils n'y croient d'ailleurs pas, ils n'en utilisent pas moins le verbe "croire".

« Le sixième district était une île, lui aussi, séparé de Manhattan par un mince cours d'eau, dont le point le plus étroit se trouvait être égal au record du monde de saut en longueur, de telle sorte qu'une seule personne exactement sur terre pouvait passer de Manhattan au sixième district sans se mouiller. Le saut avait lieu chaque année et était l'occasion d'énormes festivités. On accrochait des *bagels* d'une île à l'autre à de longs spaghettis spéciaux, on jouait au bowling avec pour boules des samosas qu'on lançait contre des baguettes de pain qui servaient de quilles, et la salade russe volait comme des confettis. Les enfants de New York capturaient des lucioles dans des bocaux de verre qu'ils faisaient flotter entre les deux districts. Les bestioles s'asphyxiaient lentement…

– Asphyxier ?

– Étouffer.

– Pourquoi ils ne faisaient pas des petits trous dans les couvercles ?

– Les lucioles clignotaient rapidement pendant les quelques dernières minutes de leur existence. Si l'on calculait bien le moment du lâcher, la rivière scintillait à l'instant où le sauteur la franchissait.

– Cool.

– Quand le moment arrivait enfin, le sauteur en longueur prenait son élan depuis l'East River. Il traversait en courant toute la largeur de Manhattan, encouragé par les New-Yorkais massés de part et d'autre des rues, aux fenêtres des appartements et des bureaux, et jusque dans les branches des arbres. Deuxième Avenue, Troisième, Lexington, Park, Madison, Cinquième, Columbus, Amsterdam, Broadway, Septième, Huitième, Neuvième, Dixième… Et quand il sautait, les New-Yorkais poussaient des acclamations depuis les rives de Manhattan et du sixième district, acclamant le sauteur et s'acclamant les uns les autres. Durant les quelques instants où le sauteur était en l'air, chaque New-Yorkais se sentait capable de voler.

« Ou peut-être vaudrait-il mieux dire "de rester suspendu". Parce que ce qu'il y avait de plus enthousiasmant n'était pas que le sauteur passe d'un district à l'autre, mais qu'il reste si longtemps en l'air entre les deux.

– Oui, c'est vrai.

– Une année – il y a de cela des années et des années –, l'extrémité du gros orteil du sauteur effleura la surface de l'eau, causant une petite ride. Bouche bée, les gens virent la ride se propager du bord du sixième district jusqu'à Manhattan, faisant s'entrechoquer les bocaux de lucioles avec des tintements de carillon éolien.

« "Vous avez dû manquer votre appui !" cria un édile de Manhattan à travers la rivière.

« Le sauteur fit non de la tête, plus perplexe que honteux.

« "Vous étiez contre le vent", suggéra un édile du sixième district en tendant une serviette au sauteur pour son pied.

« Le sauteur secoua encore la tête.

« "Peut-être qu'il a trop bouffé à midi", dit un badaud à un autre.

« "Ou peut-être qu'il vieillit", dit un troisième qui avait amené ses enfants assister au saut.

« "Je parie qu'il n'y a pas mis tout son cœur, dit un

quatrième. On ne peut pas faire un bond pareil sans un mental d'acier."

« "Non, répondit le sauteur à l'ensemble de ces spéculations. Rien de tout ça n'est vrai. J'ai très bien sauté."

« La révélation…

– Révélation ?

– Quand on comprend brusquement quelque chose.

– Ah, oui.

– Elle parcourut la foule des spectateurs comme l'onde causée par l'orteil, et quand le maire de New York l'exprima à haute voix, tout le monde l'approuva d'un soupir : "Le sixième district se déplace."

– Il se déplaçait !

– Millimètre par millimètre, le sixième district s'écartait de New York. Une année, tout le pied du sauteur en longueur fut mouillé, quelques années plus tard, sa cheville, et au bout de bien des années – si nombreuses que nul ne gardait le souvenir du temps où la fête se déroulait sans anxiété – le sauteur dut tendre les bras pour s'accrocher à la rive du sixième district en extension complète, puis il ne parvint même plus à la toucher. Les huit ponts qui reliaient Manhattan au sixième district se tendirent et finirent par s'écrouler l'un après l'autre dans l'eau. Les tunnels, à force de s'étirer, devinrent trop étroits pour livrer passage à quoi que ce soit.

« Les lignes du téléphone et de l'électricité rompirent, contraignant les habitants du sixième district à revenir à des techniques démodées qui ressemblaient pour la plupart à des jouets d'enfant : ils se servaient de grosses loupes pour réchauffer les plats cuisinés qu'ils rapportaient chez eux ; ils pliaient d'importants documents pour en faire des avions en papier qu'on lançait d'un immeuble de bureau à un autre ; les bocaux de lucioles qui n'avaient eu autrefois qu'un usage décoratif pendant les festivités du bond étaient maintenant suspendues dans toutes les pièces de toutes les maisons pour remplacer l'éclairage artificiel.

« Les ingénieurs qui s'étaient occupés de la tour penchée de Pise… qui se trouve où ?

– En Italie !

– Très bien. On les fit venir pour étudier la situation.

« "Il veut s'en aller", conclurent-ils.

« "Bah, que pouvez-vous nous dire de plus ?" s'enquit le maire de New York.

« À quoi ils répondirent : "Il n'y a rien à dire de plus."

« Bien sûr, on essaya de le sauver. Encore que "sauver" ne soit peut-être pas le mot juste, puisqu'il semblait bel et bien vouloir s'en aller. Le mot juste est peut-être "retenir". On amarra les rivages des îles par des chaînes mais les maillons ne tardèrent pas à rompre. On coula des pieux de béton tout autour du sixième district mais cela échoua aussi. Les harnais échouèrent, les aimants échouèrent, et même la prière échoua.

« Les jeunes amis qui communiquaient au moyen de téléphones faits de deux boîtes de conserve reliées par une ficelle tendue d'une île à l'autre durent dérouler de plus en plus de ficelle, comme pour laisser un cerf-volant monter toujours plus haut.

« "Ça devient presque impossible de t'entendre", dit la jeune fille depuis sa chambre à Manhattan où, avec les jumelles de son père, elle cherchait à apercevoir la fenêtre de son ami.

« "Je hurlerai s'il le faut", dit son ami depuis sa chambre du sixième district, en braquant sur l'appartement de la jeune fille le télescope qu'on venait de lui offrir pour son anniversaire.

« La ficelle entre eux devint incroyablement longue, si longue qu'il fallut y ajouter bien d'autres ficelles liées ensemble : celle de son yo-yo à lui, celle qui faisait parler une de ses poupées à elle quand on tirait dessus, le mince ruban dont le père du jeune homme fermait son journal intime, le cordon ciré sur lequel étaient enfilées les perles que la grand-mère de la jeune fille avait autour du cou, et qui sans lui auraient roulé par terre, le fil dont on avait cousu un tas de vieux chiffons quand le grand-oncle du jeune homme était petit, pour lui faire un édredon. À l'intérieur de toutes leurs conversations, il y eut donc désormais le yo-yo, la poupée, le journal, le collier et l'édredon. Ils avaient de plus en plus de choses à se dire, et de moins en moins de ficelle.

« Le garçon demanda à la fille de dire "Je t'aime" dans sa boîte sans lui donner d'autre explication.

« Elle n'en demanda aucune, ne dit pas "C'est bête", ni "Nous sommes trop jeunes pour l'amour", ne suggéra même pas qu'elle disait "Je t'aime" simplement parce qu'il le lui avait demandé. Elle dit tout bonnement, "Je t'aime." Les mots parcoururent le yo-yo, la poupée, le journal, le collier, l'édredon, la corde à linge, le cadeau d'anniversaire, la harpe, le sachet de thé, la raquette de tennis, l'ourlet de la robe qu'un beau jour il aurait dû lui ôter.

– Beurk !

– Le garçon ferma sa boîte d'un couvercle, la décrocha de la ficelle et rangea l'amour que la jeune fille avait pour lui sur une étagère de son placard. Et bien sûr, il ne put jamais ouvrir la boîte, parce qu'il en aurait alors perdu le contenu. Il lui suffisait de savoir qu'elle était là.

« Certains, comme la famille de ce garçon, refusaient de quitter le sixième district. Il y en avait qui disaient, "Pourquoi le ferions-nous ? C'est le reste du monde qui bouge. Notre district est fixe. Ils n'ont qu'à quitter Manhattan." Comment prouverait-on à de tels gens qu'ils ont tort ? Et qui voudrait le leur prouver ?

– Pas moi.

– Moi non plus. Cependant, pour la plupart des habitants du sixième district, il ne s'agissait pas de refuser l'évidence, de même qu'il n'entrait dans leur attitude ni entêtement, ni principe, ni bravoure. Ils ne voulaient simplement pas déménager. Ils aimaient leur vie et ne souhaitaient pas en changer. Ils dérivaient donc, millimètre par millimètre.

« Tout cela nous amène à Central Park. Central Park ne se trouvait pas alors là où il est aujourd'hui.

– Mais seulement dans cette histoire, hein ?

– Il se trouvait alors en plein milieu du sixième district. Il en faisait la joie, le cœur. Mais quand il fut clair que le sixième district s'éloignait irrémédiablement, qu'on ne pouvait ni le sauver ni le retenir, la ville de New York se prononça par référendum pour le sauvetage du parc.

– Référendum ?

– Un vote.

– Et ?

– Et il fut unanime. Même les plus obstinés habitants du sixième district reconnurent ce qu'il fallait faire.

« On planta d'énormes crochets dans la bordure orientale du parc et les gens de New York le halèrent, comme on tire un tapis sur un parquet, du sixième district jusqu'à Manhattan.

« Les enfants furent autorisés à s'allonger dans le parc pendant qu'on le déplaçait. On considéra que c'était une concession, bien que nul ne sût pourquoi une concession était requise, ou pourquoi c'était aux enfants que cette concession devait être faite. Le plus gigantesque feu d'artifice de l'histoire illumina les cieux de la ville de New York cette nuit-là et le Philharmonique s'en donna à cœur joie.

« Les enfants de New York, allongés sur le dos, corps contre corps, couvraient chaque centimètre carré du parc, comme s'il avait été conçu pour eux et pour cet instant. Les gerbes de feu retombaient en cascade et leur pluie lumineuse se dissolvait dans les airs juste avant d'atteindre le sol, tandis que les enfants étaient halés, millimètre par millimètre et seconde par seconde, jusque dans Manhattan et l'âge adulte. Quand le parc atteignit l'endroit où il s'étend encore aujourd'hui, les enfants s'étaient endormis jusqu'au dernier, et le parc était une mosaïque de leurs rêves. Il y en avait qui poussaient des cris, d'autres qui souriaient sans le savoir, d'autres encore étaient parfaitement paisibles.

– Papa ?

– Oui ?

– Je sais qu'il n'y a pas vraiment eu de sixième district. Objectivement, quoi.

– Es-tu un optimiste ou un pessimiste ?

– Je me rappelle plus. Lequel des deux, déjà ?

– Connais-tu le sens de ces mots ?

– Pas vraiment.

– L'optimiste est positif et plein d'espoir. Le pessimiste est négatif et cynique.

– Je suis un optimiste.

– À la bonne heure, parce qu'il n'y a pas de preuve irréfutable. Il n'y a rien qui pourrait convaincre quelqu'un qui ne veut pas être convaincu. Mais il y a une ribambelle d'indices qui fournissent à celui qui veut croire suffisamment d'éléments.

– Comme quoi, par exemple ?

– Comme la liste des fossiles qu'on ne trouve qu'à Central Park. Comme le pH incongru de l'eau du réservoir. Comme l'emplacement de certains des bassins du zoo, qui correspond à celui des trous laissés par les crochets gigantesques qui avaient servi au halage du parc d'un district à l'autre.

– Alors ça.

– Il y a un arbre – à vingt-quatre pas exactement de l'entrée du manège en direction de l'est – sur le tronc duquel sont gravés deux noms. Il n'y en a pas trace dans les annuaires du téléphone ni dans les recensements. Ils sont absents des archives de tous les hôpitaux, des impôts et des listes électorales. On n'a aucune preuve de leur existence en dehors de leur présence sur cet arbre. Voici un fait que tu trouveras peut-être hallucinant : pas moins de cinq pour cent des noms gravés sur les arbres de Central Park sont d'origine inconnue.

– C'est vrai que c'est hallucinant.

– Comme toutes les archives du sixième district sont parties à la dérive avec lui, nous ne pourrons jamais prouver que ces noms appartenaient à des résidents du sixième district et furent gravés quand Central Park s'y trouvait encore, avant d'être à Manhattan. Il y en a qui croient que ce sont des noms inventés et, pour approfondir encore le doute, que ces gestes d'amour furent eux-mêmes inventés. Il y en a d'autres qui croient autre chose.

– Et toi, qu'est-ce que tu crois ?

– Vois-tu, il est difficile pour quiconque, même le plus pessimiste des pessimistes, de passer plus de quelques minutes à Central Park sans se convaincre qu'on y éprouve quelque chose de plus que le temps présent, non ?

– C'est possible.

– Peut-être une simple nostalgie des choses que nous avons perdues, ou l'espoir de ce que nous voudrions voir arriver. À moins que ce ne soit le résidu de tous les rêves de cette nuit où le parc fut déplacé. Et si nous éprouvions la nostalgie de ce que ces enfants avaient perdu et l'espoir de ce qu'ils ont espéré ?

– Mais alors, le sixième district ?

– Eh bien, quoi ?

– Qu'est-ce qui lui est arrivé ?

– Central Park y a laissé un énorme vide en plein milieu. À mesure que l'île dérive à la surface de la planète, il joue le rôle d'une espèce de fenêtre dans laquelle s'encadre ce qu'il y a en dessous.

– Où est-il maintenant ?

– En Antarctique.
– Vraiment ?
– Les trottoirs sont couverts de glace, les vitraux de la bibliothèque municipale ploient sous le poids de la neige. Il y a des fontaines gelées dans les jardins publics gelés, où des enfants gelés sont immobilisés sur leurs balançoires que les cordes gelées maintiennent au sommet de leur course. Les chevaux de louage…
– Qu'est-ce que c'est ?
– Ceux qui tirent les fiacres dans le parc.
– C'est contraire aux droits de l'animal.
– Ils sont gelés à mi-trot. Les vendeurs des puces gelés à mi-boniment. Des quinquagénaires sont gelées à mi-vie. Le verdict des juges gelés s'est figé entre la culpabilité et l'innocence. Sur le sol, il y a les cristaux du premier souffle gelé des nouveau-nés et ceux du dernier soupir gelé des mourants. Sur une étagère gelée d'un placard fermé par la glace, il y a une boîte de conserve, avec dedans une voix.
– Papa ?
– Oui ?
– C'est pas une interruption, mais est-ce que t'as fini ?
– Fin.
– C'est vraiment une histoire extraordinaire.
– Je suis content qu'elle te plaise.
– Ex-tra-or-di-naire. Papa ?
– Oui ?
– Je viens d'y penser. Tu crois que certaines des choses que j'ai déterrées à Central Park viennent en fait du sixième district ? »
Il avait haussé les épaules, ce que j'adorais.
« Papa ?
– Oui, mon bonhomme ?
– Rien. »

Mes sentiments

J'étais dans la chambre d'amis quand c'est arrivé. Je regardais la télévision en tricotant une écharpe blanche pour toi. C'était le journal. Le temps passait comme l'adieu d'une main à la fenêtre d'un train qui s'éloigne et dans lequel j'aurais voulu être. Tu venais de partir pour l'école et je t'attendais déjà. J'espère que jamais tu ne penseras à rien autant que je pense à toi.
Je me rappelle qu'on interviewait le père d'une jeune femme qui avait disparu.
Je me rappelle ses sourcils. Je me rappelle la tristesse de son visage rasé de près.
Croyez-vous toujours qu'on va la retrouver vivante ?
Oui.
Tantôt je regardais la télévision.
Tantôt mes mains, qui tricotaient ton écharpe.
Tantôt, par la fenêtre, ta fenêtre.
A-t-on de nouvelles pistes dans l'enquête ?
Pas à ma connaissance.
Mais vous continuez d'y croire ?
Oui.
Que faudrait-il pour que vous renonciez ?
Pourquoi fallait-il qu'on le torture ?
Il a porté la main à son front et il a dit, Qu'on retrouve son corps.
La femme qui posait les questions s'est touché l'oreille.
Elle a dit, Je suis désolée. Une seconde.

Elle a dit, Il vient de se passer quelque chose à New York.
Le père de la disparue a touché sa poitrine et regardé au-delà de la caméra. Sa femme ? Quelqu'un qu'il ne connaissait pas ? Quelque chose qu'il voulait voir ?
Ça peut sembler étrange, mais je n'ai rien ressenti du tout quand ils ont montré le bâtiment qui brûlait. Je ne fus même pas surprise. Je continuais de tricoter pour toi, et je continuais de penser au père de la disparue. Lui continuait d'y croire.
La fumée continuait de sortir à flots d'un trou dans le bâtiment.
Une fumée noire.
Je me rappelle la pire tempête de mon enfance. De ma fenêtre je vis les livres arrachés aux étagères de mon père. Ils volaient. Un arbre qui était plus âgé que les personnes les plus âgées bascula dans la direction opposée à celle de la maison. Mais ç'aurait pu arriver dans l'autre sens.
Quand le second avion s'est écrasé, la présentatrice du journal s'est mise à crier.
Une boule de feu est sortie du bâtiment avant de s'élever.
Un million de morceaux de papier ont empli le ciel. Ils sont restés là, comme un anneau autour du bâtiment. Comme les anneaux de Saturne. Les anneaux laissés par les tasses de café sur le bureau de mon père. L'anneau dont Thomas m'avait dit qu'il n'avait pas besoin. Je lui répondis qu'il n'était pas le seul à avoir des besoins.
Le lendemain matin, mon père fit graver nos noms sur le tronc de l'arbre qui était tombé en s'écartant de notre maison. C'était un remerciement.
Ta mère a appelé.
Est-ce que vous regardez le journal ?
Oui.

Thomas vous a appelée ?
Non.
Moi non plus.   Je suis inquiète.
Pourquoi inquiète ?
Je viens de vous le dire.   Il ne m'a pas appelée.
Mais il est au magasin.
Il avait un rendez-vous dans la tour et il ne m'a pas appelée.
J'ai tourné la tête et j'ai cru que j'allais vomir.
J'ai lâché le téléphone, couru aux toilettes, et j'ai vomi.
Je ne voulais pas salir le tapis.   C'est tout moi.
J'ai rappelé ta mère.
Elle m'a dit que tu étais à la maison.   Qu'elle venait de t'avoir au téléphone.
Je lui ai dit que j'allais en face pour m'occuper de toi.
Ne le laissez pas regarder le journal.
Bien.
S'il pose des questions, dites-lui seulement que tout ira bien.
Je lui ai répondu que tout irait bien.
Elle a dit, C'est le chaos dans le métro.   Je vais rentrer à pied.   Je serai là d'ici une heure.
Elle a dit, Je vous aime.
Elle était mariée à ton père depuis douze ans.   Je la connaissais depuis quinze.   C'était la première fois qu'elle me disait qu'elle m'aimait.   C'est là que j'ai su qu'elle savait.
J'ai traversé la rue en courant.
Le portier a dit que tu étais monté depuis dix minutes.
Il a demandé si j'allais bien.
J'ai fait oui de la tête.
Qu'est-ce que vous vous êtes fait au bras ?
J'ai regardé mon bras.   Il saignait et avait taché la manche de mon chemisier.   Étais-je tombée sans m'en apercevoir ?   M'étais-je écorchée en me grattant ?
C'est là que j'ai su que je savais.

Personne n'a répondu quand j'ai sonné à la porte, alors je me suis servie de ma clé.
Je t'ai appelé.
Oskar !
Tu te taisais mais je savais que tu étais là. Je le sentais.
Oskar !
J'ai regardé dans le placard à manteaux. J'ai regardé derrière le sofa. Il y avait un plateau de Scrabble sur la table basse. Des mots s'y entrecroisaient. Je suis allée dans ta chambre. Elle était vide. J'ai regardé dans ton placard. Tu n'y étais pas. Je suis allée dans la chambre de tes parents. Je savais que tu étais quelque part. J'ai regardé dans le placard de ton père. J'ai touché le smoking qui était sur sa chaise. J'ai mis les mains dans ses poches. Il avait les mains de son père. Les mains de ton grand-père. Auras-tu leurs mains ? Les poches m'y ont fait penser.
Je suis retournée dans ta chambre pour m'allonger sur ton lit.
Je ne voyais pas les étoiles de ton plafond parce que la lumière était allumée.
J'ai pensé aux murs de la maison où j'ai grandi. L'empreinte de mes doigts. Quand les murs s'écroulèrent, l'empreinte de mes doigts s'écroula.
J'ai entendu ta respiration sous moi.
Oskar ?
Je me suis mise par terre. À quatre pattes.
Il y a de la place pour deux là-dessous ?
Non.
Tu es sûr ?
Certain.
Je peux essayer ?
Si tu veux.
J'ai tout juste réussi à me tasser sous le lit.
Nous étions sur le dos. Il n'y avait pas la place de se tourner l'un vers l'autre. Aucune lumière ne nous parvenait.

Comment c'était, à l'école ?
Ça pouvait aller.
Tu es arrivé à l'heure ?
En avance.
Alors tu as attendu devant ?
Oui.
Qu'est-ce que tu as fait ?
J'ai lu.
Quoi ?
Quoi quoi ?
Qu'est-ce que tu as lu ?
Une brève histoire du temps.
C'est bien ?
Ça n'est pas vraiment une question qu'on peut poser sur ce livre-là.
Et le chemin du retour ?
Ça pouvait aller.
Il fait beau.
Oui.
Il fait beau comme jamais.
C'est vrai.
Dommage de rester enfermé.
Peut-être, oui.
C'est pourtant ce qu'on fait.
J'aurais voulu me tourner vers toi mais je ne pouvais pas.   J'ai bougé la main pour toucher la tienne.
L'école vous a renvoyés ?
Presque immédiatement.
Tu sais ce qui s'est passé ?
Oui.
Tu as eu des nouvelles de maman ou de papa ?
De maman.
Qu'est-ce qu'elle a dit ?
Elle a dit que tout allait bien et qu'elle serait bientôt là. Papa aussi.   Dès qu'il aura fermé le magasin.
Oui.

Tu as appuyé les paumes sur le lit comme si tu essayais de le soulever. J'aurais voulu te dire quelque chose mais je ne savais pas quoi. Je savais seulement qu'il y avait quelque chose qu'il fallait que je te dise.
Tu veux me montrer tes timbres ?
Non merci.
On pourrait jouer au bras de fer chinois.
Plus tard, peut-être.
Tu as faim ?
Non.
Tout ce que tu veux, c'est rester ici jusqu'à ce que maman et papa rentrent ?
Oui, je crois.
Tu veux bien que j'attende ici avec toi ?
Si tu veux.
Tu es sûr ?
Certain.
Alors je peux, s'il te plaît, Oskar ?
D'accord.
Par moments j'avais l'impression que l'espace allait s'effondrer sur nous. Qu'il y avait quelqu'un sur le lit. Que Mary sautait dessus. Que ton père y dormait. Qu'Anna m'y embrassait. J'avais l'impression d'être enterrée. Qu'Anna tenait mon visage entre ses mains. Que mon père me pinçait les joues. Tout cela pesait sur moi.
Quand ta mère est rentrée, elle t'a serré dans ses bras avec une vraie férocité. J'aurais voulu te protéger d'elle.
Elle a demandé si ton père avait appelé.
Non.
Il y a des messages ?
Non.
Tu lui as demandé si ton père était dans la tour, pour un rendez-vous.
Elle t'a dit que non.

Tu as cherché son regard et c'est là que j'ai su que tu savais.
Elle a appelé la police. C'était occupé. Elle a rappelé. C'était occupé. Elle n'a pas cessé d'appeler. Quand ce ne fut plus occupé, elle a demandé à parler à quelqu'un. Il n'y avait personne à qui parler.
Tu es allé aux cabinets. Je lui ai dit de se maîtriser. Au moins devant toi.
Elle a appelé les journaux. Ils ne savaient rien.
Elle a appelé les pompiers.
Personne ne savait rien.
Tout l'après-midi, j'ai tricoté cette écharpe pour toi. Elle devint de plus en plus longue.
Ta mère a fermé les fenêtres, mais on sentait encore la fumée.
Elle m'a demandé si je pensais que nous devrions faire des affiches.
J'ai dit que c'était peut-être une bonne idée.
Ça l'a fait pleurer, parce qu'elle s'était reposée sur moi.
L'écharpe s'allongeait de plus en plus.
Elle s'est servie de la photo de vos vacances. Prise deux semaines auparavant. Toi et ton père. Quand je l'ai vue, j'ai dit qu'elle ne devrait pas prendre une photo avec toi dessus. Elle a dit qu'elle n'allait pas se servir de la photo entière. Seulement le visage de ton père.
Je lui ai dit, N'empêche, ce n'est pas une bonne idée.
Elle a dit qu'on n'allait pas s'en faire pour ça, qu'il y avait des choses plus importantes.
Tu n'as qu'à prendre une autre photo.
Arrêtez, maman.
Elle ne m'avait jamais appelée maman.
Il y a tellement d'autres photos, il suffit de choisir.
Occupez-vous de vos affaires.
Ce sont mes affaires.
Nous étions sans colère l'une contre l'autre.
Je ne sais pas ce que tu comprenais, tout, probablement.

Elle a emporté les photos dans le bas de Manhattan cet après-midi-là. Elle en avait rempli une valise à roulettes. J'ai pensé à ton grand-père. Je me demandais où il était à ce moment-là. Je ne savais pas si je souhaitais qu'il souffre.
Elle a pris une agrafeuse, une boîte d'agrafes et du ruban adhésif. Je pense à ces choses. Le papier, l'agrafeuse, les agrafes, le ruban. Ça me donne la nausée. Des choses physiques. Quarante ans d'amour pour quelqu'un deviennent des agrafes et du ruban adhésif.
Il n'y avait plus que nous deux. Toi et moi.
Nous avons joué à des jeux au salon. Tu as fait des bijoux. L'écharpe s'est encore allongée. Nous sommes allés nous promener dans le parc. Nous ne parlions pas de ce qui pesait sur nous. De ce qui nous écrasait comme un plafond. Quand tu t'es endormi la tête sur mes genoux, j'ai allumé la télévision.
J'ai réduit le son jusqu'à l'inaudible.
Les mêmes images, une fois, dix fois, cent fois.
Les avions heurtant les tours.
Des corps qui tombaient.
Des gens agitant une chemise du haut des fenêtres.
Les avions heurtant les tours.
Des corps qui tombaient.
Les avions heurtant les tours.
Des gens couverts de poussière grise.
Des corps qui tombaient.
Les tours qui tombaient.
Les avions heurtant les tours.
Les avions heurtant les tours.
Les tours qui tombaient.
Des gens agitant une chemise du haut des fenêtres.
Des corps qui tombaient.
Les avions heurtant les tours.
Par moments je sentais battre tes paupières. Est-ce que tu étais réveillé ? Ou est-ce que tu rêvais ?

Ta mère est rentrée tard ce soir-là. La valise était vide. Elle t'a serré dans ses bras jusqu'à ce que tu dises, Tu me fais mal.
Elle a appelé tous ceux que ton père connaissait, et tous ceux qui pouvaient savoir quelque chose. Elle leur disait, Pardon de vous réveiller. J'aurais voulu lui crier dans l'oreille, Ne t'excuse pas !
Elle n'arrêtait pas de se toucher les yeux, alors qu'ils n'avaient pas de larmes.
On s'attendait à ce qu'il y ait des milliers de blessés. De gens sans connaissance. De gens sans souvenirs.
On s'attendait à ce qu'il y ait des milliers de cadavres.
On comptait les mettre dans une patinoire.
Tu te rappelles quand nous sommes allés patiner il y a quelques mois et que je me suis détournée en t'expliquant que regarder les gens patiner me donnait la migraine ?
Je voyais des cadavres alignés sous la glace.
Ta mère m'a dit que je pouvais rentrer chez moi.
Je lui ai dit que je ne voulais pas.
Elle a dit, Mangez quelque chose. Essayez de dormir.
Je ne pourrai ni manger ni dormir.
Elle a dit, Moi, j'ai besoin de dormir.
Je lui ai dit que je l'aimais.
Ça l'a fait pleurer, parce qu'elle s'était reposée sur moi.
J'ai retraversé la rue.
Les avions heurtant les tours.
Des corps qui tombaient.
Les avions heurtant les tours.
Les tours qui tombaient.
Les avions heurtant les tours.
Les avions heurtant les tours.
Les avions heurtant les tours.
Quand je n'eus plus besoin d'être forte devant toi, je devins très faible. Je me jetai par terre parce que c'était ma place. Je martelai le plancher de mes poings. Je voulais me briser les mains mais quand la douleur devint

trop forte, je cessai. Je suis trop égoïste, je n'ai pas pu me briser les mains pour mon fils unique.
Des corps qui tombaient.
Agrafes et ruban adhésif.
Je ne me sentais pas vide. Comme j'aurais voulu me sentir vide.
Des gens agitant une chemise du haut des fenêtres.
J'aurais voulu être vide comme une carafe renversée.
Mais j'étais pleine comme une pierre.
Les avions heurtant les tours.
J'avais envie d'aller aux cabinets. Je ne voulais pas me lever. Je voulais me vautrer dans mes déjections, c'était ce que je méritais. Je voulais être une truie dans ma propre ordure. Mais je me levai pour aller aux cabinets. C'est tout moi.
Des corps qui tombaient.
Les tours qui tombaient.
Les cernes de l'arbre qui était tombé, mais pas sur notre maison.
Je voulais tellement que ce soit moi, sous les décombres.
Ne serait-ce qu'une minute. Une seconde. C'était aussi simple que de vouloir prendre sa place. Et c'était plus compliqué que cela.
La télévision était la seule source de lumière.
Les avions heurtant les tours.
Les avions heurtant les tours.
Je crus que cela changerait tout. Mais quoi qu'il fût arrivé, j'étais moi.
Oskar, je me souviens de toi sur cette scène devant tous ces inconnus.
J'avais envie de leur dire, Il est à moi. J'avais envie de me lever pour crier, Cette personne magnifique est à moi ! À moi !
Quand je te regardais, que j'étais fière et que j'étais triste.
Hélas ! Ses lèvres. Tes chansons.

Quand je te regardais, ma vie rimait à quelque chose. Même les malheurs rimaient à quelque chose. Ils furent nécessaires pour te rendre possible.
Hélas ! Tes chansons.
La vie de mes parents rimait à quelque chose.
Celle de mes grands-parents.
Même la vie d'Anna.
Mais je connaissais la vérité, et c'est pourquoi j'étais si triste.
Tous les instants qui précèdent celui-ci dépendent de celui-ci.
Toute la longue histoire du monde peut se retourner en un instant.
Ta mère voulut qu'il y eût un enterrement, alors qu'il n'y avait pas de corps.
Qui aurait pu trouver à y redire ?
La limousine nous y conduisit tous les trois. Je ne pouvais pas arrêter de te toucher. Et c'était pourtant loin de me suffire. Il m'aurait fallu plus de mains. Tu plaisantais avec le chauffeur, mais je voyais bien qu'à l'intérieur tu souffrais. Le faire rire était ta façon de souffrir. Au bord de la tombe, quand ils ont descendu le cercueil vide, tu as poussé un cri comme une bête. Je n'avais jamais rien entendu de semblable. Tu étais une bête blessée. Ce cri est encore dans mes oreilles. C'était ce que j'avais passé quarante ans à chercher, je voulais que ma vie et l'histoire de ma vie fussent ce cri. Ta mère t'emmena à l'écart pour te prendre dans ses bras. On pelleta la terre dans la tombe de ton père. Sur le cercueil vide de mon fils. Il n'y avait rien là.
Ma voix et tous mes sons étaient enfermés en moi.
La limousine nous ramena.
Personne ne dit rien.
Arrivés à mon immeuble, tu m'accompagnas jusqu'à la porte.

Le portier me dit qu'il y avait une lettre pour moi.
Je lui dis que je verrais ça le lendemain ou le surlendemain.
Le portier dit que le monsieur venait de la déposer.
Je dis, Demain.
Le portier dit, Il avait l'air désespéré.
Je t'ai demandé de me la lire. J'ai dit, Mes yeux ne valent pas tripette.
Tu l'as ouverte.
Je suis désolé, as-tu dit.
Pourquoi es-tu désolé ?
Non, c'est ce que dit la lettre.
Je te la pris pour la regarder.
Quand ton grand-père me quitta il y a quarante ans, j'effaçai tout ce qu'il avait écrit. Je lavai à grande eau les mots sur les miroirs et les planchers. Je repeignis les murs. Je nettoyai les rideaux de la douche. Je rabotai même les planchers. Pour me débarrasser de tous ses mots, il me fallut longtemps. Autant qu'il s'en était écoulé depuis le jour où j'avais fait sa connaissance jusqu'à celui de son départ. Ce fut comme un sablier qu'on retourne.
Je pensais qu'il lui fallait chercher ce qu'il était en train de chercher pour se rendre compte que cela n'existait plus ou n'avait jamais existé. Je pensais qu'il écrirait. Qu'il enverrait de l'argent. Ou qu'il demanderait des photos du bébé, sinon de moi.
Pendant quarante ans, pas un mot.
Rien que des enveloppes vides.
Et puis, le jour de l'enterrement de mon fils, trois mots.
Je suis désolé.
Il était revenu.

VIVANT ET SEUL

On avait cherché ensemble pendant six mois et demi quand M. Black m'a dit que pour lui c'était fini, je me suis retrouvé seul de nouveau et je n'avais encore rien accompli et mes semelles de plomb étaient plus lourdes qu'elles ne l'avaient jamais été de ma vie. Je ne pouvais rien dire à maman, évidemment, et alors que Dentifrice et le Minch étaient mes meilleurs amis, je ne pouvais pas leur parler non plus. Grand-père savait parler aux bêtes mais pas moi, donc Buckminster ne pouvait me servir à rien. Je n'avais aucun respect pour le Dr Fein, ç'aurait été trop long d'expliquer à Stan tout ce qu'il fallait expliquer simplement pour arriver au début de l'histoire, et parler aux morts je n'y croyais pas.

Farley ne savait pas si grand-mère était chez elle parce qu'il venait de prendre son service. Il a demandé s'il y avait quelque chose qui n'allait pas. J'ai répondu :

« J'ai besoin de la voir.

– Tu veux que je sonne chez elle ?

– Non, ça va. »

Pendant que je montais en courant les soixante-douze marches, j'ai pensé, *Et de toute façon, il était incroyablement vieux, il me ralentissait et il ne savait rien d'utile*. J'étais à bout de souffle quand j'ai sonné à sa porte. *Je suis content qu'il ait dit que c'était fini pour lui. Et puis d'abord, je me demande bien pourquoi je l'avais invité à venir avec moi*. Comme elle n'a pas répondu, j'ai resonné. *Pourquoi elle n'attend pas près de la porte ? Je suis la seule chose qui compte pour elle.*

Je suis entré.

« Grand-mère ? Houhou ? Grand-mère ? »

Je me suis dit qu'elle devait être allée au magasin ou quelque chose comme ça, et je me suis assis sur le sofa pour attendre. Peut-être qu'elle faisait une petite promenade au parc pour digérer, comme je sais que ça lui arrive, alors que ça me met mal à l'aise. À moins qu'elle soit allée chercher une glace lyophilisée pour moi, ou poster quelque chose. Mais à qui écrirait-elle ?

J'aurais préféré pas, mais je me suis mis à inventer.

Elle s'était fait renverser en traversant Broadway par un taxi qui avait pris la fuite et tout le monde la regardait depuis le trottoir mais personne ne lui venait en aide parce qu'ils avaient peur de ne pas bien connaître les gestes des premiers secours.

Elle était tombée d'une échelle à la bibliothèque et s'était ouvert le crâne. Elle se vidait de son sang et allait mourir sur place parce que c'était dans un département dont personne ne consultait jamais les livres.

Elle était inanimée au fond de la piscine. Les enfants nageaient quatre mètres au-dessus d'elle.

J'ai essayé de penser à autre chose. Essayé de penser à des inventions optimistes. Mais les inventions pessimistes étaient extrêmement fortes.

Elle avait eu une crise cardiaque.

On l'avait poussée sous le métro.

Elle s'était fait violer et assassiner.

Je me suis mis à la chercher dans l'appartement.

« Grand-mère ? »

Ce que j'avais besoin d'entendre, c'était « Je vais bien », mais je n'entendais rien.

J'ai regardé à la salle à manger et dans la cuisine. J'ai ouvert la porte de l'office, à tout hasard, mais il n'y avait que des provisions. J'ai regardé dans le placard à manteaux et dans la salle de bains. J'ai ouvert la porte de la deuxième chambre, là où papa dormait et rêvait quand il avait mon âge.

C'était la première fois que j'étais chez grand-mère sans elle, et ça me faisait un effet incroyablement bizarre, comme de voir ses habits sans elle dedans, ce que j'ai fait quand je suis allé dans sa chambre et que j'ai regardé dans sa penderie. J'ai ouvert le tiroir du haut de sa commode, je savais bien qu'elle ne pouvait pas y être, évidemment. Alors pourquoi je l'ai fait ?

Il était plein d'enveloppes. Il y en avait des centaines. Elles étaient attachées par paquets. J'ai ouvert le tiroir suivant, il était plein d'enveloppes aussi. Comme le suivant. Tous les tiroirs étaient pleins d'enveloppes.

En regardant les cachets de la poste, j'ai vu que toutes les enveloppes étaient rangées chronologiquement, ce qui veut dire par dates, et postées à Dresde, en Allemagne, l'endroit d'où elle venait. Il y en avait une par jour, depuis le 31 mai 1963, jusqu'au pire jour. Certaines étaient adressées « À mon enfant qui n'est pas encore né ». D'autres « À mon enfant ».

Hein quoi qu'est-ce ?

Je savais que je n'aurais probablement pas dû, parce qu'elles ne m'appartenaient pas, mais j'en ai ouvert une.

Postée le 6 février 1972. « À mon enfant. » Elle était vide.

J'en ai ouvert une autre, d'un autre paquet. 22 novembre 1986. « À mon enfant. » Vide aussi.

14 juin 1963. « À mon enfant qui n'est pas encore né. » Vide.

2 avril 1979. Vide.

J'ai trouvé le jour de ma naissance. Vide.

Ce que j'avais besoin de savoir, c'était où elle avait mis toutes les lettres.

J'ai entendu du bruit venant d'une des autres pièces. J'ai vite refermé les tiroirs pour que grand-mère ne sache pas que j'avais fouiné et je suis retourné sur la pointe des pieds jusqu'à la porte d'entrée parce que j'avais peur que ce que j'avais entendu soit un cambrioleur. J'ai encore entendu du bruit et cette fois j'ai su que ça venait de la chambre d'amis.

J'ai pensé, *Le locataire !*

J'ai pensé, *Il existe !*

Je n'avais jamais aimé grand-mère autant que je l'ai aimée à ce moment-là.

J'ai fait demi-tour, je suis allé sur la pointe des pieds jusqu'à la porte de la chambre d'amis et j'y ai collé mon oreille. Je n'ai rien entendu. Mais en me mettant à genoux, j'ai vu que la lumière était allumée dans la chambre. Je me suis relevé.

« Grand-mère ? j'ai chuchoté. T'es là ? »

Rien.

« Grand-mère ? »

J'ai entendu un extrêmement petit bruit. Je me suis remis à genoux et, cette fois, j'ai vu que la lumière était éteinte.

« Y a quelqu'un ? J'ai huit ans et je cherche ma grand-mère parce que j'ai désespérément besoin d'elle. »

Des pas sont venus jusqu'à la porte mais je les entendais à peine parce qu'ils étaient extrêmement légers et à cause du tapis. Les pas se sont arrêtés. J'entendais une respiration mais je savais que ce n'était pas celle de grand-mère parce qu'elle était plus lourde et plus lente. Quelque chose a touché la porte. Une main ? Deux mains ?

« Qui c'est ? »

La poignée de la porte a tourné.

« Si vous êtes un cambrioleur, s'il vous plaît me tuez pas. »

La porte s'est ouverte.

Un homme se tenait là sans rien dire et c'était évident que ce n'était pas un cambrioleur. Il était incroyablement vieux et sa figure était comme le contraire de celle de maman parce qu'il avait l'air de froncer les sourcils même quand il ne les fronçait pas. Il portait un T-shirt blanc à manches courtes, alors on voyait que ses coudes étaient poilus, et il avait un trou entre les deux dents de devant, comme avait papa.

« Vous êtes le locataire ? »

Il s'est concentré une seconde, puis il a refermé la porte.

« S'il vous plaît ? »

Je l'ai entendu déplacer des trucs dans la chambre et puis il est revenu pour rouvrir la porte. Il tenait un petit cahier. Il l'a ouvert à la première page qui était blanche. Il a écrit, « Je ne parle pas. Pardon. »

« Qui êtes-vous ? »

Il a tourné la page pour écrire, « Je m'appelle Thomas. »

« C'était le nom de mon papa. Il est assez répandu. Il est mort. »

Sur la page suivante, il a écrit, « Je suis désolé. » Je lui ai dit :

« C'est pas vous qui avez tué mon papa. »

Sur la page suivante il y avait la photo d'une poignée de porte, je ne sais pas pourquoi, alors il est allé à la page d'après pour écrire, « Je suis quand même désolé. »

« Merci. »

Il est revenu deux pages en arrière et il a montré, « Je suis désolé. »

On est restés là. Il était dans la chambre. Moi dans le couloir. La porte était ouverte mais j'avais l'impression qu'il y avait une porte invisible entre nous parce que je ne savais pas quoi lui dire et qu'il ne savait pas quoi m'écrire. Alors moi :

« Je m'appelle Oskar. »

Je lui ai donné ma carte et j'ai demandé :

« Vous savez où est ma grand-mère ? »

Il a écrit, « Elle est sortie. »

« Pour aller où ? »

Il a haussé les épaules exactement comme faisait papa.

« Vous savez quand elle rentre ? »

Il a haussé les épaules.

« J'ai besoin de la voir. »

Il était sur un genre de tapis, moi sur un autre. La ligne où ils se rencontraient m'a fait penser à l'endroit qui n'est dans aucun district.

« Si tu veux entrer, il a écrit, nous pourrons l'attendre ensemble. » Je lui ai demandé s'il était un inconnu. Il m'a demandé ce que j'entendais par là. J'ai répondu :

« Je n'entrerais pas avec un inconnu. »

Il n'a rien écrit, comme s'il ne savait pas s'il était un inconnu ou non.

« Est-ce que vous avez plus de soixante-dix ans ? »

Il m'a montré sa main gauche, qui avait OUI tatoué dessus.

« Est-ce que vous avez un casier judiciaire ? »

Il m'a montré sa main droite, qui avait NON.

« Quelles autres langues vous parlez ? »

Il a écrit, « Allemand. Grec. Latin. »

« *Parlez-vous français** ? »

Il a ouvert et fermé sa main gauche, je crois que ça voulait dire *un peu**.

Je suis entré.

Il y avait des choses écrites sur les murs, des choses écrites partout, comme « Je voulais tellement avoir une vie » et « Ne serait-ce qu'une fois, ne serait-ce qu'une seconde. » J'espérais pour lui que grand-mère n'avait jamais vu ça. Il a posé le cahier et en a pris un autre, je ne sais pas pourquoi.

« Vous habitez ici depuis combien de temps ? »

Il a écrit, « Depuis combien de temps ta grand-mère t'a-t-elle dit que j'habitais ici ? »

« Ben, j'ai dit, depuis que papa est mort, je crois, alors à peu près deux ans. »

Il a ouvert la main gauche.
« Où vous étiez, avant ? »
« Où ta grand-mère t'a-t-elle dit que j'étais avant ? »
« Elle me l'a pas dit. »
« Je n'étais pas ici »
J'ai pensé que c'était une réponse bizarre mais je commençais à m'habituer aux réponses bizarres.
Il a écrit, « Tu veux manger quelque chose ? » J'ai dit non. J'aimais pas qu'il me regarde tellement parce que ça me gênait incroyablement, mais je ne pouvais rien dire. « Alors quelque chose à boire ? »
« C'est quoi, votre histoire ? »
« Mon histoire ? »
« Oui, c'est quoi, votre histoire ? »
Il a écrit, « Je ne sais pas ce qu'est mon histoire. »
« Comment pouvez-vous ne pas connaître votre histoire ? »
Il a haussé les épaules exactement comme faisait papa.
« Où est-ce que vous êtes né ? »
Il a haussé les épaules.
« Comment pouvez-vous ne pas savoir où vous êtes né ! »
Il a haussé les épaules.
« Où est-ce que vous avez grandi ? »
Il a haussé les épaules.
« Bon. Est-ce que vous avez des frères ou des sœurs ? »
Il a haussé les épaules.
« C'est quoi, votre métier ? Et si vous êtes retraité, c'était quoi ? »
Il a haussé les épaules. J'ai essayé de penser à une question dont il était impossible qu'il ne connaisse pas la réponse.
« Est-ce que vous êtes un être humain ? »
Il a feuilleté le cahier pour me montrer « Je suis désolé ».

Jamais je n'avais eu besoin de grand-mère plus qu'à ce moment-là.

J'ai demandé au locataire :

« Je peux vous raconter mon histoire ? »

Comme il a ouvert la main gauche, j'ai posé mon histoire dedans.

J'ai fait comme s'il était grand-mère et j'ai commencé au début.

Je lui ai parlé du smoking sur la chaise, je lui ai raconté que j'avais cassé le vase, trouvé la clé, et puis le serrurier, et l'enveloppe, et la boutique de fournitures pour artistes. Je lui ai parlé de la voix d'Aaron Black, je lui ai raconté que j'avais été incroyablement près d'embrasser Abby Black. Qu'elle n'avait pas dit qu'elle ne voulait pas, seulement que ce n'était pas une bonne idée. Je lui ai parlé d'Abe Black, à Coney Island, d'Ada Black, avec les deux Picasso, et des oiseaux qui étaient passés devant la fenêtre de M. Black. Leurs ailes étaient la première chose qu'il avait entendue depuis plus de vingt ans. Et puis il y avait Bernie Black, qui avait vue sur Gramercy Park mais n'avait pas la clé pour l'ouvrir, et qui disait que c'était pire que de regarder un mur de briques. Chelsea Black avait une ligne blanche dans le bronzage de son annulaire parce qu'elle avait divorcé en rentrant de sa lune de miel, Don Black militait lui aussi pour les droits de l'animal, et Eugene Black faisait collection de pièces de monnaie. Fo Black habitait Canal Street, qui était autrefois un vrai canal. Il ne parlait pas très bien anglais, parce qu'il n'avait jamais quitté Chinatown depuis qu'il était arrivé de Taiwan, parce qu'il n'avait aucune raison de le faire. Pendant tout le temps où je lui ai parlé, j'imaginais qu'il y avait de l'eau de l'autre côté de la fenêtre, comme si on était dans un aquarium. Il m'a offert une tasse de thé, j'en avais pas envie, mais je l'ai bu quand même, pour être poli. Je lui demandé s'il aimait vraiment New York ou s'il portait seulement le

T-shirt. Il a souri comme s'il était troublé. J'ai bien vu qu'il ne comprenait pas et je me suis senti coupable de parler anglais, je ne sais pas pourquoi. J'ai montré son T-shirt.

« Est-ce que ? Vous ? Aimez ? Vraiment ? New York ?"

« New York ? »

« Votre. T-shirt. »

Il l'a regardé. J'ai montré le N en disant « New » et le Y en disant « York ». Il a eu l'air perplexe, ou gêné, ou surpris, ou peut-être même fâché. Je ne pouvais pas en être sûr parce que je ne parlais pas la langue de ses sentiments. « Je ne savais pas que c'était New York. En chinois, *ny* veut dire "toi". Je croyais que ça voulait dire "Je t'aime". » C'est alors que j'ai remarqué l'affiche J'♥NY sur le mur, le fanion J'♥NY sur la porte, les torchons J'♥NY et la boîte J'♥NY sur la table de la cuisine. Je lui ai demandé :

« Mais alors, pourquoi est-ce que vous aimez tellement tout le monde ? »

Georgia Black, de Staten Island, avait transformé son salon en musée de la vie de son mari. Elle avait des photos de lui quand il était petit, sa première paire de chaussures et ses vieux livrets scolaires, qui n'étaient pas aussi bons que les miens, mais bref.

« Z'êtes les premiers visiteurs en plus d'un an, elle a dit en nous montrant une chouette médaille d'or dans une boîte de velours. Il était officier de marine, et j'adorais être l'épouse d'un officier de marine. Tous les trois ou quatre ans, on partait pour un nouveau pays exotique. Je n'ai jamais vraiment eu le temps de me faire des racines, mais c'était excitant. Nous avons passé deux ans aux Philippines.

– Cool », j'ai dit.

M. Black s'est mis à chanter une chanson dans une langue bizarre, qui devait être du philippinois, je crois.

Elle nous a montré l'album de ses noces, une photo à la fois, en disant :

« N'est-ce pas que j'étais mince et belle ?

– C'est vrai, j'ai dit.

– Et vous l'êtes encore », M. Black a dit.

Et elle :

« Si c'est pas deux amours !

– Si, j'ai dit.

– Voilà le club avec lequel il avait réussi un birdie. Il en était vraiment fier. Pendant des semaines il n'a parlé que de ça. Là, c'est le billet d'avion de notre voyage à Hawaï. Je peux bien vous dire que c'était pour notre trentième anniversaire de mariage, je ne suis pas coquette. Trente ans. Nous allions renouveler nos vœux. Comme dans un vrai roman d'amour. Son bagage de cabine était plein de fleurs, béni soit-il. Il voulait m'en faire la surprise dans l'avion, mais je regardais l'écran des rayons X quand son sac est passé au contrôle et figurez-vous qu'il y avait un bouquet en noir. C'était comme des ombres de fleurs. J'en ai eu de la chance. »

Avec un chiffon, elle effaçait nos traces de doigt.

Il nous avait fallu quatre heures pour arriver chez elle. Dont deux parce que M. Black avait dû me convaincre de prendre le ferry de Staten Island. Non seulement c'était une cible potentielle évidente, mais le ferry avait eu un accident assez récemment, et dans *Les Trucs qui me sont arrivés*, j'avais des photos de gens qui avaient perdu les bras et les jambes. En plus, j'aime pas les grandes étendues d'eau. Ni d'ailleurs les bateaux. M. Black m'avait demandé comment je me sentirais dans mon lit ce soir-là si je montais pas à bord du ferry. J'avais répondu :

« Semelles de plomb, probablement.

– Et si tu le fais, comment te sentiras-tu ?

– Mille dollars.

– Alors ?

– Alors parlons plutôt du moment où je serai à bord. S'il coule ? Si quelqu'un me pousse à l'eau ? S'il est atteint par la roquette d'un terroriste ? Ce soir, il n'y aura pas de ce soir.

– Auquel cas, tu ne sentiras plus rien, de toute façon. »

Ça m'avait fait réfléchir.

« Ça, c'est un rapport élogieux de son supérieur, a dit Georgia en tapotant la vitrine. Conduite exemplaire. Ici, la cravate qu'il portait aux obsèques de sa mère, qu'elle repose en paix. C'était une femme si gentille. Plus gentille que la plupart. Et là, une photo de sa maison natale. C'était avant que je le connaisse, bien sûr. »

Elle tapait sur chaque vitrine et puis elle effaçait ses propres traces de doigts, un peu comme un ruban de Möbius.

« Voici les lettres qu'il m'envoyait de l'université. Son étui à cigarettes, avant qu'il arrête de fumer. Là, ses décorations. »

Ça commençait à me coller des semelles de plomb, pour des raisons évidentes, du genre où étaient toutes ses affaires à elle ? Où étaient ses chaussures et ses diplômes à elle ? L'ombre de ses fleurs à elle ? J'ai pris la décision de ne pas lui parler de la clé parce que je voulais qu'elle croie que nous étions venus voir son musée, et je pense que M. Black avait la même idée. Je me suis dit que, si nous arrivions au bout de la liste sans avoir rien trouvé, alors peut-être, si nous n'avions pas le choix, nous reviendrions lui poser quelques questions.

« Voici ses chaussons de bébé. »

Mais je me suis mis à me demander : elle a dit qu'on était les premiers visiteurs en un peu plus d'un an. Ça faisait un peu plus d'un an que papa était mort. Et si c'était lui, le visiteur qui nous avait précédés ?

« Bonjour tout le monde, a dit un monsieur qui se tenait sur le seuil. Il avait deux grandes tasses fumantes à la main et les cheveux mouillés.

NEW
YORK
FERRY DEATHS
CNN
STATEN ISLAND FERRY HITS PIER
FALL OF SADDAM HUSSEIN IS 'GOOD RIDDANCE,' PRES BUSH

– Ah, tu es réveillé ! » a dit Georgia en prenant la tasse avec « Georgia » écrit dessus.

Elle lui a donné un gros baiser et moi, j'ai pensé, *Mais nom de nom de quoi qu'est-ce hein ?*

« C'est lui, elle a dit.

– Lui qui ? M. Black a demandé.

– Mon mari », elle a dit, presque comme si c'était une autre pièce du musée de sa propre vie.

On est restés là à se sourire tous les quatre et puis le monsieur a dit :

« Bon, maintenant je pense que vous aimeriez voir mon musée.

– On vient de le voir, j'ai dit. C'était vraiment formidable. »

Et lui :

« Mais non, Oskar, ça, c'est son musée à elle. Le mien est dans la pièce d'à côté. »

> *Merci pour votre lettre. Il ne m'est pas possible de répondre personnellement au très abondant courrier que je reçois. Sachez cependant que je lis toutes les lettres et les conserve dans l'espoir d'être un jour en mesure de répondre à chacune comme elle le mérite. Dans cette attente,*
>
> *Bien à vous,*
> *Stephen Hawking*

La semaine est passée rapidement. Iris Black. Jeremy Black. Kyle Black. Lori Black… Mark Black s'est mis à pleurer en ouvrant la porte quand il nous a vus, parce qu'il attendait que quelqu'un lui revienne, et chaque fois qu'on frappait à sa porte, il ne pouvait s'empêcher d'espérer que ce serait cette personne, même s'il savait que c'était sans espoir.

La coloc de Nancy Black nous a dit que Nancy était au

travail à la brûlerie-dégustation de la 19e Rue, donc on y est allés et je lui ai expliqué que le café normal contient en fait plus de caféine que l'expresso, alors que plein de gens pensent le contraire, parce que l'eau est en contact avec les grains beaucoup plus longtemps dans le café normal. Elle m'a dit qu'elle ne le savait pas.

« S'il le dit, c'est que c'est vrai, M. Black a confirmé en me caressant la tête.

– Et aussi, est-ce que vous saviez que, si vous hurlez pendant neuf ans, ça produira assez d'énergie sonore pour chauffer l'équivalent d'une tasse de café ?

– Non, ça non plus.

– C'est pour ça qu'on devrait installer une brûlerie-dégustation à côté du Cyclone, à Coney Island ! Vous pigez ? »

Là, je me suis fendu la pêche, mais j'étais le seul. Elle a demandé si on comptait consommer et j'ai dit :

« Café frappé, s'il vous plaît.

– Quelle taille ?

– Un grand. Et si vous pouviez y mettre des glaçons au café, comme ça quand ils fondront, ça deviendra pas de la flotte ? »

Elle m'a dit qu'ils n'avaient pas de glaçons au café. Et moi :

« C'est bien ce que je dis.

– J'irai droit au but », avait dit M. Black.

Et c'est ce qu'il a fait. Moi, je suis allé aux toilettes me faire un bleu.

Ray Black était en prison, alors on n'a pas pu lui parler. J'ai fait des recherches sur Internet et j'ai découvert qu'il était en prison pour avoir tué deux enfants après les avoir violés. Il y avait aussi des photos des deux enfants morts et, alors que je savais que ça me ferait seulement du mal, je les ai regardées quand même. Je les ai imprimées pour les mettre dans *Les Trucs qui me sont arrivés*, juste après la photo de Jean-Pierre Haigneré, le spationaute français qu'il avait fallu transporter à la descente de sa capsule après son retour de la station Mir, parce que la pesanteur n'est pas seulement ce qui nous fait tomber, c'est ce qui fait la force de nos muscles. J'ai écrit à Ray Black, en prison, mais j'ai jamais eu de réponse. En dedans, j'espérais qu'il n'avait rien à voir avec la clé, mais j'ai pas pu m'empêcher d'inventer que c'était celle de sa cellule.

L'adresse de Ruth Black était au quatre-vingt-cinquième étage de l'Empire State Building, et ça me paraissait incroyablement bizarre, comme à M. Black, parce qu'on ne savait ni l'un ni l'autre qu'on pouvait y habiter. J'ai dit à M. Black que je paniquais et il a dit qu'il y avait de quoi paniquer. Je lui ai dit que j'avais l'impression que je ne pourrais pas le faire et il a dit que c'était normal d'avoir cette impression. Je lui ai dit que c'était la chose au monde qui me faisait le plus peur et il m'a dit qu'il comprenait pourquoi. Je voulais qu'il ne soit pas d'accord, mais rien à faire, alors je n'ai pas pu discuter. Je lui ai dit que je l'attendrais en bas dans l'entrée et il a répondu :

« Très bien.

– Bon, bon, j'ai dit. Je vais venir. »

Pendant que l'ascenseur monte, on entend plein de renseignements sur le gratte-ciel, et c'est assez passionnant, normalement j'aurais pris des notes. Mais j'avais besoin de toute ma concentration pour être courageux. Je serrais la main de M. Black et je ne pouvais pas m'arrêter d'inventer : les câbles de l'ascenseur lâchaient, l'ascenseur tombait, il y avait un trampoline au fond, il nous réexpédiait vers le haut, le toit s'ouvrait comme une boîte de céréales, on s'envolait vers des coins de l'univers sur lesquels Stephen Hawking lui-même n'était pas renseigné…

Quand la porte de l'ascenseur s'est ouverte, on est sortis sur la terrasse panoramique. Comme on ne savait pas qui chercher, on a seulement regardé un moment. Bien sûr, la vue était incroyablement belle, mais mon cerveau s'est mis à faire des siennes et j'ai tout le temps imaginé qu'un avion fonçait contre le gratte-ciel, juste en dessous de nous. Je ne voulais pas, mais je ne pouvais pas arrêter. J'imaginais la dernière seconde, quand je verrais la figure du pilote, qui serait un terroriste. Je nous imaginais nous regardant dans les yeux, quand le nez de l'avion n'était plus qu'à un millimètre du gratte-ciel.

Je te hais, lui diraient mes yeux.

Je te hais, me diraient ses yeux.

Et puis il y aurait une énorme explosion et le gratte-ciel se balancerait presque comme s'il allait se renverser, comme je sais que les gens en avaient eu l'impression d'après des descriptions que j'ai lues sur Internet, même si je regrette de les avoir lues. Et puis de la fumée serait montée vers moi et les gens se seraient mis à hurler tout autour. J'ai lu une description par quelqu'un qui avait descendu quatre-vingt-cinq étages d'escaliers, ce qui devait faire deux mille marches environ, et qui racontait que les gens criaient « Au secours ! » et « Je veux pas mourir ! » et qu'un monsieur, propriétaire d'une entreprise, hurlait « Maman ! ».

Il se mettrait à faire si chaud que je commencerais à avoir des cloques. Ce serait si bon de s'éloigner de cette chaleur, mais d'un autre côté, en heurtant le trottoir, je mourrais, évidemment. Qu'est-ce que je choisirais ? Sauter ou brûler ? Je pense que je sauterais, parce que comme ça j'aurais pas mal. D'un autre côté, je brûlerais peut-être, parce que là j'aurais au moins une chance de m'en tirer, je ne sais pas comment, et puis même si je pouvais pas, avoir mal, ça vaut quand même mieux que plus rien sentir du tout, non ?

Je m'étais rappelé mon portable.

Il me restait quelques secondes.

Qui fallait-il appeler ?

Que fallait-il dire ?

J'ai pensé à toutes les choses que tous les gens se disent, et au fait que tous les gens vont mourir, que ce soit dans une milliseconde, dans des jours ou dans des mois, ou dans soixante-seize ans et demi, quand on vient de naître. Tout ce qui naît doit mourir, ce qui veut dire que nos vies sont comme des gratte-ciel. La fumée monte plus ou moins vite, mais ils sont tous en feu, et nous sommes tous pris au piège.

On peut voir les choses les plus magnifiques depuis la terrasse panoramique de l'Empire State Building. J'ai lu quelque part que les gens dans la rue sont censés ressembler à des fourmis, mais ce n'est pas vrai. Ils ressemblent à des gens tout petits. Et les voitures ressemblent à de toutes petites voitures. Et même les autres immeubles ont l'air petit. C'est comme si New York était une réplique miniature de New York, ce qui est sympa, parce qu'on peut voir à quoi ça ressemble vraiment, au lieu de l'impression qu'on a quand on est en plein dedans. On est extrêmement seul là-haut et on se sent loin de tout. C'est très effrayant aussi, parce qu'il y a tellement de façons de mourir. Mais on se sent en sécurité, en même temps, parce qu'on est entouré de tellement de gens. En gardant toujours une main contre le mur, j'ai prudemment fait le tour de la terrasse en m'arrêtant à chacun des points de vue. J'ai vu toutes les serrures que j'avais essayé d'ouvrir et les 161 999 831 qui me restaient.

Je me suis mis à genoux pour aller à quatre pattes jusqu'à l'un des télescopes binoculaires. En m'y agrippant, je me suis relevé et j'ai pris une pièce de vingt-cinq *cents* dans le porte-monnaie que j'ai à ma ceinture. Quand les paupières de métal se sont ouvertes, j'ai vu des choses qui étaient très loin incroyablement près, le Woolworth Building, Union Square, et le trou gigantesque, là où il y avait eu le World Trade Center. J'ai regardé la fenêtre d'un immeuble de bureaux qui d'après mes estimations était à une dizaine de rues de là. Il m'a fallu quelques secondes pour apprendre à faire le point, mais après j'ai vu un homme assis à son bureau en train d'écrire quelque chose. Qu'est-ce qu'il écrivait ? Il ne ressemblait pas du tout à papa mais il me l'a rappelé. J'ai approché ma figure plus près en écrasant mon nez mouillé contre le métal froid. Il était gaucher comme papa. Est-ce qu'il avait un trou entre les dents de devant comme papa ? Je voulais savoir à quoi il pensait. Quels étaient les gens qui lui manquaient. Ce qui le rendait triste. Mes lèvres ont touché le métal, comme un baiser.

J'ai retrouvé M. Black, qui regardait Central Park. Je lui ai dit qu'on pouvait redescendre.

« Mais alors Ruth ?

– On aura qu'à revenir un autre jour.

– Mais puisque nous sommes ici.

– J'en ai pas envie.

– Y en a pour quelques…

– Je veux rentrer à la maison. »

Il a dû voir que j'allais pleurer.

« Bien, il a dit, rentrons. »

On est allés faire la queue devant l'ascenseur.

J'ai regardé tous les visiteurs en me demandant d'où ils venaient, quels étaient les gens qui leur manquaient et ce qui les rendait tristes.

Il y avait une grosse dame, son enfant qui était gros lui aussi, un Japonais avec deux appareils photo et, sur des béquilles, une jeune fille dont le plâtre portait plein de signatures, j'ai eu l'impression bizarre qu'en l'examinant de près j'y trouverais l'écriture de papa. Peut-être qu'il aurait écrit « Prompt rétablissement ». Ou juste son nom. Il y avait une vieille dame un peu à l'écart qui me regardait fixement et ça m'a gêné. Elle tenait une planchette avec une pince mais je ne voyais pas ce qui était pincé dessus et elle avait des habits à l'ancienne mode.

Je me suis juré de pas être le premier à baisser les yeux mais je les ai baissés. J'ai tiré M. Black par la manche pour qu'il la regarde. Il a chuchoté :

« Tu veux que je te dise ?

– Quoi ?

– Je te parie que c'est elle. »

D'un seul coup, j'ai su qu'il avait raison. Mais peut-être qu'on ne cherchait pas la même chose lui et moi, et ça, je ne me le suis pas demandé.

« Crois-tu qu'on devrait aller la trouver ?

– Probablement.

– Comment ?

– Je ne sais pas.

– Va lui dire bonjour.

– On peut pas aller dire bonjour comme ça aux gens, et rien d'autre.

– Donne-lui l'heure.

– Mais elle l'a pas demandée.

– Demande-lui l'heure.

– Faites-le, vous.

– Non, toi. »

On était tellement occupés à discuter de la façon d'aller la trouver qu'on ne s'est même pas rendu compte que c'était elle qui était venue nous trouver.

« Je vois que vous êtes sur le point de partir, elle a dit, mais seriez-vous intéressés par une visite guidée peu ordinaire de cet édifice peu ordinaire ?

– Vous vous appelez comment ? » j'ai demandé.

Elle a dit :

« Ruth. »

Alors M. Black :

« Avec le plus grand plaisir. »

Elle a souri, pris une énorme inspiration et puis s'est mise à marcher en parlant.

« La construction de l'Empire State Building a commencé en mars 1930, sur l'emplacement qu'occupait l'ancien hôtel Waldorf-Astoria, au 350, Cinquième Avenue, à l'angle de la 34e Rue. Elle fut terminée un an et quarante-cinq jours plus tard et représenta sept millions d'heures de travail, y compris le samedi et les jours fériés. La totalité du bâtiment fut conçue de manière à accélérer sa construction – on utilisa autant que possible des matériaux préfabriqués – et les travaux progressèrent en conséquence au rythme d'environ quatre étages et demi par semaine. Le gros œuvre fut achevé en moins de six mois. »

Ça faisait moins de temps que je n'en avais passé à chercher la serrure.

Elle a repris sa respiration.

« Conçu par le cabinet d'architecte Shreve, Lamb and Harmon Associates, les plans d'origine comportaient quatre-vingt-six niveaux mais un mât de cinquante mètres y fut ajouté pour l'amarrage des zeppelins. Aujourd'hui, le mât sert d'antenne et diffuse des émissions de télévision et de radio. Le coût total du bâtiment, y compris celui du terrain, fut de 40 948 900 dollars. Celui du bâtiment proprement dit fut de 24 718 000 dollars, moins de la moitié des 50 000 000 dollars du devis estimatif, en raison de la baisse du coût de la main-d'œuvre et des matériaux pendant la grande dépression. »

J'ai demandé :

« Qu'est-ce que c'est, la grande dépression ? »

M. Black a dit :

« Je te l'expliquerai plus tard.

– D'une hauteur totale de 380 mètres, l'Empire State Building fut le plus grand édifice du monde jusqu'à l'achèvement de la première tour du World Trade Center en 1972. Quand il fut ouvert, on eut tant de mal à trouver des locataires que les New-Yorkais le surnommèrent bientôt Empty[1] State Building.

1. *Empty* : vide.

Là, je me suis fendu la pêche.

« Ce fut cette plate-forme d'observation qui sauva l'édifice de la faillite. »

M. Black a caressé le mur comme s'il était fier de la plate-forme.

« La structure de l'Empire State Building est constituée de 60 000 tonnes d'acier. Il compte approximativement 6 500 fenêtres et 10 000 000 de briques, et pèse aux alentours de 365 000 tonnes.

– C'est lourd, pour des alentours, j'ai dit.

– La façade du gratte-ciel est recouverte de 150 000 mètres carrés de marbre et de calcaire de l'Indiana. La décoration intérieure comporte des marbres de France, d'Italie, d'Allemagne et de Belgique. D'ailleurs, le plus célèbre édifice new-yorkais est fait de matériaux venus d'à peu près partout sauf New York, à l'image de la ville elle-même, qui doit sa grandeur aux immigrants.

– C'est bien vrai, a dit M. Black en approuvant de la tête.

– L'Empire State Building a servi de cadre au tournage de dizaines de films, de lieu de réception pour des dignitaires étrangers, et on a même vu un bombardier de la Deuxième Guerre mondiale s'écraser contre le soixante-dix-huitième étage en 1945. »

Là, je me suis concentré sur des choses heureuses et sans danger, comme la fermeture Éclair de la robe de maman, et le fait que papa avait toujours besoin de boire un verre d'eau quand il avait sifflé trop longtemps.

« Un ascenseur tomba au fond de sa cage. Mais je vous rassure tout de suite, les passagers furent sauvés par les freins de secours. »

Là, M. Black m'a un peu serré la main.

« À propos d'ascenseurs, il y en a soixante-dix dans le bâtiment, en comprenant les six monte-charge. Leur vitesse varie de 180 à 420 mètres-minute. On peut aussi choisir de monter les 1 860 marches qui conduisent du rez-de-chaussée au sommet. »

J'ai demandé si on pouvait aussi emprunter l'escalier pour descendre.

« Par temps clair, comme aujourd'hui, la vue s'étend à 125 kilomètres – jusque dans le Connecticut. Depuis l'ouverture au public de la plate-forme d'observation en 1931, près de 110 millions de visiteurs ont pu jouir de la vue à couper le souffle qu'on a sur la ville. Chaque année, plus de 3,5 millions de gens montent directement au quatre-vingt-cinquième étage, pour voir l'endroit où Cary Grant attend en vain Deborah Kerr dans *Elle et Lui*, et où a lieu la rencontre lourde de conséquences de Tom Hanks et Meg Ryan dans le film *Nuits blanches à Seattle*. J'ajoute que la plate-forme est accessible aux handicapés. »

Elle s'est arrêtée et a posé une main sur son cœur.

« En conclusion, on peut dire que l'âme même de la ville de New York s'incarne dans l'Empire State Building. Depuis les couples dont l'histoire d'amour est née ici jusqu'aux gens qui y sont revenus avec leurs enfants puis leurs petits-enfants, chacun s'accorde à reconnaître dans cet édifice non seulement un monument imposant qui offre une des vues les plus spectaculaires de la terre, mais un symbole sans égal du génie de l'Amérique. »

Elle a salué. On a applaudi.

« Avez-vous encore une minute, jeunes gens ?

– Nous avons un tas de minutes, M. Black a dit.

– Parce que la visite officielle est terminée mais il y a deux ou trois choses que j'aime énormément dans cet édifice et je n'en fais part qu'aux gens dont j'ai l'intuition qu'ils sauront les apprécier. »

J'ai répondu :

« Nous saurons incroyablement les apprécier.

– Le mât d'amarrage des dirigeables qui constitue

aujourd'hui la base de la tour de télévision faisait partie de l'édifice original. Un premier dirigeable privé s'y amarra avec succès mais, au cours d'une autre tentative, en septembre 1931, un aérostat de la marine bascula presque à la verticale, manquant balayer de la plateforme les célébrités venues assister à cet événement historique, tandis que l'eau des ballasts tomba à plusieurs centaines de mètres de là, sur des piétons qui furent trempés des pieds à la tête. Malgré son caractère si romanesque, l'idée du mât d'amarrage finit par être abandonnée. »

Elle s'est remise à marcher et on l'a suivie, mais je n'étais pas sûr qu'elle n'aurait pas continué à parler si on ne l'avait pas suivie. Je me suis demandé si c'était pour nous qu'elle faisait ce qu'elle faisait, ou pour elle-même, ou pour une autre raison entièrement différente.

« Au printemps et en automne, lors des migrations saisonnières, l'éclairage du gratte-ciel est éteint pendant les nuits de brouillard pour ne pas désorienter les oiseaux qui risqueraient alors de s'écraser contre l'édifice.

– Dix mille oiseaux meurent chaque année en s'écrasant contre des fenêtres, je lui ai dit, parce que j'étais tombé là-dessus par hasard en faisant des recherches sur les fenêtres des tours jumelles.

– Ça fait beaucoup d'oiseaux, M. Black a dit.

– Et beaucoup de fenêtres, elle a dit.

– Oui, c'est pour ça que j'ai inventé un appareil qui détecterait les oiseaux quand ils sont incroyablement près d'un immeuble et déclencherait à partir d'un autre gratte-ciel un cri d'appel extrêmement fort vers lequel ils seraient attirés. Ce serait comme s'ils rebondissaient de l'un à l'autre.

– Comme une boule de flipper, M. Black a dit.

– C'est quoi, flipper ? j'ai demandé.

– Mais les oiseaux ne quitteraient jamais Manhattan, Ruth a dit.

– Ce qui serait formidable, je lui ai dit, parce que ça rendrait la chemise en graines pour oiseaux totalement fiable.

– Est-ce que je peux inclure ces dix mille oiseaux dans le texte de mes prochaines visites commentées ? »

Je lui ai dit qu'ils ne m'appartenaient pas.

« L'Empire State constitue un paratonnerre naturel qui est frappé jusqu'à cinq cents fois par an. La plate-forme d'observation extérieure est fermée pendant les orages mais le salon panoramique intérieur reste ouvert. L'électricité statique qui s'accumule est si colossale au sommet de l'édifice que, si les conditions sont réunies, en passant la main à travers le grillage de la plate-forme, on doit voir le feu Saint-Elme jaillir du bout de ses doigts.

– J'adore ! Le feu Saint-Elme, c'est ce qu'il y a de plus extraordinaire !

– En s'embrassant ici, les amoureux sentent parfois leurs lèvres crépiter d'étincelles électriques.

– Ça, c'est ce que je préfère ! » M. Black a dit.

Et elle :

« Moi aussi.

– Moi, c'est le feu Saint-Elme.

– L'Empire State Building est situé à 40 degrés, 44 minutes, 53,977 secondes de latitude nord et 73 degrés, 59 minutes, 10,812 secondes de longitude ouest. Merci.

– C'était un enchantement, M. Black a dit.

– Merci », elle a fait.

Je lui ai demandé comment elle savait tout ça.

« Si je sais beaucoup de choses sur l'Empire State, c'est que je l'aime. »

Ça m'a collé des semelles de plomb, parce que ça m'a rappelé la serrure que je n'avais pas encore trouvée et que, tant que je ne l'aurais pas trouvée, je n'aimais pas assez papa.

« Qu'est-ce que vous lui trouvez au juste ? M. Black a demandé.

– Si j'avais la réponse, ce ne serait pas de l'amour, vous ne croyez pas ?

– Vous êtes une femme admirable, il a dit, et puis il lui a demandé d'où sa famille était originaire.

– Je suis née en Irlande. Ma famille est venue ici quand j'étais petite.

– Vos parents ?

– Ils étaient irlandais.

– Et vos grands-parents ?

– Irlandais.

– C'est merveilleux, M. Black a dit.

– Pourquoi ? elle a demandé, ce qui était la question que je me posais aussi.

– Parce que ma famille n'a strictement rien à voir avec l'Irlande. Nous sommes venus à bord du Mayflower.

– Cool, j'ai dit.

– Je ne suis pas sûre de bien comprendre », Ruth a dit.

Et M. Black :

« Nous ne sommes pas apparentés.

– Pourquoi serions-nous apparentés ?

– Parce que nous portons le même nom. »

En dedans j'ai pensé, *Mais en principe, elle a jamais vraiment dit qu'elle s'appelait Black. Et même si elle s'appelle Black, pourquoi elle demande pas comment il le sait ?* M. Black a ôté son béret et il a posé un genou à terre, ce qui lui a pris longtemps.

« Au risque de vous sembler trop direct, j'espère avoir le plaisir de votre compagnie un après-midi. Je serai déçu, mais nullement vexé, si vous déclinez. »

Elle a détourné sa figure.

« Pardon, il a dit, je n'aurais pas dû. »

Et elle :

« Je reste toujours ici. »

M. Black a dit :

« *Hein quoi qu'est-ce ?*

– Je reste toujours ici.

– Toujours ?
– Oui.
– Depuis combien de temps ?
– Oh, longtemps. Des années. »
Et M. Black :
« Alors ça ! »
J'ai demandé comment.
« Que voulez-vous dire ?
– Vous dormez où ?
– Quand la nuit est douce, ici. Mais quand il fait froid, et c'est très fréquent à cette hauteur, j'ai un lit dans une des pièces qui servent de remise.
– Qu'est-ce que vous mangez ?
– Il y a deux snack-bars à l'étage. Et quelquefois un de ces jeunes gens m'apporte à manger, si j'ai envie de changer un peu. Comme vous le savez, on trouve toutes sortes de cuisines différentes, à New York. »
J'ai demandé si on savait qu'elle était là.
« Qui ça, on ?
– Je ne sais pas, les propriétaires du gratte-ciel, entre autres.
– Les propriétaires ont changé bien des fois depuis que j'ai emménagé ici.
– Et les employés ?
– Les employés se succèdent. Les nouveaux venus me voient et en concluent que je suis censée être là.
– Personne ne vous a dit de partir ?
– Jamais.
– Pourquoi ne descendez-vous pas ? M. Black a demandé.
– Je me sens mieux ici.
– Comment est-ce possible ?
– C'est difficile à expliquer.
– Comment cela a-t-il commencé ?
– Mon mari était colporteur, il faisait du porte-à-porte.
– Et ?

– C'était il y a longtemps. Il vendait sans cesse des choses nouvelles. Il adorait les nouveautés qui allaient changer la vie. Et il avait sans cesse des idées folles, merveilleuses. Un peu comme vous, elle m'a dit, ce qui m'a collé des semelles de plomb parce que ça me fatigue de rappeler sans cesse quelqu'un d'autre aux gens, pourquoi je ne les fais pas penser à moi ? Un jour, il a dégoté un projecteur dans un surplus militaire. C'était juste après la guerre et on trouvait à peu près tout. Il l'a connecté à une batterie de voiture et il a monté l'ensemble sur la voiture à bras avec laquelle il faisait ses tournées. Il m'a dit d'aller sur la plate-forme d'observation de l'Empire State Building, et en se promenant à travers New York il braquait de temps en temps le projecteur sur moi, pour me faire savoir où il était.

– Ça marchait ?

– Pas pendant la journée, non. Il fallait que j'attende qu'il fasse très sombre pour que je voie la lumière. Mais à partir de ce moment-là, c'était ébahissant. À croire que toutes les lumières de New York s'éteignaient à l'exception de la sienne. C'est dire si je le voyais clairement. »

Je lui ai demandé si elle n'exagérait pas un peu. Elle a répondu :

« Au contraire, je suis en dessous de la vérité. »

Et M. Black a dit :

« À moins que ce ne soit véridique, ni plus, ni moins.

– Je me rappelle la première nuit. Je suis montée ici et tout le monde regardait dans toutes les directions, montrant du doigt les choses à voir. Il y a tant de choses spectaculaires. Mais j'étais la seule à être le point de mire de quelque chose.

– De quelqu'un, j'ai dit.

– Oui, de quelque chose qui était quelqu'un. J'avais l'impression d'être une reine. C'est drôle, non ? Et c'est bête. »

J'ai fait non de la tête. Elle a continué :

« Une reine, l'impression d'être une reine. Quand la lumière s'éteignait, je savais qu'il avait fini sa journée et je descendais le retrouver à la maison. Quand il est mort, je suis revenue ici. C'est bête.

– Non, j'ai dit. C'est pas bête.

– Je ne cherchais pas à le voir. Je ne suis plus une enfant. Mais ça me donnait le même sentiment que celui que j'avais éprouvé quand je cherchais sa lumière, pendant la journée. Quand je savais qu'elle était là mais que je ne pouvais la voir. »

M. Black a fait un pas vers elle.

« Je ne supportais pas de rentrer à la maison. »

J'ai demandé pourquoi alors que je craignais d'apprendre quelque chose que je ne voulais pas savoir.

Elle a dit :

« Parce que je savais qu'il n'y serait pas. »

M. Black l'a remerciée mais elle n'avait pas fini.

« Quand la nuit est tombée, je me suis blottie dans un coin, ce coin, là-bas, et je me suis endormie. Je voulais peut-être attirer l'attention des gardiens, je ne sais pas. Quand je me suis réveillée, en pleine nuit, j'étais seule. Il faisait froid. J'avais peur. Je suis allée jusqu'à la rambarde. Là, tenez. Jamais je ne m'étais sentie plus seule. C'était comme si le gratte-ciel était devenu beaucoup plus haut. Ou la ville beaucoup plus noire. Mais jamais je ne m'étais sentie plus vivante, en même temps. Jamais je ne m'étais sentie plus vivante et plus seule.

– Il ne me viendrait pas à l'idée de vous faire descendre, M. Black a dit. Nous pourrions passer l'après-midi ici.

– Je suis mal à l'aise en société, elle a dit.

– Moi aussi, M. Black a dit.

– Ma compagnie est ennuyeuse. Je viens de vous raconter tout ce que je sais.

– Ma compagnie est sinistre, a dit M. Black, malgré que c'est pas vrai. Demandez-lui, il a ajouté en me montrant.

– C'est vrai, j'ai dit, il est nul.

– Vous pourrez me parler de l'Empire State Building tout l'après-midi. Ce serait merveilleux. C'est exactement ce que j'ai envie de faire de mon temps.

– Je n'ai même pas de rouge à lèvres.

– Moi non plus. »

Elle a laissé échapper un petit rire, et puis elle a posé la main sur sa bouche, comme si elle s'en voulait d'avoir oublié sa tristesse.

Il était déjà 14 h 32 quand je suis arrivé en bas des mille huit cent soixante marches, j'étais épuisé, et M. Black, qui m'attendait dans le hall, avait l'air épuisé aussi. Alors on est rentrés directement à la maison. Quand on est arrivés devant chez M. Black – c'était il y a quelques minutes seulement –, je faisais déjà des projets pour le week-end prochain, parce qu'on devait aller à Far Rockaway, à Boerum Hill, à Long Island City, et aussi à Dumbo si on avait le temps, mais il m'a interrompu en disant :

« Écoute, Oskar.

– C'est mon nom, pas la peine de le crier sur les toits.

– Je crois que pour moi c'est fini.

– Qu'est-ce qui est fini pour vous ?

– J'espère que tu comprends. »

Il m'a tendu la main.

« Qu'est-ce qui est fini ?

– J'ai adoré t'accompagner. Adoré chaque minute du temps que j'ai passé avec toi. Tu m'as ramené dans le monde. C'est le cadeau le plus formidable qu'on pouvait me faire. Mais maintenant je crois que c'est fini pour moi. J'espère que tu comprends. »

Sa main était encore ouverte, attendant la mienne.

Je lui ai dit :

« Non, je comprends pas ! »

J'ai donné un coup de pied dans sa porte et je lui ai dit :

« Vous tenez pas votre promesse. »

Je l'ai poussé en criant :
« C'est pas juste ! »
Je me suis mis sur la pointe des pieds pour que ma bouche soit près de son oreille et j'ai crié :
« Allez vous faire foutre ! »
Non. Je lui ai serré la main…

« Et puis je suis venu directement ici et maintenant je sais plus quoi faire. »
Pendant que je racontais mon histoire au locataire, il avait pas arrêté de hocher la tête en regardant ma figure. Il me regardait si fixement que je m'étais demandé s'il m'écoutait ou s'il essayait pas plutôt d'entendre quelque chose d'incroyablement étouffé, en dessous de ce que je disais, un peu comme un détecteur de métaux, mais pour la vérité, pas pour le métal.
Je lui ai dit :
– Ça fait plus de six mois que je cherche. Et je ne sais pas une seule chose de plus qu'il y a six mois. J'ai même un déficit de connaissances parce que j'ai séché plein de leçons de français avec Marcel. En plus, j'ai dû raconter un googolplex de mensonges qui font que je ne suis pas content de moi et j'ai embêté un tas de gens en gâchant probablement toutes mes chances de devenir un jour leur ami. Et c'est pas tout, mon papa me manque encore plus que quand j'ai commencé, alors que le seul intérêt de tout ça, c'était qu'il arrête de me manquer. »
Je lui ai encore dit :
« Ça commence à me faire trop mal. »
Il a écrit, « Quoi ? »
Et là, j'ai fait un truc qui m'a surpris moi-même. J'ai dit :
« Attendez ! »
J'ai descendu les soixante-douze marches en courant, traversé la rue en courant, je suis passé devant Stan en courant, alors qu'il disait « Vous avez du courrier ! » et

j'ai monté les cent cinq marches. L'appartement était vide. J'aurais voulu entendre de la belle musique. J'avais envie que papa siffle, envie du petit bruit de frottement de son stylo rouge, envie du pendule qui se balançait dans son dressing, envie qu'il soit là à lacer ses chaussures. Je suis allé dans ma chambre prendre le téléphone. Toujours en courant, j'ai redescendu les cent cinq marches, je suis passé devant Stan qui disait encore « Vous avez du courrier ! », j'ai remonté les soixante-douze marches et je suis entré chez grand-mère. Je suis allé dans la chambre d'amis. Le locataire y était exactement dans la même position, comme si j'étais jamais parti, ou même que j'y avais jamais été. J'ai sorti le téléphone de l'écharpe que grand-mère a jamais pu finir, je l'ai branché, et j'ai passé les cinq premiers messages pour lui. Il n'a rien montré sur sa figure. Il m'a seulement regardé. Il regardait plutôt en moi, comme si son détecteur sentait une énorme vérité, profondément enfouie.

« Personne n'a jamais entendu ça », j'ai dit.

« Et ta mère ? » il a écrit.

« Surtout pas elle. »

Il a croisé les bras et mis les mains dans ses aisselles, chez lui c'était comme s'il les mettait sur sa bouche. J'ai dit :

« Même pas grand-mère. »

Alors ses mains se sont mises à trembler comme des oiseaux sous une nappe. Il a fini par les sortir pour écrire : « Peut-être qu'il a vu ce qui se passait et qu'il est entré en courant porter secours à quelqu'un. »

« C'est ce qu'il aurait fait. Il était comme ça. »

« C'était quelqu'un de bien ? »

« C'était le meilleur. Mais il était déjà à l'intérieur, il avait un rendez-vous. Et puis il a dit qu'il était monté sur le toit, il devait donc être au-dessus de l'endroit où l'avion s'est écrasé, ce qui veut dire qu'il n'est pas entré en courant porter secours à quelqu'un. »

« Peut-être qu'il l'a dit mais qu'il n'est pas allé sur le toit. »

« Pourquoi aurait-il fait ça ? »

« C'était quoi, son rendez-vous ? »

« Il dirige la bijouterie familiale. Il a des rendez-vous tout le temps. »

« La bijouterie familiale ? »

« C'est mon grand-père qui l'a ouverte. »

« C'est qui, ton grand-père ? »

« Je ne sais pas. Il a quitté ma grand-mère avant ma naissance. Elle dit qu'il savait parler aux bêtes et faire de la sculpture plus vraie que la réalité. »

« Qu'est-ce que tu en penses ? »

« Je pense que personne ne peut parler aux bêtes. Sauf aux dauphins, peut-être. Ou alors par signes, avec les chimpanzés. »

« Qu'est-ce que tu penses de ton grand-père ? »

« Je ne pense pas à lui. »

Il a appuyé sur *Play* pour écouter les messages encore une fois, et encore une fois j'ai appuyé sur *Stop* quand le cinquième a été fini.

Il a écrit, « Il a l'air calme, dans le dernier message. »

« Dans *National Geographic*, j'ai lu que, quand une bête croit qu'elle va mourir, elle panique et se met à faire n'importe quoi. Mais quand c'est sûr, quand elle sait qu'elle va mourir, elle devient très, très calme. »

« Peut-être qu'il ne voulait pas t'inquiéter. »

Peut-être. Peut-être qu'il n'a pas dit qu'il m'aimait justement parce qu'il m'aimait. Mais ça ne me suffisait pas comme explication. J'ai dit :

« J'ai besoin de savoir comment il est mort. »

Il a feuilleté le cahier pour revenir en arrière et montrer, « Pourquoi ? »

« Pour pouvoir arrêter d'inventer comment il est mort. J'arrête pas d'inventer. »

Il a encore feuilleté pour montrer, « Je suis désolé. »

« J'ai trouvé un tas de vidéos sur Internet, avec des corps qui tombent. C'était sur un site portugais, où il y avait plein de choses qu'on ne montre pas ici, alors que c'est ici que c'est arrivé. Chaque fois que je veux essayer de savoir comment papa est mort, il faut que j'aille dans un programme de traduction chercher comment dire les choses dans d'autres langues, par exemple "Septembre", c'est "Wrzesień", "gens sautant d'un immeuble en flammes", c'est "Menschen, die aus brennenden Gebaüden springen". Après je cherche ces mots sur Google. Ça me met incroyablement en colère que les gens du monde entier puissent savoir des choses et moi pas, parce que c'est ici que c'est arrivé, c'est à moi que c'est arrivé, alors c'est moi qui devrait le savoir, non ?

« J'ai imprimé les images des vidéos portugaises pour les examiner d'extrêmement près. Il y a un corps qui pourrait être lui. Il est habillé comme lui, et quand j'agrandis jusqu'à ce que les pixels soient si gros que ça n'a plus l'air d'une personne, des fois, je vois des lunettes. Enfin, j'ai l'impression. Mais c'est probablement faux. C'est simplement parce que je veux que ce soit lui. »

« Tu veux qu'il ait sauté ? »

« Je veux arrêter d'inventer. Si je pouvais savoir comment il est mort, savoir exactement, j'aurais pas besoin d'inventer qu'il est mort dans un ascenseur coincé entre deux étages, comme c'est arrivé à certains. J'aurais pas besoin de l'imaginer en train d'essayer de descendre en s'accrochant à la façade de la tour, comme j'ai vu une personne le faire, sur une vidéo d'un site polonais, ou essayer de se faire un parachute avec une nappe comme d'autres, qui étaient au Windows on the World, l'ont fait. Il y avait tellement de façons différentes de mourir et j'ai besoin de savoir ce que la sienne a été, voilà. »

Il a tendu les mains comme s'il voulait que je les prenne.

« C'est des tatouages ? »

Il a fermé la main droite. J'ai feuilleté le cahier pour

lui montrer, « Pourquoi ? » Il a retiré ses mains pour écrire, « Ça a facilité les choses. Au lieu d'écrire OUI et NON tout le temps, je n'ai qu'à montrer mes mains. »

« Mais pourquoi seulement OUI et NON ? »

« Je n'ai que deux mains. »

« Oui mais… et "Je vais y réfléchir", "Probablement", et "C'est possible" ? »

Il a fermé les yeux et s'est concentré quelques secondes, et puis il a haussé les épaules, exactement comme faisait papa.

« Vous avez toujours été muet ? »

Il a ouvert la main droite.

« Alors pourquoi vous ne parlez pas ? »

Il a écrit, « Je ne peux pas. »

« Pourquoi ? »

Il a montré, « Je ne peux pas. »

« Vous vous êtes cassé les cordes vocales ou je ne sais quoi ? »

« Il y a quelque chose de cassé. »

« Quand avez-vous parlé pour la dernière fois ? »

« Il y a très, très longtemps. »

« Quel est le dernier mot que vous ayez dit ? »

Il a feuilleté pour montrer, « Moi. »

« Le dernier mot que vous avez dit c'est *Moi* ? »

Il a ouvert la main gauche.

« Ça compte à peine pour un mot. »

Il a haussé les épaules.

« Est-ce que vous essayez de parler ? »

« Je sais ce qui arriverait. »

« Quoi ? »

Il a feuilleté pour montrer, « Je ne peux pas. »

« Essayez. »

« Maintenant ? »

« Essayez de dire quelque chose. »

Il a haussé les épaules. J'ai dit :

« S'il vous plaît. »

Il a ouvert la bouche et posé les doigts sur sa gorge. Ils remuaient comme ceux de M. Black quand il cherchait une biographie en un mot, mais aucun son n'est sorti, même pas un vilain bruit, ou un soupir. Je lui ai demandé :

« Qu'est-ce que vous avez essayé de dire ? »

Il a feuilleté pour montrer, « Je suis désolé. » J'ai dit :

« Vous excusez pas. »

Et j'ai ajouté :

« Peut-être que vous vous êtes vraiment cassé les cordes vocales, vous devriez aller voir un spécialiste. »

J'ai encore demandé :

« Qu'est-ce que vous avez essayé de dire ? »

Il a montré, « Je suis désolé. »

J'ai demandé :

« Je peux prendre une photo de vos mains ? »

Il les a posées sur ses genoux, paumes en l'air, comme un livre.

OUI et NON.

J'ai réglé l'appareil de grand-père.

Il tenait ses mains extrêmement immobiles.

J'ai pris la photo.

Je lui ai dit :

« Maintenant, je vais rentrer chez moi. »

Il a pris son cahier pour écrire, « Et ta grand-mère ? »

« Dites-lui que je lui parlerai demain. »

En arrivant au milieu de la chaussée, j'ai entendu applaudir derrière moi, presque comme les ailes des oiseaux, devant la fenêtre de M. Black. Je me suis retourné et j'ai vu le locataire à la porte de l'immeuble. Il a posé la main sur sa gorge et ouvert la bouche, comme s'il essayait encore de parler. Je lui ai crié :

« Qu'est-ce que vous essayez de dire ? »

Il a écrit quelque chose dans son cahier et il l'a levé mais je n'arrivais pas à voir, alors j'y suis retourné en courant. Ça disait, « S'il te plaît, ne dis pas à ta grand-mère que nous nous sommes vus. »

« Si vous dites rien, je dirai rien. »

Et je ne me suis même pas posé la question évidente : pourquoi est-ce qu'il aurait voulu, lui, garder le secret ? Il a écrit, « Si jamais tu as besoin de quoi que ce soit, tu n'auras qu'à lancer des petits cailloux contre la fenêtre de la chambre d'amis. Je descendrai te rejoindre sous le réverbère. »

« Merci. »

J'ai dit ça, mais en dedans, ce que je pensais, c'était, *Pourquoi est-ce que je pourrais avoir besoin de vous ?*

Tout ce que je voulais, ce soir-là, c'était m'endormir, et tout ce que je pouvais faire, c'était inventer.

Pourquoi pas des avions glacés, qui seraient à l'abri des missiles à tête chercheuse thermique ?

Pourquoi pas des tourniquets du métro qui feraient en même temps détecteurs de radioactivité ?

Pourquoi pas des ambulances incroyablement longues qui relieraient chaque immeuble à un hôpital ?

Pourquoi pas des parachutes dans les trousses de premier secours ?

Pourquoi pas des pistolets avec des senseurs dans la crosse qui détecteraient la colère ? Si on était en colère, ils ne tireraient pas, même si on était policier.

Pourquoi pas des combinaisons en Kevlar ?

Pourquoi pas des gratte-ciel faits de parties mobiles et articulées qui pourraient se restructurer si nécessaire et même s'ouvrir au milieu, pour laisser passer les avions ?

Pourquoi pas…

Pourquoi pas…

Pourquoi pas…

Et puis une pensée est venue dans mon cerveau qui n'était pas comme les autres pensées. C'était plus près de moi, et plus fort. Je ne savais pas d'où elle venait, ou ce qu'elle voulait dire, ni même si je l'aimais ou si je la détestais. Elle s'est ouverte comme une main, comme une fleur.

Pourquoi pas déterrer le cercueil vide de papa ?

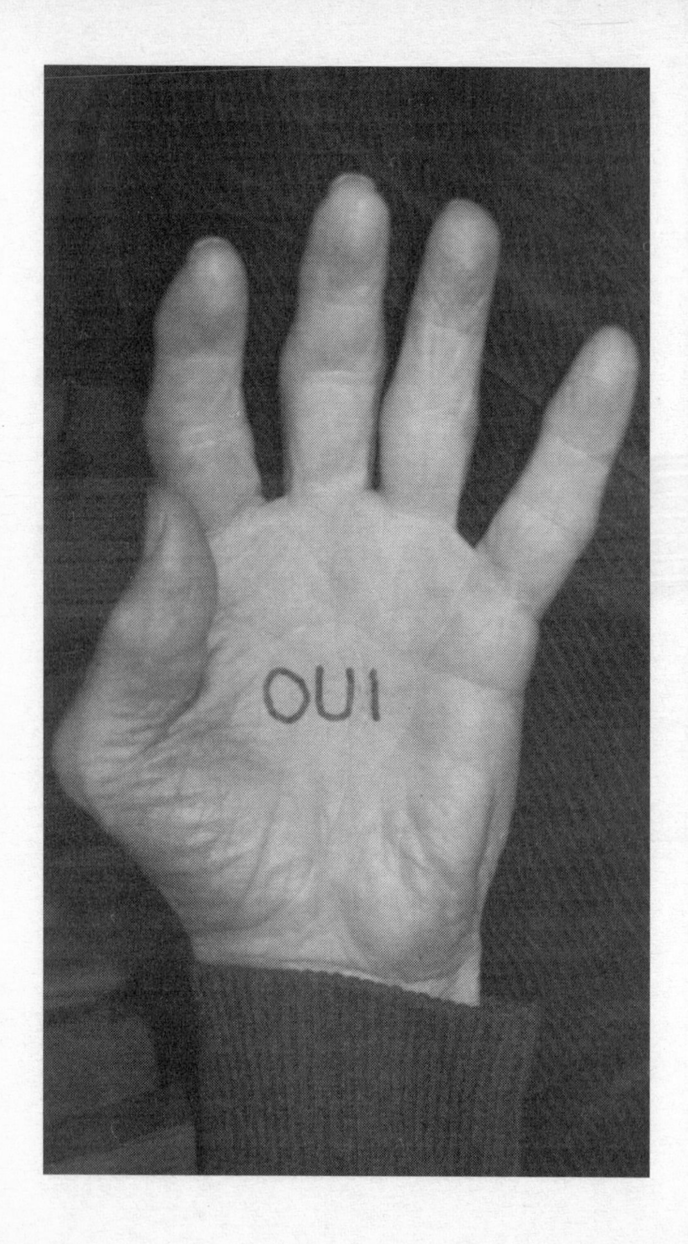
OUI

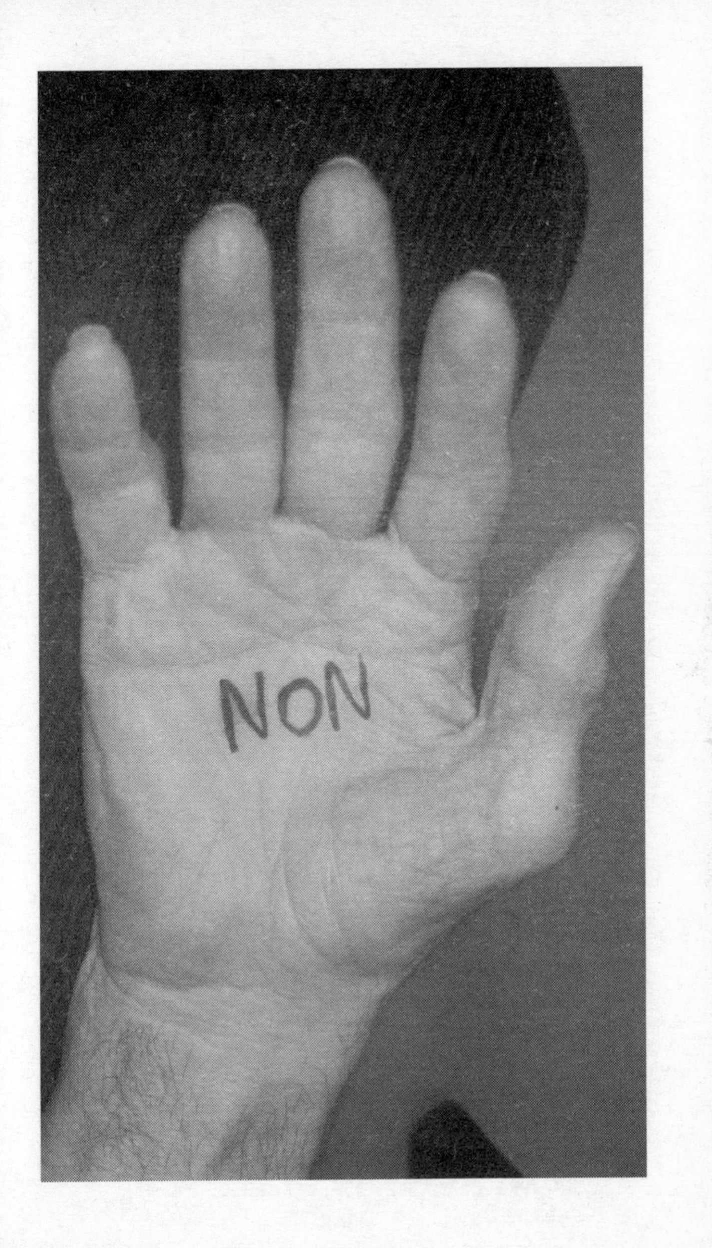
NON

Pourquoi je ne suis pas là où tu es
11/9/03

Je ne parle pas, pardon.

Je m’appelle Thomas.

Je suis désolé.

Je suis quand même désolé.

À mon enfant : J'ai rédigé ma dernière lettre pour toi le jour de ta mort et je supposais que je ne t'écrirais plus jamais un mot, je me suis si souvent trompé dans mes suppositions à propos de tant de choses, pourquoi suis-je surpris de sentir le stylo dans ma main ce soir ? J'écris en attendant de rejoindre Oskar, dans un peu moins d'une heure, je fermerai ce cahier pour aller le retrouver sous le réverbère, nous nous mettrons en route vers le cimetière, vers toi, ton père et ton fils, voici comment c'est arrivé. J'ai remis un mot au portier de ta mère il y a presque deux ans. Depuis l'autre trottoir, j'ai vu la limousine se ranger, elle en est descendue, a touché la porte, elle avait tellement changé mais je la reconnaissais quand même, ses mains avaient changé mais elle touchait de la même façon, elle est entrée dans l'immeuble avec un petit garçon, je n'ai pas vu si le portier lui donnait mon mot, je n'ai pas vu sa réaction, le petit garçon est ressorti et est allé dans l'immeuble de l'autre côté de la rue. Je l'ai regardée ce soir-là, debout à la fenêtre, les paumes contre la vitre, j'ai confié un autre mot au portier, « Veux-tu me revoir ou faut-il que je m'en aille ? » Le lendemain matin, il y avait un mot écrit sur la fenêtre, « Ne t'en va pas », cela voulait dire quelque chose, mais ça ne voulait pas dire « Je veux te revoir ». J'ai ramassé une poignée de cailloux que j'ai lancés contre sa fenêtre, il ne s'est rien passé, j'en ai lancé d'autres, mais elle n'est pas venue à la fenêtre, j'ai écrit un mot dans mon cahier journalier – « Veux-tu me revoir ? » –, j'ai déchiré la feuille pour la remettre au portier, le lendemain matin j'y suis retourné, je ne voulais pas lui rendre la vie plus difficile encore, mais je ne voulais pas renoncer non plus, il y avait un mot sur la fenêtre, « Je ne veux pas vouloir te revoir », cela signifiait quelque chose, mais cela ne signifiait pas oui. J'ai ramassé des cailloux sur la chaussée pour les lancer contre sa fenêtre, j'espérais qu'elle m'entendrait et saurait ce que je voulais dire, j'ai attendu, elle n'est pas venue à la fenêtre, j'ai écrit un mot – « Que dois-je faire ? » – et l'ai confié au portier, il a dit, « Vous pouvez être sûr qu'elle l'aura », je n'ai pas pu dire, « Merci. » Le lendemain matin j'y suis retourné, il y avait un petit mot sur la fenêtre, le premier, « Ne t'en va pas », j'ai ramassé des cailloux, je les ai lancés, ils ont tambouriné comme des doigts contre la vitre, je lui ai écrit, « Oui ou non ? » Combien de temps cela pouvait-il durer ? Le lendemain sur un étal de Broadway j'ai acheté une pomme, si elle ne voulait pas de moi je partirais, je ne savais pas où j'irais, mais je ferais demi-tour pour m'éloigner, il n'y avait pas de mot sur sa fenêtre, alors j'ai lancé la pomme, m'attendant à une pluie de verre sur moi, je n'avais pas peur des éclats, la pomme est entrée par la fenêtre dans son appartement, le portier se tenait devant l'immeuble, il a dit, « Vous avez de la chance que la fenêtre soit ouverte, mon vieux », mais je savais que je n'avais pas de chance, il m'a tendu une clé. J'ai pris l'ascenseur, la porte était ouverte, l'odeur m'a ramené ce que, depuis quarante ans, je me battais pour ne pas me rappeler sans pouvoir l'oublier. J'ai mis la clé dans ma poche, « Seulement la chambre d'amis ! » a-t-elle lancé depuis notre chambre, celle où nous avions dormi, rêvé et fait l'amour. C'est ainsi que nous avons commencé notre deuxième vie ensemble… Quand j'étais descendu de l'avion, après onze heures de voyage et quarante ans d'absence, celui qui prit mon passeport m'avait demandé le but de ma visite, j'écrivis dans mon cahier journalier, « Pour un deuil », et puis, « Pour ~~un deuil~~ essayer de vivre », il me lança un regard en demandant si je considérais qu'il s'agissait d'affaires ou de loisirs, j'écrivis, « Ni l'un ni l'autre. » « Combien de temps comptez-vous porter le deuil et essayer de vivre ? » J'écrivis, « Le restant de mes jours. » « Alors vous comptez rester ? » « Aussi longtemps que je pourrai. » « Mais encore, un week-end ou une année ? » Je n'écrivis rien. Il dit, « Au suivant. » J'ai regardé les bagages tourner sur le tapis roulant, chacun contenait les affaires d'une vie, j'ai vu des nouveau-nés passer et repasser, des vies possibles, je suivis les flèches de ceux qui n'avaient rien à déclarer et cela me donna envie de rire, mais je restai muet. Un des douaniers me demanda d'approcher, « Vous avez beaucoup de valises pour quelqu'un qui n'a rien à déclarer », dit-il, je fis oui de la tête, sachant que les gens qui n'ont rien à déclarer sont les plus chargés, j'ouvris mes valises, « Vous avez beaucoup de papier », dit-il, je lui montrai ma paume gauche, « Non, mais vraiment beaucoup, beaucoup de papier. » J'écrivis, « Ce sont des lettres à mon fils. Je n'ai pas pu les lui envoyer quand il était vivant. À présent il est mort. Je ne parle pas. Je suis désolé. » Le douanier a regardé son collègue et ils ont échangé un sourire, je ne me formalise pas qu'on sourie à mes dépens, la dépense n'est pas considérable, ils me laissèrent passer, ce ne fut pas parce qu'ils me croyaient mais parce qu'ils ne voulaient pas essayer de me comprendre, j'avisai un téléphone public et appelai ta mère, je n'avais pas prévu plus loin, c'était déjà beaucoup présumer, qu'elle vivait encore, qu'elle occupait l'appartement que j'avais quitté voilà quarante ans, présumer qu'elle viendrait me chercher et que tout rimerait enfin à quelque chose, nous ferions notre deuil et essaierions de vivre, le téléphone a sonné, sonné, nous nous réconcilierions avec nous-mêmes, le téléphone sonnait, une femme a répondu, « Allô ? » Je savais que c'était elle, la voix avait changé mais la respiration était la même, l'espacement des mots était le même. J'ai composé, « 2, 5, 5, 6 », elle a dit « Allô ? » J'ai demandé, « 7, 8, 3, 3, 6, 4, 7, 5, 3, 3, 2, 4, 7, 3 ? » Elle a dit, « Votre téléphone ne vaut pas tripette. Allô ? »

J'aurais voulu enfiler la main dans l'appareil, tout le long de la ligne, l'introduire dans sa chambre, lui montrer OUI, j'ai demandé, « 7, 8, 3, 3, 6, 4, 7, 5, 3, 3, 2, 4, 7, 3 ? » Elle a dit, « Allô ? » J'ai dit, « 2, 5, 2, 4, 3, 3 ! » « Écoutez, a-t-elle dit, votre téléphone doit être détraqué, tout ce que j'entends, c'est des bips. Raccrochez et essayez de nouveau. » Essayer de nouveau ? J'essayais d'essayer de nouveau, c'était exactement ce que je faisais ! Sachant que ça n'arrangerait rien, sachant que rien de bon ne pouvait en sortir, debout là, au milieu de l'aéroport, au début du siècle, à la fin de ma vie, je lui ai tout raconté : pourquoi j'étais parti, où j'étais allé, comment j'avais appris ta mort, pourquoi j'étais revenu, et ce que j'avais besoin de faire du temps qui me restait. Je le lui ai raconté parce que je voulais qu'elle me croie et me comprenne et parce que je pensais que je le lui devais, que je le devais à moi-même, et à toi, ou était-ce encore et tout simplement de l'égoïsme ? J'ai décomposé ma vie en lettres, pour amour j'appuyai sur « 2, 6, 6, 8, 7 », pour mort, sur « 6, 6, 7, 8 », quand on ôte la souffrance de la joie, quel est le résultat de la soustraction, que reste-t-il ? Quelle est, me demandai-je, la somme de ma vie ?
« 5, 3, 6, 2, 7, 7, 3, 5, 5, 3, 3, 5, 4, 3, 2, 5, 8, 6, 3, 8, 5, 3, 8, 4, 3, 6, 7, 3, 2, 7, 7, 4, 8, 3, 7, 2, 5, 2, 3, 7, 6, 7, 6, 7, 8, 4, 6, 3, 3, 3, 8, 6, 3, 4, 6, 3, 6, 7, 3, 4, 6, 5, 3, 5, 7 ! 6, 4, 3, 2, 2, 6, 7, 4, 2, 5, 6, 3, 8, 7, 2, 6, 3, 4, 3 ? 5, 7, 6, 3, 5, 8, 6, 2, 6, 3, 4, 5, 8, 7, 8, 2, 7, 7, 4, 8, 3, 9, 2, 8, 8, 4, 3, 2, 4, 7, 7, 6, 7, 8, 4, 6, 3, 3, 3, 8 ! 4, 3, 2, 4, 7, 7, 6, 7, 8, 4 ! 6, 3, 3, 3, 8, 6, 3, 9, 6, 3, 6, 6, 3, 4, 6, 5, 3, 5, 7 ! 6, 4, 3, 2, 2, 6, 7, 4, 2, 5, 6, 3, 8, 7, 2, 6, 3, 4, 3 ? 5, 7, 6, 3, 5, 8, 6, 2, 6, 3, 4, 5, 8, 7, 8, 2, 7, 7, 4, 8, 3, 3, 2, 8 ! 7, 7, 4, 8, 3, 3, 2, 8, 3, 4, 3, 2, 4, 7, 6, 6, 7, 8, 4, 6, 8, 3, 8, 8, 6, 3, 4, 6, 3, 6, 7, 3, 4, 6, 7, 7, 4, 8, 3, 3, 9, 8, 8, 4, 3, 2, 4, 5, 7, 6, 7, 8, 4, 6, 3, 5, 5, 2, 6, 9, 4, 6, 5, 6, 7, 5, 4, 6 ! 5, 2, 6, 2, 6, 5, 9, 5, 2 ? 6, 9, 6, 2, 6, 5, 4, 7, 5,

5, 4, 5, 2, 5, 2, 6, 4, 6, 2, 4, 5, 2, 7, 2, 2, 7, 7, 4, 2, 5, 5,
2, 9, 2, 4,5,2,6 ! 4, 2, 2, 6, 5, 4, 2, 5, 7, 4, 5, 2, 5, 2, 6,
2, 6, 5, 4, 5, 2, 7, 2, 2, 7, 7, 4, 2, 5, 5, 2, 2, 2, 4, 5, 2 ! 7,
2, 2, 7, 7, 4, 2, 5, 5, 2, 2, 2, 4, 5, 2, 4, 7, 2, 2, 7, 2, 4, 6,
5, 5, 5, 2, 6, 5, 4, 6, 5, 6, 7, 5, 4 ! 4, 3, 2, 4, 3, 3, 6, 3, 8,
4 ! 6, 3, 3, 3, 8, 6, 3, 9, 6, 3, 6, 6, 3, 4, 6, 5, 3, 5, 3 ! 2,
2, 3, 3, 2, 6, 3, 4, 2, 5, 6, 3, 8, 3, 2, 6, 3, 4, 3 ? 5, 6, 8,
3 ? 5, 3, 6, 3, 5, 8, 6, 2, 6, 3, 4, 5, 8, 3, 8, 2, 3, 4, 8, 3,
3, 2, 8 ! 3, 3, 4, 8, 3, 3, 2, 8, 3, 4, 3, 2, 4, 7, 6, 6, 7, 8, 4,
6, 8, 3, 3, 8, 6, 3, 4, 6, 3 ! 2, 2, 7, 7, 4, 2, 5, 5, 2, 9, 2, 4,
5, 2, 6 ! 4, 2, 2, 6, 5, 4, 2, 5, 7, 4, 5, 2, 5, 2, 6, 2, 6, 5, 4,
5, 2, 7, 2, 2, 7, 7, 4, 2, 5, 5, 2, 2, 2, 4, 5, 2 ! 7, 2, 2, 7, 7,
4, 2, 5, 5, 2, 2, 2, 4, 5, 2, 4, 7, 2, 2, 7, 2, 4, 6, 5, 5, 5, 2,
6, 5, 4, 6, 5, 6, 7, 5, 4 ! 6, 5, 5, 5, 7 ! 6, 4, 5, 2, 2, 6, 7,
4, 2, 5, 6, 5, 2, 6 ! 2, 6, 5, 4, 5 ? 5, 7, 6, 5, 5, 2, 6, 2, 6,
5, 4, 5, 2, 7, 2, 2, 7, 7, 4, 2, 5, 9, 2, 2, 2, 4, 5, 2, 4, 5, 5,
6, 5, 2, 4, 6, 5, 5, 5, 2 ! 4, 5, 2, 4, 5, 5, 6, 5 ! 5, 6, 8, 3 ?
5, 5, 6, 5, 5, 2, 6, 2, 6, 3, 4, 5, 8, 3, 8, 2, 3, 3, 4, 8, 3, 9,
2, 8, 8, 4, 3, 2, 4, 4, 3, 6, 3, 8, 4, 6, 3, 3, 3, 8 ! 4, 3, 2, 4,
3, 3, 6, 3, 8, 4, 6, 3 ! 5, 6, 8, 3 ? 5, 6, 8, 3 ? 5, 6, 8, 3 !
4, 2, 2, 6, 5, 4, 2, 5, 7, 4, 5, 2, 5, 2, 6, 2, 6, 5, 4, 5, 2, 7,
2, 2, 7, 4, 5, 2, 4, 6, 3, 5, 8, 6, 2, 6, 3, 4, 5, 8, 7, 8, 2, 7,
7, 4, 8, 3, 3, 2, 8 ! 6, 5, 5, 5, 7 ! 6, 4, 5, 2, 2, 6, 7, 4, 2,
5, 6, 5, 2, 6 ! 2, 6, 5, 4, 5 ? 5, 7, 6, 5, 5, 2, 6, 2, 6, 5, 4,
5, 2, 7, 2, 2, 7, 7, 4, 2, 5, 9, 2, 2, 2, 4, 5, 2, 4 ! 5, 6, 8,
3 ? 5, 5, 6, 5, 2, 4, 6, 3, 6, 7, 3, 4, 6, 7, 7, 4, 8, 3, 3, 9,
8, 8, 4, 3, 24, 5, 7, 6, 7, 8, 4, 6, 3, 5, 5, 2, 6, 9, 4, 6, 5,
6, 7, 5, 4, 6 ! 5, 2, 6, 5, 9, 5, 2 ? 6, 9, 6, 2, 6, 5, 4, 7, 5,
5, 4, 5, 2, 5, 2, 6, 4, 6, 2, 4, 5, 2, 7, 2, 2, 7, 7, 4, 2, 5, 5,
2, 9, 2, 4, 5, 2, 6 ! 4, 2, 2, 6, 5, 4, 2, 5, 7, 4, 5, 2, 5, 2, 6,
2, 6, 5, 4, 5, 2, 7, 2, 2, 7, 7, 4, 2, 5, 5, 2, 2, 2, 4, 5, 2 ! 7,
2, 2, 7, 7, 4, 2, 5, 5, 2, 2, 2, 4, 5, 2, 4, 7, 2, 2, 7, 2, 4, 6,
5, 5, 5, 2, 6, 5, 4, 6, 5, 6, 7, 5, 4 ! 6, 5, 5, 5, 7 ! 6, 4, 5,
2, 2, 6, 7, 4, 2, 5, 6, 5, 2, 6 ! 2, 6, 5, 4, 5 ? 5, 7, 6, 5, 5,
2, 6, 2, 6, 5, 4, 5, 2, 7, 2, 2, 7, 7, 4, 2, 5, 9, 2, 2, 2, 4, 5,
2, 4 ! 5, 6, 8, 3 ? 5, 5, 6, 5, 2, 4, 6, 5, 5, 5, 2 ! 4, 5, 2, 4,

5, 5, 6, 5 ! 2, 5, 5, 2, 9, 2, 4, 5, 2, 6 ! 4, 2, 2, 6, 5, 4, 2 !
5, 5, 6, 5, 5, 2, 6, 2, 6, 3, 4, 5, 8, 3, 8, 2, 3, 3, 4, 8, 3, 9,
2, 8, 8, 4, 3, 2, 4, 3, 3, 6, 3, 8, 4, 6, 3, 3, 3, 8 ! 4, 3, 2,
4, 3, 3, 6, 3, 8, 4 ! 6, 3, 3, 3, 8, 6, 3, 9, 6, 3, 6, 6, 3, 4,
6, 5, 3, 5, 3 ! 2, 2, 3, 3, 2, 6, 3, 4, 2, 5, 6, 3, 8, 3, 2, 6,
3, 4, 3 ? 5, 6, 8, 3 ? 5, 3, 6, 3, 5, 8, 6, 2, 6, 3, 4, 5, 8, 3,
8, 2, 3, 3, 4, 8, 3, 3, 2, 8 ! 2, 7, 2, 4, 6, 5, 5, 5, 2, 6, 5,
4, 6, 5, 6, 7, 5, 4 ! 6, 5, 5, 5, 7 ! 6, 4, 5, 2, 2, 6, 7, 4, 2,
5, 6, 5, 2, 6 ! 2, 6, 5, 4, 5 ? 5, 7, 6, 5, 5, 2, 6, 2, 6, 5, 4,
5, 2, 7, 2, 2, 7, 7, 4, 2, 5, 9, 2, 2, 2, 4, 5, 2, 4, 5, 5, 6, 5,
2, 4, 6, 5, 5, 5, 2 ! 4, 5, 2, 4, 5, 5, 6, 5 ! 5, 6, 8, 3 ? 5, 5,
6, 5, 5, 2, 6, 2, 6, 3, 4, 5, 8, 3, 8, 2, 3, 3, 4, 8, 3, 9, 2, 8,
8, 4, 3, 2, 4, 3, 4, 6, 5, 5, 5, 2 ! 4, 5, 2, 4, 5, 5, 6, 5 ! 6,
5, 4, 5 ? 4, 5 ? 5, 5, 6, 5, 5, 2, 6, 2, 6, 3, 4, 5, 8, 3, 8, 2,
3, 3, 4, 8, 3, 9, 2, 8, 8, 4, 3, 2, 4, 3, 3, 6, 3, 8, 4, 6, 3, 3,
3, 8 ! 4, 3, 2, 4, 3, 3, 6, 3, 8, 4 ! 6, 3, 3, 3, 6, 7, 4, 2, 5,
6, 3, 8, 7, 2, 6, 3, 4, 3 ? 5, 7, 6, 3, 5, 8, 6, 2, 6, 3, 4, 5,
8, 7, 8, 2, 7, 7, 4, 8, 3, 3, 2, 8 ! 7, 7, 4, 8, 3, 3, 2, 8, 3,
4, 3, 2, 4, 7, 6, 6, 7, 8, 4, 6, 8, 3, 8, 8, 6, 3, 4, 6, 3, 6, 7,
3, 4, 6, 7, 7, 4, 8, 3, 3, 9, 8, 8, 4, 3, 2, 4, 5, 7, 6, 7, 8, 4,
6, 3, 5, 5, 2, 6, 9, 4, 6, 5, 6, 7, 5, 4, 6 ! 5, 2, 6, 2, 6, 5,
9, 5, 2 ? 6, 9, 6, 2, 6, 5, 4, 7, 5, 5, 4, 5, 2, 5, 2, 6, 4, 6,
2, 4, 5, 2, 7, 2, 2, 7, 7, 4, 2, 5, 5, 2, 9, 2, 4, 5, 2, 6 ! 4,
2, 2, 6, 5, 4, 2, 5, 7, 4, 5, 2, 5, 2, 6, 2, 6, 5, 4, 5, 2, 7, 2,
2, 7, 7, 4, 2, 5, 5, 2, 2, 2, 4, 5, 2 ! 7, 2, 2, 7, 7, 4, 2, 5,
5, 2, 2, 2, 4, 5, 2, 4, 7, 2, 2, 7, 2, 4, 6, 5, 5, 5, 2, 6, 5, 4,
6, 5, 6, 7, 5, 4 ! 6, 5, 5, 5, 7 ! 6, 4, 5, 2, 2, 6, 7, 4, 2, 5,
6, 5, 2, 6 ! 2, 6, 5, 4, 5 ? 5, 7, 6, 5, 5, 2, 6, 2, 6, 5, 4, 5,
2, 7, 2, 2, 7, 7, 4, 2, 5, 9, 2, 2, 2, 4, 5, 2, 4 ! 5, 6, 8, 3 ?
5, 5, 6, 5, 2, 4, 6, 5, 5, 5, 2 ! 4, 5, 2, 4, 5, 5, 6, 5 ! 8, 6,
3, 9, 6, 3, 6, 6, 3, 4, 6, 5, 3, 5, 3, 2, 2, 3, 3, 2, 6, 3, 4, 2,
5, 6, 3, 8, 3, 2, 6, 3, 4, 3 ? 5, 6, 8, 3 ? 5, 3, 6, 3, 5, 8, 6,
2, 6, 3, 4, 5, 8, 3, 8, 2, 3, 4, 8, 3, 3, 2, 8 ! 3, 3, 4, 8, 3,
3, 2, 8, 3, 4, 3, 2, 4, 7, 6, 6, 7, 8, 4, 6, 8, 3, 3, 8, 6, 3, 4,
6, 3 ! 2, 2, 7, 7, 4, 6, 7, 4, 2, 5, 6, 3, 8, 7, 2, 6, 3, 4, 3 ?
5, 7, 6, 3, 5, 8, 6, 2, 6, 3, 4, 5, 8, 7, 8, 2, 7, 7, 4, 8, 3, 3,

2, 8 ! 7, 7, 4, 8, 3, 3, 2, 8, 3, 4, 3, 2, 4, 7, 6, 6, 7, 8, 4, 6, 8, 3, 8, 8, 6, 3, 4, 6, 3, 6, 7, 3, 4, 6, 7, 7, 4, 8, 3, 3, 9, 8, 8, 4, 3, 2, 4, 5, 7, 6, 7, 8, 4, 6, 3, 5, 5, 2, 6, 9, 4, 6, 5, 6, 7, 5, 4, 6 ! 5, 2, 6, 2, 6, 5, 9, 5, 2 ? 6, 9, 6, 2, 6, 5, 4, 7, 5, 5, 4, 5, 2, 5, 2, 6, 4, 6, 2, 4, 5, 2, 7, 2, 2, 7, 7, 4, 2, 5, 5, 2, 9, 2, 4, 5, 2, 6 ! 4, 2, 2, 6, 5, 4, 2, 5, 7, 4, 5, 2, 5, 2, 6, 2, 6, 5, 4, 5, 2, 7, 2, 2, 7, 7, 4, 2, 5, 5, 2, 2, 2, 4, 5, 2 ! 7, 2, 2, 7, 7, 4, 2, 5, 5, 2, 2, 2, 4, 5, 2, 4, 7, 2, 2, 7, 2, 4, 6, 5, 5, 5, 2, 6, 5, 4, 6, 5, 6, 7, 5, 4 ! 6, 5, 5, 5, 7 ! 6, 4, 5, 2, 2, 6, 7, 4, 2, 5, 6, 5, 2, 6 ! 2, 6, 5, 4, 5 ? 5, 7, 6, 5, 5, 2, 6, 2, 6, 5, 4, 5, 2, 7, 2, 2, 7, 7, 4, 2, 5, 9, 2, 2, 2, 4, 5, 2, 4 ! 5, 6, 8, 3 ? 5, 5, 6, 5, 2, 4, 6, 5, 5, 5, 2 ! 4, 5, 2, 4, 5, 5, 6, 5 ! 2, 5, 5, 2, 9, 2, 4, 5, 2, 6 ! 4, 2, 2, 6, 5, 4, 2 ! 5, 5, 6, 5, 5, 2, 6, 2, 6, 3, 4, 5, 8, 3, 8, 2, 3, 3, 4, 8, 3, 9, 2, 8, 8, 4, 3, 2, 4, 3, 3, 6, 3, 8, 4, 6, 3, 3, 3, 8 ! 4, 3, 2, 4, 3, 3, 6, 3, 8, 4 ! 6, 3, 3, 3, 8, 6, 3, 9, 6, 3, 6, 6, 3, 4, 6, 5, 3, 5, 3 ! 2, 2, 3, 3, 2, 6, 3, 4, 2, 5, 6, 3, 8, 3, 2, 6, 3, 4, 3 ? 5, 6, 8, 3 ? 5, 3, 6, 3, 5, 8, 6, 2, 6, 3, 4, 5, 8, 3, 8, 2, 3, 3, 4, 8, 3, 3, 2, 8 ! 2, 7, 2, 4, 6, 5, 5, 5, 2, 6, 5, 4, 6, 5, 6, 7, 5, 4 ! 6, 5, 5, 5, 7 ! 6, 4, 5, 2, 2, 6, 7, 4, 2, 5, 6, 5, 2, 6 ! 2, 6, 5, 4, 5 ? 5, 7, 6, 5, 5, 2, 6, 2, 6, 5, 4, 5, 2, 7, 2, 2, 7, 7, 4, 2, 5, 9, 2, 2, 2, 4, 5, 2, 4, 5, 5, 6, 5, 2, 4, 6, 5, 5, 5, 2 ! 4, 5, 2, 4, 5, 5, 6, 5 ! 5, 6, 8, 3 ? 5, 5, 6, 5, 5, 2, 6, 2, 6, 3, 4, 5, 8, 3, 8, 2, 3, 3, 4, 8, 3, 9, 2, 8, 8, 4, 3, 2, 4, 3, 3, 6, 3, 8, 4, 6, 3, 3, 3, 8 ! 4, 3, 2, 4, 3, 3, 6, 3, 8, 4, 6, 3 ! 5, 6, 8, 3 ? 5, 6, 8, 3 ? 5, 6, 8, 3 !4, 2, 2, 6, 5, 4, 2, 5, 7, 4, 5, 2, 5, 2, 6, 2, 6, 5, 4, 5, 2, 7, 2, 2, 7, 4, 5, 2, 4, 6, 3, 5, 8, 6, 2, 6, 3, 4, 5, 8, 7, 8, 2, 7, 7, 4, 8, 3, 3, 2, 8 ! 7, 7, 4, 8, 3, 3, 2, 8, 3, 4, 3, 2, 4, 7, 5, 6, 8, 3 ? 6, 5, 6, 7, 5, 4 ! 6, 6, 7, 8, 4, 6, 8, 3, 8, 8, 6, 3, 4, 6, 3, 6, 7, 3, 4, 6, 7, 7, 4, 8, 3, 3, 9, 8, 8, 4, 3, 2, 4, 5, 7, 6, 7, 8, 4, 6, 3, 5, 5, 2, 6, 9, 4, 6, 5, 6, 7, 5, 4, 6 ! 5, 2, 6, 2, 6, 5, 9, 5, 2 ? 6, 9, 6, 2, 6, 5, 4, 5, 6, 5, 2, 4, 6, 5, 5, 5, 2, 7, 4, 2, 5, 5, 2, 2, 2, 4, 5, 2 ! 7, 2, 2, 7, 7, 4, 5, 5, 2, 2, 2, 4, 5, 2, 4, 7, 2, 2, 7, 2, 4, 6, 5, 5, 5, 2, 6, 5, 4, 6, 5, 6, 7, 5, 4 ! 6, 5, 5, 5, 7 ! »

Cela m'a pris longtemps, combien je ne sais pas au juste, des minutes, des heures, mon cœur s'est fatigué, mon doigt aussi, j'essayai de détruire le mur qui me sépare de ma vie du bout du doigt, une touche à la fois, je suis arrivé à la fin de mes 25 *cents*, à moins qu'elle n'ait raccroché, j'ai rappelé, « 7, 8, 3, 3, 6, 4, 7, 5, 3, 3, 2, 4, 7, 3 ? » Elle a dit, « C'est une plaisanterie ? » Une plaisanterie, ce n'était pas une plaisanterie, qu'est-ce qu'une plaisanterie, était-ce une plaisanterie ? Elle a raccroché, j'ai rappelé, « 2, 3, 6, 3, 7, 8, 7, 2, 7, 8, 6, 3, 7, 5, 2, 4, 7, 2, 6, 8, 3, 7, 4, 3 ! » Elle a demandé, « Oskar ? » C'était la première fois que j'entendais son nom… J'étais à la gare de Dresde quand j'ai tout perdu pour la deuxième fois, j'étais en train de t'écrire une lettre que je savais que je n'enverrais jamais, parfois j'allais écrire là-bas, parfois j'écrivais ici, parfois au zoo, rien ne m'importait que la lettre que je t'écrivais, rien d'autre n'existait, c'était comme lorsque j'allais chez Anna, la tête basse, en me cachant du monde, c'était la raison pour laquelle je m'étais cogné contre elle, ce fut la raison pour laquelle je ne m'aperçus pas que les gens s'assemblaient autour des téléviseurs. Ce fut seulement quand le deuxième avion s'écrasa, et que quelqu'un se mit à hurler sans l'avoir voulu, que je levai les yeux, il y avait des centaines de gens autour des téléviseurs. D'où venaient-ils ? Je me suis levé pour regarder, je n'ai pas compris ce que je voyais sur l'écran, était-ce une publicité, un nouveau film ? J'écrivis, « Que s'est-il passé ? » et le fis voir à un jeune homme d'affaires qui regardait la télévision, il aspira une gorgée de son café et dit, « Personne ne le sait pour l'instant », son café me hante, son « pour l'instant » me hante. Je suis resté planté là, seul dans la foule, est-ce que je regardais les images ou se passait-il quelque chose de plus compliqué ? J'ai essayé de compter les étages au-dessus de l'impact de l'avion, l'incendie devait se propager vers le haut des tours, je savais que ces gens ne pourraient être sauvés, et combien étaient-ils dans les avions, combien y en avait-il dans la rue, je n'arrêtais pas d'y repenser et d'y repenser. En rentrant chez moi, je me suis arrêté devant une boutique dont la vitrine n'était qu'un mur d'écrans de télévision. Tous diffusaient les images des tours sauf un, les mêmes images repassaient en boucle, comme si le monde lui-même se répétait, une foule s'était rassemblée sur le trottoir, un téléviseur, à un bout de la vitrine, diffusait un documentaire animalier, un lion dévorait un flamant, la foule devint bruyante, quelqu'un se mit à hurler sans l'avoir voulu, envolée de plumes roses, j'ai regardé un des autres téléviseurs, il n'y avait plus qu'une tour, cent plafonds étaient devenus cent planchers qui s'étaient mués en rien, j'étais le seul à pouvoir le croire, le ciel était plein de papiers, envolée de plumes roses. Les cafés étaient bondés cet après-midi-là, des gens riaient, on faisait la queue devant les cinémas, on allait voir des comédies, le monde est si vaste et si petit, au même instant nous étions tout près et très loin. Pendant les jours et les semaines qui suivirent, j'ai lu les listes de morts dans le journal : mère de trois enfants, deuxième année de fac, supporteur des Yankees, avocat, frère, courtier, magicien du dimanche, amateur de canulars, sœur, philanthrope, fils cadet, cynophile, concierge, fille unique, chef d'entreprise, serveuse, grand-père de quatorze petits-enfants, infirmière diplômée, comptable, médecin, saxophoniste de jazz, tonton gâteau, réserviste de l'armée de terre, poète de l'aube, sœur, laveur de carreaux, joueur de Scrabble, pompier volontaire, père, père, réparateur en ascenseurs, connaisseur en vin, chef de bureau, secrétaire, cuisinière, financier, vice-président-directeur général, ornithologue, père, plongeur, ancien combattant du Vietnam, jeune maman, grand lecteur, fils unique, maître d'échecs, entraîneur de football, frère, analyste, maître d'hôtel, ceinture noire, chef d'entreprise, partenaire de bridge, architecte, plombier, publicitaire, père, artiste en résidence, urbaniste, jeune marié, banquier, chef cuisinier, ingénieur électricien, jeune papa qui avait un rhume ce matin-là et avait envisagé de se faire porter pâle… et puis un jour, Thomas Schell, je l'ai vu, ma première pensée fut que j'étais mort. « Il laisse une épouse et un fils », j'ai pensé, mon fils, j'ai pensé, mon petit-fils, j'ai pensé, pensé, pensé, et puis j'ai cessé de penser… Quand l'avion commença sa descente et que j'ai vu Manhattan pour la première fois depuis quarante ans, je ne savais plus où étaient le haut et le bas, les lumières étaient des étoiles, je ne reconnus aucun des bâtiments, je dis au fonctionnaire, « Pour ~~un deuil~~ essayer de vivre, » je ne déclarai rien, j'appelai ta mère mais ne pus m'expliquer, la rappelai, elle crut à une plaisanterie, rappelai encore, elle demanda, « Oskar ? » J'allai chercher d'autres pièces de 25 *cents* chez un marchand de journaux, j'essayai de nouveau, cela sonna sans fin, j'essayai encore, cela sonna, j'attendis pour essayer de nouveau, je m'assis par terre, ne sachant pas ce qui allait arriver ensuite, ne sachant même pas ce que j'aurais voulu qu'il arrive ensuite, j'essayai une fois encore, « Allô ? Vous êtes chez les Schell. Je parle comme un répondeur alors que c'est vraiment moi à l'appareil. Si vous souhaitez me parler ou parler à ma grand-mère, commencez après le bip que je vais bientôt faire. Biiip. Allô ? » C'était une voix d'enfant, de petit garçon. « C'est vraiment moi. J'écoute. *Bonjour** ? » Je raccrochai. Grand-mère ? Il me fallait du temps pour réfléchir, en taxi ce serait trop rapide, comme en autobus, de quoi avais-je peur ? Je chargeai les valises sur un chariot et me mis en route, je fus ébahi que personne n'essaie de m'arrêter, pas même quand je poussai le chariot jusque dans la rue, pas même pendant que je le poussais sur le bas-côté de l'autoroute, à chaque pas le soleil devenait plus brillant et plus chaud, au bout de quelques minutes seulement il fut évident que je n'y arriverais pas, j'ouvris une des valises et en sortis un paquet de lettres, « À mon enfant », elles étaient de 1977, « À mon enfant », « À mon enfant », j'envisageai de les déposer sur la chaussée à côté de moi, en une longue traînée des choses que je n'avais pas été capable de te dire, allégeant ma charge cela m'aurait peut-être permis de continuer, mais je n'ai pas pu, j'avais besoin de les faire parvenir jusqu'à toi, à mon enfant. Je hélai un taxi, quand nous arrivâmes chez ta mère il se faisait déjà tard, il fallait que je trouve un hôtel, de quoi manger, une douche, et le temps de penser, je déchirai une page de mon carnet journalier, j'écrivis, « Je suis désolé », je la remis au portier, il dit « C'est pour qui ? » J'écrivis « Mme Schell », il dit, « Il n'y a pas de Mme Schell ici », j'écrivis, « Si », il dit, « Croyez-moi, s'il y avait une Mme Schell dans l'immeuble, je le saurais », mais j'avais entendu sa voix au téléphone, avait-elle déménagé en gardant le même numéro, comment allais-je la retrouver, il me fallait un annuaire. J'écrivis « 2D » et le montrai au portier. Il dit, « Mlle Schmidt », je repris mon cahier pour écrire, « C'était son nom de jeune fille… » J'habitais la chambre d'amis, elle laissait mes repas près de la porte, j'entendais le bruit de ses pas et parfois je croyais entendre le bord d'un verre heurter la porte, était-ce un verre dans lequel j'avais autrefois bu de l'eau, avait-il jamais touché tes lèvres ? J'ai retrouvé les cahiers journaliers d'avant mon départ, ils étaient dans le pied de l'horloge, je me serais attendu à ce qu'elle les ait jetés, mais elle les avait gardés, il y en avait beaucoup de vierges et beaucoup de remplis, je m'y suis promené au hasard, j'ai retrouvé celui de l'après-midi où nous nous étions rencontrés, et celui du lendemain de notre mariage, j'ai retrouvé notre premier Lieu Rien, la dernière fois que nous nous étions promenés autour du réservoir, j'ai retrouvé des photos de rampes, de lavabos et de cheminées, au sommet d'une des piles, il y avait le cahier de la première fois où j'avais essayé de partir, « Je n'ai pas toujours été silencieux. Autrefois, je parlais, parlais, parlais et parlais encore. » Je ne sais pas si elle fut prise de pitié pour moi, ou pour elle-même, mais elle se mit à me rendre de courtes visites, au début elle ne disait pas un mot, se contentait de faire le ménage de la chambre, d'enlever les toiles d'araignées dans les coins, de passer l'aspirateur sur le tapis, de redresser les cadres, et puis un jour, en époussetant la table de chevet, elle dit, « Je peux te pardonner d'être parti, mais pas d'être revenu », elle sortit et referma la porte derrière elle, je ne la revis pas pendant trois jours, puis ce fut comme si rien n'avait été dit, elle remplaça une ampoule électrique qui fonctionnait parfaitement, prit puis reposa deux ou trois choses, elle dit, « Je ne partagerai pas mon chagrin avec toi », elle referma la porte derrière elle, étais-je le prisonnier ou le gardien ? Ses visites s'allongeaient, nous n'avions jamais de conversation et elle n'aimait pas me regarder, mais quelque chose était en train de se produire, le fossé entre nous rétrécissait, ou s'élargissait, je pris un risque, je lui demandai si elle voulait bien poser pour moi, comme la première fois, elle ouvrit la bouche et rien n'en sortit, elle toucha ma main gauche, que j'avais fermée sans m'en rendre compte, fut-ce une façon de dire oui, fut-ce une façon de me toucher ? Je me rendis au magasin de fournitures pour artistes acheter de l'argile, mes mains ne tenaient pas en place, les pastels dans leurs boîtes oblongues, les couteaux à peindre, les papiers faits main accrochés en rouleaux, j'essayai tous les échantillons, j'écrivis mon nom au stylo bleu, au pastel gras vert, au feutre orange, au fusain, j'avais le sentiment que ma vie était un contrat que je signais. J'y demeurai plus d'une heure alors que je n'y achetai qu'un simple bloc d'argile, quand je rentrai elle m'attendait dans la chambre d'amis, elle était en peignoir, debout près du lit, « As-tu fait des sculptures pendant que tu n'étais pas là ? » J'écrivis que j'avais essayé mais que je n'avais pas pu, « Pas une seule ? » Je lui montrai ma main droite, « As-tu pensé à des sculptures ? En as-tu fait dans ta tête ? » Je lui montrai ma main gauche, elle ôta son peignoir et alla sur le canapé, je ne pouvais pas la regarder, je pris l'argile dans le sac et la posai sur la table de bridge, « T'est-il arrivé de me sculpter, moi, dans ta tête ? » J'écrivis, « Quelle pose veux-tu prendre ? » Elle dit que tout l'intérêt était justement que je choisisse, je demandai si la moquette avait été changée, elle dit, « Regarde-moi », j'essayai, mais je ne pouvais pas, elle dit, « Regarde-moi ou quitte-moi, mais ne reste pas si c'est pour regarder quoi que ce soit d'autre. » Je lui demandai de s'allonger sur le dos, mais ça ne collait pas, je lui demandai de s'asseoir, ça ne collait pas, croise les bras, détourne la tête, rien ne collait, elle dit, « Montre-moi », je la rejoignis, je défis ses cheveux, j'appuyai sur ses épaules, je voulais la toucher à travers toutes ces distances, elle dit, « On ne m'a pas touchée depuis que tu es parti. Pas de cette façon. » Je reculai la main, elle la prit entre les siennes pour l'appliquer contre son épaule, je ne savais pas quoi dire, elle demanda, « Et toi ? » À quoi bon mentir quand cela ne protège rien ? Je lui montrai ma main gauche. « Qui t'a touché ? » Mon cahier journalier était plein, j'écrivis donc sur le mur, « Je voulais tellement avoir une vie. » « Qui ? » Je ne crus pas moi-même qu'une telle sincérité pouvait parcourir mon bras et jaillir de ma plume, « Je payais. » Elle garda la pose, « Elles étaient jolies ? » « Ce n'était pas la question. » « Mais l'étaient-elles ? » « Certaines l'étaient. » « Alors tu leur donnais de l'argent et puis voilà ? » « J'aimais leur parler. Je parlais de toi. » « C'est censé me faire plaisir ? » Je regardai l'argile. « Leur disais-tu que j'étais enceinte quand tu es parti ? » Je lui montrai ma main gauche. « Leur parlais-tu d'Anna ? » Je lui montrai ma main gauche. « T'arriva-t-il de t'éprendre de l'une d'entre elles ? » Je regardai l'argile, elle dit, « Comme j'aime que tu me dises ainsi la vérité », prenant ma main sur son épaule elle la posa entre ses jambes, elle ne détourna pas la tête, ne ferma pas les yeux, elle regardait nos mains entre ses jambes, il me sembla que j'étais en train de tuer quelque chose, elle défit ma ceinture et ouvrit la fermeture Éclair de mon pantalon, elle passa la main sous mon sous-vêtement, « J'ai le trac », dis-je par un sourire, « Ce n'est rien », dit-elle, « Pardon », dis-je, par un sourire, « Ce n'est rien », dit-elle, elle ferma la porte derrière elle puis l'ouvrit pour dire, « T'est-il arrivé de me sculpter dans ta tête ? »... Il n'y aura pas assez de pages dans ce cahier pour que je te raconte tout ce que j'ai besoin de te raconter, je pourrais écrire plus petit, fendre les pages par le milieu pour en faire deux, je pourrais écrire par-dessus ce que j'ai déjà écrit, et puis quoi ? Tous les après-midi quelqu'un venait à l'appartement, j'entendais la porte s'ouvrir, et les pas, de petits pas, j'entendais parler, une voix d'enfant, presque une chanson, c'était celle que j'avais entendue quand j'avais téléphoné de l'aéroport, ils bavardaient tous les deux pendant des heures, je lui demandai un soir, quand elle vint poser, qui lui rendait toutes ces visites, elle dit, « Mon petit-fils. » « J'ai un petit-fils. » « Non, dit-elle, moi, j'ai un petit-fils. » « Comment s'appelle-t-il ? » Nous essayâmes de nouveau, nous nous déshabillâmes l'un l'autre avec la lenteur des gens qui savent comme il est facile de découvrir qu'on s'est trompé, elle s'allongea à plat ventre sur le lit, elle avait la taille irritée par des culottes qui ne lui allaient plus depuis des années, les cuisses couvertes de cicatrices, je les pétris avec OUI et NON, elle dit, « Ne regarde rien d'autre », je lui écartai les jambes, elle prit une inspiration, je pouvais braquer les yeux sur le lieu le plus secret de son intimité sans qu'elle me voie regarder, je glissai la main sous elle, elle replia les genoux, je fermai les yeux, elle dit, « Couche-toi sur moi », je n'avais nulle part où écrire que j'avais le trac, elle dit, « Couche-toi sur moi. » J'avais peur de l'écraser, elle dit, « Toi tout entier sur moi tout entière », je me laissai couler en elle, elle dit, « C'est ce que je voulais », pourquoi ai-je été incapable de m'en tenir là, pourquoi fallut-il que j'écrive quoi que ce soit de plus, j'aurais dû me briser les doigts, je pris un stylo sur la table de chevet et j'écrivis, « Puis-je le voir ? » sur mon bras. Elle se tourna, répandant mon corps près du sien, « Non. » J'implorai avec les mains. « Non. » « S'il te plaît. » « S'il te plaît. » « Je ne lui dirai pas qui je suis, je veux seulement le voir. » « Non. » « Pourquoi ? » « Parce que. » « Parce que quoi ? » « Parce que j'ai changé ses couches. Et que je n'ai pas pu dormir sur le ventre pendant deux ans. Et que je lui ai appris à parler. Et que j'ai pleuré quand il pleurait. Et qu'il me hurlait dessus quand il était hors de lui. » « Je me cacherai dans le placard pour regarder par le trou de la serrure. » Je croyais qu'elle dirait non, elle dit, « S'il te voit jamais, tu m'auras trahie. » Éprouvait-elle de la pitié pour moi, voulait-elle que je souffre ? Le lendemain matin, elle me conduisit au placard à manteaux, qui est devant le salon, elle y entra avec moi, nous y passâmes toute la journée alors qu'elle savait qu'il ne viendrait pas avant l'après-midi, c'était trop petit, il nous fallait plus d'espace entre nous, il nous fallait des Lieux Rien, elle dit, « C'était ce que ça me faisait, sauf que tu n'y étais pas. » Nous nous regardâmes en silence pendant des heures. Quand on entendit sonner, elle alla le chercher, j'étais à quatre pattes pour avoir l'œil à la bonne hauteur, par le trou de la serrure je vis la porte s'ouvrir, ces chaussures blanches, « Oskar ! » dit-elle en le soulevant dans ses bras, « Je vais bien », dit-il, cette chanson, dans sa voix j'entendais ma propre voix, et celle de mon père et de mon grand-père, et la tienne, pour la première fois,

« Oskar ! » répéta-t-elle, le soulevant de nouveau, je vis son visage, les yeux d'Anna, « Je vais bien », répéta-t-il, il lui demanda où elle était quand il avait sonné, « Je parlais avec le locataire », dit-elle. Le locataire ? « Il est encore là ? » demanda-t-il. « Non, dit-elle, il est allé faire des courses. » « Mais comment est-il sorti ? » « Il est parti juste avant que tu arrives. » « Mais tu m'as dit que tu étais en train de parler avec lui. » Il était au courant pour moi, il ne savait pas qui j'étais, mais il savait qu'il y avait quelqu'un et il savait qu'elle ne disait pas la vérité, je l'entendais dans sa voix, dans ma voix, dans ta voix, j'avais besoin de lui parler, mais qu'avais-je besoin de lui dire ? Je suis ton grand-père, je t'aime, pardon ? Peut-être avais-je besoin de lui raconter les choses que je n'avais pu te raconter, de lui remettre toutes les lettres qui étaient censées t'être destinées. Mais jamais elle ne me donnerait sa permission, et je ne voulais pas la trahir. Je me mis donc à penser à d'autres moyens… Que vais-je faire, il me faut plus de place, il y a des choses que j'ai besoin de dire, mes mots s'écrasent contre les murs que sont les bords de la page, le lendemain, ta mère vint poser pour moi dans la chambre d'amis, je travaillai l'argile avec OUI et NON, l'assouplis, enfonçant les pouces dans ses joues, je fis ressortir son nez, y laissant leur empreinte, je gravai des pupilles, renforçai son front, creusai l'espace entre sa lèvre inférieure et le menton, et saisissant un cahier je la rejoignis. J'entrepris d'écrire où j'avais été et ce que j'avais fait depuis que j'étais parti, comment j'avais gagné ma vie, avec qui j'avais passé du temps, ce à quoi j'avais pensé, ce que j'avais écouté et mangé, mais elle arracha la feuille du cahier, « Je m'en fiche », dit-elle, je ne sais pas si elle s'en fichait vraiment ou si c'était autre chose, sur la page suivante j'écrivis, « S'il est quoi que ce soit que tu veux savoir, je te le dirai », elle dit, « Je sais que cela te rendra la vie plus facile de me le dire, mais je ne veux rien savoir. » Comment était-ce possible ? Je lui demandai de me parler de toi, elle dit, « Pas notre fils, le mien. » Je lui demandai de me parler de son fils, elle dit, « Pour

Thanksgiving, je préparais une dinde et une tarte au potiron. J'allais dans la cour de l'école demander aux enfants les jouets qu'ils aimaient. Je les achetais pour lui. J'interdisais à quiconque de parler une langue étrangère à la maison. Mais il devint quand même toi. » « Il devint moi ? » « Tout était oui et non. » « Est-il allé à l'université ? » « Je l'avais supplié de ne pas trop s'éloigner mais il partit pour la Californie. En cela aussi, il était comme toi. » « Quelles études a-t-il faites ? » « Il aurait dû être avocat, mais il a repris le magasin. Il détestait la bijouterie. » « Pourquoi ne l'as-tu pas vendue ? » « Je l'ai supplié. Supplié de devenir avocat. » « Alors pourquoi ? » « Il voulait être son propre père. » Je le déplore, si c'est vrai, la dernière chose que j'aurais pu vouloir était que tu sois comme moi, j'étais parti pour que tu puisses être toi. Elle dit, « Un jour, il a essayé de te retrouver. Je lui avais donné la seule lettre que tu aies jamais envoyée. Elle l'obsédait, il était toujours à la lire. Je ne sais pas ce que tu avais écrit mais c'est cela qui l'a poussé à te chercher. » Sur la page vierge suivante j'écrivis, « J'ai ouvert la porte un jour, et c'était lui. » « Il t'avait retrouvé ? » « Nous n'avons parlé de rien. » « Je ne savais pas qu'il t'avait trouvé. » « Il ne voulut pas me dire qui il était. Il a dû avoir le trac. À moins qu'il ne m'ait détesté une fois qu'il m'eut vu. Il prétendit être journaliste. C'était horrible. Il dit qu'il écrivait un article sur les survivants de Dresde. » « Lui as-tu raconté ce qui t'est arrivé cette nuit-là ? » « C'était dans la lettre. » « Qu'avais-tu écrit ? » « Tu ne l'as pas lue ? » « Ce n'est pas à moi que tu l'avais envoyée. » « C'était horrible. Toutes les choses que nous ne pouvions pas partager. La pièce était pleine des conversations que nous n'avions pas. » Je ne lui dis pas qu'après ton départ, j'avais cessé de manger, je devins si maigre que l'eau du bain stagnait au creux de mes os, pourquoi personne ne me demanda la raison d'une telle maigreur ? Si on me l'avait demandée, je n'aurais plus jamais avalé une bouchée. « Mais s'il ne t'a pas dit qu'il était ton fils, comment le savais-tu ? » « Je le savais parce que c'était mon fils. » Elle posa la main sur ma poitrine, à l'endroit de mon cœur, je posai les mains sur ses cuisses, je posai les mains sur ses reins, elle ouvrit mon pantalon, « J'ai le trac », j'avais beau vouloir le contraire, la sculpture ressemblait de plus en plus à Anna, elle ferma la porte derrière elle, je vais manquer de place… Je passais la plupart de mes journées à me promener à travers la ville pour réapprendre à la connaître, je me rendis à la vieille boulangerie mais elle n'était plus là, à sa place, il y avait un Tout à quatre-vingt-dix-neuf *cents* où tout coûtait plus de quatre-vingt-dix-neuf *cents*. Je passai devant la boutique de tailleur où je faisais reprendre mes pantalons, mais il y avait une banque, il fallait une carte rien que pour en ouvrir la porte, je me promenais pendant des heures, descendant Broadway par un trottoir et le remontant par l'autre, là où il y avait eu la boutique d'un horloger qui réparait les montres c'était maintenant un vidéo-club, à la place du fleuriste il y avait un marchand de jeux vidéo, à la place de la boucherie il y avait des sushis, c'est quoi, les sushis, et que deviennent toutes les montres détraquées ? Je passais des heures dans l'allée réservée à la promenade des chiens le long du Muséum d'histoire naturelle, un pitbull, un labrador, un golden retriever, j'étais la seule personne qui n'eût pas de chien, je pensais, pensais, pensais, comment pouvais-je être proche d'Oskar de loin, comment pouvais-je t'être loyal, être loyal à ta mère, et ne pas me trahir ? J'aurais voulu emporter la porte du placard avec moi de manière à pouvoir toujours le regarder par le trou de la serrure, je choisis la moins mauvaise solution. J'appris sa vie de loin, quand il allait à l'école, quand il rentrait, où demeuraient ses amis, les boutiques qu'il aimait fréquenter, je le suivis partout à travers la ville, mais je ne trahis pas ta mère, parce que je ne lui fis jamais savoir que j'étais là. Je crus que cela pourrait durer indéfiniment, et pourtant j'en suis là, je me suis trompé, une fois de plus. Je ne me rappelle pas quand je me suis avisé de l'étrangeté de la chose, de ses innombrables sorties, de tous les quartiers où il se rendait, du fait que j'étais le seul à le surveiller, comment sa mère pouvait-elle le laisser s'aventurer si loin, si seul ? Tous les samedis matin, il sortait de l'immeuble avec un vieillard et allait frapper à des portes un peu partout en ville, je fis une carte de leurs déplacements, mais je n'en pus rien tirer, elle n'avait aucun sens, que faisaient-ils ? Et qui était ce vieillard, un ami, un professeur, un substitut du grand-père absent ? Et pourquoi ne restaient-ils que quelques minutes dans chaque appartement, vendaient-ils quelque chose, recueillaient-ils des renseignements ? Que savait sa grand-mère, étais-je le seul à m'inquiéter pour lui ? Quand ils furent ressortis d'une maison, à Staten Island, j'attendis non loin avant d'aller frapper à la porte, « Je n'en reviens pas, dit une femme, un autre visiteur ! » « Excusez-moi, écrivis-je, je ne parle pas. C'est mon petit-fils qui vient de sortir d'ici. Pouvez-vous me dire ce qu'il était venu faire ? » La femme me dit, « Quelle étrange famille vous êtes. » Je songeai, Famille nous sommes. « Je viens d'avoir sa mère au téléphone. » J'écrivis, « Pourquoi est-il venu ? » Elle dit, « Pour la clé. » Je demandai, « Quelle clé ? » Elle dit, « Pour la serrure. » « Quelle serrure ? » « Vous ne le savez donc pas ? » Pendant huit mois, je l'ai suivi et j'ai parlé aux gens auxquels il parlait, j'ai tenté d'apprendre des choses sur lui comme il tentait d'apprendre des choses sur toi, il essayait de te retrouver, comme tu as essayé de me retrouver, cela me brisa le cœur en plus de morceaux qu'il n'en comportait, pourquoi les gens ne peuvent-ils dire ce qu'ils ont à dire sur le moment ? Un après-midi, je l'ai suivi dans le bas de Manhattan, nous étions assis l'un en face de l'autre dans le métro, le vieillard m'a regardé, est-ce que je les dévisageais, est-ce que je tendais les bras devant moi, savait-il que c'était moi qui aurais dû être assis à côté d'Oskar ? Ils sont entrés dans une brûlerie-dégustation, sur le chemin du retour je les ai perdus, cela arrivait tout le temps, c'est dur de rester assez près sans se faire voir, et je ne voulais pas la trahir.

De retour dans l'Upper West Side, je suis allé dans une librairie, je ne pouvais pas encore rentrer, j'avais besoin de temps pour penser, à l'extrémité d'un rayon j'ai vu un homme qui m'a semblé pouvoir être Simon Goldberg, il était lui aussi devant les livres pour enfants. Plus je le regardais, moins je doutais, plus je voulais que ce soit lui, l'avait-on mis au travail au lieu de l'envoyer à la mort ? Mes mains tremblaient sur la monnaie dans mes poches, j'essayais de ne pas le dévisager, j'essayais de ne pas tendre les bras, était-ce possible, me reconnaissait-il, il avait écrit, « J'espère beaucoup que nos chemins, aussi longs et sinueux soient-ils, se croiseront de nouveau. » Cinquante ans plus tard, il portait les mêmes verres épais, jamais je n'avais vu chemise plus blanche, il avait du mal à renoncer aux livres, je le rejoignis. « Je ne parle pas, écrivis-je. Pardon. » Il m'a entouré de ses bras pour m'étreindre, j'ai senti son cœur battre contre mon cœur, ils essayaient de battre à l'unisson, sans un mot il a tourné les talons et s'est éloigné précipitamment, il est sorti de la boutique dans la rue, je suis presque sûr que ce n'était pas lui, il me faut un cahier vierge infiniment long et tout le reste du temps… Le lendemain, Oskar et le vieillard allèrent à l'Empire State Building, je les attendis dans la rue. Je n'arrêtais pas de lever les yeux, cherchant à l'apercevoir, la nuque me brûlait, me regardait-il en bas, partagions-nous quelque chose sans le savoir ni l'un ni l'autre ? Au bout d'une heure, les portes de l'ascenseur s'ouvrirent et le vieillard en sortit, allait-il laisser Oskar là-haut, si haut, si seul, qui s'assurerait qu'il ne risquait rien ? Je me mis à le haïr. J'allais écrire quelque chose quand il est venu sur moi et m'a agrippé par le col. « Écoutez, dit-il, je ne sais pas qui vous êtes mais j'ai vu que vous nous suiviez et ça ne me plaît pas. Mais alors pas du tout. Je ne vous le dirai pas deux fois, je veux que ça cesse. » Mon cahier était tombé par terre, je ne pouvais donc rien dire. « Si jamais je vous revois, une seule fois, rôder autour de cet enfant… » Je montrai le sol du doigt, il lâcha mon col, je ramassai le cahier et j'écrivis, « Je suis le grand-père d'Oskar. Je ne parle pas. Pardon. » « Son grand-père ? » Je retournai la page pour montrer ce que je venais d'écrire, « Où est-il ? » « Oskar n'a pas de grand-père. » Je montrai de nouveau la page. « Il descend par l'escalier. » Je me hâtai de tout expliquer du mieux que je pouvais, mon écriture devenait illisible, il dit, « Oskar ne me mentirait pas. » J'écrivis, « Il n'a pas menti. Il ne sait pas. » Le vieillard sortit un collier de sous sa chemise et le regarda, il y avait une boussole en pendentif, il dit, « Oskar est mon ami. Il va falloir que je le lui dise. » « C'est mon petit-fils. S'il vous plaît, n'en faites rien. » « C'est vous qui devriez l'accompagner partout. » « C'est ce que je fais. » « Et sa mère ? » « Quoi, sa mère ? » Nous entendîmes Oskar chanter dans l'escalier, sa voix se rapprochait, le vieillard dit, « C'est un garçon formidable », et il s'éloigna. Je rentrai droit chez moi, l'appartement était vide. J'ai pensé faire mes bagages, j'ai pensé me jeter par la fenêtre, je me suis assis sur le lit pour réfléchir, j'ai pensé à toi. Qu'est-ce que tu aimais manger, quelle était ta chanson préférée, qui fut la première fille que tu embrassas, et où, et comment, je ne vais pas avoir assez de place, il me faut un cahier vierge infiniment long et l'éternité, je ne sais pas combien de temps passa, ça n'avait pas d'importance, j'avais perdu toutes mes raisons d'en tenir le compte. On a sonné, je ne me suis pas levé, je me fichais de savoir qui c'était, je voulais être seul, de l'autre côté de la vitre. J'ai entendu la porte s'ouvrir et j'ai entendu sa voix, ma raison, « Grand-mère ? » Il était là, il n'y avait que nous, grand-père et petit-fils. Je l'ai entendu aller de pièce en pièce, déplacer des objets, ouvrir et refermer, que cherchait-il, pourquoi était-il toujours à chercher ? Il est venu jusqu'à ma porte, « Grand-mère ? » Je ne voulais pas la trahir, j'ai éteint la lumière, de quoi avais-je si peur ? « Grand-mère ? » Il s'est mis à pleurer, mon petit-fils pleurait. « S'il te plaît. J'ai vraiment besoin de toi. Si tu es là, s'il te plaît, sors. » J'ai rallumé la lumière, pourquoi n'avais-je pas encore plus peur ? « S'il te plaît. » J'ai ouvert la porte et nous étions face à face, j'étais face à moi-même, « Vous êtes le locataire ? » Je suis retourné dans la chambre prendre dans le placard ce cahier journalier qui n'a presque plus de pages vierges, je le lui ai apporté et j'ai écrit, « Je ne parle pas. Pardon. » J'étais plein de gratitude qu'il me regarde, il m'a demandé qui j'étais, je ne savais pas quoi lui dire, je l'ai invité à entrer dans la chambre, il m'a demandé si j'étais un inconnu, je ne savais pas quoi lui dire, il pleurait toujours, je ne savais pas comment le prendre dans mes bras, la place me manque de plus en plus. Je l'ai conduit jusqu'au lit, il s'est assis, je ne lui ai posé aucune question, je ne lui ai pas dit ce que je savais déjà, nous n'avons pas parlé de choses sans importance, nous ne sommes pas devenus amis, j'aurais pu être le premier venu, il a commencé au commencement, le vase, la clé, Brooklyn, Queens, je connaissais l'histoire par cœur. Pauvre enfant, tout raconter à un inconnu, j'aurais voulu élever des murs autour de lui, j'aurais voulu séparer l'intérieur de l'extérieur, j'aurais voulu lui donner un cahier vierge infiniment long et tout le reste du temps, il m'a raconté qu'il venait de monter tout en haut de l'Empire State Building, que son ami lui avait dit que c'était fini pour lui, ce n'était pas ce que j'avais voulu, mais s'il avait fallu cela pour amener mon petit-fils en face de moi, ça valait la peine, tout aurait valu la peine. J'aurais voulu le toucher, lui dire que, même si tout le monde quitte tout le monde, je ne le quitterais jamais, il a parlé, parlé, ses mots tombaient en lui, cherchant à atteindre le fond de sa tristesse, « Mon papa, disait-il, mon papa », il a couru de l'autre côté de la rue et en est revenu avec un téléphone, « Ce sont ses derniers mots. »

MESSAGE CINQ.
10 H 04. C'EST PA   EST PAPA. AL   EST PAPA.
SAIS PAS SI   ENTENDS QUOI   ÇA JE SUIS
ALLÔ ?   TU M'ENTENDS ? NOUS
SUR LE TOIT   TOUT   BIEN   TRÈS BIEN
BIENTÔT   PARDON   M'ENTENDS
BEAUCOUP   ARRIVE,   SOUVIENS…

Le message était interrompu, que tu semblais calme, tu n'avais pas la voix de quelqu'un qui va mourir, comme je voudrais que nous ayons pu nous asseoir à une table pour parler de rien pendant des heures, comme je voudrais que nous ayons pu perdre notre temps, il me faut un cahier infiniment vierge et le reste du temps. J'ai dit à Oskar qu'il valait mieux que sa grand-mère n'apprenne pas que nous nous étions vus, il n'a pas demandé pourquoi, que savait-il, je lui ai dit que, s'il avait besoin de me parler, il pouvait lancer des cailloux contre la fenêtre de la chambre d'amis pour que j'aille le rejoindre au coin de la rue, j'avais peur de ne plus jamais le voir, le voir me voir, cette nuit-là fut la première fois où ta mère et moi avons fait l'amour depuis que je suis revenu, et la dernière fois que nous faisions l'amour, ça ne donnait pas l'impression d'être la dernière fois, j'avais embrassé Anna pour la dernière fois, vu mes parents pour la dernière fois, parlé pour la dernière fois, pourquoi n'avais-je pas appris à traiter toute chose comme si c'était la dernière fois, mon plus grand regret c'est d'avoir tant cru en l'avenir, elle dit, « Je veux te montrer quelque chose », elle m'emmena dans la deuxième chambre, sa main étreignait OUI, elle ouvrit la porte et montra le lit, « C'est là qu'il dormait », j'ai touché les draps, je me suis agenouillé sur le plancher pour sentir l'odeur de l'oreiller, je voulais tout ce que je pouvais avoir de toi, je voulais la poussière, elle dit, « Il y a des années et des années. Trente ans. » Je me suis allongé sur le lit, je voulais éprouver ce que tu avais éprouvé, je voulais tout te raconter, elle s'est allongée près de moi, elle a demandé, « Crois-tu au ciel et à l'enfer ? » J'ai levé la main droite, « Moi non plus, a-t-elle dit, je crois qu'après la vie c'est comme avant qu'on vive », elle avait la main ouverte, j'y ai posé OUI, elle a refermé les doigts autour des miens, elle a dit, « Songe à toutes les choses qui ne sont pas encore nées. Tous les enfants. Certains ne naîtront jamais. Est-ce que c'est triste ? » Je ne savais pas si c'était triste, tous les parents qui ne se rencontreraient jamais, toutes les fausses couches, j'ai fermé les yeux, elle a dit, « Quelques jours avant le bombardement, mon père m'emmena à l'appentis. Il me donna une gorgée de whisky et me laissa tirer une bouffée de sa pipe. Cela me fit me sentir tellement adulte, tellement irremplaçable. Il me demanda ce que je savais de la sexualité. Je toussai à m'en étrangler. Il rit à s'en étrangler puis redevint sérieux. Il me demanda si je savais comment faire une valise, et si je savais qu'il ne fallait jamais accepter la première proposition, et si je savais allumer un feu en cas de besoin. J'aimais beaucoup mon père. Je l'aimais beaucoup, beaucoup. Mais je n'ai jamais trouvé le moyen de le lui dire. » J'ai tourné la tête sur le côté, je l'ai posée sur son épaule, elle a mis la main sur ma joue, exactement comme faisait ma mère, tout ce qu'elle faisait me rappelait quelqu'un d'autre, « C'est dommage, a-t-elle dit, que la vie soit si précieuse. » Je me suis tourné sur le côté pour l'entourer de mon bras, je n'ai plus de place, mes yeux étaient clos et je l'ai embrassée, ses lèvres étaient les lèvres de ma mère, et les lèvres d'Anna, et tes lèvres, je ne savais pas comment être avec elle en étant avec elle. « Cela nous cause tant de souci », a-t-elle dit, déboutonnant son chemisier, j'ai déboutonné ma chemise, elle a ôté son pantalon, j'ai ôté le mien, « Nous nous faisons tant de souci », je l'ai touchée et j'ai touché tout le monde, « C'est tout ce que nous faisons », nous avons fait l'amour pour la dernière fois, j'étais avec elle et j'étais avec tout le monde, quand elle s'est levée pour aller à la salle de bains il y avait du sang sur les draps, je suis retourné dormir dans la chambre d'amis, il y a tant de choses que tu ne sauras jamais. Le lendemain matin, des petits chocs contre la vitre m'ont réveillé, j'ai dit à ta mère que j'allais me promener, elle n'a pas posé de questions, que savait-elle, pourquoi m'a-t-elle laissé me soustraire à sa vue ? Oskar m'attendait sous le réverbère, il a dit, « Je veux aller rouvrir sa tombe. » Je le vois chaque jour depuis deux mois, nous avons préparé ce qui va suivre, jusqu'au moindre détail, nous nous sommes même entraînés à creuser dans Central Park, les détails ont fini par me rappeler les règles. Je sais que je ne serai pas dans sa vie, je ne serai pas le grand-père qu'il n'a jamais eu, mais ç'aura été les deux mois les plus heureux de ma vie. Il est presque l'heure, dans cinq minutes je fermerai ce cahier, je mettrai ma veste et je sortirai de l'appartement sans faire de bruit. Je retrouverai Oskar au coin, la voiture nous conduira jusqu'à toi. À mon enfant qui n'est pas encore né. Je n'ai pas toujours été silencieux, autrefois je parlais parlais parlais et parlais encore, je ne pouvais pas tenir ma langue, le silence s'est emparé de moi comme un cancer, c'était pendant un de mes premiers repas en Amérique, je voulais dire au garçon, « La façon dont vous venez de me tendre ce couteau me rappelle » mais je n'ai pas pu finir la phrase, son nom ne revenait pas, j'ai essayé encore, il ne revenait pas, elle était enfermée en moi, comme c'est étrange, ai-je pensé, comme c'est frustrant, comme c'est pitoyable, comme c'est triste, j'ai pris un stylo dans ma poche pour écrire « Anna » sur ma serviette, cela s'est reproduit deux jours plus tard, et puis encore le lendemain, c'était d'elle seulement que j'avais envie de parler, cela se reproduisait sans cesse, quand je n'avais

Une solution simple à un problème impossible

Le lendemain du jour où le locataire et moi avons rouvert la tombe de papa, je suis allé à l'appartement de M. Black. Il me semblait qu'il avait le droit de savoir ce qui s'était passé même s'il n'y avait pas vraiment participé. Mais quand j'ai frappé, ce n'est pas lui qui est venu ouvrir.

« Que puis-je pour vous ? » une dame a demandé.

Ses lunettes étaient accrochées à une chaîne autour de son cou et elle tenait une chemise avec des tas de papiers qui dépassaient.

« Vous n'êtes pas monsieur Black !

– Monsieur Black ?

– Monsieur Black qui habite ici. Où est-il ?

– Je regrette, je ne sais pas.

– Il va bien ?

– Je suppose. Je ne sais pas.

– Qui êtes-vous ?

– Une agence immobilière.

– Qu'est-ce que ça veut dire ?

– Je vends l'appartement.

– Pourquoi ?

– J'imagine que le propriétaire veut le vendre. Je fais un remplacement.

– Un remplacement ?

– L'agent qui s'occupe de ce bien est malade.

– Vous savez comment je peux retrouver le propriétaire ?

– Non, je regrette.
– C'était mon ami. »
Elle m'a dit :
« Ils vont venir dans la matinée pour tout emporter.
– Qui ça, ils ?
– Ils. Je ne sais pas. Des transporteurs. Des éboueurs. Ils.
– Pas des déménageurs ?
– Je ne sais pas.
– Ils vont jeter ses affaires ?
– Ou les vendre. »

Si j'avais été incroyablement riche, j'aurais tout acheté, même si c'était seulement pour le mettre au garde-meubles. Je lui ai dit :

« En fait, j'ai laissé un truc ici. C'est à moi, ils ne peuvent pas le vendre ou le donner. Je vais aller le récupérer, excusez-moi. »

Je suis allé au classeur des biographies. Je savais que je ne pouvais pas sauver la totalité, évidemment, mais j'avais quelque chose à faire. J'ai ouvert le tiroir B pour feuilleter les fiches. J'ai trouvé celle de M. Black. Comme j'étais sûr que ça s'imposait, je l'ai prise et je l'ai mise dans la poche de ma salopette.

Mais après, alors que j'avais ce que je voulais, je suis passé au tiroir S. Antonin Scalia, G. L. Scarborough, Lord Leslie George Scarman, Maurice Scève, Anne Wilson Schaef, Jack Warner Schaefer, Iris Scharmel, Robert Haven Schauffler, Barry Scheck, Johann Scheffler, Jean de Schélandre… Et puis je l'ai vu : Schell.

D'abord, ça m'a soulagé, parce que j'avais l'impression que tout ce que j'avais fait en valait la peine : papa était devenu un Grand Homme, sa biographie n'était plus insignifiante et on se souviendrait de lui. Mais après, en examinant la fiche, j'ai vu que ce n'était pas papa.

OSKAR SCHELL : FILS

Si seulement j'avais su que je ne reverrais plus M. Black quand nous nous sommes serré la main cet après-midi-là, je n'aurais pas lâché. Ou je l'aurais obligé à continuer l'enquête avec moi. Ou je lui aurais dit que papa avait appelé quand j'étais à la maison. Mais je ne savais pas, comme je ne savais pas que c'était la dernière fois que papa viendrait me border, parce qu'on ne sait jamais. Alors quand il avait dit, « C'est fini pour moi. J'espère que tu comprends », j'avais répondu, « Je comprends », même si je ne comprenais pas. Je n'étais jamais retourné le chercher sur la plate-forme d'observation de l'Empire State Building, parce que j'étais plus content de croire qu'il y était que de m'en assurer.

J'avais continué à chercher la serrure après qu'il m'avait dit que c'était fini pour lui, mais c'était plus pareil.

J'étais allé à Far Rockaway, à Boerum Hill et à Long Island City.

J'étais allé à Dumbo et à Spanish Harlem et dans le quartier des abattoirs.

J'étais allé à Flatbush, à Tudor City et à Little Italy.

J'étais allé à Bedford-Stuyvesant, à Inwood et à Red Hook.

Je ne sais pas si c'était parce que M. Black n'était plus avec moi, ou parce que je m'étais mis à passer tellement de temps à tout préparer avec le locataire pour rouvrir la tombe de papa, ou simplement parce que je cherchais depuis si longtemps sans rien trouver, mais je n'avais plus l'impression d'aller en direction de papa. Je ne suis même pas sûr que je croyais encore à la serrure.

Le dernier Black que je suis allé voir s'appelait Peter. Il habitait à Sugar Hill, qui est dans Hamilton Heights, qui fait partie de Harlem. Un monsieur était assis sur le perron quand je suis arrivé chez lui. Il avait un petit bébé sur les genoux, à qui il parlait, alors que les bébés ne comprennent pas la langue, évidemment.

« Vous êtes Peter Black ?

– Qui le demande ?

– Oskar Schell. »

Il a tapoté la marche, ce qui voulait dire que je pouvais m'asseoir à côté de lui si je voulais, ce que j'ai trouvé sympa, mais j'avais envie de rester debout.

« C'est votre bébé ?

– Oui.

– Je peux la caresser ?

– C'est un garçon.

– Je peux le caresser ?

– Bien sûr. »

Ce que sa tête pouvait être douce, comme il avait de petits yeux, et de petits doigts, c'était incroyable. J'ai dit :

« Il est très vulnérable.

– C'est vrai, Peter a fait, mais nous le protégeons très bien.

– Est-ce qu'il mange déjà comme tout le monde ?

– Pas encore. Seulement du lait, pour l'instant.

– Il pleure beaucoup ?

– C'est ce que je dirais. Franchement, j'ai l'impression qu'il pleure beaucoup.

– Mais les bébés ne peuvent pas être tristes, hein ? C'est seulement parce qu'il a faim, ou quelque chose.

– On ne le saura jamais. »

J'aimais bien voir le bébé serrer les poings. Je me demandais s'il pouvait penser ou s'il ressemblait plutôt à un animal non humain.

« Tu veux le prendre dans les bras ?

– Je crois que ce n'est pas une très bonne idée.

– Pourquoi ?

– Je ne sais pas comment on tient les bébés.

– Si tu veux, je te montre. C'est facile.

– D'accord.

– Si tu t'asseyais ? il a dit. Voilà. Alors, tu mets une de tes mains là, en dessous. Comme ça. Très bien. Et maintenant, l'autre sous sa tête. C'est ça. Tu peux le tenir un peu contre ta poitrine. Voilà. Comme ça. Tu y es. C'est très bien. Il est tout content.

– C'est bien, comme ça ?

– Tu t'en sors à merveille.

– Comment il s'appelle ?

– Peter.

– Je croyais que c'était vous.

– On s'appelle Peter tous les deux. »

Du coup je me suis demandé pour la première fois pourquoi on ne m'a pas donné le prénom de papa, alors que je ne me demandais pas pourquoi le locataire s'appelait Thomas. J'ai dit :

« Bonjour, Peter. Je te protège. »

Quand je suis rentré à la maison cet après-midi-là, après huit mois à fouiller New York, j'étais épuisé, frustré et pessimiste, alors que ce que je voulais, c'était être heureux.

Je suis allé dans mon labo, mais je n'avais pas envie de faire d'expériences. Je n'avais pas envie de jouer du tambourin, de gâter Buckminster, de mettre de l'ordre dans mes collections, ni de regarder *Les Trucs qui me sont arrivés*.

Maman et Ron étaient installés dans le salon familial, alors qu'il ne fait pas partie de notre famille. Je suis allé à la cuisine chercher une glace lyophilisée. En passant, j'ai regardé le téléphone. Le nouveau téléphone. Il m'a renvoyé mon regard. Chaque fois qu'il sonnait, je me mettais à crier : « Téléphone ! Ça sonne ! » parce que je ne voulais plus y toucher. Je ne voulais même pas être dans la même pièce que lui.

J'ai appuyé sur le bouton des messages, ce que je n'avais pas fait depuis le pire jour, sur le vieux téléphone.

> Message un. Samedi, 11 h 52. *Bonjour, ce message est pour Oskar Schell. Oskar, c'est Abby Black. Tu viens de venir chez moi me poser des questions sur la clé. Je n'ai pas été tout à fait franche avec toi et je crois que je pourrais peut-être t'aider. S'il te plaît, ap…*

Et le message s'interrompait.

Abby était la deuxième Black que j'étais allé voir, huit mois plus tôt. Elle habitait la maison la plus étroite de New York. Je lui avais dit qu'elle était jolie. Elle s'était fendu la pêche. Je lui avais dit qu'elle était jolie. Elle m'avait dit que j'étais adorable. Elle s'était mise à pleurer quand je lui avais parlé de la P.E.S. de l'éléphant. J'avais demandé si on pouvait s'embrasser. Elle n'avait pas dit qu'elle ne voulait pas. Il y avait huit mois que son message m'attendait.

« Maman ?

– Oui ?

– Je sors.

– Très bien.

– Je rentrerai tard.

– Très bien.

– Je ne sais pas quand. Ça pourrait être extrêmement tard.

– Très bien. »

Pourquoi ne me posait-elle pas plus de questions ? Pourquoi n'essayait-elle pas de m'arrêter, ou au moins de s'assurer que je ne risquais rien ?

Comme il commençait à faire noir et qu'il y avait foule dans les rues, je me suis cogné dans un googolplex de gens. Qui étaient-ils ? Où allaient-ils ? Que cherchaient-ils ? J'aurais voulu entendre les battements de leur cœur, et qu'ils entendent les miens.

La station de métro n'était qu'à quelques rues de chez elle et, quand j'y suis arrivé, la porte était entrouverte, comme si elle savait que je venais, alors qu'elle ne pouvait pas le savoir, évidemment. Pourquoi donc était-elle ouverte ?

« Ohé ? Y a quelqu'un ? C'est Oskar Schell."

Elle est venue à la porte.

J'ai été soulagé parce que je ne l'avais pas inventée.

« Vous vous souvenez de moi ?

– Bien sûr, Oskar. Tu as grandi.

– Ah oui ?

– Beaucoup. Plusieurs centimètres.

– J'ai été tellement occupé par mon enquête que j'ai arrêté de me mesurer.

– Entre, elle a dit. J'ai bien cru que tu ne me rappellerais pas. Il y a longtemps que je t'ai laissé ce message.

– J'ai peur du téléphone. »

Elle a dit :

« J'ai beaucoup pensé à toi.

– Votre message.

– Celui d'il y a plusieurs mois ?

– En quoi est-ce que vous n'avez pas été franche avec moi ?

– Je t'ai dit que je ne savais rien de cette clé.

– Mais vous saviez quelque chose ?

75
½

– Oui. Enfin, non. Pas moi. Mais mon mari, oui.
– Pourquoi vous ne me l'avez pas dit à ce moment-là ?
– Je ne pouvais pas.
– Pourquoi ?
– Je ne pouvais pas, c'est tout.
– C'est pas une vraie réponse.
– Mon mari et moi, on venait d'avoir une dispute horrible.
– C'était mon papa !
– C'était mon mari.
– Il avait été assassiné !
– Je voulais lui faire du mal.
– Pourquoi ?
– Parce qu'il m'en avait fait.
– Pourquoi ?
– Parce que les gens se font du mal. Ils sont comme ça.
– Moi, je ne suis pas comme ça.
– Je sais.
– J'ai passé huit mois à chercher ce que vous auriez pu me dire en huit secondes !
– Je t'ai téléphoné. Tout de suite après ton départ.
– Vous m'avez fait du mal !
– Je te demande pardon, je suis vraiment désolée.
– Alors ? j'ai demandé. Vous allez me dire, pour votre mari ?
– Il te cherche.
– C'est lui qui me cherche, moi ?
– Oui.
– Mais c'est moi qui n'ai pas arrêté de le chercher !
– Il t'expliquera tout. Je crois que tu devrais l'appeler.
– Je vous en veux de ne pas avoir été franche avec moi.
– Je sais.
– Vous avez failli détruire ma vie. »
On était incroyablement près.
Je sentais même son souffle.
« Si tu veux m'embrasser, tu peux.

– Quoi ?
– Tu m'as demandé, ce jour-là, si on pouvait s'embrasser. J'avais dit non, mais aujourd'hui je dis oui.
– Je suis gêné quand je repense à ce jour-là.
– Il n'y a pas de raison d'être gêné.
– Vous n'êtes pas obligée de vous laisser embrasser juste parce que vous avez pitié de moi.
– Embrasse-moi, elle a dit, et je te rendrai ton baiser. »
Je lui ai demandé :
« Est-ce qu'on pourrait seulement faire un câlin ? »
Elle m'a serré contre elle.
Je me suis mis à pleurer et je l'ai serrée aussi fort que j'ai pu. Son épaule commençait à être trempée et je me suis dit, *Peut-être que c'est vrai qu'on peut se vider de ses larmes. Peut-être que grand-mère a raison là-dessus.* C'était sympa d'y penser, parce que ce que je voulais, c'était être vide.
Et puis, c'est venu de nulle part, j'ai eu une révélation, le sol a disparu sous mes pieds et il n'y avait plus que le vide sous moi.
Je me suis écarté.
« Qu'est-ce qui a interrompu votre message ?
– Pardon ?
– Le message que vous avez laissé sur notre téléphone. Il s'arrête au milieu d'une phrase.
– Ah, ça doit être quand ta mère a décroché.
– Maman a décroché ?
– Oui.
– Et ensuite ?
– Qu'est-ce que tu veux dire ?
– Vous lui avez parlé ?
– Quelques minutes.
– Qu'est-ce que vous lui avez dit ?
– Je ne me rappelle pas.
– Mais vous lui avez dit que j'étais venu vous voir ?
– Oui, bien sûr. J'ai eu tort ? »

Je ne savais pas si elle avait eu tort. Et je ne savais pas pourquoi maman n'avait pas parlé de leur conversation, ni même du message.

« La clé ? Vous lui en avez parlé ?

– Je présumais qu'elle le savait déjà.

– Et de ma mission ? »

Ça ne rimait à rien.

Pourquoi maman n'avait rien dit ?

Ni rien fait ?

Ça ne pouvait pas être parce qu'elle s'en fichait.

Et puis, tout d'un coup, ça s'est mis à rimer à quelque chose, d'un bout à l'autre.

Tout d'un coup, j'ai compris pourquoi, quand maman me demandait où j'allais et que je répondais « Je sors », elle posait aucune autre question. C'était pas la peine, parce qu'elle savait.

J'ai compris pourquoi Ada savait que j'habitais dans l'Upper West Side, pourquoi Carol avait des cookies tout chauds qui m'attendaient quand j'ai frappé à sa porte, pourquoi ce portier215@hotmail.com m'avait dit « Bonne chance, Oskar » quand j'étais parti, alors que j'étais sûr à quatre-vingt-dix-neuf pour cent de ne pas lui avoir dit que je m'appelais Oskar.

Ils savaient que j'allais venir.

Maman leur avait parlé avant moi.

Même M. Black était dans le coup. Il devait savoir que j'allais frapper à sa porte ce jour-là parce qu'elle devait le lui avoir dit. Elle lui avait probablement dit d'aller avec moi partout pour me tenir compagnie et m'empêcher de prendre des risques. Je me suis même demandé si c'était vrai qu'il m'aimait bien et si toutes ses histoires effarantes étaient vraies. Et son appareil acoustique ? Le lit aimanté ? Est-ce que ses balles et ses roses étaient des balles et des roses ?

Tout le temps.

Tout le monde.

Tout.

Grand-mère savait probablement.

Même le locataire, probablement.

Et même le locataire, est-ce que c'était le locataire ?

Mon enquête était une pièce que maman avait écrite, et elle connaissait la fin quand j'en étais encore au début.

J'ai demandé à Abby :

« Est-ce que votre porte était ouverte parce que vous saviez que j'allais venir ? »

Elle n'a rien dit pendant quelques secondes et puis elle a dit :

« Oui.

– Où il est, votre mari ?

– Ce n'est pas mon mari.

– Je n'y. Comprends. PLUS RIEN !

– C'est mon ex-mari.

– Où est-il ?

– Au travail.

– Mais on est dimanche soir !

– Il s'occupe des marchés étrangers.

– Quoi ?

– On est lundi matin, au Japon. »

« Il y a un jeune homme qui vous demande, a dit dans le téléphone la dame qui était derrière le bureau, et je me suis senti trop bizarre de penser qu'il était à l'autre bout du fil, même si je me rendais compte que je ne savais plus bien qui "il" était. Oui, elle a dit, Un tout jeune homme. »

Et puis :

« Non. »

Elle a ajouté :

« Oskar Schell. »

Et puis encore :

« Oui. C'est vous qu'il veut voir. Puis-je vous demander à quel sujet ? elle m'a demandé. Au sujet de son papa, elle a dit dans le téléphone.

Et puis elle a dit :

« C'est ce qu'il dit. »

Et puis elle a dit :

« Très bien. »

Et à moi, elle m'a dit :

« Dans le couloir. La troisième porte à gauche. »

Il y avait des toiles probablement célèbres au mur. La vue était incroyablement belle par les fenêtres, ce que papa aurait adoré. Mais je n'ai rien regardé et je n'ai pas pris de photos. Je n'avais jamais été aussi concentré de ma vie, parce que je n'avais jamais été aussi près de la serrure. J'ai frappé à la troisième porte à gauche, qui avait WILLIAM BLACK marqué dessus. Une voix à l'intérieur a dit : « Entrez. »

« Que puis-je faire pour toi ? » a dit un monsieur assis à un bureau. Il avait à peu près l'âge que papa aurait eu, ou plutôt qu'il avait, si les morts ont un âge. Il avait les cheveux mi-bruns, mi-gris, une courte barbe, et des lunettes rondes marron. Pendant une seconde, j'ai eu l'impression de l'avoir déjà vu et je me suis demandé si c'était lui que j'avais regardé avec le télescope binoculaire de l'Empire State Building. Mais ensuite je me suis rendu compte que c'était impossible, parce qu'on était dans la 52e Rue, qui est beaucoup plus au nord, évidemment. Il y avait plein de cadres sur son bureau. Je les ai regardés rapidement pour être sûr que papa n'était sur aucune des photos.

« Vous connaissiez mon papa ? »

Il s'est appuyé contre le dossier de son fauteuil en disant :

« Je ne suis pas sûr, comment s'appelait-il ?

– Thomas Schell. »

Il a réfléchi une minute. J'ai détesté qu'il ait besoin de réfléchir.

« Non, il a dit. Je ne connais aucun Schell.

– Connaissais.

– Pardon ?

– Il est mort, alors vous ne pouvez plus le connaître, maintenant.

– Je suis désolé de l'apprendre.

– Pourtant vous devez l'avoir connu.

– Non, je suis sûr que je ne le connaissais pas.

– Mais vous devez forcément. »

Je lui ai dit :

« J'ai trouvé une petite enveloppe avec votre nom dessus, j'ai cru que c'était peut-être votre femme, qui est maintenant votre ex-femme, je sais, mais elle a dit qu'elle ne savait pas ce que c'était et vous vous appelez William et j'étais encore loin d'être arrivé au W…

– Ma femme ?

– Je suis allé lui parler.

– Où ça, lui parler ?

– Dans la maison la plus étroite de New York.

– Comment l'as-tu trouvée ?

– Qu'est-ce que vous voulez dire ?

– Comment elle t'a semblé ?

– Triste.

– Triste comment ?

– Triste, voilà.

– Qu'est-ce qu'elle faisait ?

– Rien, en fait. Elle a essayé de me donner à manger alors que je lui avais dit que je n'avais pas faim. Il y avait quelqu'un dans l'autre pièce pendant qu'on parlait.

– Un homme ?

– Oui.

– Tu l'as vu ?

– Il est passé devant la porte, mais il hurlait surtout depuis l'autre pièce.

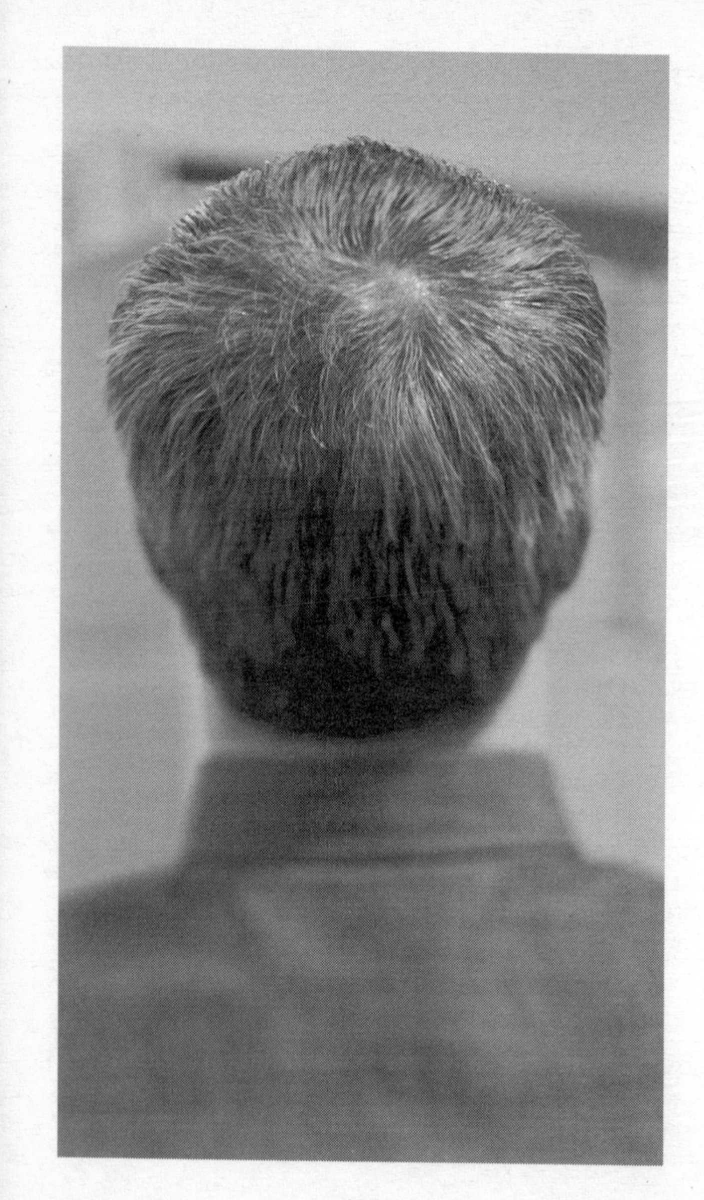

– Tu dis qu'il hurlait ?
– Extrêmement fort.
– Qu'est-ce qu'il hurlait ?
– J'ai pas entendu les mots.
– Il cherchait à l'intimider ?
– Je ne sais pas ce que ça veut dire.
– Il faisait peur ?
– Et mon papa ?
– Quand cela s'est-il passé ?
– Il y a huit mois.
– Huit mois ?
– Sept mois et vingt-huit jours. »
Il a souri.
« Pourquoi vous souriez ? »
Il a mis sa figure dans ses mains comme s'il allait pleurer, mais il n'a pas pleuré. Il a levé les yeux en disant :
« C'était moi.
– Vous ?
– Il y a huit mois, oui. J'ai cru que c'était il y a deux jours.
– Mais il n'avait pas de barbe.
– Il l'a laissée pousser.
– Et pas de lunettes. »
Il a enlevé ses lunettes :
« Il a changé. »
Je me suis mis à penser aux pixels de l'image du corps qui tombe et à me dire que plus on regarde de près, moins on voit.
« Pourquoi vous hurliez ?
– C'est une longue histoire.
– J'ai le temps, j'ai dit, parce que tout ce qui pouvait me rapprocher de papa, je voulais le savoir, même si ça risquait de me faire du mal.
– C'est une très, très longue histoire.
– S'il vous plaît. »

Il a fermé l'agenda qui était sur son bureau et il a dit : « Non, c'est une trop longue histoire. »

J'ai dit :

« Vous ne trouvez pas que c'est trop bizarre qu'on ait été dans le même appartement il y a huit mois et que maintenant on soit dans ce bureau ? »

Il a fait oui de la tête.

« C'est bizarre, j'ai dit. On était si incroyablement près.

– Alors, il a dit, qu'est-ce qu'elle a de si particulier, cette enveloppe ?

– Rien, en fait. C'est ce qui était dedans.

– Et c'était ?

– C'était ça. »

J'ai tiré sur le cordon que j'avais autour du cou pour que la clé de l'appartement soit dans mon dos et que la clé de papa s'appuie sur la poche de ma salopette, par-dessus la biographie de M. Black, par-dessus le sparadrap, sur mon cœur.

« Je peux voir ? »

Je l'ai enlevée de mon cou pour la lui donner. Il l'a examinée et il a demandé :

« Il y avait quelque chose d'écrit sur l'enveloppe ?

– Oui, "Black". »

Il m'a regardé.

« Tu l'as trouvée dans un vase bleu ?

– Alors ça !

– J'arrive pas à y croire.

– À quoi ?

– C'est vraiment la chose la plus ébahissante qui me soit jamais arrivée.

– Mais quoi ?

– Ça fait deux ans que j'essaie de retrouver cette clé.

– Mais ça fait huit mois que j'essaie de retrouver la serrure.

– Alors on se cherchait mutuellement. »

J'ai enfin pu poser la question la plus importante de ma vie.

« Qu'est-ce qu'elle ouvre ?

– Un coffre dans une banque.

– Mais qu'est-ce que ça a à voir avec mon papa ?

– Ton papa ?

– Tout l'intérêt de cette clé, c'est que je l'ai trouvée dans le dressing de mon papa, et comme il est mort, j'ai pas pu lui demander ce que ça voulait dire, alors j'ai dû chercher tout seul.

– Tu l'as trouvée dans son dressing ?

– Oui.

– Dans un grand vase bleu ? »

J'ai fait signe que oui.

« Avec une étiquette, en dessous ?

– Je ne sais pas. Je n'ai pas vu d'étiquette. Je ne me rappelle pas. »

Si j'avais été seul, je me serais fait le plus gros bleu de ma vie. J'aurais plus été qu'un gros bleu.

« Mon père est décédé il y a environ deux ans. Il était allé faire un bilan de santé et le médecin lui avait dit qu'il lui restait deux mois à vivre. Il est mort deux mois plus tard. »

Je n'avais pas envie d'entendre parler de la mort. On ne fait que parler de ça, même quand personne n'a l'air d'en parler.

« Je ne savais pas ce qu'il fallait faire de toutes ses affaires. Les livres, les meubles, les vêtements.

– Vous ne vouliez pas les garder ?

– Je ne voulais surtout pas garder quoi que ce soit. »

J'ai trouvé ça bizarre, parce que moi, les affaires de papa, c'était tout ce que je voulais.

« Bref, pour faire bref…

– Mais vous n'êtes pas obligé de faire bref.

– J'ai organisé la vente de tous ses biens. Je n'aurais pas dû y assister. J'aurais dû engager quelqu'un pour s'en occuper. Ou alors donner le tout. Au lieu de quoi, je me suis retrouvé à dire aux gens que le prix de ses affaires n'était pas négociable. Son costume de marié n'était pas négociable. Ses lunettes de soleil n'étaient pas négociables. Ce fut un des pires jours de ma vie. Peut-être le pire.

– Ça va, vous vous sentez bien ?

– Très bien. J'ai passé deux ans assez épouvantables. Mon père et moi n'étions pas ce qu'on appelle très proches.

– Vous avez besoin d'un câlin ?

– Non, ça ira.

– Pourquoi ?

– Pourquoi quoi ?

– Pourquoi vous et votre papa n'étiez pas ce qu'on appelle proches ?

– Ce serait trop long.

– Alors maintenant, vous voulez bien me parler de mon papa à moi ?

– Mon père s'est mis à écrire des lettres quand il a appris qu'il avait un cancer. Ça n'avait jamais été un grand épistolier.

– Épistolier ?

– Quelqu'un qui écrit des lettres. Je ne sais pas s'il en avait écrit une seule jusque-là. Mais il a passé ses deux derniers mois à écrire, c'était devenu une obsession. Du matin au soir. »

J'ai demandé pourquoi, mais en réalité c'était parce que je voulais savoir pourquoi moi je m'étais mis à en écrire, des lettres, après que papa était mort.

« Il essayait de faire ses adieux. Il a écrit à des gens qu'il connaissait à peine. S'il n'avait pas été malade, on aurait pu dire que c'étaient ces lettres, sa maladie. J'avais un rendez-vous d'affaires l'autre jour, et au beau milieu de la conversation le type m'a demandé si j'étais parent d'Edmund Black. J'ai répondu que c'était mon père. Il m'a dit qu'il avait été au lycée avec lui. "Il m'a écrit une lettre extraordinaire avant de mourir. Dix pages. Je le connaissais à peine. Nous n'avions pas échangé un mot depuis cinquante ans, c'est la lettre la plus extraordinaire que j'aie jamais lue." Je lui ai demandé si je pouvais la voir. Il m'a répondu, "Je crois qu'elle était destinée à moi seul." J'ai dit que cela aurait beaucoup d'importance pour moi. Il m'a répondu que mon père parlait de moi dans la lettre. Je lui ai dit que je comprenais. J'ai consulté le Rolodex de mon père…

– Qu'est-ce que c'est ?

– Son répertoire téléphonique. J'ai appelé tous les numéros. Ses cousins, ses associés, des gens dont je n'avais jamais entendu parler. Il leur avait écrit à tous. Jusqu'au dernier. Certains m'ont fait lire ses lettres, d'autres pas.

– Comment étaient-elles ?

– La plus courte ne faisait qu'une seule phrase. La plus longue, plus de vingt pages. Il y en avait qui étaient presque comme de petites pièces. Dans d'autres, il se contentait de poser quelques questions aux destinataires.

– Quel genre de questions ?

– "Saviez-vous que j'étais amoureux de vous cet été-là, à Norfolk ?" "Est-ce qu'ils auront à payer des impôts sur ce que je laisse, le piano, par exemple ?" "Comment fonctionnent les ampoules électriques ?"

– Ça, j'aurais pu le lui expliquer.

– "Est-ce qu'il arrive qu'on meure vraiment dans son sommeil ?" Certaines de ses lettres étaient drôles. Mais alors vraiment, vraiment drôles. Je ne savais pas qu'il pouvait être si drôle. D'autres étaient philosophiques. Il parlait de son bonheur, de sa tristesse, de toutes les choses qu'il avait voulu faire sans jamais les faire et de toutes celles qu'il avait faites sans vouloir les faire.

– Il ne vous avait pas écrit, à vous ?

– Si.
– Qu'est-ce qu'il disait ?
– Je n'ai pas réussi à la lire. Pendant des semaines.
– Pourquoi ?
– C'était trop douloureux.
– Moi, j'aurais été extrêmement curieux.
– Ma femme – mon ex-femme – m'a dit que j'étais fou de ne pas la lire.
– Ce n'était pas très compréhensif de sa part.
– Peut-être, mais elle avait raison. C'était de la folie. Ce n'était pas raisonnable. Je me conduisais comme un enfant.
– C'est vrai, mais vous étiez son enfant.
– J'étais son enfant. C'est tout à fait ça. Mais je parle, je parle… Bref, pour faire bref…
– Non, ne faites pas bref, j'ai dit, parce que même si j'aurais préféré qu'il me parle de mon papa, pas du sien, je voulais en même temps que l'histoire soit aussi longue que possible, parce que j'avais peur de sa fin.
– Je l'ai lue. Peut-être que je m'attendais à une espèce de confession. Je ne sais pas. À de la colère, ou à une demande de pardon. Quelque chose qui m'aurait fait tout reconsidérer. Mais non, elle était très froide et très objective. C'était plus un document qu'une lettre, si tu vois ce que je veux dire.
– Je crois.
– Je ne sais pas. Peut-être que j'avais tort mais je m'attendais à ce qu'il ait écrit qu'il regrettait certaines choses et qu'il me dise qu'il m'aimait. Un truc de fin de vie, quoi. Mais non, rien de ce genre. Il n'avait même pas écrit "Je t'aime". Il parlait de son testament, de son assurance sur la vie, tous ces machins administratifs horribles auxquels on trouve tellement déplacé de penser quand quelqu'un est mort.
– Vous étiez déçu ?
– J'étais furieux.

– Je suis désolé.

– Non. Il n'y a aucune raison d'être désolé. J'y ai réfléchi. Je n'ai pas arrêté d'y réfléchir. Mon père m'avait écrit où il avait laissé ses affaires, et ce dont il voulait qu'on s'occupe. C'était un homme responsable. Un type bien. C'est trop facile d'être émotif. On peut toujours faire une scène. Comme moi, il y a huit mois, tu te rappelles ? C'était facile.

– Ça n'en avait pas l'air.

– C'était simple. Les hauts et les bas donnent l'impression que les choses sont importantes mais ce n'est rien.

– Qu'est-ce qui est quelque chose ?

– Être digne de confiance. Être quelqu'un de bien.

– Et la clé ?

– À la fin de la lettre, il avait écrit, "J'ai quelque chose pour toi. Dans le vase bleu, sur l'étagère de la chambre à coucher, il y a une clé. C'est celle d'un coffre, à la banque. J'espère que tu comprendras pourquoi j'ai voulu que ce soit toi qui l'aies."

– Et alors ? Qu'est-ce qu'il y avait dedans ?

– Je n'ai pas lu sa lettre avant d'avoir vendu toutes ses affaires. J'avais vendu le vase. Je l'avais vendu à ton père.

– Hein quoi qu'est-ce ?

– C'est pour ça que j'essayais de te retrouver.

– Vous avez rencontré mon papa ?

– Brièvement, mais oui.

– Vous vous rappelez de lui ?

– Ça n'a duré qu'une minute.

– Mais est-ce que vous vous rappelez de lui ?

– On a un peu bavardé.

– Et alors ?

– Il était sympathique. Je crois qu'il voyait combien c'était dur pour moi de me séparer de ces choses.

– Vous pourriez le décrire, s'il vous plaît ?

– Aïe, je me rappelle pas grand-chose.
– S'il vous plaît, s'il vous plaît.
– Il devait mesurer un peu moins d'un mètre quatre-vingts. Il était brun. Il avait des lunettes.
– Quel genre de lunettes ?
– Des verres épais.
– Quel genre d'habits il portait ?
– Un costume, je crois.
– Quel costume ?
– Gris, peut-être ?
– C'est vrai ! Il mettait un costume gris pour aller au travail ! Est-ce qu'il avait un trou entre les dents ?
– Je ne me rappelle pas.
– Essayez.
– Il m'a dit qu'il rentrait chez lui quand il avait vu l'écriteau annonçant la vente. Il m'a dit qu'il fêterait son anniversaire de mariage la semaine suivante.
– Le 14 septembre !
– Il voulait faire une surprise à ta maman. Il trouvait le vase parfait. Il pensait qu'elle allait l'adorer.
– Il allait lui faire une surprise ?
– Il avait réservé une table du restaurant qu'elle préférait. Une espèce de soirée de gala. »
Le smoking.
« Qu'est-ce qu'il a dit d'autre ?
– Qu'est-ce qu'il a dit d'autre…
– Même un mot.
– Il avait un rire génial. Ça, je me le rappelle. C'était gentil de sa part de rire, et de me faire rire. C'était pour moi qu'il riait.
– Quoi d'autre ?
– Il avait un goût très sûr.
– Qu'est-ce que ça veut dire ?
– Il ne se trompait pas sur ce qui lui plaisait. Et quand il l'avait trouvé, il le savait.
– C'est vrai. Il avait un goût incroyablement sûr.

– Je me souviens que je l'ai regardé prendre le vase. Il l'a longuement examiné. Il avait l'air de quelqu'un de très réfléchi.

– Il était extrêmement réfléchi. »

J'aurais voulu qu'il se rappelle encore plus de détails, par exemple est-ce que papa avait déboutonné le premier bouton de sa chemise, est-ce qu'il sentait comme quand il se rasait, ou est-ce qu'il sifflait « I Am the Walrus » ? Est-ce qu'il avait le *New York Times* sous le bras ? Les lèvres gercées ? Un stylo rouge dans sa poche ?

« Quand l'appartement a été vide ce soir-là, je m'assis par terre pour lire la lettre de mon père. J'ai lu l'histoire du vase. J'ai eu l'impression de l'avoir trahi.

– Mais vous ne pouviez pas aller à la banque leur dire que vous aviez perdu la clé ?

– J'ai essayé. Mais on m'a dit qu'il n'y avait pas de coffre à son nom. J'ai essayé le mien. Pas de coffre. Le nom de ma mère. Celui de mes grands-parents. Cela ne rimait à rien.

– Les gens de la banque ne pouvaient rien faire ?

– Ils ont été compréhensifs, mais sans la clé j'étais coincé.

– Et c'est pour ça que vous aviez besoin de retrouver mon papa.

– J'espérais qu'il se rendrait compte qu'il y avait une clé dans le vase et qu'il me retrouverait. Mais comment aurait-il pu ? L'appartement de mon père était vendu, même s'il y était retourné c'était une impasse. Et j'étais sûr qu'il aurait fini par jeter la clé en présumant que c'était un vieux machin sans valeur. C'est ce que j'aurais fait à sa place. Et je n'avais aucun moyen de le retrouver. Absolument aucun. Je ne savais rien de lui, je ne connaissais même pas son nom. Pendant quelques semaines je faisais un détour par le quartier en rentrant du travail, alors que c'était vraiment pas sur mon chemin. Ça me faisait perdre une heure. Je me promenais en espérant le voir. J'ai mis quelques affichettes quand je me suis rendu compte de ce qui s'était passé : "Au monsieur qui a acheté le vase à une vente dans la 75e Rue ce week-end, ayez la gentillesse de contacter..." Mais c'était la semaine après le 11 septembre. Il y avait des affiches partout.

– Maman en a mis, avec une photo de lui.

– Comment ça ?

– Il est mort le 11 septembre. C'est comme ça qu'il est mort.

– Quelle horreur ! Je n'avais pas compris. Je suis vraiment désolé.

– Vous pouviez pas savoir.

– Je ne sais pas quoi dire.

– Vous êtes pas obligé de dire quelque chose.

– Je n'ai pas vu ces affiches. Si je les avais vues... Bah, je ne sais pas, si je les avais vues...

– Vous auriez pu nous retrouver.

– Oui, c'est vrai.

– Je me demande s'il y a des endroits où les affiches de maman et les vôtres étaient près l'une de l'autre. »

Il a dit :

« Partout où j'allais dans Manhattan, j'essayais de le retrouver, et dans le métro. Je regardais les yeux des gens, mais je n'ai jamais vu les siens. Un jour, j'ai cru voir ton père traverser Broadway à Times Square mais je l'ai perdu dans la foule. J'ai vu quelqu'un monter en taxi dans la 22e Rue. Je l'aurais appelé, mais je ne connaissais pas son nom.

– Thomas.

– Thomas. Si seulement je l'avais su à ce moment-là. J'ai suivi un type à travers Central Park pendant plus d'une demi-heure. J'avais cru que c'était ton père. Je n'arrivais pas à comprendre pourquoi il marchait en zigzag d'une façon étrange. On aurait dit qu'il n'allait nulle part. Je n'y comprenais rien.

– Pourquoi vous ne l'avez pas arrêté ?
– J'ai fini par le faire.
– Et qu'est-ce qui s'est passé ?
– Je m'étais trompé, ce n'était pas lui.
– Vous lui avez demandé pourquoi il marchait comme ça ?
– Il avait perdu quelque chose et il cherchait par terre.
– Alors que vous, vous n'avez plus à chercher, je lui ai dit.
– J'ai passé si longtemps à chercher cette clé que maintenant c'est presque pire de l'avoir sous les yeux.
– Vous ne voulez pas voir ce qu'il vous a laissé ?
– Je crois que ce n'est pas une question de vouloir. »
J'ai demandé :
« C'est une question de quoi, alors ?
– Je suis vraiment désolé, pardon. Je sais que tu cherches quelque chose, toi aussi. Et je sais que ça, ce n'est pas ce que tu cherches.
– Ça fait rien.
– Ça vaut ce que ça vaut, mais ton père avait l'air d'un type bien. Je ne lui ai parlé que quelques minutes mais c'était assez pour voir que c'était un type bien. Tu avais de la chance d'avoir un père comme ça. Je donnerais ma clé pour avoir eu un père pareil.
– On devrait pas à avoir à choisir entre les deux.
– Non, on devrait pas. »
On est restés là sans rien dire. J'ai examiné encore une fois les photos, sur son bureau. Elles étaient toutes d'Abby. Il a dit :
« Pourquoi tu ne viens pas à la banque avec moi ?
– Vous êtes gentil, mais merci, non.
– Tu es sûr ? »
C'était pas que j'étais pas curieux. J'étais incroyablement curieux. Mais j'avais peur de plus savoir où j'en étais. Il a dit :
« Qu'est-ce qu'il y a ?

– Rien.

– Ça va ? »

Je voulais retenir les larmes mais j'ai pas pu. Il a dit :

« J'ai de la peine, beaucoup de peine pour toi, tu sais.

– Je peux vous raconter quelque chose que j'ai jamais raconté à personne ?

– Bien sûr.

– Ce jour-là, on nous a renvoyés de l'école, on peut dire, dès qu'on y est arrivés. Ils nous ont pas vraiment expliqué, seulement qu'il y avait eu un malheur. On n'a pas bien compris, je crois. Ou alors on comprenait pas qu'un malheur pouvait nous arriver à nous. Plein de parents sont venus chercher leurs enfants, mais comme l'école est seulement à cinq rues de chez nous, je suis rentré à pied. Mon copain m'avait dit qu'il allait me téléphoner, alors je suis allé au répondeur et la lumière clignotait. Il y avait cinq messages. Ils étaient tous de lui.

– Ton ami ?

– Mon papa. »

Il a mis la main par-dessus sa bouche.

« Il arrêtait pas de dire qu'il allait bien, que tout irait bien, et qu'il fallait pas qu'on s'inquiète. »

Une larme a roulé sur sa joue et s'est posée sur son doigt.

« Mais voilà ce que j'ai jamais raconté à personne. J'ai écouté les messages, et après le téléphone a sonné. Il était 10 h 22. J'ai regardé le numéro de l'appel et j'ai vu que c'était son portable.

– Oh, non.

– Vous voulez bien poser la main sur moi, s'il vous plaît, pour que je puisse dire le reste ?

– Bien sûr, il a dit, et il a fait glisser son fauteuil autour du bureau pour venir près de moi.

– Je pouvais pas décrocher. Voilà, je pouvais pas. Ça sonnait, sonnait, et je pouvais pas bouger. Je voulais décrocher, mais je pouvais pas. Le répondeur s'est déclenché et j'ai entendu ma voix. »

Bonjour, vous êtes chez les Schell. Voici le fait du jour : il fait si froid à Yukatia, qui est en Sibérie, que le souffle gèle instantanément avec un crépitement, un petit bruit qu'on appelle « le murmure des étoiles ». Les jours extrêmement froids, les villes sont couvertes d'un brouillard causé par le souffle des hommes et des bêtes. Merci de nous laisser un message.

« Il y a eu le bip. Et puis j'ai entendu la voix de papa. »

Tu es là ? Tu es là ? Tu es là ?

« Il avait besoin de moi, et je pouvais pas décrocher. Je pouvais pas décrocher, voilà. Je pouvais pas. Tu es là ? Il l'a demandé onze fois. Je le sais, parce que j'ai compté. Ça fait un de plus que ce que je peux compter sur mes doigts. Pourquoi il arrêtait pas de le demander ? Parce qu'il attendait que quelqu'un rentre à la maison ? Et pourquoi il a pas dit "quelqu'un ?" Y a quelqu'un ? "Tu", c'est seulement une personne. Des fois je pense qu'il savait que j'étais là. Peut-être qu'il arrêtait pas de le répéter pour me donner le temps de devenir assez courageux pour décrocher. En plus, il y avait tellement d'espace entre les fois où il le demandait. Quinze secondes, entre la troisième et la quatrième, ça, c'est le plus long espace. On entend des gens qui crient et qui pleurent, dans le fond. Et on entend du verre qui se casse, c'est une des raisons pour lesquelles je me demande si les gens sautaient par la fenêtre. »

Tu es là ? Tu es là ? Tu es là ? Tu es là ? Tu es là ? Tu es là ? Tu es là ? Tu es là ? Tu es là ? Tu es là ? Tu es

« Et puis ça a coupé. J'ai chronométré le message, il dure une minute vingt-sept secondes, ce qui veut dire qu'il s'est terminé à 10 h 24. C'est quand la tour s'est effondrée. Alors peut-être que c'est comme ça qu'il est mort.

– Je suis tellement désolé.

– Je n'ai jamais raconté ça à personne. »

Il m'a serré, presque comme un câlin, et j'ai senti qu'il secouait la tête. J'ai demandé :

« Vous me pardonnez ?

– Si je te pardonne ?

– Oui.

– Parce que tu n'as pas réussi à décrocher ?

– Parce que je n'ai réussi à le raconter à personne. »

Il a dit :

« Oui, je te pardonne. »

J'ai enlevé la cordelette de mon cou pour la passer autour du sien.

« Mais cette autre clé ? » il a demandé.

Je lui ai dit :

« C'est celle de notre appartement. »

Le locataire attendait sous le réverbère quand je suis rentré. On s'y retrouvait tous les soirs pour parler des détails de notre plan, à quelle heure il faudrait partir, ce qu'on ferait s'il pleuvait, ou si un gardien venait nous demander ce qu'on fichait là. En quelques rencontres, on a été à bout des détails réalistes mais, je ne sais pas pourquoi, on n'était pas encore prêts à y aller. Alors on inventait des détails irréalistes à discuter, des itinéraires de remplacement si le pont de la 59e Rue s'effondrait, des moyens de franchir la clôture du cimetière au cas où

elle aurait été électrifiée, ou comment être plus malin que la police si on nous arrêtait, on avait toutes sortes de cartes, de codes secrets et d'outils. On aurait probablement continué à faire des plans à tout jamais si je n'avais pas vu William Black ce soir-là et appris ce que j'avais appris.

Le locataire a écrit, « Tu es en retard. » J'ai haussé les épaules, exactement comme faisait papa. Il a écrit, « J'ai prévu une échelle de corde, on ne sait jamais. » J'ai fait oui de la tête. « Où étais-tu ? J'étais inquiet. » Je lui ai dit :

« J'ai trouvé la serrure. »

« Tu l'as trouvée ? »

J'ai fait oui de la tête.

« Et ? »

Je ne savais pas quoi dire. Je l'ai trouvée et maintenant je peux arrêter de la chercher ? Je l'ai trouvée et elle n'avait rien à voir avec papa ? Je l'ai trouvée et maintenant j'aurai des semelles de plomb le restant de mes jours ?

« Si seulement j'avais pu ne pas la trouver. »

« Ce n'était pas ce que tu cherchais ? »

« C'est pas ça. »

« Quoi, alors ? »

« Je l'ai trouvée, et maintenant je ne peux plus la chercher. »

J'ai bien vu qu'il ne me comprenait pas.

« En la cherchant, j'ai pu rester près de lui un peu plus longtemps. »

« Tu crois que tu ne seras pas toujours près de lui ? »

Je connaissais la vérité :

« Non. »

Il a hoché la tête comme s'il pensait à quelque chose, ou à plein de choses, ou à toutes les choses, si c'était possible. Il a écrit, « Peut-être que c'est le moment de faire ce qu'on prévoyait. »

J'ai ouvert la main gauche parce que je savais que, si

j'essayais de dire quelque chose, j'allais seulement pleurer encore une fois.

On s'est mis d'accord pour le jeudi soir, qui était le deuxième anniversaire de la mort de papa, ce qui semblait approprié.

Avant que je rentre dans l'immeuble, il m'a tendu une lettre.

« Qu'est-ce que c'est ? »

Il a écrit, « Stan est allé chercher un café. Il m'a dit de te la donner au cas où il ne serait pas revenu à temps. »

« Qu'est-ce que c'est ? »

Il a haussé les épaules et il a traversé.

Cher Oskar Schell,

J'ai lu toutes les lettres que tu m'as envoyées depuis deux ans. En retour, je t'ai adressé à de nombreuses reprises ma lettre formulaire, dans l'espoir qu'un jour je serais en mesure de rédiger pour toi la vraie réponse que tu mérites. Mais plus tu m'écrivais de lettres, plus tu livrais de toi-même, plus ma tâche devenait difficile.

Je dicte ces lignes assis sous un poirier, en contemplant les vergers de la propriété d'un ami. J'y suis depuis quelques jours en convalescence, après un traitement médical qui m'a laissé physiquement et affectivement exténué. Tandis que je traînais ce matin en m'apitoyant sur moi-même, je me suis avisé, comme d'une solution simple à un problème impossible, qu'aujourd'hui était le jour que j'avais attendu.

Tu as demandé dans ta première lettre si tu pouvais être mon protégé. Je ne sais pas trop, mais je serais heureux que tu viennes me rejoindre à Cambridge pendant quelques jours. Je pourrais te présenter à mes collègues, te régaler du meilleur curry qu'on trouve en dehors de l'Inde et te faire voir à quel point l'existence d'un astrophysicien peut être ennuyeuse.

Tu pourrais avoir un brillant avenir dans les sciences, Oskar. Je serais heureux de faire tout mon possible pour t'en faciliter l'accession. C'est merveilleux de songer à ce qui se passerait si tu appliquais ton imagination à des fins scientifiques.

Mais vois-tu, des gens intelligents m'écrivent tout le temps. Dans ta cinquième lettre, tu me demandais, « Et si je n'arrêtais jamais d'inventer ? » Cette question n'a pas cessé de me turlupiner.

J'aurais tant voulu être un poète. Je ne l'ai jamais avoué à personne et je te l'avoue à toi parce que tu m'as donné toute raison d'estimer que je peux te faire confiance. J'ai passé ma vie à observer l'univers, principalement par l'esprit. J'en ai été admirablement récompensé, ce fut une vie merveilleuse. J'ai pu explorer les origines du temps et de l'espace avec certains des plus grands penseurs vivants. Mais j'aurais tant voulu être un poète.

Albert Einstein, un de mes héros, écrivit un jour, « Notre situation est la suivante. Nous sommes devant une boîte fermée qu'il nous est impossible d'ouvrir. »

Je suis sûr que je n'ai pas besoin de te dire que l'univers se compose d'une vaste proportion de matière sombre. Son fragile équilibre dépend de choses que nous ne serons jamais en mesure de voir, d'entendre, de sentir, de goûter ni de toucher. La vie elle-même en dépend. Qu'est-ce qui est réel ? Qu'est-ce qui ne l'est pas ? Telles ne sont peut-être pas les questions qu'il faut poser. De quoi dépend la vie ?

J'aurais tant voulu faire des choses dont la vie puisse dépendre.

Et si tu n'arrêtais jamais d'inventer ?

Peut-être que tu n'inventes pas du tout.

On m'appelle pour le petit déjeuner, il faut donc que ma lettre se termine ici. J'ai encore beaucoup de choses à te dire et beaucoup de choses à entendre de toi. Dommage que nous vivions sur deux continents différents. C'est un regret parmi tant d'autres.

Comme tout est beau à cette heure. Le soleil est encore bas, les ombres sont longues, l'air est froid et net. Je sais que tu ne te réveilleras que dans cinq heures, mais je ne puis m'empêcher d'avoir le sentiment que nous partageons ce matin radieux.

Ton ami,
Stephen Hawking

Mes sentiments

Quelqu'un qui frappait m'a réveillée en pleine nuit.
J'étais en train de rêver de l'endroit d'où je suis venue.
J'ai mis mon peignoir pour aller à la porte.
Qui cela pouvait-il être ? Pourquoi le portier n'avait-il pas sonné ? Un voisin ? Mais pourquoi ?
On a encore frappé. J'ai regardé par le judas. C'était ton grand-père.
Entre. Où étais-tu ? Ça va, tu n'as rien ?
Le bas de son pantalon était couvert de terre.
Ça va ?
Il a fait oui de la tête.
Entre. Viens, que je te nettoie. Que s'est-il passé ?
Il a haussé les épaules.
Quelqu'un t'a fait du mal ?
Il m'a montré sa main droite.
Tu es blessé ?
Nous sommes allés nous asseoir à la table de la cuisine. Côte à côte. Les fenêtres étaient noires. Il a posé les mains sur ses genoux.
J'ai fait glisser ma chaise pour me rapprocher jusqu'à ce que nos flancs se touchent. J'ai posé la tête sur son épaule. Je voulais que nos corps se touchent le plus possible.
Je lui ai dit, Il faut que tu me dises ce qui est arrivé pour que je puisse t'aider.
Il a pris un stylo dans la poche de sa chemise mais il n'y

avait rien pour écrire. Je lui ai tendu ma paume.
Il a écrit, Je veux aller te chercher des magazines.
Dans mon rêve, tous les plafonds effondrés se reformaient au-dessus de nos têtes. Le feu rentrait dans les bombes, qui montaient pour regagner le ventre des avions dont les hélices tournaient à l'envers, comme la grande aiguille des pendules à travers Dresde, mais plus vite.
J'aurais voulu le gifler avec ses mots.
J'aurais voulu crier, C'est pas juste, en martelant la table de mes poings comme une enfant.
Tu veux quelque chose en particulier ? a-t-il demandé sur mon bras.
Je veux tout en particulier, ai-je dit.
Des magazines d'art ?
Oui.
Des magazines de nature ?
Oui.
Politiques ?
Oui.
Autre chose ?
Oui.
Je lui dis de prendre une valise pour pouvoir rapporter un exemplaire de chaque genre.
Je voulais qu'il puisse emporter ses affaires.
Dans mon rêve, le printemps suivait l'été, qui suivait l'automne, qui suivait l'hiver, qui suivait le printemps.
Je lui ai préparé un petit déjeuner. Je me suis efforcée qu'il soit délicieux. Je voulais qu'il ait de bons souvenirs, de sorte qu'il revienne peut-être un jour. Ou au moins que je lui manque.
J'ai essuyé le bord de l'assiette avant de la lui donner. Je lui ai étalé la serviette sur les genoux. Il n'a rien dit.
Quand l'heure est venue, je suis descendue avec lui.
Il n'y avait rien sur quoi écrire, alors il écrivit sur moi.
Je rentrerai peut-être tard.
Je lui ai dit que je comprenais.

Il a écrit, Je vais te chercher des magazines.
Je lui ai dit, Je n'en veux pas.
Pas maintenant, peut-être, mais tu seras contente de les avoir.
Mes yeux ne valent pas tripette.
Tu as d'excellents yeux.
Promets-moi de faire bien attention.
Il écrivit, Je vais seulement chercher des magazines.
Pour lui dire, Ne pleure pas, j'ai posé les doigts sur mon visage et repoussé des larmes imaginaires sur mes joues jusqu'à me les rentrer dans les yeux.
J'étais en colère parce que c'étaient mes larmes.
Je lui ai dit, Tu vas seulement chercher des magazines.
Il m'a montré sa main gauche.
J'essayais de tout remarquer parce que je voulais être capable de tout me rappeler à la perfection. J'ai oublié tout ce qui a été important dans ma vie.
Je n'arrive pas à me rappeler à quoi ressemblait la porte d'entrée de la maison dans laquelle j'ai grandi. Ni qui cessa d'embrasser la première, moi ou ma sœur. Ou la vue qu'on avait de toutes les fenêtres sauf la mienne. Certaines nuits, je suis restée éveillée pendant des heures à essayer de me rappeler le visage de ma mère.
Il a tourné les talons et s'est éloigné de moi.
Je suis remontée dans l'appartement m'asseoir sur le sofa pour attendre. Attendre quoi ?
Je ne me rappelle pas la dernière chose que m'ait dite mon père.
Il était coincé sous le plafond. Le plâtre qui le recouvrait se teintait de rouge.
Il dit, Je n'arrive plus à sentir tout.
Je ne savais pas s'il avait voulu dire qu'il ne sentait plus rien.
Il demanda, Où est maman ?
Je ne savais pas s'il parlait de ma mère ou de la sienne.
J'essayai de le dégager de sous le plafond.

Il dit, Peux-tu me trouver mes lunettes ?
Je lui dis que j'allais les chercher. Mais tout était enfoui sous les décombres.
Jamais encore je n'avais vu mon père pleurer.
Il dit, Avec mes lunettes je pourrais me rendre utile.
Je lui dis, Il faut que j'essaie de te dégager.
Il dit, Trouve-moi mes lunettes.
On criait que tout le monde devait sortir. Le reste du plafond allait s'effondrer.
Je ne voulais pas le quitter.
Mais je savais que lui voudrait que je m'en aille.
Je lui dis, Papa, il faut que je m'en aille.
Puis il dit quelque chose.
C'était la dernière chose qu'il me disait.
Je n'arrive pas à me la rappeler.
Dans mon rêve, les larmes remontaient le long de ses joues pour rentrer dans ses yeux.
Je me suis levée du sofa et je suis allée mettre dans une valise la machine à écrire et tout le papier qu'elle pouvait contenir.
J'ai écrit un mot que j'ai collé à la vitre. Je ne savais pas pour qui il était.
J'ai fait le tour de l'appartement pour éteindre les lumières. Je me suis assurée qu'aucun robinet ne gouttait. J'ai éteint le chauffage et débranché les appareils électriques. J'ai fermé toutes les fenêtres.
Depuis le taxi qui m'emportait, j'ai vu le mot. Mais je n'ai pas pu le lire parce que mes yeux ne valent pas tripette.
Dans mon rêve, les peintres séparaient le vert pour en faire du jaune et du bleu.
Le brun pour en faire l'arc-en-ciel.
Les enfants ôtaient les couleurs des cahiers de coloriage avec leurs crayons et les mères qui avaient perdu leurs enfants raccommodaient leurs vêtements noirs avec des ciseaux.

Je songe à toutes les choses que j'ai faites, Oskar. Et à toutes celles que je n'ai pas faites. Les erreurs que j'ai commises sont mortes pour moi. Mais je ne puis reprendre les choses que je n'ai jamais faites.
Je l'ai retrouvé dans le terminal international. Il était assis à une table, les mains sur les genoux.
Je l'ai observé toute la matinée.
Il demandait l'heure aux gens et chaque personne lui montrait la pendule sur le mur.
J'aurai été experte dans l'art de l'observer. Ç'aura été l'œuvre de ma vie. Depuis la fenêtre de ma chambre. Depuis ma cachette, derrière les arbres. Depuis l'autre côté de la table de cuisine.
Je voulais être avec lui.
Ou avec quelqu'un.
Je ne sais pas si j'ai jamais aimé ton grand-père.
Mais j'ai aimé ne pas être seule.
Je me suis approchée tout près de lui.
J'aurais voulu me crier à son oreille.
Je lui ai touché l'épaule.
Il a baissé la tête.
Comment as-tu pu ?
Il ne voulait pas me faire voir ses yeux. Je hais le silence.
Dis quelque chose.
Il a pris son stylo dans la poche de sa chemise et la serviette du haut de la pile sur la table.
Il a écrit, Tu étais heureuse quand je n'étais pas là.
Comment as-tu pu croire ça ?
Nous nous mentons à nous-mêmes et l'un à l'autre.
Sur quoi mentons-nous ? Je me fiche que nous mentions.
Je ne suis pas quelqu'un de bien.
Je m'en fiche. Je me fiche de ce que tu es.
Je ne peux pas.
Qu'est-ce qui te tue ?

Il a pris une autre serviette sur la pile.
Il a écrit, C'est toi qui me tues.
Je n'ai rien dit.
Il a écrit, Tu m'obliges à me souvenir.
J'ai posé les mains sur la table et je lui ai dit, Tu m'as, moi.
Il a pris une autre serviette pour écrire, Anna était enceinte.
Je lui ai dit, Je sais. Elle me l'avait dit.
Tu sais ?
Je ne pensais pas que tu savais. Elle avait dit que c'était un secret. Je suis contente que tu saches.
Il a écrit, Je regrette de savoir.
Mieux vaut perdre que ne jamais avoir eu.
J'ai perdu quelque chose que je n'ai jamais eu.
Tu avais tout.
Quand te l'avait-elle dit ?
Nous étions au lit, nous parlions.
Il a montré, Quand.
Vers la fin.
Qu'a-t-elle dit ?
Elle a dit, J'attends un enfant.
Était-elle heureuse ?
Elle était folle de joie.
Pourquoi ne m'as-tu rien dit ?
Et toi ?
Dans mon rêve, les gens s'excusaient pour des choses qui allaient arriver, et allumaient des bougies en avalant leur souffle.
Je voyais Oskar, a-t-il écrit.
Je sais.
Tu sais ?
Bien sûr que je sais.
Il a feuilleté pour revenir à, Pourquoi n'as-tu rien dit ?
Et toi ?
L'alphabet était z, y, x, w…

Les pendules faisaient tac-tic, tac-tic…
Il a écrit, J'étais avec lui hier soir. C'est là que j'étais.
J'ai enterré les lettres.
Quelles lettres ?
Les lettres que je n'ai jamais envoyées.
Où les as-tu enterrées ?
Dans la terre. C'est là que j'étais. J'ai enterré la clé, aussi.
Quelle clé ?
De ton appartement.
Notre appartement.
Il a posé les mains sur la table.
Les amants remontaient les sous-vêtements l'un de l'autre, boutonnaient les chemises l'un de l'autre, et s'habillaient, s'habillaient, s'habillaient.
Je lui ai dit, Dis-le.
Quand j'ai vu Anna pour la dernière fois.
Dis-le.
Quand nous.
Dis-le !
Il a posé les mains sur les genoux.
J'aurais voulu le frapper.
J'aurais voulu le prendre dans mes bras.
J'aurais voulu me crier à son oreille.
J'ai demandé, Et maintenant ?
Je ne sais pas.
Tu veux rentrer à la maison ?
Il a feuilleté pour revenir à, Je ne peux pas.
Alors tu vas t'en aller ?
Il a montré, Je ne peux pas.
Alors nous sommes dans l'impasse.
On est restés comme ça.
Des choses se passaient autour de nous, mais rien ne se passait entre nous.
Au-dessus de nos têtes, les écrans annonçaient les atterrissages et les décollages.

Départ à destination de Madrid.
Arrivée en provenance de Rio.
Départ à destination de Stockholm.
Départ à destination de Paris.
Arrivée en provenance de Milan.
Tout le monde arrivait ou partait.
Tout autour du monde les gens allaient d'un lieu à l'autre.
Personne ne restait.
J'ai dit, Si nous restions ?
Rester ?
Ici.   Si nous restions ici à l'aéroport ?
Il a écrit, Est-ce encore une plaisanterie ?
J'ai secoué la tête.   Non.
Comment pourrions-nous rester ici ?
Je lui ai dit, Il y a des téléphones publics, je pourrai appeler Oskar et lui faire savoir que je vais bien.   Il y a des papeteries où tu pourras acheter des cahiers journaliers et des stylos.   Il y a des endroits où on mange.   Des distributeurs de billets.   Et des toilettes.   Même des télévisions.
Ni arriver ou partir.
Ni quelque chose ou rien.
Ni oui ou non.
Mon rêve remontait tout là-bas jusqu'au commencement.
La pluie retrouvait les nuages et les animaux descendaient la passerelle.
Deux par deux.
Deux girafes.
Deux araignées.
Deux moutons.
Deux lions.
Deux souris.
Deux singes.
Deux serpents.
Deux éléphants.

La pluie venait après l'arc-en-ciel.
Pendant que je tape ces lignes, nous sommes assis l'un en face de l'autre à une table. Elle n'est pas grande, mais assez pour nous deux. Il a pris une tasse de café et je bois du thé.
Quand la feuille est dans la machine, je ne vois pas son visage.
C'est une façon de te choisir, plutôt que lui.
Je n'ai pas besoin de le voir.
Pas besoin de savoir s'il lève les yeux sur moi.
Ce n'est même pas que j'ai confiance en lui, que je sais qu'il ne s'en ira pas.
Je sais que ça ne durera pas.
Je préfère être moi que lui.
Les mots viennent si facilement.
Les pages viennent facilement.
À la fin de mon rêve, Ève remettait la pomme sur la branche. L'arbre redescendait dans le sol. Il devenait une pousse, qui devenait une graine.
Dieu réunissait la terre et les eaux, le ciel et les eaux, les eaux et les eaux, le soir et le matin, quelque chose et rien.
Il dit, Que la lumière soit.
Et les ténèbres furent.
Oskar.
La nuit d'avant le jour où je perdis tout fut comme n'importe quelle autre nuit.
Anna et moi restâmes éveillées très tard. Nous riions. Deux jeunes sœurs dans un lit sous le toit de leur maison d'enfance. Le vent contre la vitre.
Que pourrait-il y avoir qui mérite moins d'être détruit ?
Je croyais que nous allions veiller toute la nuit. Veiller le restant de nos jours.
Nos mots s'espaçaient de plus en plus.
Il devint difficile de savoir si nous parlions ou si nous nous taisions.

Les poils de nos bras se touchaient.
Il était tard, et nous étions fatiguées.
Nous présumions qu'il y aurait d'autres nuits.
La respiration d'Anna commença à ralentir mais j'avais encore envie de parler.
Elle roula sur le côté.
Je dis, J'ai quelque chose à te dire.
Elle dit, Tu pourras me le dire demain.
Je ne lui avais jamais dit combien je l'aimais.
C'était ma sœur.
Nous dormions dans le même lit.
Ce n'était jamais le moment de le dire.
Ce n'était jamais nécessaire.
Les livres dans l'appentis de mon père poussaient des soupirs.
Les draps se soulevaient et retombaient autour de moi avec la respiration d'Anna.
Je songeai à la réveiller.
Mais ce n'était pas nécessaire.
Il y aurait d'autres nuits.
Et comment peut-on dire je t'aime à quelqu'un qu'on aime ?
Je roulai sur le côté et m'endormis près d'elle.
Voilà le sens de tout ce que j'ai essayé de te raconter, Oskar.
C'est toujours nécessaire.
Je t'aime,
Grand-mère

BEAU ET VRAI

Maman a fait des spaghettis pour dîner, ce soir-là. Ron a mangé avec nous. Je lui ai demandé si ça l'intéressait toujours de m'acheter une batterie complète avec des cymbales Zildjian. Il a dit :

« Oui, oui. Je trouve que ce serait formidable.

– Et une double pédale de grosse caisse ?

– Je ne sais pas ce que c'est, mais je parie que ça doit pouvoir s'arranger. »

Je lui ai demandé pourquoi il n'avait pas de famille à lui. Maman a dit :

« Oskar !

– Eh ben quoi ? »

Ron a posé son couteau et sa fourchette, il a dit :

« Laisse, ça va. J'avais une famille, tu sais, Oskar. J'avais une femme et une fille.

– Et vous avez divorcé ? »

Il a ri.

« Non.

– Alors, elles sont où ? »

Maman regardait son assiette. Ron a répondu :

« Elles ont eu un accident.

– Quel genre d'accident ?

– Un accident de voiture.

– Je ne le savais pas.

– Ta maman et moi, on s'est rencontrés dans un groupe

de soutien pour des gens qui ont perdu leur famille. C'est comme ça qu'on est devenus amis. »

Je n'ai pas regardé maman et elle ne me regardait pas. Pourquoi elle ne me l'avait pas dit, qu'elle allait dans un groupe ?

« Comment ça se fait que vous êtes pas mort dans l'accident ? »

Maman a dit :

« Ça suffit, Oskar. »

Et Ron :

« Je n'étais pas dans la voiture.

– Pourquoi ? »

Maman a regardé par la fenêtre. Ron a suivi le tour de son assiette avec son doigt et il a dit :

« Je ne sais pas.

– Ce qui est bizarre, j'ai dit, c'est que je ne vous ai jamais vu pleurer.

– Je pleure tout le temps », il a dit.

Mon sac à dos était déjà bouclé, et comme j'avais rassemblé les autres fournitures, l'altimètre, des barres de céréales vitaminées et le couteau suisse que j'avais déterré à Central Park, il n'y avait rien d'autre à faire. Maman est venue me border à 21 h 36.

« Tu veux que je te fasse un peu la lecture ?

– Non, merci.

– Il y a quelque chose dont tu as envie de parler ? »

Si elle ne disait rien, je ne dirais rien, alors j'ai fait non de la tête.

« Je pourrais inventer une histoire ?

– Non, merci.

– Tu veux qu'on cherche des erreurs dans le *Times* ?

– Merci, maman, mais j'ai pas envie.

– Ron a été gentil de te raconter, pour sa famille.

– Oui, peut-être.

– Essaie d'être gentil, toi aussi. Il se conduit vraiment comme un ami, et il a besoin d'aide, lui aussi.

– Je suis fatigué. »

J'ai réglé mon réveil pour 23 h 50, alors que je savais que j'arriverais pas à dormir.

En attendant, comme ça, dans mon lit, que l'heure vienne, j'ai passé mon temps à inventer.

J'ai inventé une voiture biodégradable.

J'ai inventé un livre qui contenait tous les mots de toutes les langues. Il ne serait pas très utile, comme livre, mais on pourrait le prendre et savoir qu'on tient entre ses mains tout ce qu'on pourrait jamais dire.

Et pourquoi pas un googolplex de téléphones ?

Pourquoi pas des filets de sécurité partout ?

À 23 h 50, je me suis levé extrêmement doucement, j'ai pris mes affaires sous le lit et ouvert la porte millimètre par millimètre pour qu'elle ne fasse pas de bruit. Bart, le portier de nuit, dormait derrière son comptoir, c'était un coup de bol parce que je n'ai pas eu à dire d'autres mensonges. Le locataire m'attendait sous le réverbère. On s'est serré la main, ce qui était bizarre. À minuit juste, Gerald est arrivé en limousine. Il nous a ouvert la portière et je lui ai dit :

« Je savais que vous seriez à l'heure. »

Il m'a donné une petite tape dans le dos en disant :

« Il était pas question d'être en retard. »

C'est la seconde fois de ma vie que je suis monté dans une limousine.

Pendant qu'on roulait, j'ai imaginé qu'on était arrêtés et que le monde venait vers nous. Le locataire était assis tout au bout de la banquette, de son côté, il ne faisait rien, et j'ai vu la Trump Tower, dont papa trouvait que c'était la plus affreuse construction d'Amérique, et le siège des Nations unies, que papa trouvait incroyablement beau. J'ai baissé la vitre pour sortir le bras. J'ai recourbé la main comme une aile d'avion. Si elle avait été assez grande, j'aurais pu faire voler la limousine. Et pourquoi pas d'énormes gants ?

Gerald m'a souri dans le rétroviseur et a demandé si on voulait de la musique. Je lui ai demandé s'il avait des enfants. Il a dit qu'il avait deux filles.

« Qu'est-ce qu'elles aiment ?

– Ce qu'elles aiment ?

– Oui.

– Voyons voir. Kelly, mon bout de chou, elle aime les Barbie, les bébés chiens et les bracelets de perles.

– Je vais lui faire un bracelet de perles.

– Je suis sûr que ça lui plairait.

– Et quoi encore ?

– Du moment que c'est doux et rose, elle aime.

– Moi aussi j'aime les choses douces et roses.

– Eh ben, ma foi, il a dit.

– Et votre autre fille ?

– Janet ? Elle aime le sport. Son sport préféré c'est le basket, et j'aime mieux te dire que c'est une sacrée joueuse. Et pas seulement pour une fille, attention. Elle est vraiment bonne.

– Elles sont extraordinaires toutes les deux ? »

Il s'est fendu la pêche et il a dit :

« Ah çà, bien sûr, c'est pas leur papa qui dira le contraire.

– Mais objectivement ?

– C'est quoi, ça ?

– Disons… en fait. Pour de vrai.

– Ce qui est vrai, c'est que je suis leur papa. »

J'ai encore regardé un peu par la fenêtre. On a traversé l'endroit du pont qui n'est dans aucun district et je me suis retourné pour voir les immeubles devenir de plus en plus petits. J'ai trouvé le bouton qui ouvrait le toit et je me suis levé avec tout le haut du corps qui sortait de la voiture. J'ai pris des photos des étoiles avec l'appareil de grand-père et dans ma tête je les ai reliées pour faire des mots. N'importe lesquels, tous ceux que je voulais. Chaque fois qu'on allait passer sous un pont ou entrer dans un tunnel,

Gerald me disait de rentrer pour pas me faire décapiter, et là-dessus je suis renseigné mais j'aurais vraiment, mais alors vraiment, préféré ne pas l'être. À l'intérieur de mon cerveau, j'ai fabriqué les mots « botte », « inertie » et « invincible ».

Il était 0 h 56 quand Gerald a garé la limousine dans l'herbe juste à côté du cimetière. J'ai mis mon sac à dos, le locataire a pris la pelle et on est montés sur le toit de la limousine pour franchir la clôture. Gerald a dit tout bas :

« Vous êtes sûrs que vous voulez le faire ? »

J'ai répondu à travers la clôture :

« On en a probablement pas pour plus de vingt minutes. Peut-être trente. »

Il a fait passer les valises du locataire par-dessus en disant :

« Je vous attends ici. »

Il faisait si noir qu'on a dû suivre le faisceau de ma lampe torche.

Je l'ai braqué sur plein de pierres tombales, en cherchant celle de papa.

Mark Crawford
Diana Strait
Jason Barker, Jr.
Morris Cooper
May Goodman
Helen Stein
Gregory Robertson Judd
John Fielder
Susan Kidd

J'arrêtais pas de penser que c'était rien que des noms de gens morts, que c'est à peu près la seule chose que les morts peuvent garder, leur nom.

Il était 1 h 22 quand on a trouvé la tombe de papa.

Le locataire m'a tendu la pelle. J'ai dit :

« Vous d'abord. »

Il me l'a donnée quand même.

Je l'ai enfoncée dans la terre en appuyant le pied dessus de tout mon poids. Je savais même pas combien je pesais, tellement j'avais été occupé à essayer de retrouver papa.

C'était extrêmement dur comme travail et j'étais seulement assez fort pour retirer un petit peu de terre à chaque fois. J'avais les bras incroyablement fatigués, mais ça allait, parce qu'on n'avait qu'une seule pelle et on se relayait.

Les vingt minutes sont passées, et puis vingt autres.

On continuait à creuser mais on n'arrivait à rien.

Vingt autres minutes sont passées.

Après, les piles de la lampe étaient vides et il faisait si noir qu'on ne voyait plus nos mains. On avait pas prévu ça et on avait pas prévu non plus de piles de rechange alors qu'on aurait dû, évidemment. Comment j'avais pu oublier quelque chose d'aussi simple et d'aussi important ?

J'ai appelé Gerald sur son portable pour lui demander s'il pouvait aller nous chercher des piles R20. Lui, il a demandé si tout allait bien. Il faisait si noir que c'était même difficile d'entendre. J'ai répondu :

« Oui, nous ça va, mais il nous faut des piles. »

Il a dit que la seule boutique qu'il se rappelait dans le coin était à un quart d'heure environ.

« Je vous paierai un supplément. »

Mais lui :

« Je disais pas ça pour ça. »

Heureusement, pour creuser la tombe de papa, on avait pas vraiment besoin de voir nos mains. Il suffisait de sentir la pelle enlever la terre.

Alors on a continué à pelleter dans le noir et en silence.

Je pensais à tout ce qu'il y avait en dessous, des vers, des racines, de l'argile et des trésors enfouis.

On pelletait.

Je me suis demandé combien de trucs sont morts

depuis la naissance du premier truc. Un million de millions ? Un googolplex ?

On pelletait.

Je me suis demandé à quoi pensait le locataire.

Au bout d'un moment, mon téléphone s'est mis à jouer « Le Vol du bourdon », alors j'ai regardé l'identité du correspondant.

« Gerald ?

– Je les ai.

– Vous pouvez nous les apporter pour qu'on perde pas de temps ? »

Il n'a rien dit pendant quelques secondes.

« Ça peut se faire. »

J'ai pas pu lui décrire l'endroit où on était, alors j'ai pas arrêté de crier son nom pour qu'il se guide d'après ma voix.

C'était quand même bien de voir quelque chose. Gerald a dit :

« Apparemment, vous avez pas avancé beaucoup tous les deux.

– Pour la pelle, on est pas très forts », j'ai répondu.

Il a mis ses gants de chauffeur dans la poche de sa veste, embrassé la croix qu'il portait autour du cou et il m'a pris la pelle. Il était tellement costaud qu'il pouvait enlever beaucoup de terre à la fois.

Il était 2 h 56 quand la pelle a touché le cercueil. On a tous entendu le bruit et on s'est regardés.

J'ai remercié Gerald.

Il m'a fait un clin d'œil et puis il est retourné vers la voiture et il a disparu dans l'obscurité.

« Au fait, je l'ai entendu dire sans arriver à le trouver avec ma lampe, Janet, l'aînée, elle adore les céréales. Elle en mangerait aux trois repas si on la laissait faire.

– Moi aussi, j'adore les céréales, j'ai dit.

– Eh ben, ma foi », il a dit, et puis le bruit de ses pas est devenu de moins en moins fort.

Je suis descendu dans le trou et je me suis servi de mon pinceau pour enlever la terre qui restait.

Un truc qui m'a surpris, c'est que le cercueil était mouillé. Je crois que je ne m'y attendais pas parce que je ne vois pas comment toute cette eau avait pu entrer sous terre.

Un autre truc qui m'a surpris, c'est que le cercueil était fendu à deux ou trois endroits, probablement sous le poids de toute cette terre. Si papa avait été dedans, les fourmis et les vers auraient pu passer par les fentes pour le manger, ou au moins les bactéries microscopiques. Je sais que ça n'aurait pas dû avoir d'importance, parce que quand on est mort on ne sent rien, alors pourquoi j'ai eu l'impression que ça en avait ?

Un troisième truc qui m'a surpris, c'est que le cercueil n'était pas fermé, ni par une serrure ni même par des clous. Le couvercle était simplement posé dessus, n'importe qui aurait pu l'ouvrir s'il voulait. C'était pas très prudent. En même temps, qui voudrait ouvrir un cercueil ?

J'ai ouvert le cercueil.

Et j'ai encore été surpris, pourtant j'aurais pas dû. J'ai été surpris que papa soit pas là. Dans ma tête, je savais qu'il n'y serait pas, évidemment, seulement mon cœur croyait autre chose. Ou alors ce qui m'a surpris c'est que ce soit si incroyablement vide. Comme si j'avais regardé la définition du vide dans le dictionnaire.

J'avais eu l'idée de déterrer le cercueil de papa la nuit après que j'avais rencontré le locataire. J'étais au lit quand j'avais eu la révélation, une solution simple à un problème impossible. Le lendemain matin j'avais jeté des cailloux contre la fenêtre de la chambre d'amis, comme il m'avait écrit, sauf que je ne vise pas très bien, alors j'avais demandé à Stan de le faire. Quand le locataire m'avait rejoint au coin de la rue, je lui avais dit mon idée.

Il avait écrit, « Pourquoi veux-tu faire une chose pareille ? »

J'avais répondu :

« Parce que c'est la vérité et que papa aimait la vérité. »

« Quelle vérité ?»

« Qu'il est mort. »

Après ça, on s'est rencontrés tous les après-midi pour discuter les détails, comme si on préparait une guerre. On a parlé de la façon d'aller au cimetière, de différentes manières de franchir les clôtures, de l'endroit où on trouverait une pelle et tous les autres instruments nécessaires, lampe torche, pinces coupantes et boîtes de jus de fruits. On a fait des plans, des tas de plans, mais je ne sais pas pourquoi, on n'a jamais parlé de ce qu'on ferait une fois qu'on aurait ouvert le cercueil.

C'est seulement la veille du jour où on devait y aller que le locataire a posé la question évidente. Alors moi :

« On le remplira, évidemment. »

Il a posé la deuxième question évidente.

J'ai d'abord suggéré qu'on remplisse le cercueil avec des choses de la vie de papa, comme ses stylos rouges, sa loupe de bijoutier ou même son smoking. C'est les Black et leurs musées mutuels qui avaient dû me donner cette idée. Mais plus on en a parlé, moins ça avait d'intérêt, parce qu'au fond, à quoi ça pourrait bien servir ? Papa n'en aurait jamais besoin, parce qu'il était mort, et en plus le locataire a fait remarquer que ce serait probablement sympa de garder des choses qui lui avaient appartenu.

« Je pourrais remplir le cercueil avec des bijoux comme on faisait avant pour les Égyptiens célèbres, dont j'ai entendu parler. »

« Mais il n'était pas égyptien. »

« Et il n'aimait pas les bijoux. »

« Il n'aimait pas les bijoux ? »

« Peut-être que je pourrais enterrer les choses dont j'ai honte », j'ai suggéré, et dans ma tête, je pensais au vieux téléphone, à la feuille de timbres des Grands Inventeurs américains pour laquelle je m'étais mis en colère contre grand-mère, au script de *Hamlet*, aux lettres d'inconnus que j'avais reçues, à la carte de visite idiote que je m'étais faite, à mon tambourin, et à l'écharpe jamais terminée. Mais ça n'avait pas d'intérêt non plus, parce que le locataire m'a rappelé qu'il ne suffit pas d'enterrer les choses pour qu'elles soient vraiment enterrées.

« Quoi, alors ? »

« J'ai une idée, il a écrit. Je te montrerai ça demain. »

Pourquoi est-ce que j'avais tellement confiance en lui ?

Le lendemain soir, quand je l'ai retrouvé au coin de la rue à 23 h 50, il avait deux valises. Je ne lui ai pas demandé ce qu'il y avait dedans, parce que, sans savoir pourquoi, j'avais l'impression de devoir attendre qu'il me le dise, alors que c'était mon papa à moi, et que du coup le cercueil aussi était à moi.

Trois heures plus tard, quand je suis descendu dans le trou pour nettoyer la terre au pinceau et ouvrir le couvercle, le locataire, lui, a ouvert les valises. Elles étaient pleines de papiers. J'ai demandé ce que c'était. Il a écrit, « J'ai perdu un fils. »

« C'est vrai ? »

Il m'a montré sa paume gauche.

« Comment il est mort ? »

« Je l'ai perdu avant qu'il meure. »

« Comment ? »

« Je suis parti. »

« Pourquoi ? »

« J'avais peur. »

« Peur de quoi ? »

« Peur de le perdre. »

« Vous aviez peur qu'il meure ? »

« J'avais peur qu'il vive. »
« Pourquoi ? »
Il a écrit, « La vie est plus effrayante que la mort. »
« Alors c'est quoi, tous ces papiers ? »
« Des choses que je n'ai pas pu lui dire. Des lettres. »
Franchement, je ne sais pas trop ce que j'ai compris à ce moment-là.

Je crois pas que j'ai réussi à comprendre que c'était mon grand-père. Même pas tout au fond de mon cerveau. Ce qui est sûr, c'est que je n'ai pas fait le lien entre les lettres qu'il avait dans sa valise et les enveloppes de la commode de grand-mère, alors que j'aurais dû.

Mais j'ai bien dû comprendre quelque chose forcément, sinon pourquoi j'aurais ouvert la main gauche ?

Quand je suis rentré, il était 4 h 22. Maman était sur le sofa près de la porte. Je croyais qu'elle serait incroyablement en colère contre moi, mais elle n'a rien dit du tout. Elle m'a seulement embrassé sur la tête.

« Tu ne veux pas savoir où j'étais ?
– J'ai confiance en toi.
– Mais tu n'es pas curieuse ?
– Je présume que tu me le dirais si tu voulais que je le sache.
– Tu viens me border ?
– J'aimerais mieux rester ici encore un petit moment.
– T'es fâchée contre moi ? »
Elle a secoué la tête pour dire non.
« Ron est fâché contre moi ?
– Non.
– T'es sûre ?
– Oui. »
Je suis allé dans ma chambre.

J'avais les mains sales mais je ne les ai pas lavées. Je voulais qu'elles restent sales, au moins jusqu'au lendemain matin. J'espérais qu'un peu de terre resterait sous mes ongles pendant longtemps. Et peut-être même que des matières microscopiques y resteraient toujours.

J'ai éteint la lumière.

J'ai posé mon sac à dos par terre, je me suis déshabillé et je me suis couché.

J'ai regardé les fausses étoiles.

Pourquoi pas des moulins à vent sur le toit de tous les gratte-ciel ?

Pourquoi pas un bracelet en corde à cerf-volant ?

Un bracelet en crin de pêche ?

Si les gratte-ciel avaient des racines ?

Et s'il fallait arroser les gratte-ciel, leur jouer de la musique classique, savoir s'ils préfèrent l'ombre ou le soleil ?

Et pourquoi pas une bouilloire ?

Je me suis relevé et j'ai couru jusqu'à la porte en sous-vêtements.

Maman était toujours sur le sofa. Elle ne lisait pas, elle n'écoutait pas de musique, elle ne faisait rien.

Elle a dit :

« Tu ne dors pas. »

Je me suis mis à pleurer.

Elle a ouvert les bras :

« Qu'est-ce qu'il y a ? »

J'ai couru la rejoindre.

« Je veux pas être hospitalisé. »

Elle m'a attiré contre elle, j'avais ma tête contre la partie douce de son épaule et elle m'a serré.

« Tu ne seras pas hospitalisé.

– Je te promets que je vais guérir très vite.

– Tu n'es pas malade.

– Je vais être heureux et normal. »

Elle a posé les doigts autour de ma nuque. Je lui ai dit :

« J'ai fait des efforts incroyables. J'ai fait tout ce que j'ai pu. Je ne vois pas ce que j'aurais pu faire de plus.

Elle a dit :

« Papa aurait été très fier de toi.
– Tu crois ?
– J'en suis sûre. »

J'ai encore un peu pleuré. J'aurais voulu lui parler de tous les mensonges que j'avais dû lui raconter. Et puis j'aurais voulu qu'après elle me dise que ça ne faisait rien, parce que des fois il faut faire quelque chose de mal pour faire quelque chose de bien. Et puis j'aurais voulu lui dire pour le téléphone. Et puis qu'après, elle me dise que papa aurait quand même été fier de moi. Elle a dit :

« Papa m'a appelée de la tour, ce jour-là. »

Je me suis reculé.

« Quoi ?
– Il m'a appelée de la tour.
– Sur ton portable ? »

Elle a fait oui de la tête, et c'était la première fois depuis que papa était mort que je la voyais ne pas essayer d'arrêter ses larmes. Est-ce qu'elle était soulagée ? Déprimée ? Reconnaissante ? Exténuée ?

« Qu'est-ce qu'il a dit ?
– Qu'il était dans la rue, qu'il avait réussi à sortir. Qu'il rentrait à pied à la maison.
– Mais c'était pas vrai.
– Non. »

Est-ce que j'étais en colère ? Est-ce que j'étais content ?

« Il le disait pour que tu t'inquiètes pas.
– C'est ça. »

Frustré ? Paniqué ? Optimiste ?

« Mais il savait que tu savais.
– Oui. »

J'ai mis mes doigts autour de son cou, là où ses cheveux commencent.

Je sais pas combien de temps ça a duré, il devait être très tard.

J'ai dû m'endormir mais je ne me rappelle pas. Je pleurais tellement que tout s'est brouillé, tout s'est mélangé. À un moment, elle m'a porté dans ses bras jusqu'à ma chambre. Après j'étais au lit. Elle a veillé sur moi. Je ne crois pas en Dieu, mais je crois que les choses sont extrêmement compliquées, et qu'elle veille sur moi c'était peut-être ce qu'il y avait de plus compliqué. Mais c'était aussi incroyablement simple. Dans la seule vie que j'ai, c'était ma maman, et j'étais son fils.

Je lui ai dit :

« C'est pas grave si tu retombes amoureuse.

– Je ne retomberai pas amoureuse.

– Mais je veux que tu retombes amoureuse. »

Elle m'a embrassé et elle a dit :

« Je ne tomberai jamais plus amoureuse.

– C'est pas la peine de le dire pour que je m'inquiète pas. »

Elle a dit :

« Je t'aime. »

J'ai roulé sur le côté et je l'ai écoutée retourner jusqu'au sofa.

Je l'ai entendue pleurer. J'ai imaginé ses manches mouillées, ses yeux fatigués.

Une minute cinquante et une secondes…

Quatre minutes trente-huit secondes…

Sept minutes…

J'ai tâtonné entre le lit et le mur pour prendre *Les Trucs qui me sont arrivés*. Il était entièrement rempli. J'allais devoir entamer un nouveau volume bientôt. J'ai lu que c'est le papier qui a entretenu le feu dans les tours. Tous ces blocs-notes, ces photocopies, ces e-mails imprimés, et les photos d'enfants, les livres, les dollars dans les portefeuilles, les documents dans les classeurs… tout ça, c'était du combustible. Peut-être que si on vivait dans une société sans papier, comme plein de scientifiques disent que ça arrivera probablement bientôt, papa serait encore vivant. Peut-être qu'il fallait pas que je commence un nouveau volume.

J'ai pris la lampe torche dans mon sac à dos pour éclairer le cahier. J'ai vu des cartes et des dessins, des photos découpées dans des magazines et des journaux, ou trouvées sur Internet, d'autres que j'avais prises avec l'appareil de grand-père. Il y avait le monde entier là-dedans. Et puis à la fin, j'ai trouvé les photos du corps qui tombe.

Est-ce que c'était papa ?

Peut-être.

Peut-être pas, en tout cas c'était quelqu'un.

J'ai arraché ces pages du cahier.

Je les ai classées en sens inverse pour que la dernière soit la première et la première la dernière.

En les feuilletant très vite, on avait l'impression que l'homme montait à travers les airs.

Et si j'avais eu plus de photos, il serait remonté jusqu'à une fenêtre et rentré dans la tour, et la fumée se serait engouffrée dans le trou par lequel l'avion allait bientôt ressortir.

Papa aurait laissé ses messages à l'envers, jusqu'à ce que le répondeur soit vide, et l'avion se serait éloigné de lui jusqu'à Boston.

Il aurait pris l'ascenseur jusqu'au rez-de-chaussée où il aurait appuyé sur le bouton du dernier étage.

Il aurait marché à reculons jusqu'au métro, et le métro serait parti en marche arrière dans le tunnel jusqu'à notre station.

Papa aurait passé le portillon à reculons, récupéré sa Metrocard et serait retourné à reculons à la maison en lisant le *New York Times* de droite à gauche.

Il aurait recraché le café dans sa tasse, se serait débrossé les dents et aurait mis des poils sur sa figure avec un rasoir.

Il serait retourné dans son lit, le réveil aurait sonné à l'envers, il aurait rêvé à l'envers.

Après, il se serait relevé au bout de la nuit d'avant le pire jour.

Il serait venu à reculons jusqu'à ma chambre en sifflant « I Am the Walrus » à l'envers.

Il se serait couché près de moi.

On aurait regardé les étoiles de mon plafond qui auraient aspiré leur lumière de nos yeux.

J'aurais dit « Rien », à l'envers.

Il aurait dit « Oui, mon bonhomme ? » à l'envers.

J'aurais dit « Papa ? » à l'envers. Ça aurait fait « ? apap ».

Il m'aurait raconté l'histoire du sixième district, depuis la voix dans une boîte à la fin jusqu'au commencement, depuis « Je t'aime » jusqu'à « Il était une fois… »

On n'aurait rien eu à craindre.

CRÉDITS PHOTOGRAPHIQUES

RÉALISATION : CURSIVES À PARIS
IMPRESSION : BRODARD & TAUPIN À LA FLÈCHE
DÉPÔT LÉGAL : AOÛT 2007. N° 95981-5 (47496)
IMPRIMÉ EN FRANCE

Collection Points

DERNIERS TITRES PARUS

P839. Les Forteresses noires, *Patrick Grainville*
P840. Une rivière verte et silencieuse, *Hubert Mingarelli*
P841. Le Caniche noir de la diva, *Helmut Krausser*
P842. Le Pingouin, *Andreï Kourkov*
P843. Mon siècle, *Günter Grass*
P844. Les Deux Sacrements, *Heinrich Böll*
P845. Les Enfants des morts, *Heinrich Böll*
P846. Politique des sexes, *Sylviane Agacinski*
P847. King Suckerman, *George P. Pelecanos*
P848. La Mort et un peu d'amour, *Alexandra Marinina*
P849. Pudding mortel, *Margaret Yorke*
P850. Hemoglobine Blues, *Philippe Thirault*
P851. Exterminateurs, *Noël Simsolo*
P852. Une curieuse solitude, *Philippe Sollers*
P853. Les Chats de hasard, *Anny Duperey*
P854. Les poissons me regardent, *Jean-Paul Dubois*
P855. L'Obéissance, *Suzanne Jacob*
P856. Visions fugitives, *William Boyd*
P857. Vacances anglaises, *Joseph Connolly*
P858. Le Diamant noir, *Peter Mayle*
P859. Péchés mortels, *Donna Leon*
P860. Le Quintette de Buenos Aires
Manuel Vázquez Montalbán
P861. Y'en a marre des blondes, *Lauren Anderson*
P862. Descente d'organes, *Brigitte Aubert*
P863. Autoportrait d'une psychanalyste, *Françoise Dolto*
P864. Théorie quantitative de la démence, *Will Self*
P865. Cabinet d'amateur, *Georges Perec*
P866. Confessions d'un enfant gâté, *Jacques-Pierre Amette*
P867. Génis ou le Bambou parapluie, *Denis Guedj*
P868. Le Seul Amant, *Eric Deschodt, Jean-Claude Lattès*
P869. Un début d'explication, *Jean-Marc Roberts*
P870. Petites infamies, *Carmen Posadas*
P871. Les Masques du héros, *Juan Manuel de Prada*
P872. Mal'aria, *Eraldo Baldini*
P873. Leçons américaines, *Italo Calvino*
P874. L'Opéra de Vigàta, *Andrea Camilleri*
P875. La Mort des neiges, *Brigitte Aubert*
P876. La lune était noire, *Michael Connelly*
P877. La Cinquième Femme, *Henning Mankell*
P878. Le Parc, *Philippe Sollers*

P879. Paradis, *Philippe Sollers*
P880. Psychanalyse six heures et quart
Gérard Miller, Dominique Miller
P881. La Décennie Mitterrand 4
Pierre Favier, Michel Martin-Roland
P882. Trois petites mortes, *Jean-Paul Nozière*
P883. Le Numéro 10, *Joseph Bialot*
P884. La seule certitude que j'ai, c'est d'être dans le doute
Pierre Desproges
P885. Les Savants de Bonaparte, *Robert Solé*
P886. Un oiseau blanc dans le blizzard, *Laura Kasischke*
P887. La Filière émeraude, *Michael Collins*
P888. Le Bogart de la cambriole, *Lawrence Block*
P889. Le Diable en personne, *Robert Lalonde*
P890. Les Bons Offices, *Pierre Mertens*
P891. Mémoire d'éléphant, *António Lobo Antunes*
P892. L'Œil d'Ève, *Karin Fossum*
P893. La Croyance des voleurs, *Michel Chaillou*
P894. Les Trois Vies de Babe Ozouf, *Didier Decoin*
P895. L'Enfant de la mer de Chine, *Didier Decoin*
P896. Le Soleil et la Roue, *Rose Vincent*
P897. La Plus Belle Histoire du monde, *Joël de Rosnay, Hubert Reeves, Dominique Simonnet, Yves Coppens*
P898. Meurtres dans l'audiovisuel, *Yan Bernabot, Guy Buffet, Frédéric Karar, Dominique Mitton et Marie-Pierre Nivat-Henocque*
P899. Tout le monde descend, *Jean-Noël Blanc*
P900. Les Belles Âmes, *Lydie Salvayre*
P901. Le Mystère des trois frontières, *Eric Faye*
P902. Petites natures mortes au travail, *Yves Pagès*
P903. Namokel, *Catherine Lépront*
P904. Mon frère, *Jamaica Kincaid*
P905. Maya, *Jostein Gaarder*
P906. Le Fantôme d'Anil, *Michael Ondaatje*
P907. Quatre voyageurs, *Alain Fleischer*
P908. La Bataille de Paris, *Jean-Luc Einaudi*
P909. L'Amour du métier, *Lawrence Block*
P910. Biblio-quête, *Stéphanie Benson*
P911. Quai des désespoirs, *Roger Martin*
P912. L'Oublié, *Elie Wiesel*
P913. La Guerre sans nom
Patrick Rotman et Bertrand Tavernier
P914. Cabinet-portrait, *Jean-Luc Benoziglio*
P915. Le Loum, *René-Victor Pilhes*
P916. Mazag, *Robert Solé*
P917. Les Bonnes Intentions, *Agnès Desarthe*

P918. Des anges mineurs, *Antoine Volodine*
P919. L'Ingénieux Hidalgo Don Quichotte de la Manche 1
Miguel de Cervantes
P920. L'Ingénieux Hidalgo Don Quichotte de la Manche 2
Miguel de Cervantes
P921. La Taupe, *John le Carré*
P922. Comme un collégien, *John le Carré*
P923. Les Gens de Smiley, *John le Carré*
P924. Les Naufragés de la Terre sainte, *Sheri Holman*
P925. Épître des destinées, *Gamal Ghitany*
P926. Sang du ciel, *Marcello Fois*
P927. Meurtres en neige, *Margaret Yorke*
P928. Heureux les imbéciles, *Philippe Thirault*
P929. Beatus Ille, *Antonio Muñoz Molina*
P930. Petit traité des grandes vertus
André Comte-Sponville
P931. Le Mariage berbère, *Simonne Jacquemard*
P932. Dehors et pas d'histoires, *Christophe Nicolas*
P933. L'Homme blanc, *Tiffany Tavernier*
P934. Exhortation aux crocodiles, *António Lobo Antunes*
P935. Treize récits et treize épitaphes, *William T. Vollmann*
P936. La Traversée de la nuit, *Geneviève de Gaulle Anthonioz*
P937. Le Métier à tisser, *Mohammed Dib*
P938. L'Homme aux sandales de caoutchouc, *Kateb Yacine*
P939. Le Petit Col des loups, *Maryline Desbiolles*
P940. Allah n'est pas obligé, *Ahmadou Kourouma*
P941. Veuves au maquillage, *Pierre Senges*
P942. La Dernière Neige, *Hubert Mingarelli*
P943. Requiem pour une huître, *Hubert Michel*
P944. Morgane, *Michel Rio*
P945. Oncle Petros et la Conjecture de Goldbach
Apostolos Doxiadis
P946. La Tempête, *Juan Manuel de Prada*
P947. Scènes de la vie d'un jeune garçon, *J.M. Coetzee*
P948. L'avenir vient de loin, *Jean-Noël Jeanneney*
P949. 1280 âmes, *Jean-Bernard Pouy*
P950. Les Péchés des pères, *Lawrence Block*
P951. Les Enfants de fortune, *Jean-Marc Roberts*
P952. L'Incendie, *Mohammed Dib*
P953. Aventures, *Italo Calvino*
P954. Œuvres pré-posthumes, *Robert Musil*
P955. Sérénissime assassinat, *Gabrielle Wittkop*
P956. L'Ami de mon père, *Frédéric Vitoux*
P957. Messaouda, *Abdelhak Serhane*
P958. La Croix et la Bannière, *William Boyd*
P959. Une voix dans la nuit, *Armistead Maupin*

P960. La Face cachée de la lune, *Martin Suter*
P961. Des villes dans la plaine, *Cormac McCarthy*
P962. L'espace prend la forme de mon regard, *Hubert Reeves*
P963. L'Indispensable Petite Robe noire, *Lauren Henderson*
P964. Vieilles dames en péril, *Margaret Yorke*
P965. Jeu de main, jeu de vilain, *Michelle Spring*
P966. Carlota Fainberg, *Antonio Muñoz Molina*
P967. Cette aveuglante absence de lumière, *Tahar Ben Jelloun*
P968. Manuel de peinture et de calligraphie, *José Saramago*
P969. Dans le nu de la vie, *Jean Hatzfeld*
P970. Lettres luthériennes, *Pier Paolo Pasolini*
P971. Les Morts de la Saint-Jean, *Henning Mankell*
P972. Ne zappez pas, c'est l'heure du crime, *Nancy Star*
P973. Connaissance de la douleur, *Carlo Emilio Gadda*
P974. Les Feux du Bengale, *Amitav Ghosh*
P975. Le Professeur et la Sirène
Giuseppe Tomasi di Lampedusa
P976. Éloge de la phobie, *Brigitte Aubert*
P977. L'Univers, les dieux, les hommes, *Jean-Pierre Vernant*
P978. Les Gardiens de la vérité, *Michael Collins*
P979. Jours de Kabylie, *Mouloud Feraoun*
P980. La Pianiste, *Elfriede Jelinek*
P981. L'Homme qui savait tout, *Catherine David*
P982. La Musique d'une vie, *Andreï Makine*
P983. Un vieux cœur, *Bertrand Visage*
P984. Le Caméléon, *Andreï Kourkov*
P985. Le Bonheur en Provence, *Peter Mayle*
P986. Journal d'un tueur sentimental et autres récits
Luis Sepúlveda
P987. Étoile de mère, *Gale Zoë Garnett*
P988. Le Vent du plaisir, *Hervé Hamon*
P989. L'Envol des anges, *Michael Connelly*
P990. Noblesse oblige, *Donna Leon*
P991. Les Étoiles du Sud, *Julien Green*
P992. En avant comme avant !, *Michel Folco*
P993. Pour qui vous prenez-vous ?, *Geneviève Brisac*
P994. Les Aubes, *Linda Lê*
P995. Le Cimetière des bateaux sans nom
Arturo Pérez-Reverte
P996. Un pur espion, *John le Carré*
P997. La Plus Belle Histoire des animaux, *Boris Cyrulnik,*
Jean-Pierre Digard, Pascal Picq, Karine-Lou Matignon
P998. La Plus Belle Histoire de la Terre, *André Brahic, Paul*
Tapponnier, Lester R. Brown, Jacques Girardon
P999. La Plus Belle Histoire des plantes, *Jean-Marie Pelt,*
Marcel Mazoyer, Théodore Monod, Jacques Girardon

P1000. Le Monde de Sophie, *Jostein Gaarder*
P1001. Suave comme l'éternité, *George P. Pelecanos*
P1002. Cinq mouches bleues, *Carmen Posadas*
P1003. Le Monstre, *Jonathan Kellerman*
P1004. À la trappe !, *Andrew Klavan*
P1005. Urgence, *Sara Paretsky*
P1006. Galindez, *Manuel Vázquez Montalbán*
P1007. Le Sanglot de l'homme blanc, *Pascal Bruckner*
P1008. La Vie sexuelle de Catherine M., *Catherine Millet*
P1009. La Fête des Anciens, *Pierre Mertens*
P1010. Une odeur de mantèque, *Mohammed Khaïr-Eddine*
P1011. N'oublie pas mes petits souliers, *Joseph Connolly*
P1012. Les Bonbons chinois, *Mian Mian*
P1013. Boulevard du Guinardó, *Juan Marsé*
P1014. Des lézards dans le ravin, *Juan Marsé*
P1015. Besoin de vélo, *Paul Fournel*
P1016. La Liste noire, *Alexandra Marinina*
P1017. La Longue Nuit du sans-sommeil, *Lawrence Block*
P1018. Perdre, *Pierre Mertens*
P1019. Les Exclus, *Elfriede Jelinek*
P1020. Putain, *Nelly Arcan*
P1021. La Route de Midland, *Arnaud Cathrine*
P1022. Le Fil de soie, *Michèle Gazier*
P1023. Paysages originels, *Olivier Rolin*
P1024. La Constance du jardinier, *John le Carré*
P1025. Ainsi vivent les morts, *Will Self*
P1026. Doux Carnage, *Toby Litt*
P1027. Le Principe d'humanité, *Jean-Claude Guillebaud*
P1028. Bleu, histoire d'une couleur, *Michel Pastoureau*
P1029. Speedway, *Philippe Thirault*
P1030. Les Os de Jupiter, *Faye Kellerman*
P1031. La Course au mouton sauvage, *Haruki Murakami*
P1032. Les Sept Plumes de l'aigle, *Henri Gougaud*
P1033. Arthur, *Michel Rio*
P1034. Hémisphère Nord, *Patrick Roegiers*
P1035. Disgrâce, *J.M. Coetzee*
P1036. L'Âge de fer, *J.M. Coetzee*
P1037. Les Sombres Feux du passé, *Chang-rae Lee*
P1038. Les Voix de la liberté, *Michel Winock*
P1039. Nucléaire Chaos, *Stéphanie Benson*
P1040. Bienheureux ceux qui ont soif…, *Anne Holt*
P1041. Le Marin à l'ancre, *Bernard Giraudeau*
P1042. L'Oiseau des ténèbres, *Michael Connelly*
P1043. Les Enfants des rues étroites, *Abdelhak Sehrane*
P1044. L'Île et Une Nuit, *Daniel Maximin*
P1045. Bouquiner, *Annie François*

P1046. Nat Tate, *William Boyd*
P1047. Le Grand Roman indien, *Shashi Tharoor*
P1048. Les Lettres mauves, *Lawrence Block*
P1049. L'Imprécateur, *René-Victor Pilhes*
P1050. Le Stade de Wimbledon, *Daniele Del Giudice*
P1051. La Deuxième Gauche, *Hervé Hamon et Patrick Rotman*
P1052. La Tête en bas, *Noëlle Châtelet*
P1053. Le Jour de la cavalerie, *Hubert Mingarelli*
P1054. Le Violon noir, *Maxence Fermine*
P1055. Vita Brevis, *Jostein Gaarder*
P1056. Le Retour des caravelles, *António Lobo Antunes*
P1057. L'Enquête, *Juan José Saer*
P1058. Pierre Mendès France, *Jean Lacouture*
P1059. Le Mètre du monde, *Denis Guedj*
P1060. Mort d'une héroïne rouge, *Qiu Xiaolong*
P1061. Angle mort, *Sara Paretsky*
P1062. La Chambre d'écho, *Régine Detambel*
P1063. Madame Seyerling, *Didier Decoin*
P1064. L'Atlantique et les Amants, *Patrick Grainville*
P1065. Le Voyageur, *Alain Robbe-Grillet*
P1066. Le Chagrin des Belges, *Hugo Claus*
P1067. La Ballade de l'impossible, *Haruki Murakami*
P1068. Minoritaires, *Gérard Miller*
P1069. La Reine scélérate, *Chantal Thomas*
P1070. Trompe la mort, *Lawrence Block*
P1071. V'là aut' chose, *Nancy Star*
P1072. Jusqu'au dernier, *Deon Meyer*
P1073. Le Rire de l'ange, *Henri Gougaud*
P1074. L'Homme sans fusil, *Ysabelle Lacamp*
P1075. Le Théoriste, *Yves Pagès*
P1076. L'Artiste des dames, *Eduardo Mendoza*
P1077. Les Turbans de Venise, *Nedim Gürsel*
P1078. Zayni Barakat, *Ghamal Ghitany*
P1079. Éloge de l'amitié, ombre de la trahison
Tahar Ben Jelloun
P1080. La Nostalgie du possible. Sur Pessoa
Antonio Tabucchi
P1081. La Muraille invisible, *Henning Mankell*
P1082. Ad vitam aeternam, *Thierry Jonquet*
P1083. Six mois au fond d'un bureau, *Laurent Laurent*
P1084. L'Ami du défunt, *Andreï Kourkov*
P1085. Aventures dans la France gourmande, *Peter Mayle*
P1086. Les Profanateurs, *Michael Collins*
P1087. L'Homme de ma vie, *Manuel Vázquez Montalbán*
P1088. Wonderland Avenue, *Michael Connelly*
P1089. L'Affaire Paola, *Donna Leon*

P1090. Nous n'irons plus au bal, *Michelle Spring*
P1091. Les Comptoirs du Sud, *Philippe Doumenc*
P1092. Foraine, *Paul Fournel*
P1093. Mère agitée, *Nathalie Azoulay*
P1094. Amanscale, *Maryline Desbiolles*
P1095. La Quatrième Main, *John Irving*
P1096. La Vie devant ses yeux, *Laura Kasischke*
P1097. Foe, *J.M. Coetzee*
P1098. Les Dix Commandements, *Marc-Alain Ouaknin*
P1099. Errance, *Raymond Depardon*
P1100. Dr la Mort, *Jonathan Kellerman*
P1101. Tatouage à la fraise, *Lauren Henderson*
P1102. La Frontière, *Patrick Bard*
P1103. La Naissance d'une famille, *T. Berry Brazelton*
P1104. Une mort secrète, *Richard Ford*
P1105. Blanc comme neige, *George P. Pelecanos*
P1106. Jours tranquilles à Belleville, *Thierry Jonquet*
P1107. Amants, *Catherine Guillebaud*
P1108. L'Or du roi, *Arturo Pérez-Reverte*
P1109. La Peau d'un lion, *Michael Ondaatje*
P1110. Funérarium, *Brigitte Aubert*
P1111. Requiem pour une ombre, *Andrew Klavan*
P1113. Tigre en papier, *Olivier Rolin*
P1114. Le Café Zimmermann, *Catherine Lépront*
P1115. Le Soir du chien, *Marie-Hélène Lafon*
P1116. Hamlet, pan, pan, pan, *Christophe Nicolas*
P1117. La Caverne, *José Saramago*
P1118. Un ami parfait, *Martin Suter*
P1119. Chang et Eng le double-garçon, *Darin Strauss*
P1120. Les Amantes, *Elfriede Jelinek*
P1121. L'Étoffe du diable, *Michel Pastoureau*
P1122. Meurtriers sans visage, *Henning Mankell*
P1123. Taxis noirs, *John McLaren*
P1124. La Revanche de Dieu, *Gilles Kepel*
P1125. À ton image, *Louise L. Lambrichs*
P1126. Les Corrections, *Jonathan Franzen*
P1127. Les Abeilles et la Guêpe, *François Maspero*
P1128. Les Adieux à la Reine, *Chantal Thomas*
P1129. Dondog, *Antoine Volodine*
P1130. La Maison Russie, *John le Carré*
P1131. Livre de chroniques, *António Lobo Antunes*
P1132. L'Europe en première ligne, *Pascal Lamy*
P1133. Les Nouveaux Maîtres du monde, *Jean Ziegler*
P1134. Tous des rats, *Barbara Seranella*
P1135. Des morts à la criée, *Ed Dee*
P1136. Allons voir plus loin, veux-tu ?, *Anny Duperey*

P1137. Les Papas et les Mamans, *Diastème*
P1138. Phantasia, *Abdelwahab Meddeb*
P1139. Métaphysique du chien, *Philippe Ségur*
P1140. Mosaïque, *Claude Delarue*
P1141. Dormir accompagné, *António Lobo Antunes*
P1142. Un monde ailleurs, *Stewart O'Nan*
P1143. Rocks Springs, *Richard Ford*
P1144. L'Ami de Vincent, *Jean-Marc Roberts*
P1145. La Fascination de l'étang, *Virginia Woolf*
P1146. Ne te retourne pas, *Karin Fossum*
P1147. Dragons, *Marie Desplechin*
P1148. La Médaille, *Lydie Salvayre*
P1149. Les Beaux Bruns, *Patrick Gourvennec*
P1150. Poids léger, *Olivier Adam*
P1151. Les Trapézistes et le Rat, *Alain Fleischer*
P1152. À livre ouvert, *William Boyd*
P1153. Péchés innombrables, *Richard Ford*
P1154. Une situation difficile, *Richard Ford*
P1155. L'éléphant s'évapore, *Haruki Murakami*
P1156. Un amour dangereux, *Ben Okri*
P1157. Le Siècle des communismes, *ouvrage collectif*
P1158. Funky Guns, *George P. Pelecanos*
P1159. Les Soldats de l'aube, *Deon Meyer*
P1160. Le Figuier, *François Maspero*
P1161. Les Passagers du Roissy-Express, *François Maspero*
P1162. Visa pour Shanghai, *Qiu Xiaolong*
P1163. Des dahlias rouge et mauve, *Frédéric Vitoux*
P1164. Il était une fois un vieux couple heureux
Mohammed Khaïr-Eddine
P1165. Toilette de chat, *Jean-Marc Roberts*
P1166. Catalina, *Florence Delay*
P1167. Nid d'hommes, *Lu Wenfu*
P1168. La Longue Attente, *Ha Jin*
P1169. Pour l'amour de Judith, *Meir Shalev*
P1170. L'Appel du couchant, *Gamal Ghitany*
P1171. Lettres de Drancy
P1172. Quand les parents se séparent, *Françoise Dolto*
P1173. Amours sorcières, *Tahar Ben Jelloun*
P1174. Sale temps, *Sara Paretsky*
P1175. L'Ange du Bronx, *Ed Dee*
P1176. La Maison du désir, *France Huser*
P1177. Cytomégalovirus, *Hervé Guibert*
P1178. Les Treize Pas, *Mo Yan*
P1179. Le Pays de l'alcool, *Mo Yan*
P1180. Le Principe de Frédelle, *Agnès Desarthe*
P1181. Les Gauchers, *Yves Pagès*

P1182. Rimbaud en Abyssinie, *Alain Borer*
P1183. Tout est illuminé, *Jonathan Safran Foer*
P1184. L'Enfant zigzag, *David Grossman*
P1185. La Pierre de Rosette, *Robert Solé et Dominique Valbelle*
P1186. Le Maître de Pétersbourg, *J.M. Coetzee*
P1187. Les Chiens de Riga, *Henning Mankell*
P1188. Le Tueur, *Eraldo Baldini*
P1189. Un silence de fer, *Marcello Fois*
P1190. La Filière du jasmin, *Denise Hamilton*
P1191. Déportée en Sibérie, *Margarete Buber-Neumann*
P1192. Les Mystères de Buenos Aires, *Manuel Puig*
P1193. La Mort de la phalène, *Virginia Woolf*
P1194. Sionoco, *Leon De Winter*
P1195. Poèmes et chansons, *Georges Brassens*
P1196. Innocente, *Dominique Souton*
P1197. Taking Lives / Destins violés, *Michael Pye*
P1198. Gang, *Toby Litt*
P1199. Elle est partie, *Catherine Guillebaud*
P1200. Le Luthier de Crémone, *Herbert Le Porrier*
P1201. Le Temps des déracinés, *Elie Wiesel*
P1202. Les Portes du sang, *Michel Del Castillo*
P1203. Featherstone, *Kirsty Gunn*
P1204. Un vrai crime pour livres d'enfants, *Chloe Hooper*
P1205. Les Vagabonds de la faim, *Tom Kromer*
P1206. Mister Candid, *Jules Hardy*
P1207. Déchaînée, *Lauren Henderson*
P1208. Hypnose mode d'emploi, *Gérard Miller*
P1209. Corse, *Jean-Noël Pancrazi et Raymond Depardon*
P1210. Le Dernier Viking, *Patrick Grainville*
P1211. Charles et Camille, *Frédéric Vitoux*
P1212. Siloé, *Paul Gadenne*
P1213. Bob Marley, *Stephen Davies*
P1214. Ça ne peut plus durer, *Joseph Connolly*
P1215. Tombe la pluie, *Andrew Klavan*
P1216. Quatre soldats, *Hubert Mingarelli*
P1217. Les Cheveux de Bérénice, *Denis Guedj*
P1218. Les Garçons d'en face, *Michèle Gazier*
P1219. Talion, *Christian de Montella*
P1220. Les Images, *Alain Rémond*
P1221. La Reine du Sud, *Arturo Pérez-Reverte*
P1222. Vieille menteuse, *Anne Fine*
P1223. Danse, danse, danse, *Haruki Murakami*
P1224. Le Vagabond de Holmby Park, *Herbert Lieberman*
P1225. Des amis haut placés, *Donna Leon*
P1226. Tableaux d'une ex, *Jean-Luc Benoziglio*
P1227. La Compagnie, le grand roman de la CIA, *Robert Little*

P1228. Chair et sang, *Jonathan Kellerman*
P1230. Darling Lilly, *Michael Connelly*
P1231. Les Tortues de Zanzibar, *Giles Foden*
P1232. Il a fait l'idiot à la chapelle !, *Daniel Auteuil*
P1233. Lewis & Alice, *Didier Decoin*
P1234. Dialogue avec mon jardinier, *Henri Cueco*
P1235. L'Émeute, *Shashi Tharoor*
P1236. Le Palais des Miroirs, *Amitav Ghosh*
P1237. La Mémoire du corps, *Shauna Singh Baldwin*
P1238. Middlesex, *Jeffrey Eugenides*
P1239. Je suis mort hier, *Alexandra Marinina*
P1240. Cendrillon, mon amour, *Lawrence Block*
P1241. L'Inconnue de Baltimore, *Laura Lippman*
P1242. Berlinale Blitz, *Stéphanie Benson*
P1243. Abattoir 5, *Kurt Vonnegut*
P1244. Catalogue des idées reçues sur la langue, *Marina Yaguello*
P1245. Tout se paye, *George P. Pelecanos*
P1246. Autoportrait à l'ouvre-boîte, *Philippe Ségur*
P1247. Tout s'avale, *Hubert Michel*
P1248. Quand on aime son bourreau, *Jim Lewis*
P1249. Tempête de glace, *Rick Moody*
P1250. Dernières nouvelles du bourbier, *Alexandre Ikonnikov*
P1251. Le Rameau brisé, *Jonathan Kellerman*
P1252. Passage à l'ennemie, *Lydie Salvayre*
P1253. Une saison de machettes, *Jean Hatzfeld*
P1254. Le Goût de l'avenir, *Jean-Claude Guillebaud*
P1255. L'Étoile d'Alger, *Aziz Chouaki*
P1256. Cartel en tête, *John McLaren*
P1257. Sans penser à mal, *Barbara Seranella*
P1258. Tsili, *Aharon Appelfeld*
P1259. Le Temps des prodiges, *Aharon Appelfeld*
P1260. Ruines-de-Rome, *Pierre Sengès*
P1261. La Beauté des loutres, *Hubert Mingarelli*
P1262. La Fin de tout, *Jay McInerney*
P1263. Jeanne et les siens, *Michel Winock*
P1264. Les Chats mots, *Anny Duperey*
P1265. Quand j'avais cinq ans, je m'ai tué, *Howard Buten*
P1266. Vers l'âge d'homme, *J.M. Coetzee*
P1267. L'Invention de Paris, *Eric Hazan*
P1268. Chroniques de l'oiseau à ressort, *Haruki Murakami*
P1269. En crabe, *Günter Grass*
P1270. Mon père, ce harki, *Dalila Kerchouche*
P1271. Lumière morte, *Michael Connelly*
P1272. Détonations rapprochées, *C.J. Box*
P1273. Lorsque la nature parlait aux Égyptiens
Christiane Desroches Noblecourt

P1274. Les Réquisitoires du Tribunal des Flagrants Délires 1
Pierre Desproges
P1275. Les Réquisitoires du Tribunal des Flagrants Délires 2
Pierre Desproges
P1276. Un amant naïf et sentimental, *John le Carré*
P1277. Fragiles, *Philippe Delerm et Martine Delerm*
P1278. La Chambre blanche, *Christine Jordis*
P1279. Adieu la vie, adieu l'amour, *Juan Marsé*
P1280. N'entre pas si vite dans cette nuit noire
António Lobo Antunes
P1281. L'Évangile selon saint Loubard, *Guy Gilbert*
P1282. La Femme qui attendait, *Andreï Makine*
P1283. Les Candidats, *Yun Sun Limet*
P1284. Petit traité de désinvolture, *Denis Grozdanovitch*
P1285. Personne, *Linda Lê*
P1286. Sur la photo, *Marie-Hélène Lafon*
P1287. Le Mal du pays, *Patrick Roegiers*
P1288. Politique, *Adam Thirlwell*
P1289. Érec et Énide, *Manuel Vázquez Montalbán*
P1290. La Dormeuse de Naples, *Adrien Goetz*
P1291. Le croque-mort a la vie dure, *Tim Cockey*
P1292. Pretty Boy, *Lauren Henderson*
P1293. La Vie sexuelle en France, *Janine Mossuz-Lavau*
P1294. Souvenirs obscurs d'un Juif polonais né en France
Pierre Goldman
P1295. Dans l'alcool, *Thierry Vimal*
P1296. Le Monument, *Claude Duneton*
P1297. Mon nerf, *Rachid Djaïdani*
P1298. Plutôt mourir, *Marcello Fois*
P1299. Les pingouins n'ont jamais froid, *Andreï Kourkov*
P1300. La Mitrailleuse d'argile, *Viktor Pelevine*
P1301. Un été à Baden-Baden, *Leonid Tsypkin*
P1302. Hasard des maux, *Kate Jennings*
P1303. Le Temps des erreurs, *Mohammed Choukri*
P1304. Boumkœur, *Rachid Djaïdani*
P1305. Vodka-Cola, *Irina Denejkina*
P1306. La Lionne blanche, *Henning Mankell*
P1307. Le Styliste, *Alexandra Marinina*
P1308. Pas d'erreur sur la personne, *Ed Dee*
P1309. Le Casseur, *Walter Mosley*
P1310. Le Dernier Ami, *Tahar Ben Jelloun*
P1311. La Joie d'Aurélie, *Patrick Grainville*
P1312. L'Aîné des orphelins, *Tierno Monénembo*
P1313. Le Marteau pique-cœur, *Azouz Begag*
P1314. Les Âmes perdues, *Michael Collins*
P1315. Écrits fantômes, *David Mitchell*

P1316. Le Nageur, *Zsuzsa Bánk*
P1317. Quelqu'un avec qui courir, *David Grossman*
P1318. L'Attrapeur d'ombres, *Patrick Bard*
P1319. Venin, *Saneh Sangsuk*
P1320. Le Gone du Chaâba, *Azouz Begag*
P1321. Béni ou le Paradis privé, *Azouz Begag*
P1322. Mésaventures du Paradis
Erik Orsenna et Bernard Matussière
P1323. L'Âme au poing, *Patrick Rotman*
P1324. Comedia Infantil, *Henning Mankell*
P1325. Niagara, *Jane Urquhart*
P1326. Une amitié absolue, *John le Carré*
P1327. Le Fils du vent, *Henning Mankell*
P1328. Le Témoin du mensonge, *Mylène Dressler*
P1329. Pelle le Conquérant 1, *Martin Andersen Nexø*
P1330. Pelle le Conquérant 2, *Martin Andersen Nexø*
P1331. Mortes-eaux, *Donna Leon*
P1332. Déviances mortelles, *Chris Mooney*
P1333. Les Naufragés du Batavia, *Simon Leys*
P1334. L'Amandière, *Simonetta Agnello Hornby*
P1335. C'est en hiver que les jours rallongent, *Joseph Bialot*
P1336. Cours sur la rive sauvage, *Mohammed Dib*
P1337. Hommes sans mère, *Hubert Mingarelli*
P1338. Reproduction non autorisée, *Marc Vilrouge*
P1339. S.O.S., *Joseph Connolly*
P1340. Sous la peau, *Michel Faber*
P1341. Dorian, *Will Self*
P1342. Le Cadeau, *David Flusfeder*
P1343. Le Dernier Voyage d'Horatio II, *Eduardo Mendoza*
P1344. Mon vieux, *Thierry Jonquet*
P1345. Lendemains de terreur, *Lawrence Block*
P1346. Déni de justice, *Andrew Klavan*
P1347. Brûlé, *Leonard Chang*
P1348. Montesquieu, *Jean Lacouture*
P1349. Stendhal, *Jean Lacouture*
P1350. Le Collectionneur de collections, *Henri Cueco*
P1351. Camping, *Abdelkader Djemaï*
P1352. Janice Winter, *Rose-Marie Pagnard*
P1353. La Jalousie des fleurs, *Ysabelle Lacamp*
P1354. Ma vie, son œuvre, *Jacques-Pierre Amette*
P1355. Lila, Lila, *Martin Suter*
P1356. Un amour de jeunesse, *Ann Packer*
P1357. Mirages du Sud, *Nedim Gürsel*
P1358. Marguerite et les Enragés
Jean-Claude Lattès et Éric Deschodt
P1359. Los Angeles River, *Michael Connelly*

P1360. Refus de mémoire, *Sarah Paretsky*
P1361. Petite musique de meurtre, *Laura Lippman*
P1362. Le Cœur sous le rouleau compresseur, *Howard Buten*
P1363. L'Anniversaire, *Mouloud Feraoun*
P1364. Passer l'hiver, *Olivier Adam*
P1365. L'Infamille, *Christophe Honoré*
P1366. La Douceur, *Christophe Honoré*
P1367. Des gens du monde, *Catherine Lépront*
P1368. Vent en rafales, *Taslima Nasreen*
P1369. Terres de crépuscule, *J.M. Coetzee*
P1370. Lizka et ses hommes, *Alexandre Ikonnikov*
P1371. Le Châle, *Cynthia Ozick*
P1372. L'Affaire du Dahlia noir, *Steve Hodel*
P1373. Premières armes, *Faye Kellerman*
P1374. Onze jours, *Donald Harstad*
P1375. Le croque-mort préfère la bière, *Tim Cockey*
P1376. Le Messie de Stockholm, *Cynthia Ozick*
P1377. Quand on refuse on dit non, *Ahmadou Kourouma*
P1378. Une vie française, *Jean-Paul Dubois*
P1379. Une année sous silence, *Jean-Paul Dubois*
P1380. La Dernière Leçon, *Noëlle Châtelet*
P1381. Folle, *Nelly Arcan*
P1382. La Hache et le Violon, *Alain Fleischer*
P1383. Vive la sociale !, *Gérard Mordillat*
P1384. Histoire d'une vie, *Aharon Appelfeld*
P1385. L'Immortel Bartfuss, *Aharon Appelfeld*
P1386. Beaux seins, belles fesses, *Mo Yan*
P1387. Séfarade, *Antonio Muñoz Molina*
P1388. Le Gentilhomme au pourpoint jaune, *Arturo Pérez-Reverte*
P1389. Ponton à la dérive, *Daniel Katz*
P1390. La Fille du directeur de cirque, *Jostein Gaarder*
P1391. Pelle le Conquérant 3, *Martin Andersen Nexø*
P1392. Pelle le Conquérant 4, *Martin Andersen Nexø*
P1393. Soul Circus, *George P. Pelecanos*
P1394. La Mort au fond du canyon, *C.J. Box*
P1395. Recherchée, *Karin Alvtegen*
P1396. Disparitions à la chaîne,*Åke Smedberg*
P1397. Bardo or not Bardo, *Antoine Volodine*
P1398. La Vingt-Septième Ville, *Jonathan Franzen*
P1399. Pluie, *Kirsty Gunn*
P1400. La Mort de Carlos Gardel, *António Lobo Antunes*
P1401. La Meilleure Façon de grandir, *Meir Shalev*
P1402. Les Plus Beaux Contes zen, *Henri Brunel*
P1403. Le Sang du monde, *Catherine Clément*
P1404. Poétique de l'égorgeur, *Philippe Ségur*
P1405 La Proie des âmes, *Matt Ruff*

P1406. La Vie invisible, *Juan Manuel de Prada*
P1407. Qu'elle repose en paix, *Jonathan Kellerman*
P1408. Le Croque-mort à tombeau ouvert, *Tim Cockey*
P1409. La Ferme des corps, *Bill Bass*
P1410. Le Passeport, *Azouz Begag*
P1411. La station Saint-Martin est fermée au public
Joseph Bialot
P1412. L'Intégration, *Azouz Begag*
P1413. La Géométrie des sentiments, *Patrick Roegiers*
P1414. L'Âme du chasseur, *Deon Meyer*
P1415. La Promenade des délices, *Mercedes Deambrosis*
P1416. Un après-midi avec Rock Hudson
Mercedes Deambrosis
P1417. Ne gênez pas le bourreau, *Alexandra Marinina*
P1418. Verre cassé, *Alain Mabanckou*
P1419. African Psycho, *Alain Mabanckou*
P1420. Le Nez sur la vitre, *Abdelkader Djemaï*
P1421. Gare du Nord, *Abdelkader Djemaï*
P1422. Le Chercheur d'Afriques, *Henri Lopes*
P1423. La Rumeur d'Aquitaine, *Jean Lacouture*
P1424. Une soirée, *Anny Duperey*
P1425. Un saut dans le vide, *Ed Dee*
P1426. En l'absence de Blanca, *Antonio Muñoz Molina*
P1427. La Plus Belle Histoire du bonheur, *collectif*
P1429. Comment c'était. Souvenirs sur Samuel Beckett
Anne Atik
P1430. Suite à l'hôtel Crystal, *Olivier Rolin*
P1431. Le Bon Serviteur, *Carmen Posadas*
P1432. Traité de savoir-vivre à l'usage des jeunes Russes
Gary Shteyngart
P1433. C'est égal, *Agota Kristof*
P1434. Le Nombril des femmes, *Dominique Quessada*
P1435. L'Enfant à la luge, *Chris Mooney*
P1436. Encres de Chine, *Qiu Xiaolong*
P1437. Enquête de mor(t)alité, *Gene Riehl*
P1438. Le Château du Roi Dragon. La Saga du Roi Dragon I
Stephen Lawhead
P1439. Les Armes des Garamont. La Malerune I
Pierre Grimbert
P1440. Le Prince déchu. Les Enfants de l'Atlantide I
Bernard Simonay
P1441. Le Voyage d'Hawkwood. Les Monarchies divines I
Paul Kearney
P1442. Un trône pour Hadon. Le Cycle d'Opar I
Philip-José Farmer
P1443. Fendragon, *Barbara Hambly*

P1444. Les Brigands de la forêt de Skule, *Kerstin Ekman*
P1445. L'Abîme, *John Crowley*
P1446. Œuvre poétique, *Léopold Sédar Senghor*
P1447. Cadastre, *suivi de* Moi, laminaire…, *Aimé Césaire*
P1448. La Terre vaine et autres poèmes, *Thomas Stearns Eliot*
P1449. Le Reste du voyage et autres poèmes, *Bernard Noël*
P1450. Haïkus, *anthologie*
P1451. L'Homme qui souriait, *Henning Mankell*
P1452. Une question d'honneur, *Donna Leon*
P1453. Little Scarlet, *Walter Mosley*
P1454. Elizabeth Costello, *J.M. Coetzee*
P1455. Le maître a de plus en plus d'humour, *Mo Yan*
P1456. La Femme sur la plage avec un chien, *William Boyd*
P1457. Accusé Chirac, levez-vous !, *Denis Jeambar*
P1458. Sisyphe, roi de Corinthe. Le Châtiment des Dieux I
François Rachline
P1459. Le Voyage d'Anna, *Henri Gougaud*
P1460. Le Hussard, *Arturo Pérez-Reverte*
P1461. Les Amants de pierre, *Jane Urquhart*
P1462. Corcovado, *Jean-Paul Delfino*
P1463. Hadon, le guerrier. Le Cycle d'Opar II
Philip José Farmer
P1464. Maîtresse du Chaos. La Saga de Raven I
Robert Holdstock et Angus Wells
P1465. La Sève et le Givre, *Léa Silhol*
P1466. Élégies de Duino *suivi de* Sonnets à Orphée
Rainer Maria Rilke
P1467. Rilke, *Philippe Jaccottet*
P1468. C'était mieux avant, *Howard Buten*
P1469. Portrait du Gulf Stream, *Érik Orsenna*
P1470. La Vie sauve, *Lydie Violet et Marie Desplechin*
P1471. Chicken Street, *Amanda Sthers*
P1472. Polococktail Party, *Dorota Maslowska*
P1473. Football factory, *John King*
P1474. Une petite ville en Allemagne, *John le Carré*
P1475. Le Miroir aux espions, *John le Carré*
P1476. Deuil interdit, *Michael Connelly*
P1477. Le Dernier Testament, *Philip Le Roy*
P1478. Justice imminente, *Jilliane Hoffman*
P1479. Ce cher Dexter, *Jeff Lindsay*
P1480. Le Corps noir, *Dominique Manotti*
P1481. Improbable, *Adam Fawer*
P1482. Les Rois hérétiques. Les Monarchies divines II
Paul Kearney
P1483. L'Archipel du soleil. Les Enfants de l'Atlantide II
Bernard Simonay

P1484. Code Da Vinci : l'enquête
Marie-France Etchegoin et Frédéric Lenoir
P1485. L.A. confidentiel : les secrets de Lance Armstrong
Pierre Ballester et David Walsh
P1486. Maria est morte, *Jean-Paul Dubois*
P1487. Vous aurez de mes nouvelles, *Jean-Paul Dubois*
P1488. Un pas de plus, *Marie Desplechin*
P1489. D'excellente famille, *Laurence Deflassieux*
P1490. Une femme normale, *Émilie Frèche*
P1491. La Dernière Nuit, *Marie-Ange Guillaume*
P1492. Le Sommeil des poissons, *Véronique Ovaldé*
P1493. La Dernière Note, *Jonathan Kellerman*
P1494. La Cité des Jarres, *Arnaldur Indridason*
P1495. Électre à La Havane, *Leonardo Padura*
P1496. Le croque-mort est bon vivant, *Tim Cockey*
P1497. Le Cambrioleur en maraude, *Lawrence Block*
P1498. L'Araignée d'émeraude. La Saga de Raven II
Robert Holdstock et Angus Wells
P1499. Faucon de mai, *Gillian Bradshaw*
P1500. La Tante marquise, *Simonetta Agnello Hornby*
P1501. Anita, *Alicia Dujovne Ortiz*
P1502. Mexico City Blues, *Jack Kerouac*
P1503. Poésie verticale, *Roberto Juarroz*
P1506. Histoire de Rofo, clown, *Howard Buten*
P1507. Manuel à l'usage des enfants qui ont des parents difficiles
Jeanne Van den Brouk
P1508. La Jeune Fille au balcon, *Leïla Sebbar*
P1509. Zenzela, *Azouz Begag*
P1510. La Rébellion, *Joseph Roth*
P1511. Falaises, *Olivier Adam*
P1512. Webcam, *Adrien Goetz*
P1513. La Méthode Mila, *Lydie Salvayre*
P1514. Blonde abrasive, *Christophe Paviot*
P1515. Les Petits-Fils nègres de Vercingétorix, *Alain Mabanckou*
P1516. 107 ans, *Diastème*
P1517. La Vie magnétique, *Jean-Hubert Gailliot*
P1518. Solos d'amour, *John Updike*
P1519. Les Chutes, *Joyce Carol Oates*
P1520. Well, *Matthieu McIntosh*
P1521. À la recherche du voile noir, *Rick Moody*
P1522. Train, *Pete Dexter*
P1523. Avidité, *Elfriede Jelinek*
P1524. Retour dans la neige, *Robert Walser*
P1525. La Faim de Hoffman, *Leon De Winter*
P1526. Marie-Antoinette, la naissance d'une reine.
Lettres choisies, *Évelyne Lever*

P1527. Les Petits Verlaine *suivi de* Samedi, dimanche et fêtes
Jean-Marc Roberts
P1528. Les Seigneurs de guerre de Nin. La Saga du Roi Dragon II
Stephen Lawhead
P1529. Le Dire des Sylfes. La Malerune II
Michel Robert et Pierre Grimbert
P1530. Le Dieu de glace. La Saga de Raven III
Robert Holdstock et Angus Wells
P1531. Un bon cru, *Peter Mayle*
P1532. Confessions d'un boulanger, *Peter Mayle et Gérard Auzet*
P1533. Un poisson hors de l'eau, *Bernard Comment*
P1534. Histoire de la Grande Maison, *Charif Majdalani*
P1535. La Partie belle *suivi de* La Comédie légère
Jean-Marc Roberts
P1536. Le Bonheur obligatoire, *Norman Manea*
P1537. Les Larmes de ma mère, *Michel Layaz*
P1538. Tant qu'il y aura des élèves, *Hervé Hamon*
P1539. Avant le gel, *Henning Mankell*
P1540. Code 10, *Donald Harstad*
P1541. Les Nouvelles Enquêtes du juge Ti, vol. 1
Le Château du lac Tchou-An, *Frédéric Lenormand*
P1542. Les Nouvelles Enquêtes du juge Ti, vol. 2
La Nuit des juges, *Frédéric Lenormand*
P1543. Que faire des crétins ? Les perles du Grand Larousse
Pierre Enckell et Pierre Larousse
P1544. Motamorphoses. À chaque mot son histoire
Daniel Brandy
P1545. L'habit ne fait pas le moine. Petite histoire des expressions
Gilles Henry
P1546. Petit fictionnaire illustré. Les mots qui manquent au dico
Alain Finkielkraut
P1547. Le Pluriel de bric-à-brac et autres difficultés
de la langue française, *Irène Nouailhac*
P1548. Un bouquin n'est pas un livre. Les nuances des synonymes
Rémi Bertrand
P1549. Sans nouvelles de Gurb, *Eduardo Mendoza*
P1550. Le Dernier Amour du président, *Andreï Kourkov*
P1551. L'Amour, soudain, *Aharon Appelfeld*
P1552. Nos plus beaux souvenirs, *Stewart O'Nan*
P1553. Saint-Sépulcre !, *Patrick Besson*
P1554. L'Autre comme moi, *José Saramago*
P1555. Pourquoi Mitterrand ?, *Pierre Joxe*
P1556. Pas si fous ces Français !
Jean-Benoît Nadeau et Julie Barlow
P1557. La Colline des Anges
Jean-Claude Guillebaud et Raymond Depardon

P1558. La Solitude heureuse du voyageur
précédé de Notes, *Raymond Depardon*
P1559. Hard Revolution, *George P. Pelecanos*
P1560. La Morsure du lézard, *Kirk Mitchell*
P1561. Winterkill, *C.J. Box*
P1562. La Morsure du dragon, *Jean-François Susbielle*
P1563. Rituels sanglants, *Craig Russell*
P1564. Les Écorchés, *Peter Moore Smith*
P1565. Le Crépuscule des géants. Les Enfants de l'Atlantide III
Bernard Simonay
P1566. Aara. Aradia I, *Tanith Lee*
P1567. Les Guerres de fer. Les Monarchies divines III
Paul Kearney
P1568. La Rose pourpre et le Lys, tome 1, *Michel Faber*
P1569. La Rose pourpre et le Lys, tome 2, *Michel Faber*
P1570. Sarnia, *G.B. Edwards*
P1571. Saint-Cyr/La Maison d'Esther, *Yves Dangerfield*
P1572. Renverse du souffle, *Paul Celan*
P1573. Pour un tombeau d'Anatole, *Stéphane Mallarmé*
P1574. 95 poèmes, *E.E. Cummings*
P1575. Le Dico des mots croisés.
8 000 définitions pour devenir imbattable, *Michel Laclos*
P1576. Les deux font la paire.
Les couples célèbres dans la langue française
Patrice Louis
P1577. C'est la cata. Petit manuel du français maltraité
Pierre Bénard
P1578. L'Avortement, *Richard Brautigan*
P1579. Les Braban, *Patrick Besson*
P1580. Le Sac à main, *Marie Desplechin*
P1581. Nouvelles du monde entier, *Vincent Ravalec*
P1582. Le Sens de l'arnaque, *James Swain*
P1583. L'Automne à Cuba, *Leonardo Padura*
P1584. Le Glaive et la Flamme. La Saga du Roi Dragon III
Stephen Lawhead
P1585. La Belle Arcane. La Malerune III
Michel Robert et Pierre Grimbert
P1586. Femme en costume de bataille, *Antonio Benitez-Rojo*
P1587. Le Cavalier de l'Olympe. Le Châtiment des Dieux II
François Rachline
P1588. Le Pas de l'ourse, *Douglas Glover*
P1589. Lignes de fond, *Neil Jordan*
P1590. Monsieur Butterfly, *Howard Buten*
P1591. Parfois je ris tout seul, *Jean-Paul Dubois*
P1592. Sang impur, *Hugo Hamilton*
P1593. Le Musée de la sirène, *Cypora Petitjean-Cerf*

P1594. Histoire de la gauche caviar, *Laurent Joffrin*
P1595. Les Enfants de chœur (Little Children), *Tom Perrotta*
P1596. Les Femmes politiques, *Laure Adler*
P1597. La Preuve par le sang, *Jonathan Kellerman*
P1598. La Femme en vert, *Arnaldur Indridason*
P1599. Le Che s'est suicidé, *Petros Markaris*
P1600. Les Nouvelles Enquêtes du juge Ti, vol. 3
Le Palais des courtisanes, *Frédéric Lenormand*
P1601. Trahie, *Karin Alvtegen*
P1602. Les Requins de Trieste, *Veit Heinichen*
P1603. Pour adultes seulement, *Philip Le Roy*
P1604. Offre publique d'assassinat, *Stephen W. Frey*
P1605. L'Heure du châtiment, *Eileen Dreyer*
P1606. Aden, *Anne-Marie Garat*
P1607. Histoire secrète du Mossad, *Gordon Thomas*
P1608. La Guerre du paradis. Le Chant d'Albion I
Stephen Lawhead
P1609. La Terre des Morts. Les Enfants de l'Atlantide IV
Bernard Simonay
P1610. Thenser. Aradia II, *Tanith Lee*
P1611. Le Petit Livre des gros câlins, *Kathleen Keating*
P1612. Un soir de décembre, *Delphine de Vigan*
P1613. L'Amour foudre, *Henri Gougaud*
P1614. Chaque jour est un adieu
suivi de Un jeune homme est passé
Alain Rémond
P1615. Clair-obscur, *Jean Cocteau*
P1616. Chihuahua, zébu et Cie.
L'étonnante histoire des noms d'animaux
Henriette Walter et Pierre Avenas
P1617. Les Chaussettes de l'archiduchesse et autres défis
de la prononciation
Julos Beaucarne et Pierre Jaskarzec
P1618. My rendez-vous with a femme fatale.
Les mots français dans les langues étrangères
Franck Resplandy
P1619. Seulement l'amour, *Philippe Ségur*
P1620. La Jeune Fille et la Mère, *Leïla Marouane*
P1621. L'Increvable Monsieur Schneck, *Colombe Schneck*
P1622. Les Douze Abbés de Challant, *Laura Mancinelli*
P1623. Un monde vacillant, *Cynthia Ozick*
P1624. Les Jouets vivants, *Jean-Yves Cendrey*
P1625. Le Livre noir de la condition des femmes
Christine Ockrent (dir.)
P1626. Comme deux frères, *Jean-François Kahn et Axel Kahn*
P1627. Equador, *Miguel Sousa Tavares*

P1628. Du côté où se lève le soleil, *Anne-Sophie Jacouty*
P1629. L'Affaire Hamilton, *Michelle De Kretser*
P1630. Une passion indienne, *Javier Moro*
P1631. La Cité des amants perdus, *Nadeem Aslam*
P1632. Rumeurs de haine, *Taslima Nasreen*
P1633. Le Chromosome de Calcutta, *Amitav Ghosh*
P1634. Show business, *Shashi Tharoor*
P1635. La Fille de l'arnaqueur, *Ed Dee*
P1636. En plein vol, *Jan Burke*
P1637. Retour à la Grande Ombre, *Hakan Nesser*
P1638. Wren. Les Descendants de Merlin I, *Irene Radford*
P1639. Petit manuel de savoir-vivre à l'usage des enseignants
Boris Seguin, Frédéric Teillard
P1640. Les Voleurs d'écritures *suivi de* Les Tireurs d'étoiles
Azouz Begag
P1641. L'Empreinte des dieux. Le Cycle de Mithra I
Rachel Tanner
P1642. Enchantement, *Orson Scott Card*
P1643. Les Fantômes d'Ombria, *Patricia A. McKillip*
P1644. La Main d'argent. Le Chant d'Albion II
Stephen Lawhead
P1645. La Quête de Nifft-le-mince, *Michael Shea*
P1646. La Forêt d'Iscambe, *Christian Charrière*
P1647. La Mort du Nécromant, *Martha Wells*
P1648. Si la gauche savait, *Michel Rocard*
P1649. Misère de la Ve République, *Bastien François*
P1650. Photographies de personnalités politiques
Raymond Depardon
P1651. Poèmes païens de Alberto Caeiro et Ricardo Reis
Fernando Pessoa
P1652. La Rose de personne, *Paul Celan*
P1653. Caisse claire, poèmes 1990-1997, *Antoine Emaz*
P1654. La Bibliothèque du géographe, *Jon Fasman*
P1655. Parloir, *Christian Giudicelli*
P1656. Poils de Cairote, *Paul Fournel*
P1657. Palimpseste, *Gore Vidal*
P1658. L'Épouse hollandaise, *Eric McCormack*
P1659. Ménage à quatre, *Manuel Vázquez Montalbán*
P1660. Milenio, *Manuel Vázquez Montalbán*
P1661. Le Meilleur de nos fils, *Donna Leon*
P1662. Adios Hemingway, *Leonardo Padura*
P1663. L'avenir c'est du passé, *Lucas Fournier*
P1664. Le Dehors et le Dedans, *Nicolas Bouvier*
P1665. Partition rouge
poèmes et chants des indiens d'Amérique du Nord
Jacques Roubaud, Florence Delay

P1666. Un désir fou de danser, *Elie Wiesel*
P1667. Lenz, *Georg Büchner*
P1668. Resmiranda. Les Descendants de Merlin II
Irene Radford
P1669. Le Glaive de Mithra. Le Cycle de Mithra II
Rachel Tanner
P1670. Phénix vert.Trilogie du Latium I, *Thomas B. Swann*
P1671. Essences et parfums, *Anny Duperey*
P1672. Naissances, *Collectif*
P1673. L'Évangile une parole invincible, *Guy Gilbert*
P1674. L'Époux divin, *Francisco Goldman*
P1675. La Comtesse de Pimbêche et autres étymologies curieuses
Pierre Larousse
P1676. Les Mots qui me font rire.
et autres cocasseries de la langue française
Jean-Loup Chiflet
P1677. Les carottes sont jetées.
Quand les expressions perdent la boule
Olivier Marchon
P1678. Le Retour du professeur de danse, *Henning Mankell*
P1679. Romanzo Criminale, *Giancarlo de Cataldo*
P1680. Ciel de sang, *Steve Hamilton*
P1681. Ultime Témoin, *Jilliane Hoffman*
P1682. Los Angeles, *Peter Moore Smith*
P1683. Encore une journée pourrie
ou 365 bonnes raisons de rester couché, *Pierre Enckell*
P1684. Chroniques de la haine ordinaire 2, *Pierre Desproges*
P1685. Desproges, portrait, *Marie-Ange Guillaume*
P1686. Les Amuse-Bush, *Collectif*
P1687. Mon valet et moi, *Hervé Guibert*
P1688. T'es pas mort !, *Antonio Skármeta*
P1689. En la forêt de Longue Attente.
Le roman de Charles d'Orléans, *Hella S. Haasse*
P1690. La Défense Lincoln, *Michael Connelly*
P1691. Flic à Bangkok, *Patrick Delachaux*
P1692. L'Empreinte du renard, *Moussa Konaté*
P1693. Les fleurs meurent aussi, *Lawrence Block*
P1694. L'Ultime Sacrilège, *Jérôme Bellay*
P1695. Engrenages, *Christopher Wakling*
P1696. La Sœur de Mozart, *Rita Charbonnier*
P1697. La Science du baiser, *Patrick Besson*
P1698. La Domination du monde, *Denis Robert*
P1699. Minnie, une affaire classée, *Hans Werner Kettenbach*
P1700. Dans l'ombre du Condor, *Jean-Paul Delfino*
P1701. Le Nœud sans fin. Le Chant d'Albion III, *Stephen Lawhead*
P1702. Le Feu primordial, *Martha Wells*

P1703. Le Très Corruptible Mandarin, *Qiu Xiaolong*
P1704. Dexter revient !, *Jeff Lindsay*
P1705. Vous plaisantez, monsieur Tanner, *Jean-Paul Dubois*
P1706. À Garonne, *Philippe Delerm*
P1707. Pieux mensonges, *Maile Meloy*
P1708. Chercher le vent, *Guillaume Vigneault*
P1709. Les Pierres du temps et autres poèmes, *Tahar Ben Jelloun*
P1710. René Char, *Éric Marty*
P1711. Les Dépossédés, *Robert McLiam Wilson et Donovan Wylie*
P1712. Bob Dylan à la croisée des chemins. Like a Rolling Stone *Greil Marcus*
P1713. Comme une chanson dans la nuit *suivi de* Je marche au bras du temps, *Alain Rémond*
P1714. Où les borgnes sont rois, *Jess Walter*
P1715. Un homme dans la poche, *Aurélie Filippetti*
P1716. Prenez soin du chien, *J.M. Erre*
P1717. La Photo, *Marie Desplechin*
P1718. À ta place, *Karine Reysset*
P1719. Je pense à toi tous les jours, *Hélèna Villovitch*
P1720. Si petites devant ta face, *Anne Brochet*
P1721. Ils s'en allaient faire des enfants ailleurs *Marie-Ange Guillaume*
P1722. Le Jugement de Léa, *Laurence Tardieu*
P1723. Tibet or not Tibet, *Péma Dordjé*
P1724. La Malédiction des ancêtres, *Kirk Mitchell*
P1725. Le Tableau de l'apothicaire, *Adrian Mathews*
P1726. Out, *Natsuo Kirino*
P1727. La Faille de Kaïber. Le Cycle des Ombres I, *Mathieu Gaborit*
P1728. Griffin. Les Descendants de Merlin III, *Irene Radford*
P1729. Le Peuple de la mer. Le Cycle du Latium II *Thomas B. Swann*
P1730. Sexe, mensonges et Hollywood, *Peter Biskind*
P1731. Qu'avez-vous fait de la révolution sexuelle ? *Marcela Iacub*
P1732. Persée, prince de la lumière. Le Châtiment des dieux III *François Rachline*
P1733. Bleu de Sèvres, *Jean-Paul Desprat*
P1734. Julius et Isaac, *Patrick Besson*
P1735. Une petite légende dorée, *Adrien Goetz*
P1736. Le Silence de Loreleï, *Carolyn Parkhurst*
P1737. Déposition (extraits), *Leon Werth*
P1738. La Vie comme à Lausanne, *Erik Orsenna*
P1739. L'Amour, toujours !, *Abbé Pierre*
P1740. Henri ou Henry, *Didier Decoin*
P1741. Mangez-moi, *Agnès Desarthe*
P1742. Mémoires de porc-épic, *Alain Mabanckou*

P1743. Charles, *Jean-Michel Béquié*
P1744. Air conditionné, *Marc Vilrouge*
P1745. L'Homme qui apprenait lentement, *Thomas Pynchon*
P1746. Extrêmement fort et incroyablement près
Jonathan Safran Foer
P1747. La Vie rêvée de Sukhanov, *Olga Grushin*
P1748. Le Retour du Hooligan, *Norman Manea*
P1749. L'Apartheid scolaire, *G. Fellouzis & Cie*
P1750. La Montagne de l'âme, *Gao Xingjian*
P1751. Les Grands Mots du professeur Rollin
Panacée, ribouldingue et autres mots à sauver
Le Professeur Rollin
P1752. Dans les bras de Morphée
Histoire des expressions nées de la mythologie
Isabelle Korda
P1753. Parlez-vous la langue de bois ?
Petit traité de manipulation à l'usage des innocents
Martine Chosson
P1754. Je te retrouverai, *John Irving*
P1755. L'Amant en culottes courtes, *Alain Fleischer*
P1756. Billy the kid, *Michael Ondaatje*
P1757. Le Fou de Printzberg, *Stéphane Héaume*
P1758. La Paresseuse, *Patrick Besson*
P1759. Bleu blanc vert, *Maïssa Bey*
P1760. L'Été du sureau, *Marie Chaix*
P1761. Chroniques du crime, *Michael Connelly*
P1762. Le croque-mort enfonce le clou, *Tom Cockey*
P1763. La Ligne de flottaison, *Jean Hatzfeld*
P1764. Le Mas des alouettes, Il était une fois en Arménie
Antonia Arslan
P1765. L'Oeuvre des mers, *Eugène Nicole*
P1766. Les Cendres de la colère. Le Cycle des Ombres II
Mathieu Gaborit
P1767. La Dame des abeilles. Le Cycle du latium III
Thomas B. Swann
P1768. L'Ennemi intime, *Patrick Rotman*
P1769. Nos enfants nous haïront
Denis Jeambar & Jacqueline Remy
P1770. Ma guerre contre la guerre au terrorisme
Terry Jones
P1771. Quand Al-Quaïda parle, *Farhad Khosrokhavar*
P1772. Les Armes secrètes de la C.I.A., *Gordon Thomas*
P1773. Asphodèle suivi de Tableaux d'après Bruegel
William Carlos Williams
P1774. Poésie espagnole 1945-1990 (anthologie)
Claude de Frayssinet